Die Traumspringerin

Michael M. Schiebel

Die Traumspringerin

Ein komisch-phantastischer Thriller

OMNINO

Impressum

Bibliografische Informationen der Deutschen Nationalbibliothek
Die Deutsche Nationalbibliothek verzeichnet diese Publikation in der Deutschen Nationalbibliografie; detaillierte bibliografische Daten sind im Internet über

http://dnb.d-nb.de abrufbar.

Grafisches Gesamtkonzept, Titelgestaltung, Satz und Layout: Stefan Berndt
Lektorat/Korrektorat: Ralf Diesel
Cover: www.shutterstock.com

ISBN: 978-3-95894-219-6 (Print) / 978-3-95894-220-2 (E-Book)

Inhalt

1. Teil 7

Kapitel 1: Der Mann auf dem Balken 7
Kapitel 2: Im Pool von Wragby Hall 13
Kapitel 3: Vor dem großen Spiel 20
Kapitel 4: Der Abschlag des Thor 28
Kapitel 5: Die Flucht in ein Buch 39
Kapitel 6: Die Macht der Entropie 47
Kapitel 7: Eine unwahrscheinliche Zusammenkunft 53
Kapitel 8: Die Verschworenen 61
Kapitel 9: Versöhnung und Vereinigung 70
Kapitel 10: Der Aufbruch 76

2. Teil 79

Kapitel 11: Die Volksrepublik Bayern 79
Kapitel 12: Über Spanien, Gott und die Welten 85
Kapitel 13: Der Genosse Vorsitzende 94
Kapitel 14: Im Kerker 100
Kapitel 15: Das Glatisant 107
Kapitel 16: Reisen durch Zeit und Raum 115
Kapitel 17: Das Tribunal 127
Kapitel 18: Der Monotheos 141
Kapitel 19: Der Verräter 150
Kapitel 20: Die Abrechnung 159

3. Teil 179

Kapitel 21: Der Hohe Rat 179
Kapitel 22: Die Somno-Garde 187
Kapitel 23: Die dunklen Kräfte 197
Kapitel 24: Ahnungen und Warnungen 210
Kapitel 25: Feuer 222
Kapitel 26: Der Charme der Götter 234
Kapitel 27: Das Attentat 246
Kapitel 28: Verzweiflung 255
Kapitel 29: Hoffnung 264
Kapitel 30: Folgt der Frau 276

4. Teil 282

Kapitel 31: Zeitsprung und Endlosschleife 282
Kapitel 32: Ein Plan liegt in der Luft 289
Kapitel 33: Seelig sind die Einfältigen 302
Kapitel 34: Der Angriff der Ladies 318
Kapitel 35: Keine Zeit für Zweifel 329
Kapite 36: Das Finale im Regenwald 337
Kapitel 37: Götterdämmerung 348
Kapitel 38: Prostitution 359
Kapitel 39: Der Baum der Erkenntnis 369
Kapitel 40: Sonne küsst Horizont 379

Dank 384

1. Teil

Kapitel 1

Der Mann auf dem Balken

Nicht wenige Experten glauben, dass die bewaffneten Auseinandersetzungen des Jahres 1939 in Europa zu einem zweiten Weltkrieg hätten führen können. Wenngleich eine gewagte These, ist doch nicht zu leugnen, dass die Landung der Snarks auf der Erde nicht ohne Wirkung blieb. Der intergalaktische Eindringling zog ohne Zweifel die Aufmerksamkeit der Konfliktparteien auf sich – und Energien von den Schlachtfeldern ab. Wie auch immer, die Snarks haben mit ihrer technologischen Überlegenheit und ihrer sprichwörtlichen Friedfertigkeit eindeutig Spuren auf unserem Planeten hinterlassen, die über ihre heutigen Siedlungsgebiete in Australien und Neuseeland hinausreichen.
Robert Dillon, in „Zeitgeschichte des 20. Jahrhunderts“, 5. überarbeitete Auflage, Vancouver, Berlin 2012

„Ich wünsche Ihnen einen guten Morgen, Miss Agrin“, begrüßte ein korpulenter Herr aus acht Metern Höhe sichtlich gut gelaunt die junge Frau unter ihm.

„Dagegen ist grundsätzlich nichts einzuwenden. Auch Ihnen einen guten Morgen“, entgegnete die Angesprochene höflich. „Aber darf ich fragen, wer Sie sind und wie Sie auf den Dachbalken meiner Reithalle kommen?“

„In der Tat habe ich diese beiden Fragen erwartet“, entgegnete der Mann freundlich. „Aber darf ich mir erlauben,

Ihnen ein Gläschen von diesem ausgezeichneten Brandy anzubieten, den ich aus Anlass des Osterfestes mitgebracht habe?" Dabei nahm er einen stattlichen Schluck aus einem großen Cognac-Schwenker und deutete mit der freien Hand auf eine Flasche und ein weiteres Glas, das neben ihm stand.

„Das kommt mir, ehrlich gesagt, um sechs Uhr am Morgen etwas zu früh." Aayana Agrin war es gewohnt, in den Morgenstunden ausgesprochen realistisch zu träumen, und genoss das auch. Trotzdem sah sie sich nach einer Leiter um, doch da war keine. Aber wer braucht in Träumen Leitern, um auf Dachbalken zu gelangen? Der Mann war jedenfalls entspannt und wippte leicht seine herabhängenden Beine, wie Kinder das mitunter tun, wenn sie auf einem Sessel sitzen.

„Nun denn, verzeihen sie mein Eindringen", entschuldigte sich der Mann, der in seinem makellosen Anzug aus dem vorigen Jahrhundert, seinem runden roten Gesicht und mit einem kleinen altmodischen Hut auf dem Kopf aussah wie einem alten Kinofilm entflohen. Genüsslich leerte er sein Glas, um sich gleich großzügig nachzuschenken. „Mein Name ist Winston Churchill – vielleicht sagt Ihnen das ja was. Ich war Soldat, Staatsmann und Schriftsteller in Großbritannien, bevor der ganze Unsinn mit dem Sozialismus um sich gegriffen hat."

Der Name kam Aayana bekannt vor, und sie fragte ganz direkt: „Waren Sie nicht in der Zeit Premierminister Großbritanniens, als die Snarks auf der Erde landeten?"

„In der Tat, meine Liebe. Ich bin entzückt!", flötete Mr. Churchill sichtlich erfreut von seinem Balken. „Umso mehr freue ich mich, persönlich Ihre Bekanntschaft zu machen."

„Ganz meinerseits", entgegnete Aayana, „wenngleich wir uns nur in einem meiner Träume befinden. Wann sind Sie eigentlich gestorben? Oder ist das unhöflich?"

„Keinesfalls, gutes Kind. Ich bin ziemlich alt geworden. Auch wenn es heißt, dass ich in den letzten Jahren meines Lebens ein ziemlich mürrischer Kauz gewesen sein soll, so habe ich selbst das nie so empfunden. Doch wie auch immer. Hier bin ich ja nun in meinem Lieblingsalter. Praktische Sache, das."

„Freut mich, dass ich Sie in einem Alter träume, das Ihnen gefällt."

„Nun, ganz so ist es nicht, meine Liebe. Das Alter können wir uns hier in der Traumwelt durchaus selbst aussuchen", erklärte er etwas gönnerhaft. „Sind Sie sicher, dass Sie keinen Brandy wollen?"

„Ausgesprochenen sicher. Aber wie meinen Sie das mit der Traumwelt und dem Alter?"

„Ich hätte übrigens diesen Hitler besiegt", wechselte Churchill das Thema, „und diesen albernen Kommunismus hätte ich auch nicht zugelassen." Das Thema Politik schien den Mann ernsthaft zu beschäftigen, er konnte dem mittlerweile in ganz Mittel- und Südeuropa vorherrschenden System des realen Sozialismus' offensichtlich nicht viel abgewinnen.

„Selbst Ihr König, Kevin II., ist doch ein glühender Marxist, und das Vereinigte Sozialistische Königreich Großbritannien funktioniert doch ganz gut, wie man hört", antwortete Aayana, räumte allerdings ein, dass sie noch nie auf der Insel gewesen sei. Reisen wird selbst innerhalb der Grenzen der Vereinigten Sozialistischen Volksrepubliken und Königreiche nicht gerne gesehen und daher mit allen erdenklichen bürokratischen Hürden weitgehend verhindert.

„Alles Unsinn! Ich wünschte, meine Heimat wäre Teil der Nördlichen Monarchien, wenngleich mir Vancouver als Hauptstadt doch eher ungeeignet erscheint und ich die Russen eigentlich nicht mag."

Das wurde Aayana für einen Traum zu politisch. Daher versuchte sie es noch einmal mit der Frage: „Was führt Sie nun wirklich auf meinen Dachbalken – außer der Brandy, dem sie aber sicher auch anderswo zusprechen könnten?"

Churchill ließ zwei lange Sekunden vergehen und sah Aayana durchdringend an: „Du hast wirklich keine Ahnung, gutes Kind?", kam es in einem väterlichen Tonfall. „Nun, an sich sind wir nicht in deinem Traum, sondern du bist in der Traumwelt", erklärte er geduldig, und Aayana hatte das Gefühl, dass der kleine rote Traktor, den sie ab und zu in der Pferdehalle einstellte, ihr aufmunternd zuzwinkerte. „Dass wir in der Traumwelt sind, ist durchaus ungewöhnlich, denn es gibt nicht viele Übergänge von der wirklichen in die Traumwelt und noch weniger reale Menschen, die Traumspringen können."

Da erwischte Churchill einen wunden Punkt bei Aayana, denn sie lebte zwar in der realen Welt, war aber ursprünglich eine Fiktionale – ein Geheimnis, das sie streng hütete.

„Ich kann zwar nicht Gedankenlesen, aber du bist ursprünglich fiktional, habe ich Recht?", fragte der Mann auf dem Balken und brachte Aayana damit etwas aus dem Gleichgewicht. Denn kaum jemand außer ihr selbst wusste, dass sie aus einem verschollenen Frühwerk von William Shakespeare stammte. Dieser Traum war eindeutig von der komplexeren Sorte, offensichtlich hatte Aayanas Unterbewusstsein die Idee, sich ein wenig mit Aayana zu beschäftigen. Also beschloss sie, offen mit sich umzugehen und zu schauen, was noch passieren würde.

„Ja, das Stück hieß Aayana und der König, man könnte es getrost als romantische Jugendsünde meines später recht erfolgreichen Autors bezeichnen. Mich hat er aber trotz seiner Jugend ganz gut hinbekommen, jedenfalls bin ich zufrieden, wie ich bin. Übrigens, ein Landsmann von Ihnen." Dabei musste Aayana an ihren früheren Kollegen, den König, denken, mit dem sie nach wie vor freundschaftlich verbunden war, wenngleich sie sich seit ewigen Zeiten nicht mehr gesehen hatten. Nachdem das letzte Exemplar des Buchs untergegangen war, trieb sich Aayana eine Zeit lang in diversen Nebenhandlungen anderer Bücher herum, bevor sie endgültig in der realen Welt sesshaft wurde. Ihr König wechselte zum Fernsehen und drang als Captain eines Raumschiffs viele Lichtjahre von der Erde entfernt in Galaxien vor, die nie ein Mensch zuvor gesehen hatte – oder so ähnlich, erinnerte sich Aayana. Jedenfalls war er wieder gut im Geschäft.

Churchill betrachtete versonnen seine Brandy-Flasche und schwieg.

„Welchem Umstand verdanke ich nun wirklich Ihren Besuch?", insistierte Aayana noch einmal, während ihr Gast auf dem Balken sich seinen dritten doppelten Brandy genehmigte.

Churchill hatte an einer bestimmten Stelle zu einem väterlichen Du gewechselt. Er blieb dabei: „Der Punkt ist der, mein liebes Kind, dass du schon ein paarmal beobachtet wurdest, wie du durch die Traumwelt stolpertest. Wie gesagt, das kommt äußerst selten vor und du hast es auch nicht bemerkt. Für dich waren es einfach Träume.“ Er machte eine Pause und sah sich in der Reithalle um, als hätte er sie eben erst bemerkt. „Für gewöhnlich belassen wir es auch dabei, die meisten kommen eh nicht drauf.“

„Aha“, sagte Aayana, immer noch nicht überzeugt, aber ihr Traum gefiel ihr: wenig Action, doch stimulierend.

„Nun ja, es ist so: Meine Chefin will mit dir reden.“

„Wer ist denn deine Chefin“, Aayana duzte den Man jetzt auch, war ja nur ein Traum, „und worüber will sie mit mir reden?“

„Ich dachte mir, dass du mir diese zwei Fragen stellen würdest“ – den Satz hatte Aayana schon irgendwo gehört – „und habe mir vorab die Erlaubnis geholt, dich ins Bild zu setzen: Meine Chefin ist Lady Chatterley, Herrin über die erotischen Träume und aktuell auch Vorsitzende des Hohen Rats der Traumwelt.“ Churchill machte eine Pause, um die Wirkung seiner Worte auf Aayana zu beobachten. Diese enttäuschte ihn nicht, denn man könnte sagen, dass sie für einen Moment recht dumm schaute.

„Und das Thema?“, stammelte Aayana eher kleinlaut.

„Nun, ich denke entschieden, es geht um den Weltuntergang, meine Liebe. Ja, ich bin fast sicher, dass es um diese leidige Weltuntergangssache oder zumindest um den Untergang der Menschheit geht“, erklärte Winston Churchill halb zu sich selbst und leerte seinen vierten Brandy.

Kapitel 2

Im Pool von Wragby Hall

Die Traumwelt bestand aus vielen unterschiedlichen Genre-Bezirken, doch die fünf größten und mächtigsten waren die Tagesgeschehen aufarbeitenden Träume, die abenteuerlichen, die erotischen, die Traumata verarbeitenden und die Albträume. In ständig wechselnden Allianzen gab es einen andauernden Kampf um Macht und Einfluss, wobei auch kleinere Genres, wie beispielswiese die Such- und die Ich-komme-nie-ans-Ziel-Träume (beides Spin- Offs der Albträume), immer wieder eine Schlüsselrolle als Zünglein an der Waage spielten.

Um halbwegs ein Gleichgewicht und den Frieden in der Traumwelt zu bewahren, wurde der Hohe Rat eingerichtet, in dem alle anerkannten Genres mit Delegierten vertreten waren. Alle vier Traumjahre (was in etwa acht Erdenstunden entspricht) wählte er seinen Vorsitz. Zur Aufrechterhaltung der Ordnung diente als Exekutivorgan die Somno-Garde, die direkt dem oder der Vorsitzenden des Hohen Rats unterstellt war.

Winston Churchill, in „Checks and Balances in der Traumwelt", 3. Auflage, Oxford 2009

Lady Constance Chatterley war zweifellos eine beeindruckende Erscheinung. Das lag nicht nur an ihrem hauchdünnen seidenen Morgenmantel, der ihre zarte Figur umhüllte, ohne deren offensichtliche Vorzüge ernsthaft zu verbergen. „Willkommen in Wragby Hall", begrüßte sie mit einer überraschend tiefen Stimme Winston Churchill und Aayana Agrin auf der ausladenden Veranda an der Rückseite eines strahlend weißen Herrenhauses mit

Blick auf eine akkurat gepflegte weite Rasenfläche. Den Hintergrund der Kulisse bildete ein englischer Garten mit wunderbarem alten Baumbestand. Die Terrasse, von der man über vier breite Stufen den Rasen erreichte, war umgeben von gepflegten Rosenstöcken mit einem betörenden Geruch, der auch zahllose Bienen und Schmetterlinge zu überzeugen schien.

„Im Buch habe ich mir das Anwesen düsterer vorgestellt. Sie haben es ja wunderschön hier", erwiderte Aayana beeindruckt. An der linken Seite fand sich zudem eine einladende Poollandschaft mit Jacuzzi, kleinen Wasserfällen und Brücken. Der Geruch von frisch gemähtem Gras überlagerte das Aroma der Rosen und Amseln zwitscherten – alles in allem ziemlich paradiesisch.

„Danke, ja, ich habe mir unsere Hütte hier ein wenig hergerichtet und mit ein paar Annehmlichkeiten ausgestattet. In der Traumwelt geht so etwas. Aber verzeihen Sie meine Unhöflichkeit. Darf ich Ihnen Tee anbieten? Dazu vielleicht Toast mit gesalzener Butter und Orangenmarmelade? Ich liebe das und war gerade im Begriff zu frühstücken." Tatsächlich fand sich auf dem Rasen unweit des Hauses unter einem weißen Baldachin ein gedeckter Frühstückstisch, zu dem Lady Chatterley ihre Gäste geleitete. „Für dich vielleicht ein Glas Sherry, Winston?"

Beide nahmen dankend an, während Churchills Augen unverhohlen wohlwollend auf der schönen Gastgeberin ruhten. Auch Aayana hatte nun Gelegenheit, sie genauer zu betrachten: Irgendwie beschlich sie das Gefühl, sie säße ihrer hübscheren Schwester gegenüber. Sie war um einiges leichter als Aayana, insgesamt zierlicher von Statur und überraschend klein. Ihre Haut war ähnlich blass wie die Aayanas und beide hatten blaugrüne Augen und langes dunkles Haar, das Lady Chatterley aber nach oben gesteckt trug. Da beide Damen Liebesromanen entstammten, mochte überraschen, dass ihre Lippen nicht klassisch sinnlich geformt, sondern eher schmal waren. Wenngleich Lady Chatterleys Gesicht etwas schmaler war, hatten beide auffallend hohe Wangenknochen.

„Wir beide sehen uns ähnlich“, sagte Lady Chatterley, als hätte sie Aayanas Gedanken gelesen. Sie verzichtete immer noch darauf, sich vorzustellen. Offensichtlich wusste sie, dass entweder Churchill oder das Haus Aayana bereits verraten hatten, mit wem sie das Vergnügen hatte. „Ich mag Ihre Brüste. Ist das alles echt?“, fügte sie unverblümt hinzu.

Aayana errötete und brachte nicht mehr als ein gestammeltes „Ja, echt“ heraus. „Und Ihre langen Beine würden auch meinem Mellors gefallen. Er steht auf lange Beine und durchsichtige Seidenkleidchen.“ Erst jetzt bemerkte Aayana, dass auch sie mit einem schwarzen Negligé eher dürftig bekleidet war. Churchill hatte sie in aller Früh aufgelesen, da traf es sich, dass Aayana überhaupt etwas anhatte – was bei ihr in der morgendlichen Stille ihres kleinen Anwesens nicht selbstverständlich war.

„Wie komme ich hierher?“, wechselte Aayana das Thema.

„Nun, ich denke, Winston hat sie mit sich hergesprungen. Aber ich verstehe Ihre Verwirrung. Unsere Traumwelt ist nicht ganz einfach zu verstehen. Am Beginn. Soll sie auch gar nicht. Abgesehen von der durchaus praktischen Möglichkeit, an verschiedene Orte zu springen – wenn man es beherrscht –, hält die Traumwelt einige weitere Annehmlichkeiten bereit. Was sagen Sie beispielsweise zum Wetter? Ostern in Nottinghamshire ist üblicherweise nass, windig und kalt. Ich ziehe jedoch moderates Frühsommerwetter und Sonnenschein entschieden vor. Apropos, was halten Sie davon, in den Pool zu springen und unsere Unterredung dort fortzusetzen?"

Ohne Aayanas Antwort abzuwarten, erhob sich Lady Chatterley und bewegte sich anmutig auf den Pool zu, wobei sie ihren seidenen Morgenrock abstreifte und ihren makellosen Po, ihre Wespentaille und ihre schmalen Schultern freilegte.

Aayana erinnerte sich an Churchills Worte, dass Constance Chatterley in der Traumwelt als „Herrin über die erotischen Träume" fungierte. „Eindeutig keine Fehlbesetzung", rutschte es ihr heraus. Was blieb ihr also übrig? Sie folgte Lady Chatterleys Beispiel, streifte, am Pool angekommen, etwas weniger elegant ihren Spitzenseidenfummel ab und glaubte, Sir Winston Churchills Blick auf ihrem größeren Po zu spüren. Aayana fand ihr Becken immer schon etwas zu ausladend. Lady Chatterley, die sie aus dem Pool heraus unverhohlen musterte, schien das aber nicht zu stören. Sie lächelte erstmals und forderte Aayana noch einmal auf: „Kommen Sie herein! Die Wassertemperatur ist perfekt. Ein durchaus angenehmer Ort für eine ernste Unterredung. Wir brauchen Ihre Hilfe, Aayana. Ich bin übrigens Conny."

Aayana Agrin war immer noch sicher, dass sie träumte, genoss aber den Pool und war gespannt, was Lady Chatterley ihr zu erzählen hatte. Also sagte sie etwas unbeholfen: „Freut mich, Conny. Ich bin Aayana."

„Ich weiß. Ursprünglich aus ‚Aayana und der König', nicht wahr? Wenn man so will, hat Shakespeare damals eine Art schüchternen Vorläufer zu meinem Buch geschrieben. Hast du noch Kontakt zum König?" Aayana verneinte, dachte aber gleichzeitig mit einem wohligen Schauer an die harmlos verspielten Flirts in ihrer „frivolen Komödie", so der Untertitel des Buchs damals.

„Doch zur Sache: Was hat Winston dir bereits erzählt?"

„Nicht viel, bloß, dass es um den Weltuntergang ginge und du mich daher sprechen wolltest."

„Nun, die Wortwahl sieht dem alten Kauz ähnlich, ist aber nicht ganz korrekt." Beide blickten unwillkürlich in Richtung Churchill, der sich unter dem Baldachin friedlich einem Nickerchen hingab. „Wer hätte denn etwas von einem Weltuntergang? Wir sind ja nicht in ‚Krieg der Sterne', obwohl Weltuntergänge natürlich auch aus Versehen passieren können," räumte Lady Chatterley ein.

„Nein, es geht um das Gleichgewicht", sagte sie langsam und blickte Aayana nachdenklich an. Ihre Augen waren nun durch die Reflexion der Wasseroberfläche strahlend blau, aber ihre Stirn und ihr Mund verrieten ernsthafte Sorge. „Das Gleichgewicht der Traumgenres ist in Gefahr. Wir haben Informationen, dass die Albträume eine andauernde Machtübernahme vorbereiten ... mit verheerenden Folgen für die Menschheit, wie du dir vorstellen kannst."

„Klingt nicht gut," gab Aayana zu, verstand jedoch immer noch nicht annähernd, worum es ging. „Aber was kann ich dagegen tun?"

„Wir glauben, dass du gewisse Fähigkeiten besitzt, die uns helfen könnten, das zu verhindern. Wir selbst müssen zudem äußerst vorsichtig sein, denn insbesondere ich als

Herrin über ein Genre und aktuelle Vorsitzende des Hohen Rats der Traumwelt stehe unter misstrauischer politischer Beobachtung durch alle anderen. Auch mir werden Machtgelüste nachgesagt und entsprechende Gerüchte werden gezielt befeuert. An sich haben wir für die Aufrechterhaltung der Ordnung in der Traumwelt die Somno-Garde. Aber auch dort herrscht bereits tiefes Misstrauen. Niemand weiß mehr, wem man trauen kann und wem nicht," erklärte Constance Chatterley. „Du als Außenstehende bist bisher in keinerlei Ränkespiele verwickelt, wir setzen daher auf deine Unabhängigkeit und dein Urteilsvermögen. Was denkst du?"

„Hmnja, ich gestehe, dass ich keine Ahnung habe, wovon du sprichst. Aber immer mehr Albträume zu haben, ist keine erquickliche Vorstellung." Aayana machte eine kurze Pause. „Euer Vertrauen ehrt mich natürlich. Übrigens, weil du von wir gesprochen hast, wer seid ihr?"

„Mich umgegeben ein paar Gefährten, denen ich immer noch und trotz allem blind vertraue. Du wirst sie kennenlernen. Bevor wir jedoch in die Details gehen: Spielst du in unserem Team?"

„Grundsätzlich schon, nur muss ich mich auch in der realen Welt um ein paar Dinge kümmern."

„Das sollte kein Problem sein. Ein halbes Jahr hier bei uns entspricht etwa einer Stunde in der realen Welt. Umgekehrt vergeht hier in der Traumwelt gleich viel Zeit, während du in der realen Welt bist. Klingt etwas kompliziert, aber man gewöhnt sich daran. Es ist nicht auszuschließen, dass du in beiden Welten wirst operieren müssen."

„Na, dann ist ja alles klar", gab Aayana den Versuch auf, das alles zu verstehen. „Eine Frage interessiert mich noch:

Wie geht ihr mit den Snarks um, vor deren technologischer Überlegenheit ja praktisch nichts zu verheimlichen ist?"

„Die Snarks mögen die Erde kontrollieren, aber hier in der Traumwelt spielen sie keine Rolle. Snarks können nicht träumen, daher haben sie sich nie mit uns beschäftigt und keine entsprechenden Technologien entwickelt. Wir sind hier ganz unter uns", lächelte Lady Chatterley.

„Nun ja, seltsame Vorstellung ... keine allmächtigen Snarks, keine umfassende Überwachung durch die Geheimpolizei der Vereinigten Sozialistischen Volksrepubliken und Königreiche.

Das hat Charme", entgegnete Aayana. „Also, sagt mir, was ich zu tun habe. Ich bin dabei", erklärte sie abenteuerlustig – und weil sie diese Frau instinktiv mochte.

„Aber Aayana", Constances Blick glitt an Aayanas nacktem Körper hinab, „du solltest ab jetzt wieder ständig deine Pistole tragen. Waffen funktionieren auch in der Traumwelt", mahnte Lady Chatterley ernst.

In den Vereinigten Sozialistischen Volksrepubliken und Königreichen herrschte das Prinzip der Waffenfreiheit, was dazu führte, das praktisch jeder bewaffnet war. Entsprechender Blutzoll wurde von den Herrschenden bewusst in Kauf genommen. Natürliche Auslese wurde das genannt, und die Snarks sahen wegen der beschränkten Ausbreitung entsprechender Gewaltakte großzügig darüber hinweg.

„Wenn ich also hier eine Schussverletzung abbekomme, gilt die dann auch in der realen Welt?"

„In der Tat, ja, gutes Kind", hörten sie Winston Churchill, der mittlerweile erwacht und an den Beckenrand getreten war, hinter sich sagen. „In der Tat, ja."

Kapitel 3

Vor dem großen Spiel

Nach der Landung der Außerirdischen hat sich die Welt in drei geopolitisch etwa gleich starke Machtblöcke geordnet. Von Vancouver aus herrscht ihre kaiserliche Majestät Sven Göran IV. über die Nördlichen Monarchien (die NM), die sich über Nordamerika, Skandinavien und Nordasien erstrecken. In Madrid findet sich der Oberste Rat der Vereinigten Sozialistischen Volksrepubliken und Königreiche (die VSVK), die ganz Lateinamerika und den europäischen Kontinent umfassen. Der afrikanische Kontinent und der südasiatische Raum haben sich in einer laut Eigendefinition „überwiegend demokratischen" Staatengemeinschaft organisiert, der Panpazifischen Union (PANUN) mit ihren Sitzen in Dubai und Djakarta. Australien und Neuseeland werden von den Snarks nach wie vor als Urlaubsparadies für ihresgleichen geführt und von den Menschen heute Snarkland genannt. Dieses Gleichgewicht der Kräfte hat zu einer neunzig Jahre währenden Zeit des relativen Friedens geführt. Auch der Umstand, dass die Snarks grundsätzlich jede Form von Aggressivität verabscheuen und mit sanftem Druck unterbinden, mag dabei eine Rolle spielen.

Robert Dillon, in „Zeitgeschichte des 20. Jahrhunderts", 5. überarbeitete Auflage, Vancouver, Berlin 2012

Es roch vertraut nach Pferden, Leder und Sägespänen – der Geruch einer Reithalle. Eine solche bildete das östliche Gebäude von Aayanas Vierseithof gegenüber vom Wohntrakt an der Westseite. An den beiden Längsseiten waren jeweils Stallungen untergebracht. Umgeben war der Hof an drei Seiten von sanft über den Hügel abfallenden Koppeln, vor dem Wohnhaus von einem weitläufigen Garten. Im Westen sah man zwischen Wäldern und Wiesen eingebettet die ersten drei Löcher eines Golfplatzes mit seinen Fairways, Weihern, Bunkern und Grüns. Das große Golfstadion sah man nicht. Es befand sich in einer Senke hinter einem Wald, der an Spieltagen vom Flutlicht gespenstisch erleuchtet wurde.

„Was für ein verrückter Traum", dachte Aayana, weil sie das Gefühl hatte, vor ein paar Minuten schon einmal wach in ihrer Reithalle gewesen zu sein, und sich nicht erklären konnte, warum sie klatschnass war. Ihr war kalt.

„Sorry, wir hätten nicht direkt aus dem Pool in Wragby Hall zurückspringen sollen. Aber ich werden veranlassen, dass ihr Nachthemd umgehend nachgesprungen wird", erklärte der Mann, den Aayana in ihrem Traum als Winston Churchill kennengelernt hatte. „Ich bin übrigens ein passionierter Reiter", erklärte er beiläufig.

„Ja, Reiten ist auch meine Leidenschaft, und mit dem Einstellen von Pferden finanziert sich der Hof ganz gut auch ohne das staatlich zugewiesene Volkseinkommen", erklärte Aayana Winston Churchill, der offensichtlich mit ihr in die reale Welt zurückgesprungen war. Oder ging der Traum einfach in der Reithalle weiter?

„Hierher verirrt sich jedenfalls der starke Arm der kaiserlich-königlich sozialistischen Wiener Bürokratie nur selten."

„Wie überaus großartig! Dann bist du also eine professionelle Reiterin?", mutmaßte Churchill.

„Nein, beruflich betreibe ich den Golfsport – im Übrigen eine der wenigen Betätigungen, die weltweite Reisen ermöglichen. Deswegen sind alle Golfer – eigentlich alle Sportler – auch Agenten ihrer jeweiligen Regierungen. Was eher sinnlos ist, weil es sowieso nichts zu spionieren gibt", fügte Aayana lächelnd hinzu. „Aber gehen wir ins Haus. Ich sollte mir vielleicht etwas anziehen."

Wenig später saßen sie bei einer wärmenden Tasse Tee an Aaynas Esstisch. „Heute ist Finaltag im Tryder Cup. Etwa 150.000 Zuschauer vor Ort und an die sechs Milliarden in aller Welt sehen die Live-Übertragung im Netz", erklärte Aayana ihrem Gast.

„Du wirst mir jetzt aber nicht erklären, dass du mitspielst?", argwöhnte Churchill.

„Doch. Ist schon meine dritte Berufung in die Auswahl der Vereinigten Sozialistischen Volksrepubliken und Königreiche. Ziemliche Ehre. Diesmal eine Art Heimspiel – direkt hier ums Eck im Franz Josef Memorial Golf Stadion. Mein Verein, die Schärdinger Donnerhasen, spielt dort seine Heimspiele in den diversen Klubwettbewerben."

„Dann bist du also richtig gut?"

„Es gibt bessere. Ich spiele auf einer Position, auf der ich wenig Konkurrenz habe."

„Völliger Unsinn! Sie ist die Beste. Ich sage nur: zweifache Tryder-Cup-Siegerin, von den unzähligen anderen Titeln will ich gar nicht reden – außerdem habe ich sie mir nicht gemerkt", mischte sich eine signifikant rauchige Frauenstimme ein. Aayanas beste Freundin hatte, wie immer ohne zu läuten oder anzuklopfen, den Weg ins Wohnzimmer gefunden und gesellte sich nun zu den beiden ans Panoramafenster.

„Darf ich vorstellen: mein treuester Fan, Lena Laloum, Schauspielerin und hobbymäßig so etwas wie meine Managerin. Das ist Mr. Churchill."

„Ich bin entzückt. Nennen Sie mich Lena."

„Für Sie bitte Winston. Sehr erfreut, meine Teuerste", antwortete Churchill, und es klang glaubwürdig.

Dazu muss man wissen, dass Lena Laloum so ziemlich in allem das Gegenteil von Aayana darstellte: auffallend groß, schlank, blond und mit einer leicht lasziven Ausstrahlung. Aayana war noch keinem Mann begegnet, dem sie nicht auf Anhieb gefallen hätte. Zudem kleidete sie sich gerne auffällig und teuer, jedenfalls wusste sie genau, wie sie ihre Vorzüge zur Geltung bringen konnte.

„Ich habe gewusst, dass du auch vor diesem wichtigen Spiel wieder herumtrödelst", wandte sich Lena übertrieben vorwurfsvoll an Aayana. „Dein charmanter Besuch rechtfertigt das zwar nicht, erklärt es aber zumindest", schenkte sie Churchill ihr entwaffnendes Lächeln.

Churchill errötete leicht. Nur mit Mühe riss er seine Augen von Lenas Anblick los: „Ich will keinesfalls deine Vorbereitungen stören, Aayana."

„Kein Problem. Ist ja nur ein Golfspiel."

Anders als zu Churchills Zeiten war Golf mittlerweile die global bei Weitem beliebteste Sportart, Wettkämpfe wurden weltweit live im Netz übertragen. Allerdings hatte sich das Spiel erheblich weiterentwickelt. Neben dem Liga-Alltag und etlichen internationalen Wettbewerben kam es alle drei Jahre rund um Ostern zum großen Showdown zwischen den Auswahlen der Vereinigten Sozialistischen Volksrepubliken und Königreiche, der Panpazifischen Union und der Nördlichen Monarchien. Während der zwei Wochen dauernden Veranstaltung hielt die Welt den Atem an, und selbst ernsthafte politische Spannungen waren Nebensache.

Sogar die Snarks beobachteten das Ganze mit Interesse, während des Tryder Cups – so hieß die globale sportliche

Auseinandersetzung – verzeichneten Australien und Neuseeland viermal so viele Snark-Nächtigungen wie in normalen Saisonen. Trotz oder gerade wegen ihrer Friedliebe versetzte sie das brutale Spiel offenbar in angenehm schaurige Erregung.

„Nur ein Golfspiel?", schaltete sich Lena wieder ein, „Das Turnier ist das größte der Welt und findet nur alle drei Jahre statt – mit dem großen Finale am Ostersonntag, dem wichtigsten Feiertag unseres Planeten ... also heute um drei Uhr am Nachmittag. Wir sind schon spät dran", erklärte sie Churchill.

Da nur wenige Sekunden während des morgendlichen Ausflugs in die Traumwelt vergangen waren, hatte Aayana in Wahrheit noch jede Menge Zeit. „Wir wollen uns zwei Stunden vor dem Spiel treffen, mehr als eine knappe halbe Stunde dauert die Induktionsfahrt nach Schärding nicht", versuchte sie, Lena zu beruhigen, die sie aber gar nicht mehr hörte. Mit dem Hinweis, nach der Ausrüstung sehen zu wollen, war sie ebenso schnell verschwunden, wie sie aufgetaucht war. Nicht jedoch, ohne Churchill noch ein betörendes Lächeln zu schenken.

„So ist sie immer. Wenn es nach ihr ginge, wäre ich seit gestern Abend beim Aufwärmen im Stadion," erklärte Aayana und bekräftigte noch einmal, dass kein Grund zur Eile bestand.

Aayanas Hof lag nämlich im Gebiet der k. u. k. Kaiserlich-Königlichen Sozialistischen Monarchie Österreich-Ungarn, einem Mitglied der Vereinigten Sozialistischen Volksrepubliken und Königreiche.

Der deutschsprachige Teil Österreich-Ungarns war zudem Mitglied des Deutschen Bundes. Das war eine Idee der Snarks, um in Mitteleuropa durch entsprechende Teilung der Macht auch im Inneren der VSVK Ruhe sicherzustellen. Im Norden bildete das Sozialistische Königreich Preußen den Gegenpol zu Österreich-Ungarn im Süden. Als Puffer dazwischen dienten die Sozialistische Volksrepublik Bayern und eine Unzahl kleinerer Königreiche, Herzogtümer, Grafschaften, Freistaaten und Freistädte. So gesehen war der Begriff *Königreiche* in *Vereinigte Sozialistische Volksrepubliken und Königreiche* nicht ganz korrekt.

„Ich fand das schon immer eine ziemliche Kleinstaaterei hier", sagte Churchill, der eine große Karte Europas an Aayanas Wohnzimmerwand studierte, während sie Kaffee zubereitete.

„Und ziemlich unerträglich, dass man nicht einfach von hier, sagen wir, nach Spanien reisen kann, wie man hört. Obwohl beide Länder zu den Vereinigten Sozialistischen Volksrepubliken und Königreichen gehören."

„Ja, jeder gegen jeden. Auch innerhalb der drei großen Bündnisse. Das wird sehr ernst genommen. Wir können nicht einmal einfach hinüber nach Bayern fahren, da braucht man schon sehr gute Gründe. Jedenfalls ist eine der Schlüsselindustrien unserer Zeit die Spionage- Branche. Obwohl es, wie gesagt, nicht viel zu spionieren gibt. Die Snarks haben sowieso den Finger am Deckel. Ich denke, wir machen das einfach aus nostalgischen Gründen."

„Unerträgliche Zustände, auch das mit dem realen Sozialismus", seufzte Churchill. „Ich glaube ja, es gäbe ihn gar nicht mehr, wären nicht die teils bereits entmachteten Herrscherhäuser Europas nach und nach auf die kommunistische Idee der Volksdiktatur zur Überwindung der Klassenunterschiede aufgesprungen."

„War ja auch irgendwie einleuchtend", warf Aayana ein.

„Als Monarchen verfügten sie über jahrhundertelange Erfahrung in der Führung von Diktaturen."

„In der Tat", sinnierte Churchill. „Die kommunistischen Revolutionäre hätten das nie so stabil hinbekommen."

„Hm, wer weiß. Es gibt ja auch genügend kommunistische Volksrepubliken ohne Monarchen", entgegnete Aayana. „Aber wenn ich mir unsere Nachbarn in Bayern anschaue und mein Eindruck stimmt, dann sind sozialistische Monarchien nicht ganz so verbiestert wie die Volksrepubliken. Sie sind zwar genauso bürokratisch, entmündigend und ungerecht, aber irgendwie leichtfüßiger."

Noch während Aayana das sagte, kam es ihr ziemlich unsinnig vor – die völlig humorbefreite Volksrepublik Bayern galt aber fast allen als Horror.

Doch Churchill wechselte das Thema: „Und dieser Cervantes in Spanien? Wie ist der so?"

„Persönlich kenne ich ihn natürlich nicht und ich weiß auch zu wenig über ihn, aber ich traue ihm nicht über den Weg. Als Vorsitzender des Politbüros der Sozialistischen Partei und des Hohen Rats der Sozialistischen Volksrepubliken und Monarchien ist er einer der mächtigsten Männer der Welt. Die meisten Monarchen, Diktatoren und Herzöge legen sich nur ungern mit ihm an, weil er anscheinend das Vertrauen der Snarks genießt. Ich glaube dennoch, er ist nicht der große Snarks- und Menschenfreund, für den er sich gerne ausgibt, sondern ein Heuchler." Es war durchaus gefährlich, so etwas offen auszusprechen. Aber mittlerweile hatte Aayana Vertrauen zu Winston Churchill gefasst, der nun interessiert dabei zusah, wie Lena Golfschläger, Golfhelm, Schutzbrille und Lederpanzerung brachte und zusammenpackte.

Aayana war eine der Letzten, die noch mit den alten Helmen und Schutzbrillen spielten. Noch waren sie erlaubt, und mit den neuen Vollvisierhelmen hatte sie einfach kein gutes Gefühl.

„Jedenfalls freue ich mich nun schon auf das Spiel und auch darüber, dass der Tryder Cup dieses Jahr praktisch hier vor meiner Haustüre stattfindet", erklärte Aayana.

„Neben Augusta und Peebles Beach in den Nördlichen Monarchien sowie St. Andrews bei uns im Sozialistischen Königreich Großbritannien gilt das Stadion des Celtic Golf Course Schärding als die vierte ganz große Heimstätte des Golfsports", ergänzte Lena. Aber Aayana bemerkte, dass Churchill ihr nicht mehr wirklich zuhörte.

„Wir müssen los. Kommen sie mit?", riss Aayana Churchill aus seinen Gedanken.

„Das wird leider nicht möglich sein. Wie bereits erwähnt, vergeht in der Traumwelt die Zeit genauso schnell wie hier, und ich werde heute zu einem Dinner erwartet", erklärte Churchill hoheitsvoll. „Ich wünsche dir aber viel Glück und hoffe auf einen Bericht vom Spiel, wenn ich dich morgen abhole. Gleiche Zeit?"

„Gleiche Zeit", gab Aayana zur Antwort, welche Churchill jedoch kaum abwartete. Er wurde kurz durchsichtig und verschwand schließlich. Wie das mit dem Traumspringen funktionierte, war Aayana zwar immer noch nicht klar, aber das würde sie schon noch herausfinden. „Am besten gleich morgen", dachte sie laut. Sie sei ja schon durch die Traumwelt gestolpert, hätte es aber nicht einordnen können ..., haben sie gesagt.

„Und was war das jetzt?", fragte Lena entsetzt.

„Ich denke, er musste zu einem Dinner-Termin."

Kapitel 4

Der Abschlag des Thor

Das Golfspiel ist zweifelsfrei der härteste Mannschaftssport der Welt. Ich fand immer reizvoll, dass das Team zu gleichen Teilen aus Frauen und Männern bestand, wobei ich zugebe, dass manche meiner wenigen Niederlagen in der daraus resultierenden Ablenkung begründet sein mochten.

Thor, in „Ein Leben für den Golfsport", Asgard 2012

Vom ursprünglich vierundfünfzigköpfigen Team der Vereinigten Sozialistischen Volksrepubliken und Königreiche waren nach den Vorrundenspielen gegen die Panpazifische Union und die Nördlichen Monarchien immerhin noch achtunddreißig Spielerinnen und Spieler einsatzfähig, davon einundzwanzig so gut wie unverletzt – so auch Aayana. Das war kein schlechter Wert, obwohl der Finalgegner, die Nördlichen Monarchien, noch einundvierzig Golfer auf der Nennliste für das heutige Spiel hatte. Über deren physischen Zustand ließ sich jedoch nichts Genaues sagen. Um so etwas machten alle Teams stets ein großes Geheimnis.

„Hallo, Herkules", begrüßte Aayana ihren Abschläger, Kapitän und Star der Mannschaft, am Induktionsterminal vor dem Haupteingang des Schärdinger Golfstadions.

„Sei gegrüßt, Aayana, Liebe meines unendlichen Lebens. Wie geht's den Knochen? Bist du fit?" Herkules war ein über zwei Meter großer Hüne aus der Volksrepublik Griechenland, die von Aayana mit Österreich-Ungarn Anfang des Jahres in der Europäischen Liga noch überraschend besiegt werden konnte. Der Freundschaft zwischen Aayana und Herkules tat das aber keinen Abbruch. Und nun spielten sie eine Ebene darüber im selben Team.

„Alles bestens“, erwiderte Aayana freundlich, „wie ist die Luft da oben, und wie geht's den unsterblichen Knochen?“

Er zwinkerte Aayana zu, denn die Frage nach dem Zustand ihrer Gebeine war eine Art Begrüßungsritual zwischen den beiden. „Hattest du wieder Heimschläfer-Erlaubnis?“, wollte er wissen. „Du lebst doch hier irgendwo. Wie weit ist es zu dir nach Hause?“

„Zu mir heim weniger als eine Stunde mit der Induktion – und ja, ich wollte den spielfreien Tag vor dem Finale zu Hause abschalten. Aber ich bin nicht wichtig. Wie fühlt sich unser Star? Gewinnen wir das heute?“ Das Finale wurde in nur einer 18-Loch-Runde ausgetragen und war der Höhepunkt des Turniers. Meist ging es besonders hart zur Sache, denn wer nach dem Endspiel noch auf seinen eigenen Beinen laufen konnte, hatte es offensichtlich an Einsatz missen lassen – so hieß es.

„Klar haben wir eine Chance. Hast du ja in den Vorrunden gesehen. Aber Thor ist schon in überragender Form. Wenn er so spielt wie im letzten Spiel gegen die Panpazifiker, dann wird das heute spannend“, analysierte Herkules. Er war nicht der Typ für Motivationsfloskeln, strotzte aber vor Selbstbewusstsein. Er und Thor galten seit Jahren als die besten Abschläger der Welt, womöglich aller Zeiten. Persönlich waren die beiden zwar nicht befreundet, begegneten sich aber mit mehr als nur sportlich fairem Respekt. Aayana hatte immer den Eindruck, dass sie irgendetwas verbindet. Vielleicht einfach nur die Liebe zum Golfsport. Oder die Unsterblichkeit. Wie auch immer, heute am Platz würde man sich wieder nichts schenken. Keiner wollte Zweiter werden.

Nach dem Aufwärmen und einer letzten kurzen Mannschaftsbesprechung liefen die Teams ins Golfstadion ein. Es war wie immer beeindruckend: Allein die Tribünen auf den ersten beiden Spielbahnen – ein gerades Par 5 und im rechten Winkel dazu ein sanft abfallendes Par 5 mit einem Inselgrün – boten über 100.000 Zuschauern Platz, wobei dieser Teil des Stadions auch einen guten Blick auf das entgegenkommende siebente Loch sowie das achte, neunte und achtzehnte Loch bot. Auf riesigen Videowalls konnte man aber natürlich von überall die gesamte Runde verfolgen.

Am teuersten waren Karten für die Spielbahnen 17 und 18, ein langes Par 5 und zum Abschluss der Runde ein kurzes Par 3, dessen Grün von einem Teich und drei tiefen Bunkern verteidigt wurde. Allerdings konnte die Runde, und damit das Finale, zu diesem Zeitpunkt bereits entschieden sein. Wenn nicht, dann hatte man alles richtig gemacht und die teuren Sitzplätze waren ihr Geld wert.

Das Los hatte den Vereinigten Sozialistischen Volksrepubliken und Königreichen den ersten Abschlag beschert. Die vier Blocker und Brecher stellten sich regelkonform rund um den Abschlag auf, die des Gegners innerhalb der Dreimeterzone vor dem Grün. Die drei Putter der VSVK warteten auf dem Grün, beschattet von den Lochverteidigern der Nördlichen Monarchien. In der dafür vorgesehenen Zone rund um das Grün warteten die Lochverteidiger der VSVK und die Putter des Gegners auf einen etwaigen Einsatz. Am Fairway spielten die Sozialistischen Volksrepubliken und Königreiche ein 3/4/3 aus Fairwayschlägern, Pitchern und Chippern. Die Nördlichen Königreiche überließen die erste Hälfte des Lochs völlig dem Gegner und stellten sich taktisch mit nur einem Fairwayschläger, fünf Pitchern und vier Chippern auf. Lediglich ihr Abschläger, Thor, stand in der vorgeschriebenen Zone auf Höhe des Tees.

Das war durchaus eine gefährliche Taktik, denn wenn einer der Fairwayschläger so unbedrängt zum Schlag kam, dass er das Green traf, dann hieß es nurmehr: Putter gegen Lochverteidiger. Wurde das Grün jedoch nicht getroffen, dann konnte sich die Übermacht der Nördlichen Monarchien an Pitchern und Chippern durchaus auszahlen, denn wenn sie an den Ball kamen und das Grün trafen, hatten ihre Putter die erste Chance auf das Loch.

Alle Spieler, bis auf die Abschläger und die mit Baseball- statt Golfschlägern bewaffneten Brecher sowie die mit Baseballhandschuhen ausgestatteten Blocker, mussten innerhalb von sechs Löchern auf allen Positionen eingesetzt werden, wobei Pitcher und Chipper vor jedem Loch nominiert werden mussten. Fairwayschläger durften auch kurze Pitches schlagen, nicht jedoch chippen. Die Abschläger durften theoretisch jeden Ball spielen, außer am Grün zu putten. Jede Art von Köperkontakt war erlaubt. Die sechs Schiedsrichter ahndeten lediglich „übertriebene Härte“, was aber selten vorkam.

Herkules schlug also ab, wobei er eine überraschend kurze Variante wählte – nicht zum manngedeckten Star am Fairway, Nick Faldo, sondern zum Lokalmatador Bernhard Langer, der ziemlich freistand. Der fand die Lücke zu Severiano Ballesteros, der sich in einer Pitching-Position ideal ins Semi-Rough freigeschlichen hatte und mit einem seiner unvergleichlichen Pitches das Grün traf, ohne dass es zu nennenswerten Körperkontakten am Fairway gekommen war. Ein perfekter Start, denn es ging auch darum, die Runde möglichst mit achtzehn Spielern zu beenden. Auf den vielen Par-4-Löchern würde die Sache auf engeren Räumen erheblich härter ablaufen.

Jedenfalls hatte Aayanas Team nun drei Schläge aufs Loch bei unbeschränkter Anzahl von Pässen. Nach drei erfolglosen Puts oder wenn ein Put abgefangen wurde, wechselte das Putting-Recht, und man sprach bei erfolgreichem Einlochen durch die nicht abschlagende Mannschaft von einem Break. Doch dazu ließ es das Team der VSVK nicht kommen.

McIllroy stoppte den Pitch von Ballesteros ideal, im Bruchteil einer Sekunde hatte er Aayana den Ball innerhalb eines Meters zum Loch aufgespielt – und die verwertete relativ unbedrängt zum 1:0. So schön diese Angriffssequenz war, so merkte man doch an vereinzelten Buh-Rufen eine gewisse Enttäuschung der Zuschauer, die eindeutig mehr Action sehen wollten. Sie sollten nicht enttäuscht werden.

Am zweiten Loch mit Abschlagsrecht für die Nördlichen Königreiche durch Thor entwickelte sich ein offener Schlagabtausch auf Höhe der Pitching Zone, und mit Ballesteros nahm ein gegnerischer Brecher mit seinem Baseballschläger einen der Besten aus Aayanas Team aus dem Spiel. Das Loch musste mit entsprechend geschrumpftem Team fertiggespielt werden, eine Einwechslung war erst am nächsten Loch möglich. Ein Inselgrün spielte man in der Regel ohne nominierte Chipper, doch die Räume um das Grün waren eng, und weder die Sozialistischen Volksrepubliken und Königreiche noch ihre Gegner kamen zu freien Pitches auf das Grün. Zwei Bälle der VSVK landeten im Wasser, was von den Put-Versuchen abgezogen würde, sollten sie das Putting-Recht erobern. Dazu kam es auch, aber ein langer Put von Jon Rahm ging knapp am Loch vorbei, nun war der Gegner am Zug. Ein wunderschöner Doppelpass zwischen Dustin Johnson und Tiger Woods konnte von Ersterem erfolgreich abgeschlossen werden. Die Europäer und Südamerikaner hatten ihre erste echte Break-Chance vertan und es stand 1:1.

Die Bahnen 3 und 4 konnten jeweils von den abschlagenden Teams gewonnen werden, wobei das Spiel an Intensität weiter zunahm. Die VSVK verloren mit Martin Kaymer und Francesco Molinari zwei weitere Stars, während bei den Nördlichen Königreichen Jordan Spiehs und Bubba Watson verletzt ausschieden. Auch Thor, der sich auf den Par-4-Löchern ebenso in die laufenden Angriffe einschaltete wie auf Aayanas Seite Herkules, musste ein paar harte Hits hinnehmen. Auf der fünften Bahn, einem Par-4-Dogleg hügelaufwärts nach rechts, kam es zum ersten Break für die Nördlichen Monarchien, den diese auf dem sechsten Loch erwartungsgemäß verteidigten, da Par-3-Löcher mit dem Abschlag direkt aufs Grün selten gebreakt wurden. Danach lief in der Outlap alles nach Plan, und nach neun Löchern stand es 5:4 für die Nördlichen Monarchien, mit Abschlagsrecht auf der Zehn. Aayana und ihr Team brauchten jedenfalls auf den zweiten neun Löchern einen Break, um das Match wieder offen zu gestalten.

Tatsächlich gelang der Break gleich am 10. Loch. Am 12. Loch mussten die Nördlichen Monarchien an einem Dogleg nach links den Hügel hinauf einen weiteren Break hinnehmen – und die anfängliche Führung der Volksrepubliken und Königreiche war wiederhergestellt.

Auf der 15 konnten die Nördlichen Monarchien sich den Break aber zurückholen, und trotz hin und her tobenden Kampfes konnten bis zur 17 die jeweils abschlagenden Teams ihre Löcher gewinnen – und die VSVK führten mit 9:8.

Allerdings wartete als letztes Loch ein Par 3, das der Gegner mit seinem Abschlagsrecht vermutlich für sich entscheiden würde. Alle bereiteten sich gedanklich bereits auf eine Verlängerung vor, in der es so lange weiterging, bis ein Team zwei Loch hintereinander gewinnen konnte. Doch nun wurde es turbulent.

Aayana war am 18. Loch wieder am Green nominiert. Nicht weil sie eine überragende Lochverteidigerin war, sondern falls wider Erwarten das Putting-Recht erobert werden konnte, war sie als erfolgreichste Putterin dieser Saison gesetzt. Neben den drei Bunkern nahmen die Pitcher beider Teams eher lässig Aufstellung, der Rest beider Teams bestand aus den obligatorischen Blockern und Brechern. Niemand rund um das Grün rechnete jedoch ernsthaft mit einem Einsatz. Dafür spielte Thor viel zu genau, die 130 Meter würde er vermutlich mit einem kleinen Pitching-Wedge und hoher Flugkurve souverän überbrücken.

Als Thor sich zum Abschlag aufstellte, schien er jedoch ungewohnt nervös. Über die kurze Distanz konnte Aayana ihn von ihrer Position direkt links neben dem Loch recht gut sehen. Herkules nahm gemäß Reglement in seiner Zone neben dem Abschlag Aufstellung. Und dann ging alles sehr schnell. Nach seinem üblichen Probeschwung, und eben im Begriff abzuschlagen, sah Thor plötzlich über seine rechte Schulter hinter sich. Ihm gegenüber blickte Herkules in dieselbe Richtung. Im nächsten Moment sauste Thors

Schläger nach unten und traf den Ball viel zu dünn. Statt eines hohen Bogens mit sicherer Landung auf dem Grün raste der Ball flach direkt auf Aayana zu. Noch während sie versuchte, sich wegzudrehen, erkannte sie zwischen Thor und Herkules am obersten Ende der Tribüne eine Art Blitz. Im selben Moment explodierte Thors Golfball etwa drei Meter vor Aayana in der Luft und zerstob in hunderte Einzelteile.

Als sich Aayana vom Boden aufrappelte, fand sie sich umgeben vom ohrenbetäubenden Lärm des Publikums. Nichts hielt die Zuschauer auf den Sesseln. Was war passiert? Die Regeln besagten, dass, wenn ein Ball nach dem Abschlag etwas in der Luft traf – beispielsweise einen Vogel –, dieser von dort weitergespielt werden musste, wo er zu liegen kam. Allerdings gab es keinen Ball mehr, der irgendwo lag. Zudem war, für jeden ersichtlich, Thors Abschlag völlig misslungen. Das Spiel wurde unterbrochen und die Jury trat zusammen. Kurze Zeit später ging es weiter. Der Ball wurde für verloren erklärt, die Vereinigten Sozialistischen Volksrepubliken und Königreiche hatten nun das Abschlagsrecht, und sie konnten die Meisterschaft am letzten Loch für sich entscheiden.

Eher unüblich auf einer Runde, zumal so einer wichtigen, war, dass die beiden Abschläger ein paar Worte miteinander wechselten, wobei beide immer wieder auf jenen Teil der Tribüne blickten, in dem Aayana das Aufblitzen sah.

Aber nun ging Herkules zum Abschlag. Sein Ball landete direkt am Schläger Ricky Fowlers, der als Lochverteidiger der Nördlichen Monarchien am Grün stand. Ricky zögerte nicht und versuchte überhastet, die unerwartete Vorlage direkt aus drei Metern ins Loch zu putten, womit der Ball nun durch Aayana zu verteidigen gewesen wäre. Doch irgendetwas ließ sie den Bruchteil einer Sekunde zu spät kommen und der Ball versank im Loch, was zur Folge hatte, dass ein Stadionsprecher mit Herzrhythmusstörungen ins Krankenhaus gebracht werden musste. Die Menge tobte. Der Mann war wenig später wieder wohlauf.

Am sechsten Extraloch schaffte Aayanas Team dann den entscheidenden Break, holte den Titel zum dreizehnten Mal in die Vereinigten Sozialistischen Volksrepubliken und Königreiche, womit sie mit den Nördlichen Monarchien gleichzogen.

Nach den Siegeszeremonien stellte Thor Aayana in den Katakomben des Stadions: „Das war wirklich sportlich von Herkules und dir, uns auf der 18 zurück ins Spiel zu holen. Aber wer hat es auf dich abgesehen, Aayana? Warum sitzt an so einem öffentlichen Ort ein Scharfschütze im Publikum?"

„Da hat es jemand ziemlich eilig", ergänzte Herkules, der eben hinzutrat. „Ich glaube nicht, dass das eine normale Agentenfehde ist. So eine spielen wir doch alle mehr oder weniger, nach dem Motto: Leben und leben lassen. In welcher Sache steckst du da drinnen?", zeigte sich auch Herkules ehrlich besorgt.

„Ich habe keine Ahnung", erklärte Aayana wahrheitsgemäß, als weitere Spieler beider Mannschaften dazukamen.

„Das war ein Schuss, habe ich recht?", wollte Ricky wissen. „Und ihr habt mich auf der 18 absichtlich ausgleichen lassen."

Herkules wandte sich an Thor: „Du hast es im gleichen Moment gespürt wie ich, nicht wahr? Aber mit dem Wedge einen Ball absichtlich so dünn zu treffen und die Kugel eines Scharfschützen herunterzuholen, entspricht, grob geschätzt, einer Wahrscheinlichkeit von 1 zu 800 Trilliarden, selbst für dich, Thor."

„Ja, aber ich habe Zaphod Beeblebrox vor dem Spiel im VIP-Bereich gesehen. Und wo der auftaucht, herrscht immer Unwahrscheinlichkeit. Den Versuch war es jedenfalls wert, und was hätte ich sonst tun sollen?"

„Jedenfalls hast du mir das Leben gerettet", umarmte Aayana den blonden Hünen in ehrlicher Dankbarkeit, immer noch etwas geschockt. Sie war zwar schon ein paarmal in kleinere Schießereien verwickelt, aber ein Scharfschütze war schon nochmal etwas anderes.

„Wir haben einen toten Scharfschützen im letzten Rang auf der Tribüne an der 18", wurden sie von einer leisen Stimme unterbrochen, die es hörbar gewohnt war, auch ohne entsprechende Lautstärke oder erkennbare Höhen und Tiefen in der Modulation gehört zu werden und Befehle zu geben, die auch befolgt wurden. „Ich bin Hauptkommissar Talhammer. Kann mir irgendjemand hier im Raum etwas dazu sagen?" Die allgemeine Ratlosigkeit quittierte er mit einem mehr zu sich selbst genuschelten: „Ah, nicht? Schade." Im Umdrehen ergänzte er, ohne einmal Luft zu holen: „Ich kann Sie nicht alle bitten, sich zur Verfügung zu halten. Aber ich muss zumindest Sie, Frau Agrin, und die Herren Thor, Herkules und Fowler bitten, mir für eine Aussage in einen Nebenraum zu folgen. Alle anderen können gehen. Wenn Ihnen doch noch etwas einfällt, melden Sie sich beim Polizeikommando Schärding und verlangen Sie mich. Ah ja ... gratuliere zum Sieg ... und, na ja, dass alle noch aufrecht stehen."

Die vier Angesprochenen folgten dem Hauptkommissar, dessen mächtiger Körper von hinten fast kreisrund aussah, in einen Nebenraum. Dort musterte der Polizist die Gruppe mit sparsamen Bewegungen seines Kopfs, um schließlich so leise und monoton wie zuvor zusammenzufassen: „Der Schütze war auf Sie angesetzt, Fräulein Agrin. Sie beide haben das bemerkt oder gespürt. Herrn Thors scheinbar verunglückter Abschlag war Absicht und hat die Kugel im Flug getroffen. Sehr außergewöhnlich. Und Sie, Herr Fowler, haben das alles beobachtet. Ist das soweit korrekt?"

Die Runde bestätigte die Annahmen des Hauptkommissars, wobei Ricky Fowler und Aayana noch zu Protokoll gaben, dass sie vermutlich das Mündungsfeuer gesehen hatten, dass sie es zunächst aber nicht als solches erkannten. Das Stadion war zwar hell erleuchtet – es war mittlerweile nach Mitternacht –, nicht aber die Zuschauerränge.

„Nun, der erfolglose Scharfschütze wurde offensichtlich an Ort und Stelle exekutiert. Wir haben da oben eine männliche Leiche", erklärte der Hauptkommissar weiter. „Auf der Tribüne hat niemand etwas bemerkt. Alle Augen waren auf das Geschehen auf der Spielbahn gerichtet, und sowohl der Scharfschütze als auch sein Exekutor verwendeten Schalldämpfer. Profis. Ich fürchte, da kann ich hier von Schärding aus nicht viel machen. Jedenfalls werde ich die Kollegen drüben in Passau verständigen."

Nachdem die vier dem korpulenten, aber äußerst wach wirkenden Polizisten auf seine Fragen keine weiteren Antworten liefern konnten, entließ er sie, indem er nuschelte: „Passen Sie auf sich auf, Fräulein Agrin. Da meint es jemand so ernst, dass ich nicht glaube, dass es bei einem Versuch bleiben wird." Dann verabschiedete er sich und Aayana und die drei Männer gingen nachdenklich in ihre Umkleideräume.

Kapitel 5

Die Flucht in ein Buch

Es gibt nicht nur Verbindungen zwischen der realen und der Buchwelt, sondern auch viele zwischen der Buch- und der Traumwelt. Denn fast alles, was gelesen wird, findet auch Eingang in unsere Träume. Um allerdings die Literatur vor dem Chaos der Traumwelt zu schützen, sind Sprünge von der Traum- in die Buchwelt streng verboten und unterliegen Sprünge von der Buch- in die Traumwelt einem strikten Reglement. Wobei es Welt als Begriff nicht ganz trifft und dieser vermutlich dem beschränkten Vorstellungsvermögen der realen Menschen, der Fiktionäre aus der Buchwelt und der Somnäre aus der Traumwelt geschuldet ist. In Wahrheit haben wir es höchstwahrscheinlich mit einem Multiversum zu tun (siehe Lukas von Selben in „Unwahrscheinlichkeit und Sühne", in dem er die Zeitgleichheit dieser drei und weiterer vier „Welten" erstmals mathematisch nachweist, aber auch die Möglichkeit von Zeitreisen außer Frage stellt und Surfbretter als ideales Werkzeug für Sprünge in großen Krümmungen der Raumzeit für Zeitreisen empfiehlt).

Constance Chatterley, in „Erinnerungen und Träumereien", Sheffield 2020

Das warme Wasser war wohltuend, es roch etwas nach Chlor. Aayana mochte das und stand schon ein paar Minuten im Strahl der Dusche, als sie sich nun doch so etwas wie eine kleine Panikattacke erlaubte. Sie zitterte am ganzen Körper und ihr wurde eiskalt, obwohl sie unter einer heißen Dusche stand.

Die Umkleidekabinen waren schon menschenleer, als sie ankam, und ohne nachzudenken, hatte sie die hinterste der achtzehn Brausen in dem geräumigen Duschraum gewählt. Als Agentin hatte sie schon ein paar Schießereien erlebt, aber dass ein Scharfschütze auf sie angesetzt wurde, das hatte doch eine eigene Qualität. Sie zitterte immer noch am ganzen Körper und murmelte zu sich selbst: „Ohne Thor wäre ich jetzt tot."

„In der Tat, mein Kind, und das ist durchaus besorgniserregend", hörte sie eine Stimme hinter sich, die sie sofort als die Winston Churchills erkannte.

So sehr er sie erschreckte, so stark war auch sofort die beruhigende Wirkung, die von der plötzlichen Anwesenheit des Engländers in seinem altmodischen Anzug und mit seinem ulkigen Hut im Damen-Duschraum des Schärdinger Golfstadions in diesem Moment ausging. Aayana wandte sich ihm zu. „Winston", rief sie, „drehen sie sich um."

„Wie ich sehe, trägst du immer noch keine Waffe, meine Liebe. Leichtsinnig! Aber es ist ja nochmal gut gegangen. Das ist übrigens Herr von Selben, einer unserer klügsten Agenten", stellte Churchill einen hochgewachsenen Mann Mitte vierzig vor, der neben ihm stand und so tat, als würde er die linke Wand des Duschraums untersuchen, um Aayana nicht noch mehr in Verlegenheit zu bringen.

„Freut mich! Aber ich habe noch nie mit einer Waffe geduscht. Und würde einer der Herren mir bitte mein Handtuch reichen?"

„Ich habe draußen Männer zu deinem Schutz postiert", erwiderte Churchill. „Ich denke, wir sind verraten worden. Woher die wissen, dass du Lady Chatterley getroffen hast, kann ich mir zwar nicht erklären, aber wir werden es herausfinden."

Herr von Selben kam, immer noch in alle Richtungen blickend, mit ihrem Handtuch auf Aayana zu, um es ihr zu reichen. „Ich freue mich, Sie kennenzulernen. Seien Sie versichert, dass mich Ihre Nacktheit nicht irritiert und ich versuche, sie nicht wahrzunehmen." Diese Beschwichtigung hatte etwas leicht aus der Zeit gefallen Verstörendes. „Ich könnte es eh nicht ändern, bin aber beruhigt", gab Aayana zur Antwort.

„Ich habe mir das Golfstadion angeschaut und denke, dass man etwas Vergleichbares auch völlig ohne Stützpfeiler errichten könnte – so wie grundsätzlich auch ein Haus ohne Mauern", erklärte von Selben und sah sich nun interessiert die Richtung des Wassers an, das aus der Dusche streng nach unten strömte. „Ein interessanter Aspekt der Schwerkraft ..."

„Lassen Sie's gut sein", unterbrach ihn Churchill. „Wir müssen hier weg und in die Zentrale der Somno-Garde. Haben Sie etwas anzuziehen?", fragte er Aayana. Nein, natürlich nicht, ich bin wie immer nackt hierhergefahren, wollte Aayana schon sagen, doch in dem Moment waren Schüsse zu hören und sie erstarrte.

„Weg hier", befahl Winston, nahm Aayana und von Selben bei der Hand und fing an, einen Text aufzusagen. Aayana wurde schwindlig. Die achtzehn Duschen drehten sich in zunehmender Geschwindigkeit um sie, und wenig später fanden die drei sich auf einer irischen Polizeistation wieder.

„Das war knapp", keuchte Churchill. „Von Selben, wo sind Sie?"

„Ich bin hier – was ich eigentlich nicht dürfte", antwortete der Mann, indem er sich hinter einem Tresen aufrichtete. „In ‚Der dritte Polizist' kommt ein Charakter vor, mit dem ich typologisch junktimiert bin, wenngleich er in dem Buch nur zitiert wird."

„Das weiß ich, aber mir ist gerade nichts anderes eingefallen. Wahrscheinlich sind Sie der Grund, warum ich gerade an dieses verrückte Buch dachte."

Mittlerweile hatte Aayana ihr Duschtuch umgewickelt. Sie war einigermaßen überrascht, dass die beiden Buchspringen konnten. „Ist das nicht seit Jahrzehnten verboten? Und ist die Technik des Buchspringens nicht vollkommen verloren gegangen?", fragte sie Churchill. Der salzige Geschmack war immer noch der gleiche wie damals.

In dem Moment kam ein unförmiger Polizist mit einem Fahrrad zur Tür herein, lehnte sein Vehikel gegen die Mauer, entdeckte die drei und strahlte sie an: „Mr. Churchill! Welch Ehre! Und mit wem habe ich hier das Vergnügen, junge Frau?" Von Selben musterte er etwas ratlos.

„Das ist Aayana Agrin", erklärte Churchill. „Ursprünglich aus einem Shakespeare-Stück, aber jetzt in der realen Welt zu Hause. Wir haben ein paar veritable Krisen in der realen und in der Traumwelt, mussten uns vom Acker machen und sind in einem Zwischenraum in euer Buch gesprungen. Sind Leser unterwegs? Und wie weit ist die Handlung entfernt?"

„Kein Problem", erklärte der Polizist. „In zwanzig Seiten kommen meine berühmten Überlegungen zum Thema Zahnschmerzen. Da kommt die Handlung unseres Buchs erst wieder hierher in die Polizeistation."

„So lang haben wir eh keine Zeit", erklärte Churchill. „Habt ihr hier in eurem Buch ein Relais zur Traumwelt?"

Nachdenklich lehnte der massige Polizist sich an die Mauer: „Ich weiß nicht. Kann schon sein, dass wir geträumt werden, aber ich habe, ehrlich gesagt, nie darauf geachtet."

„Diese ekelige Geschichte mit eurem dauernden Zahnweh muss doch Eingang in Träume gefunden haben", schaltete sich nun von Selben ein. „Oder dass ihr durch den Molekularaustausch zwischen euch Polizisten und euren Rädern beim Radfahren mittlerweile halb Rad, halb Mensch seid? So etwas verfolgt einen doch bis in die Träume."

„Ja, das kann schon sein, aber ich weiß, ehrlich gesagt, nicht, wo mögliche Relais in die Traumwelt sind und wie man sie aktiviert." Der Polizist sah auf eine unpassend moderne rote Uhr an der Wand. „Da kommen jetzt doch mehrere Leser. Könnt ihr nach hinten in den Nebenraum gehen?"

Es waren tatsächlich ergreifende Überlegungen über den Sinn und Zweck von Zahnschmerzen, die Aayana aus dem Nebenraum der Polizeistation mithören durfte. Dann wallte die Handlung des Buchs mit den Lesern weiter und sie versammelten sich wieder im Hauptraum der Polizeistation.

Plötzlich flirrte die Luft, die Wände schienen sich ein wenig auszudehnen und es roch nach Petroleum.

„Da waren Ausschläge auf allen Messgeräten, wie ich sie selten gesehen habe. Hallo Winston, Herr von Selben – wie geht's?"

Wie aus dem Nichts war ein roter Kater erschienen, den offensichtlich alle kannten.

Dann sah er Aayana an: „Hallo, meine Liebe. Ich bin die Grinsekatze aka Cheshire Cat. Du reist offensichtlich mit einem Handtuch. Sehr vorrausschauend! Das ist wichtig. Darf ich fragen, wer du bist?"

Mindestens drei Sekunden vergingen, bis Aayana ihre Sprache wiederfand: „Die Edamer Katze?", stammelte sie.

„Ja, klar", sagte Churchill, „wir haben jetzt aber weder Zeit für großes Staunen noch für den Austausch von Höflichkeiten. Das ist jedenfalls Aayana. Du weißt schon, oder? Wir müssen dringend in die Traumwelt, Kater. Gibt es in diesem Buch ein Relais?"

„Es gibt in allen Büchern Relais, weil alles, was gelesen wird, Eingang in die Träume findet", erklärte der orange Kater in einem beiläufigen Tonfall. „Die Frage ist nur, wie groß das Relais sein muss und ob ihr die Kraft habt, in die Traumwelt hinüberzuspringen."

In dem Moment erhob sich ein leichtes Wummern, und der Kater sah auf ein elektronisches Gerät in seiner Hand. „Oha, wir werden gerade noch einmal gelesen ... drei Seiten vor uns. Stellt euch an die Wände und verhaltet euch ruhig. In der Szene wird der Raum nicht beschrieben. Also sollten sie uns nicht bemerken", erklärte er. „Es sind wieder deine philosophischen Überlegungen über Sinn und Zweck von Zahnschmerzen", zwinkerte er dem Polizisten zu, der sofort Haltung annahm.

Ein eigenartiges Flackern im Raum, ein Kribbeln auf der Haut, eine einwandfreie Vorstellung des Polizisten ... und dann war der Leser über die Stelle hinweg. „Worum geht's?", fragte der Kater jetzt in einem ernsten Tonfall, ganz ohne Grinsen.

„Wir haben in der Traumwelt ein veritables Problem und einen Machtkampf", erklärte Winston, wurde jedoch von einem Lichtblitz und einem Flackern der Umgebung unterbrochen. Nicht direkt ein Flackern, sondern ein Ausdehnen, das sofort von einem Zusammenziehen abgelöst wurde. Um genau zu sein, war es ein Wabern der Realität. Eine gewaltige Stimme erhob sich mit der Frage: „Arthur Dent?"

Der Einzige in der Runde, der die Fassung bewahrte, war der Kater, und der erwiderte: „Nein, ich denke, niemand von uns ist Arthur Dent."

„Arthur Philip Dent?", polterte es noch einmal.

„Ich denke, du hast dich in der Raumzeit-Adresse oder im Buch geirrt", antwortete von Selben. „Können wir etwas ausrichten?"

„Ein Irrtum ist ausgeschlossen, und daher lass dir eines gesagt sein, Arthur Philip Dent: Du bist der größte Vollidiot im Universum!"

„Wir leben in einem Multiversum", erwiderte von Selben.

„Das tut jetzt nichts zur Sache, du Klugscheißer", donnerte die Stimme, „ich bin es leid, als unsterbliches Wesen diesen ..." In dem Moment wurde die Erscheinung grünlich durchscheinend, um wenige Sekundenbruchteile später zu verschwinden.

„Hmnja, solche Dinge passieren. Du erinnerst mich an Lady Chatterley", sagte der orange Kater zu Aayana, „und auch ein wenig an mich, als ich noch jünger war." Aayana war immer noch sprachlos, brachte aber immerhin ein Mhm heraus.

„Ist sie diejenige, Winston?", wandte sich der Kater an Churchill.

„Wir glauben, ja. Alles spricht dafür."

„Nun denn, ich führe euch zum Hauptrelais im Buch. Es ist eh die Zahnweh-Geschichte. Lasst mich wissen, wenn ich helfen kann." Damit führte er die Gruppe in den Nebenraum.

Churchill, von Selben, Aayana und ein Mann in Schlappen und einem Bademantel, den sie jetzt erst wahrnahmen, stellten sich um den an Zahnschmerzen leidenden Polizisten auf, berührten ihn an der Schulter, und langsam verschwanden der Polizist, die Cheshire Cat, der Raum – und die ganze Szene.

Kapitel 6

Die Macht der Entropie

Die Traumwelt hat den Vorteil, sich mit ein paar limitierenden Faktoren der realen oder auch der Buchwelt nicht herumschlagen zu müssen. Für viele überraschend ist aber, dass in der Traumwelt zwar alles Vorstellbare möglich ist, ansonsten aber eine ziemlich strikte Ordnung herrscht.

Winston Churchill, in „Checks and Balances in der Traumwelt", 3. Auflage, Oxford 2009

Es war ein Palast, in den Gängen wogten Menschen und Figuren auf und ab. Die Figuren waren es, die Aayanas Aufmerksamkeit fesselten. Ja, solche Wesen konnte man sich in seinen Träumen schon vorstellen. Aber hier waren sie real. Jedenfalls waren alle relativ formell angezogen.

Aayana zog Winston zur Seite: „Ich habe nur ein Handtuch", raunte sie ihm zu.

Von Selben antwortete: „Das sieht gut aus. Kleidung wird überschätzt. Ich arbeite gerade an einem Konzept, das Herabfallen von Handtüchern, die man sich um den Körper gewickelt hat, mehr oder weniger auszuschließen."

„Lass das jetzt", unterbrach ihn Churchill. Wir sind hier am großen Konvent und brauchen etwas anzuziehen für Aayana.

„Ich habe auch nur einen Bademantel und Badeschlappen", schaltete sich die fremde Person an ihrer Seite ein.

„Und ein Handtuch, was es substanziell besser macht, obwohl ich bezweifle, dass er das versteht", erklärte ein attraktiver Mann, der wie aus dem Nichts an der Seite des unbekannten Bademantelträgers stand.

„Das ist ein Freund von mir“, erklärte die Person im Bademantel, mit einem Gesichtsausdruck, dessen Deutung die meisten Psychologen verweigern würden.

„Wir haben schon wieder einen extrem erhöhten Entropie-Wert. Entweder surfen wir momentan am Rand eines Schwarzen Lochs oder eine andere, ziemlich spektakuläre Macht ist gerade am Werk“, erklärte von Selben so trocken, als ginge es um einen Spielzug im Schach, während er auf einen kleinen Glasbehälter schaute, in dem sich rote Späne wie von selbst in konzentrischen Kreisen anordneten.

„Ich befürchte, wir surfen nicht.“ Lady Chatterley erschien in Begleitung ihrer Traumwelt- Mitarbeiter im Gang und gab mit einer Handbewegung zu verstehen, dass die Gefährten ihr in einen der Besprechungsräume folgen sollten.

„Wir haben nicht einmal die Zeit, uns alle gegenseitig vorzustellen, denn in etwa zehn Minuten werde ich meiner Macht enthoben und unter Arrest gestellt. Die Vorwürfe, ich wollte alle anderen Traumgattungen ausschalten, sind natürlich Unsinn, aber man wird mir nicht glauben. Winston, du weißt, was zu tun ist. Aayana, meine Liebe, ich wünschte, ich hätte mehr Zeit, dir alles zu erklären. Herr von Selben ...“ In dem Moment klopfte es an der Tür und eine Zehntelsekunde später war sie auch schon zersplittert.

„Das waren keine zehn Minuten“, sagte der Mann im Bademantel – was aber niemanden interessierte.

Uniformierte der Somno-Garde traten in den Raum. „Lady Chatterley?“, fragte der offensichtlich ranghöchste Offizier mit den meisten goldenen Streifen auf den Schultern.

„Nein“, antwortete der Mann mit dem Bademantel, woraufhin er brutal niedergeschlagen wurde.

Noch einmal der Anführer der Somno-Garde: „Lady Constance Chatterley, wir haben Auftrag, Sie wegen Hochverrats in Verwahrung zu nehmen. Folgen Sie uns, bitte. Wir sind angewiesen, jedweden Widerstand kompromisslos zu brechen!“

Das hörte sich ziemlich eindeutig und aussichtslos an. Doch genau in dem Moment barsten die Mauern des Besprechungszimmers und der Kommandant der Somno-Garde lag, erschlagen von einer Topfpflanze, die offensichtlich aus großer Höhe herabgestürzt war, am Boden. Seine Männer traten entsetzt den Rückzug an.

„Ein interessanter Grad an Unwahrscheinlichkeit“, konstatierte von Selben, „das sollten wir weiter beobachten.“

Alle im Raum sahen ihn bestürzt an. „Okay, möglicherweise sollten wir das Schicksal nicht weiter herausfordern – oder anders formuliert: Lasst uns von hier verschwinden“, schlug von Selben nun doch vor.

„Hervorragender Einfall“, gab der Mann, den der Bademantelträger als seinen Freund vorgestellt hatte, als erster in der Runde dem Ausdruck, was alle dachten.

„Das wird nicht leicht. Gebt euch alle die Hände, wir springen in die reale Welt auf Aayanas Hof“, gab Winston Churchill Anweisung. „Aber erschreckt nicht, das ist komisch in der realen Welt.“

Gesagt, getan. Sie bildeten einen Kreis, fassten sich an den Händen, und alles fing an, sich zu drehen. Mit nachlassender Geschwindigkeit kreiselte ein heller Fleck um die Gruppe herum, den Aayana alsbald als ihr Panoramafenster erkannte. Die kleine Gruppe fand sich in ihrem Wohnzimmer wieder, und nachdem sich Aayana um- oder, besser gesagt, angezogen hatte und in den Raum zurückgekehrt war, schien eine Art Verhör im Gange zu sein.

„Wie sind Sie in den ‚Dritten Polizisten' gelangt", wollte Churchill eben von dem Mann im Bademantel wissen.

„Ich sage doch, dass ich keine Ahnung habe", erwiderte dieser glaubwürdig verwirrt.

„Er hat von den meisten Dingen keine Ahnung", erklärte dessen Freund.

„Okay, ihr seid aus dem Anhalter durch die Galaxis. Das dürfte soweit feststehen", murmelte von Selben, mehr zu sich selbst, „und wenn ich das richtig sehe, hat uns der Grad an Unwahrscheinlichkeit, der euch im wahrsten Sinne des Wortes umgibt, eben die Haut gerettet."

„Per Anhalter durch die Galaxis" war ein Buch, das natürlich alle kannten, aber welche Rolle die beiden in diesem Drama hier spielten, erschloss sich niemandem.

„Wir sollten uns bis auf Weiteres vertrauen", meldete sich nun Constance Chatterley, die sich neugierig den riesigen freien Dachbalken in Aayanas Wohnzimmer ansah und nun zu den anderen umdrehte: „Die Lage ist offensichtlich noch ernster, als ich bei unserem ersten Treffen annahm", wandte sie sich an Aayana.

„Anders formuliert: Wir sind keine Sekunde zu früh dran", erklärte von Selben.

„Stimmt. Dass sie dich verhaften wollten, heißt, dass sie schon über satte Mehrheiten im Rat verfügen", ergänzte Churchill.

„Und die Anschläge auf Aayana im Golfstadion beweisen, dass sie über unsere Schritte informiert sind", ergänzte von Selben.

„Wie sicher sind wir hier? Und vor allem, wie lange?", wollte Aayana nun wissen. „Denn ehrlich gesagt wäre ich jetzt in der Stimmung für ein paar Erklärungen. Wer braucht Waffen? Im Arbeitszimmer nebenan steht der Schrank, das ist der Schlüssel", erklärte sie der Runde, während sie den Schlüssel in die Mitte des Esstisches schob. Ihre zwei Glock hatte sie bereits aus ihrem Ankleidezimmer mitgebracht, geladen, überprüft und eben in ihre Schulterholster geschoben.

Mittlerweile hatten sich alle um den Tisch herumgesetzt und einer nach dem anderen legte eine Waffe vor sich hin, bis auf den Mann im Bademantel, der immer noch verwirrt in die Runde und auf die Pistolen und Revolver blickte.

„Wir sollten hier für eine Weile sicher sein", erklärte Lady Chatterley.

„Sie kennen die Koordinaten der Relais-Station hier auf deinem Hof nicht. Die kannten nur Constance und ich. Und jetzt auch von Selben, wenn er aufgepasst hat – wovon ich ausgehe", ergänzte Churchill und lächelte von Selben an.

„Welche Koordinaten?", wollte der Mann im Bademantel wissen.

„Schweig und pass auf", fuhr ihm sein Freund über den Mund: „Andere Frage: Gibt's hier vielleicht einen Drink?"

„Was immer Sie wollen. Da ist der Kühlschrank, und der Schrank da drüben beherbergt eine kleine Bar. Mein treuer Freund Rufus kümmert sich normalerweise um das Wohl meiner Gäste, aber er befindet sich derzeit auf einem wohlverdienten Kurzurlaub", erklärte Aayana und wandte sich wieder Lady Chatterley zu, während Bademantels Freund und Winston zielstrebig die Bar ansteuerten.

„Nun, das ist nicht ganz korrekt – ‚befand' müsste es richtig lauten. Als ich durch die Medien von den Vorkommnissen beim Tryder Cup erfuhr, habe ich mich selbstverständlich unverzüglich hierher verfügt. Ich hoffe, es geht Ihnen gut, Fräulein Aayana?“

Rufus T. Firefly, Aayanas väterlicher Freund und Mädchen für alles auf ihrer kleinen Pferde- Ranch, stand in der Wohnzimmertür mit seinem Köfferchen in der Hand. Nach einer kurzen Umarmung fing er an, die Gäste zu bewirten.

„Alsdann, es wird Zeit für ein paar Fakten“, erneuerte Aayana ihren Wunsch nach Aufklärung. „Alles, was ich wissen darf, kann auch Rufus hören. Er ist wie ein Vater für mich.“

„Und was machen wir mit den beiden Vagabunden hier?“, polterte Churchill, der mit einem gut gefüllten Cognac-Schwenker von der Bar zurückkehrte.

„Der Bursche hier ist so harmlos wie sein Bademantel, und ich interessiere mich nicht für Verschwörungen, Weltrettungen und dergleichen“, erwiderte der Freund des Bademantels lässig mit einem mächtigen Tumbler in der Hand.

„Nun gut, dann lasst uns die Karten auf den Tisch legen“, seufzte Lady Chatterley. „Wir wissen sowieso nicht mehr, wem wir trauen können. Da kommt es auf die zwei auch nicht mehr an.“

„Ja, Karten auf den Tisch. Zumindest diejenigen, die wir selbst schon kennen“, bestätigte Churchill.“

Kapitel 7

Eine unwahrscheinliche Zusammenkunft

Entropie ist wahrscheinlich, Ordnung unwahrscheinlich. Zerfall und Unordnung sind der natürliche Zustand – den Lebewesen jedoch zu überwinden trachten. Damit haben sie über eine gewisse Zeitspanne hinweg durchaus Erfolg. Weniger durch ihr Zutun, sondern weil kohlenwasserstoffbasiertes Leben in jeder einzelnen Zelle, noch einmal potenziert als Organismus, eine völlig unwahrscheinliche Ordnung darstellt. Die Zusammenarbeit von Lebewesen ist vor diesem Hintergrund regelrecht bizarr.

Lukas von Selben, in „Multiversen, Religion und Zellenzauber", Heidelberg 1998

„Ich erzähle euch mal, wie sich das bisher aus meiner Sicht darstellt, und ihr ergänzt das dann", machte Aayana den Anfang: „Winston sitzt in meiner Reithalle am Dachbalken, bringt mich zu dir in die Traumwelt und – kurz zusammengefasst – wir sollen die Welt retten ... zumindest die Vorherrschaft der Albträume verhindern, was ja tatsächlich lohnenswert klingt. Ich überlebe zwei Mordanschläge während des Tryder Cups ..."

„Drei", unterbrach eine Stimme, die Aayana sofort erkannte. „Ihre Trinkflaschen waren vergiftet", erklärte der große, dicke Polizist mit seiner sonoren, gleichtönig leisen Stimme, der eben an Rufus' Seite das Wohnzimmer betrat. „Sie haben offensichtlich das ganze Spiel nichts getrunken, was zwar ungesund ist, sich in diesem Fall aber bewährt hat." Das alles sagte er ohne erkennbare Modulation oder auch nur Luft zu holen.

„Darf ich vorstellen: Hauptkommissar Talhammer von der Kripo Schärding ... äh, und das sind mein Retter Thor und mein Mannschaftskapitän und Freund Herkules“, ergänzte Aayana, nachdem sich die beiden Hünen hinter dem Polizisten durch die Tür bückten. Gemeinsam waren die drei ein gewaltiger Anblick mit sicher über 500 Kilo.

Nachdem Aayana ihre übrigen Gäste reihum vorgestellt hatte – bis auf den Mann mit dem Bademantel, der am Sofa eingeschlafen war, und seinen Freund, der es sich in der Nähe der Bar gemütlich gemacht hatte –, ergänzte sie: „Thor ist ursprünglich ein nordischer, und Herkules ein griechischer Gott.“

„Halbgott“, korrigierte Herkules.

Man kannte natürlich einander, aber überwiegend nicht persönlich, und nachdem man sich die Hände geschüttelt hatte, verfielen alle in ein betretenes Schweigen, das schließlich Constance Chatterley unterbrach: „Denkst du, wir können offen reden, Aayana?“

„Thor und ich sind zwar nebenberuflich Agenten auf unterschiedlichen Seiten, aber hier spielen wir im gleichen Team. Er hat mir das Leben gerettet. Herkules ist wie ein Bruder für mich und Kommissar Talhammer ein Mann des Gesetzes. Ja, ich glaube, wir können offen miteinander sein.“ Doch dann hatte Aayana doch noch eine Frage an die drei großen Männer:

„Aber was führt euch eigentlich zu mir?“

Plötzlich verschwamm der Raum, insbesondere der Blick durch das große Fenster, als hätte man eine Brille abgelegt, die man dringend braucht. Ein leichtes Kribbeln auf der Haut – und als sich das Bild wieder stabilisierte, saß der orange Kater am Tisch.

„Sie hatten eure Koordinaten. Aber ich habe einen Blocker drübergelegt. Das kann jetzt Wochen dauern, bis sie euch finden", erklärte die Katze grinsend. „Und ich habe tapfer der Versuchung widerstanden, sie in die Antarktis zu schicken. Wäre zwar witzig gewesen, aber dann hätten sie sofort gemerkt, dass sie auf den Holzweg geschickt wurden."

„Das wird ja schön langsam eine richtige Party", stellte der Mann an der Bar mit einem leichten Zungenschlag fest, um sich dann aber doch wieder dem hochprozentigen Angebot zuzuwenden.

„Darf ich fragen, wie du uns gefunden hast, Kater?", wollte Winston wissen.

„Ich bin einfach unserem lieben Freund mit dem Bademantel aus dem ‚Dritten Polizisten' über die Traumwelt hierher nachgesprungen", erklärte der große Kater.

„Verdammt. Wir hinterlassen Spuren wie eine Büffelherde", konstatierte Winston und begab sich zum Trost zur Bar.

Der Mann mit dem Bademantel war mittlerweile erwacht und sah sich verwirrt um.

„Wir sind auf Einladung des Herrn Hauptkommissar da", beantwortete Herkules Aayanas Frage von vor zwei Minuten.

„Wie auch immer", sagte Aayana, „wenn wir dann komplett wären, könnten wir jetzt darüber reden, was hier vorgeht – und was zu tun ist?"

Winston Churchill nahm den Ball auf und fasste für alle zusammen, was bisher geschah und Aayana selbst schon wusste, um dann weiter auszuführen: „Der Vorsitzende der Albträume ist momentan Sauron. Wir glauben aber nicht, dass er die Fäden zieht. Das ist eine Nummer zu groß für ihn“, schloss Churchill seinen Bericht.

Bisher noch nicht viel Neues, und Aayana ertappte sich beim Abschweifen ihrer Gedanken – ... wenn die wissen, wo ich ein Golfturnier hier in der realen Welt spiele, und reale professionelle Killer auf mich ansetzen, dann lässt sich für wen auch immer hier in der realen Welt sicher auch herausfinden, wo ich wohne ... – wollte aber den endlich in Gang gekommenen Informationsfluss nicht unterbrechen.

„Wenn die wissen, wo sie ein Golfturnier hier in der realen Welt spielt, und professionelle Killer auf sie ansetzen können, dann lässt sich doch sicher auch herausfinden, wo sie wohnt“, sagte der Mann mit dem Bademantel – und alle sahen ihn mit großen Augen an.

„Bemerkenswert, Erdling“, bemerkte sein Freund, mittlerweile rechtschaffen betrunken.

„Achtung, Drohnen!“, rief Thor, aber es war nichts zu sehen. „In einer Minute“, ergänzte er etwas verlegen.

„Okay, verteilen wir uns. Da geht es raus auf die Terrasse über den Ställen für Südosten, je zwei an die beiden Fenster für Südwesten“, gab Aayana Anweisungen. „Norden ist stabil, keine echten Angriffs- und Einschussmöglichkeiten.“

Alle griffen ruhig zu ihren immer noch auf dem Tisch liegenden Waffen und schwärmten aus. Kein guter Tag für Drohnen – nach weniger als einer halben Minute war der Angriff abgewehrt und Techno-Schrott von über dreißig kleinen Fluggeräten zierte Garten und Pferdekoppel.

„Irgendwer hat die Dinger gesteuert“, stellte Hauptkommissar Talhammer fest. „Wie es aussieht, sind die in der Nähe. Ich werde ein wenig Sirenenfeuerwerk zur Vertreibung anfordern."

Zehn Minuten später fand sich der Hof im Schutz einer Blaulicht-Show und Uniformierte sicherten unter der Anleitung des Hauptkommissars draußen die zerschossenen Beweismittel. Talhammer hielt der Gruppe den Rücken frei, indem er seinen Kollegen erklärte, dass er Zeuge des Angriffs war und zudem „bereits alle Befragungen im Haus durchgeführt" hatte.

„Zurück zur Sache, Aayana. Dich interessiert verständlicherweise am meisten, was das alles mit dir zu tun hat", nahm Churchill den Faden wieder auf. „Hier kommt unser Genie ins Spiel. Herr von Selben, hätten Sie die Güte?"

„Sehr gern, Mr. Churchill. Ich spring' gleich mittenrein. Da das Zeitreisen streng verboten ist, verabrede ich mich an einem streng geheimen und hermetisch abgeschirmten Ort immer wieder mit Persönlichkeiten aus der Vergangenheit, um philosophische Dispute abzuhalten. Mitunter aber auch mit Persönlichkeiten aus der Zukunft."

„Ja, aber das müsste doch dann auch verboten sein – zumindest für ihre Gäste", wandte Aayana ein.

„Stimmt. Deswegen der hermetisch abgeschirmte Ort. Zudem gilt das Verbot für meine Gäste aus der Vergangenheit, strenggenommen, noch nicht. Und ich selbst reise ja nicht."

„Wie auch immer", erklärte Lady Chatterley, „erzählen Sie Aayana, was Sie über ihre Rolle erfahren haben."

„Nun ja, es gibt ja parallele Vergangenheiten. Die können uns relativ egal sein, weil wir hier das Resultat unserer Vergangenheit erleben. Mit den parallel möglichen Zukünften ist das etwas komplizierter. In der für uns relevantesten, weil wahrscheinlichsten Zukunft ist es den Albträumen offensichtlich gelungen, alle anderen Traumgenres auszuschalten. Eine durchaus unerfreuliche Vision. Aber, und das ist der entscheidende Punkt, einer meiner Gesprächspartner aus der Zukunft hat mir erzählt, dass dieses Horrorszenario von einer fiktionalen Figur, deren Drama verloren gegangen ist und die nun in der realen Welt lebt, in der zweitwahrscheinlichsten Zukunft verhindert wird."

„Das soll ich sein? Klingt für mich eher vage", sagte Aayana.

„In der Tat, aber etwas Besseres haben wir nicht", erklärte Churchill.

„Und wir wissen, dass es eine Figur eines angelsächsischen Literatur-Megastars sein soll", ergänzte von Selben. „Und das schränkt die Möglichkeiten doch erheblich ein."

„Zudem muss unsere gesuchte Retterin Traumspringen können", erklärte Lady Chatterley.

„Und das hat uns auf deine Spur geführt", sagte Churchill.

„Jedenfalls haben wir das im engsten Kreis besprochen", ergänzte Lady Chatterley.

„Und sie damit offenbar in höchste Gefahr gebracht", unterbrach Hauptkommissar Talhammer, der offensichtlich schon länger wieder im Raum war. „Aber ich will nicht stören, sondern bloß Ihre Aufmerksamkeit auf das Nachbarfeld da draußen lenken."

Sie schauten aus dem Fenster.

„Da kommt eine halbe Armee von bestens ausgerüsteten Killern in kugelsicheren Westen auf uns zu", erklärte der Polizist leise und ohne jede Emotion in seiner Stimme. „Die sind besser bewaffnet, in der Überzahl, ich habe meinen Leuten befehlen müssen, im Ernstfall abzurücken."

Wieder griffen alle zu den Waffen, als plötzlich ein gewaltiger Knall und eine Staubwolke die Szenerie völlig veränderte. Als sich der Staub legte, sahen sie einen enormen Krater, wo sich eben noch die Angreifer befanden.

„Das muss der Pottwal gewesen sein", lallte der Mann an der Bar und steckte seine Waffe zurück in den Holster. Und dann, in überraschend klarem Tonfall, als hätte er nicht eben ein Flasche Whiskey geleert: „Ich kenn' das. Und ich glaube schön langsam, mein naiver Freund im Bademantel und ich, wir zwei bringen euch Glück. Unwahrscheinlichkeit und so ... Dennoch denke ich, wir begeben uns schön langsam aus der Schusslinie. Das wird mir hier zu unruhig. Aber auf den Weg: Gibt's noch irgendwo eine Flasche von diesem Single Islay Malt?" Gab es nicht, dafür erregte eine fast volle Flasche Absinth Gefallen.

Zwei Minuten später erstattete einer der Polizisten von draußen Hauptkommissar Talhammer Bericht. Es stinke nach Fisch und über den ganzen Hügel, der vormals ein Feld war, liegen Eingeweide, Knochen – und ganz offensichtlich seien die Überreste eines Wals um einen Krater herum verstreut.

„Ziemlich unwahrscheinlich", konstatierte Talhammer, und alle schauten auf den Mann mit dem Bademantel und den Trunkenbold, der versuchte unschuldig auszusehen und an seinem Absinth nippte.

„Aber ich weiß immer noch nicht, wie das mit dem Traumspringen funktioniert", wechselte Aayana das Thema – weil sie es wirklich wissen wollte.

Constance Chatterley wurde sehr ernst: „Tatsache ist,

das kann man nicht lernen, das musst du haben. Aber auch wenn du es hast, heißt das noch nicht, dass du es kannst. Wir sollten das in kleinerer Runde besprechen. Kommst du mit mir mit? Wir gehen eine Runde ums Haus." Es stank tatsächlich erbärmlich nach Fisch, obwohl Wale, strenggenommen, keine Fische sind.

„Jeder kann Traumspringen", erklärte Constance, „und wie dir die Cheshire Cat bestätigen könnte, kann auch jeder Buchspringen. Aber du wirst verstehen, dass wir nicht wollen, dass sich das zu breit herumspricht."

„Und man muss einschränkend dazu sagen, dass es real auch nur die wenigsten Menschen können. Das ist ungefähr wie Apnoetauchen. Können letztlich auch nur ganz wenige. Und das ist eigentlich gut so", ergänzte der große orange Kater, der offensichtlich mitgekommen war.

„Aber warum ich?", fragte Aayana.

„Die Macht in dir – groß sie ist."

„Wir wollten dir jemanden vorstellen, Aayana", sagte Lady Chatterley, „das ist ..."

„Ich weiß, wer das ist", sagte Aayana.

Kapitel 8

Die Verschworenen

Ich bin wach – zumindest glaube ich, dass ich wach bin. Ich muss da jetzt dringend hin. Davon hängt viel ab, aber davor brauche ich noch etwas, das ich nicht sofort finde. Ich bin sicher, dass ich es brauche, aber nicht so sicher, was genau es ist. Ich überlege, ob ich auch ohne jetzt dahin gehen könnte, aber war das nicht vorhin noch ein anderer Ort? Jetzt fällt mir ein, was ich gesucht habe, aber ich finde es nicht. Es scheint mir, als wäre es vorhin noch etwas anderes gewesen. Es wird nicht reichen. Ich komme nicht rechtzeitig dahin. Warum bin ich nicht einfach hingegangen? Ohne das, von dem ich schon wieder vergessen habe, was es ist. Und wohin eigentlich?

Tricia Marie McMillan, in „Trillians kleines Albtraum-ABC", New York, Beteigeuze 2000

„In deine Reithalle wir gehen", sagte das kleine, grünliche Männchen mit den spitzen Ohren auf seinen Stock gestützt mit einem Ruhe ausstrahlenden Lächeln.

„Das wird deine Fragen nach dem Traumspringen beantworten", ergänzte Constance Chatterley.

Die letzten Stunden waren spektakulär, aber damit hatte Aayana doch nicht gerechnet. Wie auch?

„Okay", stammelte sie, und als sie mit dem großen Kater, Lady Chatterley und dem Meister in die Halle traten, forderte Lady Chatterley Aayana auf, an den letzten intensiven Traum zu denken, an den sie sich erinnerte, und dabei wollten sie sich alle an den Händen halten, damit Aayana sie mitnähme.

„Das Epizentrum ist hier in der Halle, aber wenn du etwas Übung hast, kannst du das von überall im Haus, und mit der Zeit und Erfahrung wirst du auch andere Relais spüren", erklärte Lady Chatterley.

„Mit dem Zurückspringen ist es allerdings nicht ganz so einfach. Dafür musst du entweder die genauen Koordinaten des Relais kennen oder den Ort so gut, wie du diesen hier kennst, um ihn dir vorzustellen", ergänzte der Kater.

„Den Sprung wir wagen wollen", erklärte der Meister, und sie nahmen sich an den Händen. Aayana fiel auf die Schnelle kein Traum ein. Oder doch! Aber der war nun wirklich nicht für die Öffentlichkeit geeignet. In dem Moment musste sie an einen Traum denken, in dem sie durch die Straßen einer Großstadt irrte, auf der Suche nach irgendetwas. Rund um sie taten sich ständig Löcher auf. Und wenn sie mit dem Arm oder einem Bein hineingeriet, fingen diese an, sich wie Gummi zu dehnen. Genau das passierte augenblicklich.

„Kein guter Traum", erklärte Lady Chatterley, während der Kater Aayanas drei Meter langen Arm aus einem Loch zog. Wenige Augenblicke später war der Arm wieder in Form und die Löcher waren weg.

Sie schwebten in der Luft und blickten auf etwas, das aussah wie ein Planet, aber nicht wie die Erde – weniger blau, mehr braun, gelb und rot. Plötzlich schoss ein Blumentopf an der Gruppe vorbei, dicht gefolgt von einem Pottwal.

„Das war eben noch eine Verarbeitung der Erlebnisse von vorhin, würde ich meinen", erklärte Lady Chatterley, die Aayana immer noch an der Hand hielt.

„In der Traumwelt wir sind", erklärte der kleine Mann, „gesprungen du bist."

„In weniger als zwei Sekunden", bemerkte die Cheshire Cat, „das ist beachtlich."

„Mehr als beachtlich. Mit drei Personen im Schlepptau!", war Lady Chatterley sichtlich beeindruckt.

„Dann lasst uns jetzt in unser Geheimquartier springen. Aayana, sauge, was du siehst, mit allen Sinnen auf. Das ist wie Träumen und ermöglicht dir später, dahin zu springen", erklärte Lady Chatterley.

Die kleine Gruppe nahm sich wieder an den Händen, und eine Sekunde später fanden sie sich auf einer Plattform hoch oben in den Wipfeln dreier gewaltiger Bäume, umgeben von einem spektakulären Wald. Es roch nach Laub und das Sonnenlicht schimmerte in allen erdenklichen Grüntönen an den Blättern.

Auf der Plattform, die etwa so groß wie ein Fußballfeld war, saßen Menschen auf Sitzgruppen oder standen um Stehtische zusammen und unterhielten sich gedämpft. Doch mit dem Eintreffen der kleinen Gruppe verstummten die Gespräche schlagartig.

Ein stattlicher, etwas untersetzter Mann kam auf sie zu und begrüßte sie herzlich. Insbesondere die Cheshire Cat dürfte er lange nicht mehr getroffen haben. Aayana beäugte er mit sichtlicher Neugier.

„Das also ist unsere Aayana?" Weniger fragend als vielmehr feststellend gab er ihr einen Handkuss. „Mein Name ist Bond, James Bond."

„Lass den Unsinn", tadelte ihn Lady Chatterley. „Wie ihr an seinem gewöhnungsbedürftigen Aussehen sicher erkannt habt, ist unser Gastgeber niemand anders als Waldemar Schratt, besser bekannt als der Waldschratt". Und an Waldemar gewandt: „Sind alle da?"

Der leicht moosig muffelnde Mann wurde ernst: „Fast. Winston und von Selben fehlen noch."

„Die kommen gleich", antwortete Lady Chatterley.

„Und dann haben wir seit einer Woche nichts mehr von Schneewittchen gehört", erklärte der Waldschratt mit sichtlich besorgter Miene.

„Hm, das klingt nicht gut. Wann habt ihr zuletzt versucht, sie zu erreichen?", fragte Lady Chatterley.

Wieder flackerte die Luft, und mittlerweile ahnte Aayana, was gleich passieren würde. Vor ihnen materialisierten sich aber nicht nur Winston Churchill und von Selben, sondern die ganze Gästeschar inklusive Hauptkommissar Talhammer.

„Wir mussten die Segel setzen. Erneuter Angriff. Diesmal aber die zivilisierte Variante. Geheimpolizei aus Wien, wie wir von Ihrer entzückenden Freundin Lady Lena erfahren haben, während Rufus sie unten an der Haustüre beschäftigte", erklärte Winston. „Die beiden halten die Stellung bei Ihnen daheim", wandte er sich an Aayana.

„Okay, aus irgendeinem Grund, den wir noch nicht kennen, stehen wir auch in der realen Welt schon ziemlich unter Druck", erklärte Lady Chatterley, nachdem sie die Neuankömmlinge vorgestellt hatte. „Sie suchen mit allen Mitteln nach Aayana, und das heißt, dass unsere Gegner in der realen Welt besser vernetzt sind, als wir dachten."

Betretenes Schweigen.

„Das heißt aber auch, dass wir entweder einen Fehler in unserer Kommunikation gemacht haben oder es hat uns jemand aus dieser Runde verraten."

Sofort hob ein Raunen an, das sich mehr und mehr zu einem empörten Durcheinander von Stimmen auswuchs.

Und doch war zu erkennen, dass die Anwesenden sehr unterschiedlich reagierten.

„Unmöglich“, rief nun ein junger Mann, und es wurde schlagartig ruhig, „jeder hier hat irgendjemandem von uns schon einmal den Kopf gerettet. Warum sollte man das tun, wenn man nicht auf unserer Seite steht?“

In das darauf einsetzende Stimmengewirr bahnte sich eine leise, monotone Stimme ihren Weg: „Möglicherweise ist der Täter bzw. Verräter daran interessiert, nicht entdeckt zu werden und Vertrauen zu gewinnen. Da liegt es nahe, dass man auch einem Feind zu Hilfe eilt, um die Tarnung aufrechtzuerhalten“, erklärte der große dicke Mann, der eben erst als Hauptkommissar Talhammer aus der realen Welt vorgestellt wurde und sich offensichtlich sofort in der ungewohnten Umgebung zurechtfand.

„Recht er hat“, bestätigte das grüne, spitzohrige Männchen den irdischen Hauptkommissar und ging ein paar Schritte auf seinen Stock gestützt in die Mitte der Plattform, „und großen Zorn ich sehe.“

Alle waren still.

Aayana war immer noch verwirrt, wollte aber jetzt schön langsam in den Fahrersitz:

„Constance, ich versuche da jetzt Ordnung für mich reinzubringen. Frage: Wer wollte dich warum in der Traumwelt verhaften? Und vor allem: Wer hat die Macht dazu? Du bist doch die gewählte Chefin von dem Ganzen.“

„Hmnja, ich denke, wir alle wissen, dass das nur Sauron kann“, antwortete Winston.

„Ja, es war vermutlich Sauron, mein Stellvertreter im Großen Rat und Vorsitzender der Albträume“, bestätigte Lady Chatterley. „Wie er es aber schaffen konnte, dass ich verhaftet werden sollte, ist mir selbst noch ein Rätsel. Den besten Draht zu ihm und seinen Gefolgsleuten hat vermutlich unser Freund Rasputin. Vielleicht kannst du uns dazu etwas sagen?“

Ein hagerer älterer Mann in etwas gebückter Haltung, der Aayana seit einer Weile durchdringend ansah, richtete sich zu erstaunlicher Größe auf und wirkte plötzlich fast elegant: „Was wollt ihr wissen?“

Ein Äffchen sprang auf seine Schulter und schaute keck von einem zum anderen.

„Alles, was du weißt“, antwortete Churchill etwas zu harsch.

„Der gute Rasputin ist einer meiner besten Freunde und trotz seines durchwachsenen Rufs in Wirklichkeit ein bedeutender Philosoph“, mischte sich von Selben beschwichtigend ein.

„Alles gut, alter Freund“, lächelte Rasputin seinen Verteidiger an, „aber ich kann ganz gut selbst für mich reden. Ich liebe dich.“ Von Selben errötete ein wenig.

Alle Augen ruhten nun auf dem Russen, der mittlerweile auch seit fast zwei Jahrhunderten Agent der Somno-Garde und zu absoluter Unabhängigkeit und Äquidistanz verpflichtet war.

„Ja, klar, Sauron steckt dahinter. Das steht fest. Wie ihr es heutzutage ausdrücken würdet: Sauron ist nicht die hellste Kerze auf der Torte. Mir ist nicht ganz klar, wie er die Garde dazu bringen konnte, dich verhaften zu lassen“, erklärte Rasputin. „Ich bin kein großer Freund von dir, Constance, und denke, dass die sittsamen, gottesfürchtigen Träume unter deinem Vorsitz zu kurz kommen. Wie ihr wisst, war ich selbst kein Unschuldslamm, aber ich habe dem Laster abgeschworen, mich darüber erhoben. Daher glaube ich, dass du als Vorsitzende der erotischen Träume der Traumwelt als Chefin nicht guttust. Als Agent der Garde habe ich einen Eid geschworen und bin dir zu Gehorsam verpflichtet. Glaube mir, das fällt mir nicht immer leicht. Doch eines kann ich dir versichern: Den an Selbstüberschätzung leidenden Zaubergreis halte ich noch weniger aus als dich."

Betretenes Schweigen.

„Was heißt das? Glaubst du, dass Sauron die Macht in der Traumwelt ohne demokratische Wahl an sich reißen will, oder was?", fragte Lady Chatterley.

„Ja, so sieht es aus", antworte Rasputin.

„Und das ist es? Vorherrschaft der Albträume über die erotischen Träume?", mischte Aayana sich jetzt ein.

„Wie es aussieht, ja – oder eigentlich Vorherrschaft über alle anderen Träume. Eh schlimm genug, oder?", erwiderte Rasputin.

„Nein. Ganz ehrlich, das reicht mir nicht. Ich habe immer mehr das Gefühl, dass es da um mehr geht. Vor allem: Was hab' ich damit zu tun? Warum wird in der realen Welt ein professioneller Killer auf mich angesetzt?", setzte Aayana nach, „da ist doch was Größeres im Gange."

Wieder betretenes Schweigen.

Außer bei Rasputin: „Ich schätze, du hast Recht. Nur um die Vorherrschaft in der Traumwelt geht es da vermutlich nicht. Dafür seid ihr Menschen nicht wichtig genug. Irgendwie seid ihr ja süß, aber mittlerweile völlig moralentkernt. Ich weiß auch nicht, warum sich die Albträume das antun. Wie auch immer, ich geh' dann mal."

„Warte", schaltete sich nun von Selben ein.

„Nein, ich will nicht warten!“ rief Rasputin so, dass alle erschraken. „Ihr Idioten erklärt dauernd, wie viel besser schöne Träume sind. Ihr habt keine Ahnung vom Leben. Das Leben ist nicht schön. Die einzige Flucht des Ohnmächtigen führt in die Anarchie. Seit Jahrzehnten verhindert ihr, dass die gottesfürchtigen Träume eine eigene Gattung werden.“

Jetzt wurde Aayana deutlich. „Okay, alter Mann. Eines ist geklärt: Du bist mir unsympathisch. Aber auf welcher Seite du stehst, ist für mich wichtig, weil ich gerade ein paar Mordanschläge überlebt habe“, donnerte sie für ihre Verhältnisse unerwartet scharf. Rasputin fixierte Aayana zwei lange Sekunden und sagte: „Ich mag dich auch nicht, aber lass es gut sein.“ Dann löste er sich in Luft auf und war verschwunden.

„Immer das Gleiche mit ihm“, sagte Winston, „so ein zorniger alter Mann. Ich glaube immer weniger, dass wir uns auf ihn verlassen können.“

„Ich weiß, er ist schwierig, aber ich lege meine Hand für ihn ins Feuer“, beschwichtigte von Selben.

„Auf deine Art und Weise bist du ja genauso wahnsinnig wie er“, entgegnete Churchill. Man hätte nun eine Stecknadel auf den Boden fallen hören können. Unangenehmes Schweigen breitete sich in den Baumwipfeln aus und es roch plötzlich nach Regen und nassem Laub.

Aayana wurde unvermittelt klar, wie sehr sich in dieser Runde schon alle misstrauten.

„Vertragt euch“, brach Lady Chatterley das Schweigen. „Rasputin ist sicher ein Kauz – und dennoch: Er ist Teil unseres Teams, wie wir alle. Ich muss jedenfalls jetzt untertauchen und werde den Vorsitz der erotischen Träume interimistisch an meine Stellvertreterin Marilyn Monroe übergeben. Das heißt, ihr beiden, meine lieben von Selben und Winston, werdet ihr helfen, wie ihr auch mir stets geholfen habt."

Dann wandte sie sich an Aayana: „Wir wissen immer noch nicht genau, warum, aber aus irgendeinem Grund hängt das alles an dir, wenn wir an die zweitwahrscheinlichste Zukunft glauben. Und das sollten wir." Dann wieder an die beiden Männer: „Von Selben, Winston, vertraut euch und weicht nicht von Aayanas Seite. Ich weiß, ich kann mich auf euch verlassen."

Kapitel 9

Versöhnung und Vereinigung

Im ganzen Universum galten die Snarks als die einzigen, die die große Frage zum Sinn des Lebens, zum Universum und zum ganzen Rest – also zur letztgültigen Antwort: „42" – kannten. Obwohl es dazu keinerlei Evidenz gab, verschaffte ihnen das eine Sonderrolle, und keine der bekannten Lebensformen hatte je Lust, sich mit ihnen anzulegen – oder auf ein Bier mit ihnen zu gehen.

• *Robert Dillon, in „Zeitgeschichte des 20. Jahrhunderts", 5. überarbeitete Auflage, Vancouver, Berlin 2012*

Winston Churchill ging mit einem Glas Cognac auf die Terrasse und zündete sich eine Zigarre an. Er, von Selben und Aayana waren auf Aayanas Hof zurückgesprungen. Von Selben saß auf einem Barhocker an der Kücheninsel und beobachtete Aayana, wie sie eine Quiche Lorraine zubereitete.

„Eine Sache beschäftigt mich", sagte von Selben und runzelte die Stirn.

Nach mehr als fünf Sekunden des Schweigens war Aayana dann doch zu neugierig: „Was?"

„Wenn es einen Putsch in der Traumwelt gibt, dann ist es verständlich, dass Constance ein Ziel ist. Es ergibt überhaupt keinen Sinn, dass sie einen Killer hier in der Außenwelt auf dich ansetzen."

„Ihr habt doch in euren Besprechungen in der Traumwelt die Theorie gewälzt, dass ich eine Rolle in der zweitwahrscheinlichsten Zukunft spiele. Warum auch immer?", entgegnete Aayana.

„Ja, das ist mit Sicherheit der Grund, aber das weiß doch niemand! Und das irritiert mich."

„Was heißt niemand?"

„Nur Winston, Constance und ich wussten es", murmelte von Selben, mehr zu sich selbst.

„Das schränkt den Kreis möglicher Verräter aber ziemlich ein, oder?" fragte Aayana nun, auch mehr zu sich selbst.

„Geht's euch gut?" rief Winston von der Terrasse mit einem Schwall von Zigarrenrauch herein.

„Alles wunderbar", antworte Aayana, und zu von Selben: „ich spring' schnell unter die Dusche und hoffe, dass das diesmal friktionsfrei verläuft."

„Mit Sicherheit. Winston und ich sind da."

„Ja, das wart ihr beiden im Duschraum im Stadion auch, und wenn ich mich recht erinnere, habt ihr mir das Leben gerettet. Ich hab' also ein gutes Gefühl. Insbesondere, wenn ihr euch wieder vertragt."

Das heiße Wasser dampfte, und Aayana wusste nicht, wie lang sie schon unter der Dusche stand. Jedenfalls hatte sie jetzt auch immer eine kleine Beretta in Reichweite und ihre beiden Glock unterm Kopfpolster und unterm Bett.

Und das war gut so, denn ihre Duschtrance wurde jäh von Schussgeräuschen unterbrochen. Eher kleine Kaliber – und nicht vor, sondern im Haus. „Wann habe ich zuletzt geduscht, ohne dass eine Schießerei losgeht", dachte Aayana und sprang aus der Dusche zu ihrer Beretta. Im ersten Moment machte sie sich vor allem Sorgen um von Selben und Churchill. Sie lauschte. Weitere Schüsse, definitiv im Haus.

Dann kein Laut. Sollte sie rufen? Entscheidung: Nein. Langsam schlich sie mit der Waffe im Anschlag aus dem Bad. Der Gang war nicht hell, doch erleuchtet.

„Das hier am Boden ist ein Berufs-Killer. Und Winston war schon vorher weg", sagte von Selben und legte sanft seine Hand auf Aayanas Waffe.

„Stimmt, aber hier bin ich wieder", hörten sie Winston Churchills Stimme hinter sich. „Du hast schon wieder nichts an, meine Liebe, aber das ist in Ordnung. Pistole in der Hand. Gefällt mir. Ich muss gleich wieder los. Den Killer hier nehme ich mit – ist einfacher für euch." Und im nächsten Moment waren er und der überwältigte Eindringling verschwunden.

„Winston ist zwar ein verrücktes altes Huhn, aber auf seine Art schon okay", erklärte von Selben.

„Stimmt."

„Sorry, dass ich dich wieder so sehe ... obwohl, du siehst großartig aus."

Aayana musste diesen Mann einfach küssen. Das wollte sie schon seit einiger Zeit. Die Art, wie er eben verschämt seinen Kopf und seine Augenlieder gesenkt hatte, waren zu viel, als dass sie dem Impuls noch weiter hätte widerstehen können. Ein weiteres Plus: Er hatte eben einen auf sie angesetzten Killer überwältigt. Das macht schon was. Obwohl, das hatte Thor auch getan. Also war da doch noch etwas anderes.

„Du musst jetzt versuchen, ein paar Stunden zu schlafen. Ich halte die Stellung", sagte von Selben und strich Aayana mit dem Rücken seines Zeigefingers sanft über die Lippen.

Aayana sah ihm in die Augen und es knisterte gewaltig. Sie sah ein, dass er Recht hatte, und nachdem sie sich in ihr Bett gelegt hatte, war sie eingeschlafen, noch ehe sie die Decke über die Ohren gezogen hatte. Ihre Träume hatten eine eindeutig erotische Note, der geheimnisvolle von Selben spielte darin eine nicht unwesentliche Rolle. Ob Lady Chatterley und ihr Team von den erotischen Träumen hier Regie führten, fragte sich, vielmehr: träumte Aayana. Oder kümmerte sich bereits ihre Stellvertreterin Marilyn Monroe um die Traumgeschäfte?

„Shakespeare hat dich toll erdacht. Er hat eine Göttin kreiert."

Aayana war schlaftrunken, verwirrt sah sie in von Selbens wache, strahlende Augen.

„Irgendwann muss ich ihn kennenlernen."

Jetzt war auch Aayana wach: „Thor und Herkules sind Götter. Ich bin bloß eine Traumspringerin, wie ich erst seit ein paar Stunden weiß. Aber was machst du in meinem Schlafzimmer? Ich habe ja gar nichts an."

„Ich habe aufgepasst."

„War ich zugedeckt?"

„Sehr gut zugedeckt."

Aayana war gut gelaunt: „Verrätst du mir deinen Vornamen, Herr von Selben?"

„Ich glaube, ich bin eifersüchtig auf den König", ignorierte von Selben die Frage.

„Sag mir deinen Vornamen!" Doch von Selben hatte keine Chance zu antworten.

„Sein Vorname ist offensichtlich Von", sagte Lena Laloum, die ohne jedwedes Gefühl für Distanz oder Scham in Aayanas Schlafzimmer schwebte. „Ich höre von Rufus, ihr habt gestern schon wieder eine Schießerei gehabt?"

„Auch dir einen guten Morgen. Was machst du in meinem Schlafzimmer?" – das war die Frage dieses Morgens, und Aayana fragte sich, wer als Nächstes eintreffen würde.

„Um ehrlich zu sein, hatte ich gehofft, dass sich der Anblick lohnt. Ich bin übrigens auch Single, Herr von Selben“, flötete sie ihm nun, eine Oktave höher, wie ein Teenager hinterher, als er sich anschickte, den Raum zu verlassen.

„Darf ich hier duschen, Aayana?“, fragte von Selben an der Türschwelle.

„Ja, klar“, antwortete Aayana.

„Ich komme mit“, rief Lena Laloum ihm nach.

„Ernsthaft, Lena, so geht das nicht“, ging Aayana dazwischen. „Wo ist Rufus?“

„Er entsorgt eine verkohlte Quiche Lorraine und macht gerade Frühstück. Was ich dir eigentlich erzählen wollte: Draußen neben dem zerschellten Wal steht ein Helikopter. Die sagen, dass du nach Madrid kommen sollst. Der Genosse Vorsitzende will dich sehen.“

„Ernsthaft? Sagen sie, warum?“ Sie sprang aus dem Bett und an ihrer Freundin vorbei ins Wohnzimmer, um beim großen Fenster einen Blick auf das Szenario zu werfen. Tatsächlich standen da ein relativ großer Hubschrauber und um ihn herum einige Uniformierte. Eindeutig keine österreichischen Uniformen – mochten also Spanier sein oder irgendeine Einheit der Vereinigten Sozialistischen Volksrepubliken und Königreiche.

Das war wirklich eigenartig. Der vielleicht mächtigste Mann der Welt hatte Aayana einen Hubschrauber geschickt, um sie abholen zu lassen? Mit dem Heli war die Distanz nach Madrid aber nicht zu schaffen. Welchen Airport würden die ansteuern? Und was war dem Genossen Vorsitzenden Miguel de Cervantes so wichtig? Woher kannte er überhaupt eine kleine Agentin und Golfspielerin wie Aayana? Sie war gleichermaßen verwirrt wie neugierig.

Sollte sie nicht eigentlich Angst haben? Seltsamerweise hatte Aayana aber keine.

„Lena, Rufus. Ich will, dass ihr das Haus in den nächsten Tagen nicht mehr betretet. Es ist offensichtlich im Moment nicht ganz ungefährlich", wies Aayana die beiden an.

„Das dachte ich mir", erwiderte Rufus. „Als ich gestern die Schüsse hörte und von meiner Wohnung herübereilte, war zwar offensichtlich schon alles vorbei, aber die einschlägigen Ereignisse der letzten Tage sind nicht zu leugnen. Sie sind übrigens unbekleidet, Fräulein Aayana."

Aayana sah verlegen an sich herab, als von Selben mit noch nassem, nach hinten gekämmtem Haar den Raum betrat: „Ich komme mit, sonst fliegst du nicht."

„Okay, aber vorher gehe auch ich duschen. Ich gebe die Hoffnung nicht auf, dass das vielleicht einmal ohne Schießerei über die Bühne geht."

Es ging ohne.

Kapitel 10

Der Aufbruch

Wiewohl wir Menschen scheinbar zufällig und unvermittelt in Liebe zueinander verfallen, gibt es dennoch ein einfaches Rezept: Drei Einheiten physische Attraktion mit vier Einheiten Geruch mischen, dazu fein dosiert Gestik und Mimik. Das alles mit einem Fond von Humor aufgießen und mit gemeinsamen Abenteuern aufkochen. Den gegenseitigen Respekt unterheben und auf kleiner Flamme garen lassen. Dann noch großzügig mit ehrlichem Interesse aneinander abschmecken und heiß servieren.

James Trevor Oliver, in „Rezepte aus Clavering", 3. überarbeitete *Auflage, London 2014*

Der Helikopter war aus der Nähe noch größer, ein Offizier nahm Aayana und von Selben höflich in Empfang: „Sehr erfreut, Señorita Agrin. Ich bin General Santillo, ich habe Anweisung, Sie nach Madrid einzuladen", erklärte er in einwandfreiem Englisch.

Nachdem Aayana ihm von Selben als ihren Begleiter vorgestellt hatte und sie ihre Waffen abgegeben hatten, nahmen sie in einer geräumigen Kabine für acht Personen am hinteren Ende Platz. Der General und zwei weitere Offiziere vor ihnen. Drei Sitzplätze blieben frei. Die anderen Soldaten bestiegen zwei kleinere Hubschrauber, die Aayana vom Fenster aus gar nicht bemerkt hatte.

Der Lärm der Motoren war enorm und sie wurden angewiesen, Kopfhörer aufzusetzen.

„Durch Druck auf diese Taste können Sie jederzeit mit

dem Piloten oder uns in Kommunikation treten", erklärte der General und bat Aayana und von Selben, sich anzuschnallen.

Minuten später flogen ein großer und zwei kleinere Helikopter in relativ geringer Höhe über den bayrischen Luftraum Richtung Westen.

Als Aayana gerade überlegte, wie lange dieser Flug wohl dauern würde, meldete sich von Selben über ihren Kopfhörer: „Ich habe sie abgeschaltet. Wir können uns unterhalten, ohne dass sie mithören."

„Ehrlich? Wie macht man so was?"

„Keine große Sache. Da diese Dinger nicht wirklich schnell sind, wollte ich uns ein wenig Privatsphäre für die nächsten Stunden verschaffen", lächelte von Selben sie an. Seinen Vornamen kannte Aayana immer noch nicht.

„Bin schon gespannt, wo wir in ein Flugzeug umsteigen", meinte er, „München kann ich mir nicht vorstellen. Vielleicht irgendwo in Baden-Württemberg oder Frankreich."

„Wir werden ja sehen", entgegnete Aayana. Auf eine eigenartige Weise fühlte sie sich wohl. Sie flog gemeinsam mit einem geheimnisvollen Mann ins nächste Abenteuer. Und sie war zufrieden, dass sie die Zeit zum Duschen hatte.

Aayana dachte an den Kuss gestern Abend und ihre Träume der vergangenen Nacht. In dem Moment spürte sie, wie von Selbens Hand die ihre umschloss. Ein wohliger Schauer floss durch ihren Körper, ihre Blicke trafen sich. Aayanas Griff wurde fester und sie fühlte sich glücklich.

Aayana war wie in Trance, in einer Art Schwerelosigkeit, die absurden Ereignisse der letzten Stunden waren weit entfernt. Dann war da dieser Impuls:

„Ich liebe dich", sagten Aayana und von Selben gleichzeitig. Aayana war wie vom Blitz getroffen ob der unbekümmerten Waghalsigkeit ihrer Worte, von der Wirkung seiner Worte und der Magie, dass sie sie beide gleichzeitig ausgesprochen hatten.

Im nächsten Augenblick war da Angst: „Ich will jetzt keine Abenteuer und Lebensgefahr. Weder für dich noch für mich. Ich will, dass wir jetzt Zeit haben."

„Die Zeit werden wir haben", sagte von Selben sanft. „Und ein Abenteuer halt auch. Lass uns einfach das Risiko berechnen und minimieren."

Aayana musste unwillkürlich lachen: „Du bist verrückt! Aber ja, so ähnlich machen wir das." Und sie hielten für geraume Zeit einfach ihre Hände und schwiegen.

2. Teil

Kapitel 11

Die Volksrepublik Bayern

Eines der Hauptprobleme mit den Dingen ist, dass sie ganz anders sind, als sie erscheinen. Der Kluge erkennt daher die Sinnlosigkeit des Versuchs, die Zukunft zu antizipieren. Es kommt immer anders, als erwartet. Wenn man aber zu den zur Verfügung stehenden evidenzbasierten Daten diese Erkenntnis in eine saubere Berechnung miteinbezieht, kann einem nichts überraschen. Man kommt zu validen Ergebnissen und hat dann große Freiheit, sich zu entscheiden, von welchen dieser Ergebnisse man glaubt, dass sie nicht eintreten werden.

Blondel, in „Richard Löwenherz, der Eroberer von Akkon", 78. überarbeitete Auflage, Chateau Gaillard 1966

Aayana hatte keine Ahnung, wie lange sie so gesessen haben mochten, aber sie flogen die gesamte Zeit in geringer Höhe und landeten recht unvermittelt auf einem Flugfeld weit außerhalb irgendeiner erkennbaren Stadt.

Die Seitentür wurde geöffnet und General Santillo wies seine Passagiere freundlich an, auszusteigen.

Als sich Aayana eben die Frage stellen wollte, wo sie wohl waren, sahen sie auch schon die unverwechselbaren Uniformen der Volksarmee der Sozialistischen Volksrepublik Bayern, mit den roten Streifen an Kappe, Ärmeln und Hose, und sie dachte: „Das muss jetzt aber nicht sein.“ War aber so. Etwa zehn Uniformierte nahmen sie in Empfang.

Der spanische General war nach wie vor freundlich, die bayrischen Genossen weniger.

„Herr von Selben?“, bellte der offensichtlich ranghöchste Offizier, leicht zu erkennen an den meisten Sternen und Streifen an der Schulter, die aber nicht halb so eindrucksvoll waren wie jene von General Santillo.

Von Selben gab sich mit einem knappen „Ja“ zu erkennen.

„Ausgezeichnet“, wandte sich der bayrische Offizier an den General. „Der Mann ist verhaftet, die andere Gefangene gehört Ihnen und Ihr Flugzeug steht bereit.“

Er hatte noch nicht fertiggesprochen, da hatte Aayana General Santillos Pistole in der Hand und zielte auf den Kopf des bayrischen Offiziers: „Was soll das? Wir sind auf Einladung des Genossen Cervantes auf dem Weg nach Madrid.“

„Sie schon, er nicht. Er wird in halb Europa als Terrorist gesucht. Nehmen Sie bitte die Waffe herunter“, bat General Santillo.

„Erstens glaube ich das nicht, und zweitens: Warum hat er mich ‚Ihre Gefangene‘ genannt?“ Seine Antwort ging in der Ohnmacht unter, die der Stromstoß eines Elektroschockers in Aayanas Nacken ausgelöst hatte. Als sie erwachte, fand sie sich in einem Flugzeug mit der linken Hand mittels Handschelle an eine Armlehne gefesselt.

„Das war wirklich schnell und auch sehr mutig von Ihnen“, erklärte General Santillo. „Ich bin beeindruckt. Aber es war natürlich auch unnötig und dumm. Verzeihen Sie daher, dass wir den Elektroschocker einsetzen mussten. Scheußliches Gefühl. Wie ein riesiger Kater, wenn man aufwacht.“

Aayana hatte tatsächlich einen Bleigeschmack im Mund, Kopfweh und ihre Muskeln zuckten unmerklich.

„Und diese heldenhafte Tat für diesen Massenmörder, der vor nichts zurückschreckt. Aber vermutlich wussten Sie das alles gar nicht."

„Was wusste ich nicht?"

„Ihr feiner, gebildeter Freund ist der meistgesuchte Terrorist und Attentäter Europas. Spezialgebiet: schockierende Bilder. Wenn es geht, mit toten Kindern. Die bayrischen Kollegen wollten und konnten sich den Fang nicht entgehen lassen."

„Das glaube ich Ihnen nicht", entgegnete Aayana wütend. „Und warum bin ich gefesselt?"

„Das dürfen Sie ruhig glauben, wir werden Ihnen die unwiderlegbaren Fakten zukommen lassen, wenn wir gelandet sind."

„Aber warum bin ich gefesselt?" wiederholte Aayana ihre Frage.

„Nun, Sie haben einen Offizier der Bayrischen Volksarmee mit der Waffe bedroht. Seien Sie froh, dass wir Sie da herausgeholt haben", erklärte der General ein wenig huldvoll.

„Der Offizier hat gemeint, ich als Ihre Gefangene gehöre Ihnen. Das war vor dem Kunststück mit der Waffe", blieb Aayana hartnäckig, obwohl sie immer unsicherer wurde, ob diese Diskussion einen Sinn hatte.

„Wie auch immer, wir landen in etwa einer Stunde in Madrid. Wenn Sie wollen, kann ich Ihre Handschelle aufschließen. Aber ich erwarte disziplinierten und respektvollen Umgang mit dem Personal an Bord. Andernfalls müsste ich Sie erschießen, denn noch einmal lasse ich mir die Waffe nicht abnehmen. Ich weiß ja nun, wie schnell Sie sind. Haben wir eine Abmachung?"

Ohne zu zögern, sagte Aayana zu, denn ihr fielen keine guten Gründe für die gefesselte Variante ein, und der General befreite sie von den Handschellen.

„Da ist jetzt aber gründlich etwas schiefgelaufen", erklärte der Mann mit dem Bademantel.

„Das ist kein Raumschiff, sondern ein stinknormales Flugzeug."

„Das sehe ich selbst", erwiderte sein Freund. „Schau mal, da ist Aayana. Hallo Aayana, wie geht's?"

Der General war aufgesprungen und hatte die Pistole im Anschlag: „Was sind das für Tricks? Wo kommen die beiden Typen her?"

„Ich sage ja nur, dass das schiefgelaufen ist, weil, das ist kein Raumschiff", blieb der Mann im Bademantel hartnäckig enttäuscht.

„Keine Bewegung oder wir schießen", mischte sich General Santillo, mittlerweile eskortiert von einem halben Dutzend seiner Männer, noch einmal in die Diskussion ein.

„Aayana, Darling, bei dir alles okay? Sind das Freunde von dir? Warum sind die so nervös?" Der Freund des Mannes im Bademantel, dessen Namen Aayana immer noch nicht kannte, hatte das Champagner-Glas des Generals in der Hand und nahm einen tiefen Schluck. Der General war offensichtlich kein echter Nahkämpfer, denn eine halbe Sekunde später hatte Aayana den General in ihrer Gewalt, deckte sich mit seinem Körper gegen dessen Männer ab und hielt ihm den Korkenzieher an die Kehle: „So, jetzt spielen wir das Spiel alle ohne Waffen. Wir müssen uns ja nicht gegenseitig wehtun. Herr General, weisen Sie Ihre

Männer an, ihre Waffen zu sichern und auf diesen Sitz zu legen. Dann reden wir."

General Santillo war zum zweiten Mal an einem Tag von einer Frau überrumpelt worden. Er war einerseits sauer, andererseits stieg in ihm so etwas wie Bewunderung, vielleicht sogar stille Zuneigung auf, und er tat, wie ihm geheißen. Die Truppe des Generals war entwaffnet.

„Ich habe drei Fragen, Herr General. Hier die erste: Warum werde ich gefangen genommen und zum Genossen Vorsitzenden Miguel de Cervantes nach Madrid gebracht?"

General Santillo fühlte sich sichtlich unwohl: „Ehrlich gesagt, ich weiß es nicht. Es ist auch ein eher ungewöhnlicher Auftrag. Denn normalerweise interessieren wir uns nicht für irgendwelche kleinen Agenten aus anderen Ländern unserer eigenen Sozialistischen Volksrepubliken und Monarchien. Im Gegenteil, wir gehen da Ärger eher aus dem Weg.

Leben und leben lassen, heißt die Devise."

„Was passiert, wenn wir landen? Komme ich in den Kerker? Werde ich erschossen? Oder habe ich einen Termin beim Genossen Vorsitzenden?"

„Auch das weiß ich nicht mit Sicherheit", antwortete der General. „Die Anweisung lautete, Sie zum Genossen Vorsitzenden zu bringen. Jedenfalls ist im besten Hotel Madrids ein Zimmer für Sie reserviert."

„Okay, dritte Frage: Was war das mit von Selben?", wollte Aayana wissen.

„Er wird als Massenmörder gesucht und ist darüber hinaus womöglich das strategische Gehirn des antisozialistischen Terrorismus in Europa. Ein großer Fang und Prestige-Erfolg für die Bayern", gab Santillo zu Protokoll.

Der Mann mit dem Bademantel sah verwirrt drein, und sein Freund pfiff leise durch die Zähne, während er sich den letzten Schluck von General Santillos Champagner eingoss.

„Ich kann das nicht glauben. Worauf stützen sie das?", gab Aayana zurück.

„Das steht so in der europaweiten Fahndung. Es gibt aber auch Verschwörungstheorien, denen zu Folge er sowieso für die Bayern arbeitet. Wie auch immer, ich weiß es nicht", klang der General relativ glaubwürdig.

Aayana konnte sich das nicht vorstellen. Der zuvorkommende und charmante von Selben – wie hieß er eigentlich mit Vornamen? Der geheimnisvolle von Selben. „Ich kann das nicht glauben", war Aayanas knappe Antwort. Da sprach das Herz, aber Evidenz hatte sie keine. War er auch der Verräter in Lady Chatterleys Reihen – der perfekte Doppelagent?

Der Flieger setzte auf und der Mann im Bademantel fragte seinen Freund: „Mir gefällt das alles nicht, kommen wir hier irgendwie raus?" Sein Freund schaute auf eine Art Tablet:

„Im Moment eher nicht, aber ich sehe da noch ein Flasche Champagner."

Als das Flugzeug seine Parkposition erreicht hatte und die Piloten aus dem Cockpit kamen, saßen etwas mehr als ein halbes Dutzend Männer, davon einer mit einem Champagnerglas in der Hand, und eine Frau schweigend im Passagierraum.

Kapitel 12

Über Spanien, Gott und die Welten

Nun, die Wahrheit ist, dass ich mich mit Priestern – egal welcher Religion – nie besonders gut verstanden habe. Und mit Gotteskriegern konnte ich noch weniger anfangen. Als für mich vor geraumer Zeit schon abzusehen war, dass mein Dasein mich in eine ruhigere Phase führen würde, empfand ich dennoch Wehmut wegen der drohenden Bedeutungslosigkeit.

Zugleich lernte ich aber, immer offener mit meinen Anhängern umzugehen. Ein Gefühl von Leichtigkeit beflügelte mich, und letztlich spürte ich, dass ein Druck von mir abfiel. Ich kommunizierte nurmehr, wenn ich Lust dazu hatte.

Monotheos, in „Erinnerungen eines Übervaters *und Scharfrichters", 12.* überarbeitete Auflage, Jerusalem 2019

Aayana erwachte in einem stattlichen Privatjet in einem bequemen Ledersessel. Unter ihnen hatte sich die Landschaft völlig verändert. Das dralle Grün über Süddeutschland war einem Ockerton gewichen. Sie waren vermutlich nördlich der Alpen und dann über Frankreich Richtung Spanien geflogen.

Als sie sich von Selben zuwandte, lächelte er sie an: „Du hast geschlafen."

„Sind wir in einem Traum oder bin ich gerade wach?", fragte Aayana ihn unvermittelt.

„Jetzt bist du wach", erwiderte er etwas überrascht.

„Wo sind wir?"

„Über Spanien, Kastilien – kann nicht mehr lang dauern."

„Jetzt haben wir die Privatsphäre gar nicht genutzt, die du uns geschaffen hast", hatte Aayana fast ein schlechtes Gewissen.

„Das ist wie in einer aufregenden Stadt", erwiderte von Selben, „sie bietet dir so viele spannende Möglichkeiten, aber du darfst dir keinen Druck auferlegen, die Angebote unbedingt zu nutzen. Du genießt einfach den Umstand, dass es sie gibt."

„Aber ich muss von dir noch mehr zur Traumwelt erfahren. Ich verstehe immer noch nicht, was und wo sie ist."

Von Selben dachte drei Sekunden nach: „Nun, man kann sich die Traumwelt wie ein Paralleluniversum vorstellen. Dazu muss man wissen, dass auch das, was wir für die Realität halten, nur eine Konstruktion der menschlichen Phantasie ist."

Jetzt war Aayana wach: „Das heißt, wenn ich mir Spanien wegdenke, hört es auf zu existieren?"

„Natürlich nicht, es müsste schon eine überragende Mehrheit der Menschheit glauben, dass es nicht existiert. Und selbst das reicht noch nicht. Es dürfte auch keinerlei kollektive oder interindividuelle Erinnerung an Spanien geben. Das ist grob unwahrscheinlich, geht also eigentlich nicht. Spanien gibt es", erklärte von Selben.

„Und das Universum haben wir uns auch nur ausgedacht? Die endlosen Weiten des Weltraums?"

„Ja, klar", bestätigte von Selben. „Daran lässt sich sogar besonders gut erkennen, dass es sich nur um eine Konstruktion der Phantasie handelt. Wie sonst wäre zu erklären, dass es unendlich ist. Unendlichkeit gibt es logischerweise nicht. Aber irgendwo endet die menschliche Phantasie und das Bild reißt ab. Das folgt alles einem recht einfachen Schema, wenn man so will."

„Und woher kommen dann die Snarks?“ Jetzt hatte sie ihn, dachte Aayana.

„Kritische Masse an kollektiv konstruierter Wahrnehmung überschritten – und schon sind sie Realität.“

„Hm, mir leuchtet das immer noch nicht ein“, war Aayana ehrlich skeptisch.

Aber von Selben setzte nach. „Sieh es mal so: Du selbst kommst doch aus der Buchwelt?“

„Ja“, musste sie zugeben.

„Nun, alles ausgedacht. Damit das Lesen eines Buchs aber funktioniert, haben sich Regeln gebildet, die von den Menschen nicht bewusst wahrgenommen werden“, erklärte von Selben.

„Und die Traumwelt?“, fragte Aayana.

„Eigentlich, genau wie die Buchwelt, auch ein Universum. Universen sind im Übrigen gar nicht so groß, wie alle glauben. Der Unterschied ist bloß, dass die Buchwelt eine Konstruktion des kollektiven Bewusstseins ist und die Traumwelt eine des kollektiven Unterbewusstseins. Aber beide haben ihre Gesetze, sonst hätten wir ein ziemliches Chaos. Es würde weder lesbare Bücher geben noch vernünftig träumbare Träume“, führte von Selben aus.

„Und wo verläuft dann die Grenze zur realen Welt“, wandte Aayana ein, „wenn auch die nur eine Konstruktion unserer Phantasie ist?“

„Die Regeln sind viel strenger“, erklärte von Selben. „In der realen Welt gelten die Naturgesetze. Die haben wir in der Buchwelt nicht, wohl aber die Gesetze von Sinn und Lesbarkeit. Was nicht funktioniert und nicht lesbar ist, verschwindet oder fängt gar nie an zu existieren. Was lesbar ist, aber nicht gelesen wird, verschwindet ebenfalls. Die Bestandteile werden wiederverwertet."

„Und in der Traumwelt gibt es gar keine Regeln?"

„Oh doch, aber der wesentliche Unterschied ist, dass das Unterbewusstsein auch völlig sinnlose Phantasien erzeugt. Dennoch gibt es auch hier Regeln und Grenzen: Was unvorstellbar ist, kann nicht geträumt werden."

Aayana kam zum Punkt: „Und warum kann ich in die Traumwelt springen und andere Menschen nicht?"

„Keine Ahnung", antwortete von Selben. „Theoretisch müssten das alle Menschen können. Ist aber das Gleiche wie mit dem Buchspringen und dem Zeitreisen. Wir sehen, dass es eben nur die wenigsten können."

Es trat eine Pause ein und die beiden hingen ihren Gedanken nach.

Von Selben brach das Schweigen: „Das ist auch gut so. Denn, stell dir das Durcheinander vor, wenn dauernd hin und hergesprungen würde. Allein, was es für ein legislativer Aufwand wäre, das in geregelte Bahnen zu lenken. Und dann noch zu überwachem – Bürokratie ohne Ende. Will mir gar nicht vorstellen, wie das zu organisieren wäre."

Nach einer weiteren kurzen Pause setzte er nach: „Aber es ist in der Praxis eh nur ganz wenigen Individuen möglich, also können wir die Lösung dieses Rätsels Gott sei Dank auf einen späteren Zeitpunkt verschieben. Aber lösen werde ich es auf jeden Fall."

„Lösen wird er es auf jeden Fall", dachte Aayana laut und erschrak. Aber ja, das war ihm zuzutrauen. Von Selben lächelte und erneut schwiegen beide eine Zeit lang. Dann fragte Aayana von Selben, der ja in der Buch-, in der Traum- und in der realen Welt unterwegs war:

„Weil du eben Gott erwähnt hast: Gibt es ihn nun oder nicht?"

„Ja, klar", erwiderte von Selben, „in allen Schattierungen – als Schöpfer, Sinnstifter, Übervater und ultimativen Richter. Meist männlich und mittleren bis höheren Alters, aber auch da gibt es verschiedene Modelle."

„Und was ist mit den Göttern und Halbgöttern, die ich persönlich kenne? Ich denke da an Thor oder Herkules."

„So real wie du und ich."

„Aber ich bin, strenggenommen, auch erfunden."

„Sag' ich ja", lächelte von Selben und drückte sanft Aayanas Hand. „Allerdings sind einige der weniger bekannten Götter aus kleineren Kulturen regelrecht ausgestorben oder führen ein bescheidenes Leben am Rande der Gesellschaft", wurde er wieder sachlich. „Es hängt vor allem davon ab, ob eine völlig in Vergessenheit geratene Gottheit so ein Leben in der Bedeutungslosigkeit führen will. Wenn sie unsterblich war, könnte sie theoretisch ewig leben, aber Götter haben ihren eigenen Kopf – und ohne ihnen zu nahe treten zu wollen: Nicht wenige sind einfach auch eitel."

Das Flugzeug näherte sich einer größeren Stadt – vermutlich Madrid. Aber eine Frage wollte Aayana unbedingt noch stellen: „Und wie geht das Traumspringen technisch?"

„Meinst du, was man tun muss, um zu springen? Oder, welche Prozesse beim Springen ablaufen?", erkundigte sich von Selben.

„Prozesse", antwortete Aayana, „warum und wie funktioniert es?"

„Keine Ahnung. Wie funktioniert Buchspringen? Was läuft da ab? Wer es kann, weiß, dass man sich in ein Buch hineinlesen oder -zitieren muss. Aber warum das funktioniert, weiß meines Wissens nach niemand wirklich. Und ähnlich ist es mit dem Traumspringen."

Von Selben dachte nach und sagte mehr zu sich selbst: „Die Technik ist einfach: Wenn du die Fähigkeit hast, imaginierst du eine Stelle in der Traumwelt, und je nach Geschick kommt es zum Absprung und zur Landung ebenda. Zurück in die reale Welt finde ich es sogar noch leichter, weil wir hier klarere Bilder von den Orten haben, an die wir springen wollen. Und mit Relais wie bei dir in der Reithalle könnten das auch ganz schlechte Springer."

Das interessierte Aayana. „Das heißt, mit einem kleinen Umweg über die Traumwelt könnte ich auch beispielsweise nach Madrid springen?"

„Das ist zwar nicht der Sinn des Ganzen, aber durchaus korrekt."

Aayana war nicht sicher, ob sie das jetzt alles richtig verstanden hatte, aber es klang praktisch. Doch da Aayana von Winston Churchill wusste, dass von Selben ebenso regelmäßig wie rechtswidrig mit Philosophen aus den unterschiedlichsten Zeitaltern und womöglich sogar mit Gott höchstselbst im Austausch stand, hatte sie die Geschichte mit den Göttern momentan noch mehr gefangen.

Also nahm sie noch einen Anlauf: „Zurück zu Gott. Ist er Moslem, Christ oder ganz etwas anderes?"

„Streng genommen ist er gar nichts von allem. Der, den du meinst, nennt sich selbst Monotheos. Die phantastischen menschlichen Konstruktionen, auf denen seine Existenz beruht, haben sich zwar verzweigt, aber er ist immer das gleiche Wesen. Er selbst ist eigentlich nicht sehr religiös, hat zu seiner besten Zeit aber gerne von sich erzählen lassen, dass er existiere, um für Ordnung unter den Menschen zu sorgen. Das hat aber in letzter Zeit nachgelassen, wie er selbst zugibt. Er ist sehr reflektiert und macht sich da nicht viel vor", erklärte von Selben.

„Kann ich ihn treffen?"

„Wen?"

„Gott."

„Ich fürchte, das wird nicht möglich sein", erwiderte von Selben. „Er ist relativ schwach und hat sich weitgehend zurückgezogen."

„Wieso schwach? Er ist doch unsterblich."

„Das schon, aber er ist schon ziemlich dekonstruiert. Der Humanismus hat ihm zugesetzt, und namentlich die Gehirnforschung hält ihn für nicht mehr notwendig und bis zu einem gewissen Grad sogar unwahrscheinlich", legte von Selben die Stirn in Falten.

„Oh, das tut mir leid."

„Muss es nicht. Soviel ich weiß, kommt er gut klar damit – aber geht halt kaum mehr unter Leute."

„Na, mal sehen, vielleicht können wir uns ja doch mal treffen", entgegnete Aayana, spürte aber, dass sie das Thema wechseln sollte: „Andere Frage: Warum sind dann Thor und Herkules so vital? Die sind ja auch längst dekonstruiert, oder?"

„Nun, die beiden waren ganz anders gebaut. Nicht so sphärisch und virtuell. Denen konnte man theoretisch auch in ihrer ursprünglichen Konstruktion begegnen. Das macht es leichter. Zudem waren ihre Aufgaben ganz andere. Nicht so abstrakt und allumfassend. Auch das ist jetzt eher ein Vorteil für ein normales Leben unter den Menschen."

„Es gab übrigens auch immer schon sterbliche Götter", setzte von Selben nach, „wenn du an die Ägypter denkst. Die

Pharaonen sind alle real tot. Und theoretisch ist auch dein Freund Herkules sterblich, weil er nicht unverwundbar ist."

„Apropos Unsterblichkeit: Du weißt ja, dass ich ursprünglich aus einem Buch, also fiktional bin. Ich bemerke, dass auch ich nicht altere. Das deprimiert mich manchmal, wenn ich sehe, dass rund um mich alles vergeht."

„Geht mir genauso", antwortete von Selben. „Aber das ist nicht mehr lange ein Problem. Die Menschen sind dabei, den Alterungsprozess abzuschaffen. Da geht es nurmehr um technische Fragen. Übrigens, wir beide altern bloß nicht. Unverwundbar oder unsterblich sind wir nicht. Wenn wir ewig leben wollten, müssten wir also vernünftigerweise jedem Risiko aus dem Weg gehen."

„Da hast du vermutlich Recht. Wenn man auf ewiges Leben ohne Altern steht, gilt es, Unfälle dringend zu vermeiden. Oder Abenteuer, bei denen in regelmäßigen Abständen auf einen geschossen wird."

Apropos schießen: Abfangjäger der spanischen Luftwaffe flogen über den Privatjet hinweg. Und über die Kopfhörer hörten sie aufgeregte spanische Konversation.

„Hoffen wir, dass unsere Reisebegleiter wirklich Spanier sind", meinte von Selben.

Sie waren Spanier. Und die Maschine landete in Madrid. Beim Aussteigen nahm Aayana von Selben aber noch einmal zur Seite: „Ich muss dir noch etwas erzählen. Ich habe geträumt, dass wir auf irgendeinem kleinen bayrischen Flugfeld zwischengelandet und in ein Flugzeug umgestiegen sind."

„Sind wir ja auch", erwiderte von Selben überrascht.

„Ja, aber du wurdest von den Bayern als Terrorist verhaftet."

„Oh, von den Bayern? Kein schöner Traum“, entgegnete von Selben lächelnd.

„Ja, aber seltsam ist, dass ich mich an das Umsteigen in der Realität gar nicht erinnern kann – nur an das mit der Verhaftung“, erklärte Aayana und sah ihn an.

Von Selben blickte ein paar Sekunden in die Ferne. Dann erwiderte er Aayanas Blick und nahm ihre Hand: „Das ist in der Tat seltsam.“

Kapitel 13

Der Genosse Vorsitzende

Es wurde uns damals plötzlich klar, dass wir auf unserem Planeten enorme Energien zur Verfügung hatten. Verblüffend spät eigentlich. Nicht nur, dass unser kleiner Sonnentrabant im Inneren kochte, dass seine Atmosphäre durch den ständigen Ausgleich von Druckunterschieden energetisch-windig regelrecht tobte und das alles beherrschende Wasser in seiner freiwilligen Bewegung von oben nach unten ohne Unterlass Energie erzeugte, war da auch noch die Sonne, die ohne Gegenforderung Energie sendete. Vor diesem Hintergrund erscheint es uns heute nachgerade absurd, dass wir nach Energie dürstende Menschen so lange gebraucht haben, um all das zu erkennen, und das Feuer löschten. Die scheinbar allwissenden Snarks hatten uns mit keinem Wort auf diese Umstände hingewiesen. Wie auch immer: War ich früher von der fixen Idee besessen, sie zu bekämpfen, ließ ich nun überall im Land Windmühlen errichten.

Miguel de Cervantes, in „Quichotismus – Windmühlenökonomie oder Der spanische Weg“, 3. überarbeitete Auflage, Madrid 2012

Miguel de Cervantes war ein hagerer, außergewöhnlich großer Mann, noch einmal deutlich größer als von Selben. Aber anders als von Selben, dessen ruhige Bewegungen man kaum bemerkte, hatte Cervantes etwas vogelartig Abgehacktes, Nervöses. Dennoch war er vermutlich der mächtigste Mann der Welt.

„Aayana Agrin“, stellte General Santillo sie dem Vorsitzenden vor, „und ihr Bodyguard.“ Von Selben und Aayana tauschten einen Blick aus, und sie sah, wie er kaum sichtbar lächelte.

„Herr von Selben ist nicht mein Leibwächter, sondern mein Vertrauter und Berater, sollte es überhaupt etwas zu beraten geben. Ich weiß nämlich noch nicht einmal, warum ich hier bin“, erklärte Aayana etwas forscher, als sie es eigentlich wollte.

„Warum so misstrauisch und aggressiv, meine Liebe?“ Der Vorsitzende kam auf Aayana zu, reichte ihr die Hand und danach ebenso förmlich und höflich von Selben.

„Ich gebe zu, dass meine Einladung nach Madrid etwas deutlich angemutet haben mochte, aber ich hatte gute Gründe, die mit dem Wort Dringlichkeit recht akkurat beschrieben sind. Ich freue mich umso mehr, Sie – und natürlich auch Ihren Berater – lebend hier bei mir begrüßen zu dürfen.“

Cervantes sah zuerst von Selben, dann Aayana jeweils eine Sekunde länger an, als angenehm gewesen wäre. Dann drehte er sich um, ging auf seinen zwei mal fünf Meter großen Schreibtisch aus Granit zu und nahm eine dünne Mappe zur Hand.

„Mir wird berichtet, dass einige der besten Killer Europas auf Sie angesetzt wurden, Miss Agrin. Das ist bemerkenswert, weil ich gewohnt bin, im Vorhinein zu wissen, auf wen Killer angesetzt werden – und warum“, erklärte der Genosse Vorsitzende, während er sich langsam zu Aayana umdrehte. „Wie erklären Sie sich das?“

„Das kann ich nicht erklären, aber wenn wir schon darüber reden, haben Sie eine Vermutung? Und unabhängig davon, können Sie mir mit Ihrer zweifelsfrei erheblichen Machtfülle helfen, Schutz bieten oder das Ganze beenden?"

Aayana hatte die Hoffnung, dass sie nicht zu sarkastisch klang, und sah zu von Selben, der aber Cervantes ansah.

„Sie sind keck, meine Liebe. Das gefällt mir", fixierte Cervantes Aayana mit einem Lächeln, das aber im nächsten Moment erfror: „Was mir jedoch nicht gefallen kann, sind Dinge, die hinter meinem Rücken passieren."

Jetzt hatte Aayana sich entschieden. Cervantes gefiel ihr nicht – ein selbstgefälliger, hagerer Gockel.

„Ich befürchte, dass ich Ihnen bei Ihren Kontrollfantasien nicht helfen kann. Aber auch mich irritiert, dass in den letzten Tagen regelmäßig auf mich geschossen wurde. Das können Sie mir glauben. Und jetzt haben Sie mich auch noch entführen lassen. Ehrlich gesagt, macht mich das alles ein wenig sauer."

Cervantes war sichtlich irritiert, dennoch gefasst. Doch seine Unterlippe bebte kaum merklich. Anders als zu erwarten, wurde sein Gesicht nicht rot vor Zorn, sondern eher bleich und dämonisch, als er offensichtlich wütend und dennoch immer leiser wurde: „Ich bin der Letzte, der wegen eines kleinen Mordes oder einer Vergewaltigung einen Zirkus veranstaltet, solange die Snarks das tolerieren. Was ich aber nicht dulde, sind politische Ränke in meinem Hoheitsgebiet. Miss Agrin, lassen Sie es mich offen aussprechen: Wir haben weder Hinweise, dass Sie für die Panpazifische Union, noch dafür, dass Sie für die Nördlichen Monarchien tätig sind. Wir sind bisher davon ausgegangen, dass Sie formal zwar eine Agentin Österreich- Ungarns sind, in Wirklichkeit aber für die Snarks arbeiten. Das hätte Sie zweifelsfrei unter einen besonderen Schutz gestellt. Fragen drängen sich also auf: Wer hat einen Killer auf jemanden wie Sie angesetzt? Wer würde das gegen die Snarks wagen? Oder arbeiten Sie gar nicht für die, und stehen Sie gar nicht unter dem Schutz der Snarks? Für wen arbeiten Sie dann? Wirklich nur für die Österreicher? Und warum sollte ich Sie vor diesem Hintergrund nicht einfach verschwinden lassen?"

Aayana war trotz der Drohungen weniger besorgt als irritiert: „Gegen wen kämpfen Sie, Herr Cervantes?", entgegnete sie. „Gegen Österreich-Ungarn, ein Mitglied Ihrer eigenen Sozialistischen Volksrepubliken und Königreiche? Gegen die Panpazifische Union? Gegen die Nördlichen Monarchien? Gegen die Snarks? Gegen mich? Oder einfach nur gegen Windmühlen?" Den Gag fand Aayana gut.

„Ich lasse so mit mir nicht reden", schrie Cervantes, und von Selben schien aus einem tranceartigen Zustand gerissen. Er zuckte regelrecht zusammen.

„Lass es gut sein, Miguel", sagte von Selben leise. „Aayana ist auf unserer Seite. Auch wenn wir nicht immer einer Meinung waren und sind, Miguel, wir müssen jetzt gemeinsam herausfinden, was hier gerade passiert."

Cervantes schwieg und schaute zuerst von Selben und dann Aayana lange an.

„Okay, du bist mein Bruder", flüsterte Cervantes, „und ein veritabler Besserwisser. Hast du einen Vorschlag?"

„Das reicht jetzt", schrie Rasputin, während er durch eine Seitentür die gewaltige Halle mit dem steinernen Schreibtisch betrat. „Ihr beiden seid Idioten und diese Ex-Buch- und jetzt Realwelt-Kurtisane ist ein gottloses und schlangenzüngiges Weib, dem das Unheil folgt."

„Rasputin, wir haben die Abmachung, dass Sie hier in der realen Welt vor anderen nicht auftreten", zischte Cervantes. „Was ist in Sie gefahren?"

Die beiden sahen sich zornig an, und Aayana hatte das starke Gefühl, dass jedenfalls Rasputin ein Verräter war. Eine Sekunde später dachte sie sich, dass sie zwar nicht wusste, wie weit Rasputin im inneren Kreis und in Details eingeweiht war, aber ihr Gefühl sagte ihr: nicht sehr weit.

„Nur die Ruhe", sagte von Selben, denn etliche Wachen des Genossen Vorsitzenden hatten ihre Maschinenpistolen in Anschlag gebracht, daher war das vermutlich ein guter Vorschlag.

„Keine Panik, alles gut", rief Cervantes, und augenblicklich senkten die Schergen ihre Waffen, „wir setzen unser Gespräch zu einem späteren Zeitpunkt fort."

„Gute Idee", dachte Aayana, denn plötzlich überfiel sie eine Müdigkeit wie ein Dampfhammer. Sie fragte Cervantes, wie der Plan hinsichtlich ihrer Übernachtung aussähe, und er ließ von Selben und Aayana, wie er es nannte, von seinen „Bediensteten in ihre Gemächer führen".

Doch keine Reservierung in einem der besten Hotels von Madrid – aber egal, denn die beiden Suiten in einem Seitentrakt des Palastes konnte man durchaus als feudal bezeichnen. Eine

Verbindungstür zu von Selbens Zimmern hätte Aayana gefallen, aber das war jetzt vielleicht nicht prioritär. Sie würde ihn später noch besuchen, denn in ihrem Kopf kreisten etliche Fragen: Auf unserer Seite? Der eitle Genosse Vorsitzende und der unsympathische russische Mönch? Wer waren die auf der anderen Seite? Und warum gab Rasputin schon zum zweiten Mal den gottesfürchtigen Spießer? War er nicht vor allem als großer Liebhaber der Frauen, zumal einer früheren Zarin, bekannt?

Als Aayana unter der Dusche stand, konnte sie es immer noch nicht glauben: Von Selben war der Bruder von Cervantes? War Cervantes derjenige, der sie umbringen lassen wollte?

Vermutlich nicht. Aber wer dann? Rasputin war für Aayana nach wie vor eine Figur, die mit gezinkten Karten spielte, und womöglich nicht nur ein, sondern *der* Verräter, nach dem sie in der Traumwelt suchten ... und hier schloss sich der Kreis: immer wieder der wunderbare, ach so kluge von Selben in der Mitte des Geschehens.

Aayana dachte immer noch über den Umstieg vom Helikopter in das Flugzeug in Bayern nach. Es konnte doch nicht sein, dass sie das vergessen hatte?

Egal, runterkommen. Das Duschgel roch großartig nach Zitronengras. Als sie die Dusche verließ, reichte ihr ein Uniformierter ein Handtuch, und das war schon ziemlich distanzlos. Aber ehe Aayana protestieren konnte, drehte sich alles und vibrierte. Kurz wurde es dunkel und dann ... fand sie sich in einem nass-kalten Raum in absoluter Dunkelheit wieder.

Kapitel 14

Im Kerker

Aayana lag nackt, an Armen und Beinen gefesselt am Boden – und neben ihr neun weitere Frauen. Dünne Decken verhüllten ihre Köpfe und Oberkörper bis zum Bauchnabel. Eine vor Gemeinheit triefende Stimme befahl boshaft belustigt: „Erkenne deine Aayana, wenn du sie liebst. Erkennst du sie, vereinige dich mit ihr. Wenn du dich irrst und mit der falschen Frau schläfst, werden wir dich danach fachgerecht kastrieren, und du kannst mir und meiner Leibgarde dabei zusehen, wie wir Aayana trösten." Ihr wurde schlecht, und sie hatte zum ersten Mal das Gefühl, dass sie die Geschichte mit den Albträumen verstanden hatte. „Ich irre mich nie", hörte sie von Selben sagen und spürte ihn eine Sekunde später an ihrem Körper. Schweißgebadet wachte sie auf.

Sauron, in „Beruf und Berufung: Albtraumatoren als Maßschneider des Schreckens", Mordor 2018

Miguel de Cervantes war immer noch der hagere, außergewöhnlich große Mann, er stand plötzlich mit einer Fackel in der Hand vor Aayana. Hinter ihm, im offenen Eingang zum Verließ, standen zwei seiner Wachen.

Aayana wusste nicht mehr, wie lange sie schon in diesem Kerker saß, aber es waren vermutlich nur wenige Stunden, denn sie war weder hungrig noch durstig – und sie roch immer noch nach Zitronengras.

„Ich liebe dich", sagte Cervantes.

„Bist du völlig von Sinnen? Warum hast du mich hier eingekerkert? So geht das nicht", duzte Aayana den mächtigsten Mann der Welt und war ehrlich entrüstet.

„In Haft genommen haben wir dich, weil du gemeingefährlich, subversiv und eine Staatsfeindin bist", erwiderte Miguel de Cervantes kaum hörbar. „Aber alles wird gut, weil ich dich erstens heiraten und zweitens auf Händen tragen will. Ach, diese ungezähmte Wildheit in dir …"

„Aber du weißt schon, dass ich in deinen Bruder verliebt bin – wenn von Selben überhaupt dein Bruder ist?"

Cervantes drehte sich weg, sah auf die Kerkerwand und sagte, immer noch leise: „Ich habe bemerkt, wie ihr beiden euch angesehen habt. Ja, wir sind Brüder. Und ich bin ziemlich sicher, dass du mit Luzifer geschlafen hast. Das tut er mit allen Frauen, die ihm über den Weg laufen. Er ist ziemlich genial und unwiderstehlich, aber du weißt vermutlich nicht, worauf du dich eingelassen hast." Jetzt blickte er Aayana in die Augen. „Mein Bruder dirigiert das Spiel. Gegen ihn bin ich nur eine Marionette."

„Ich habe nicht mit ihm geschlafen", protestierte Aayana. Aber ihre Gedanken flogen ihr voraus: Wenn du verliebt bist und schon eine Zeit lang eher verspielt darüber nachgegrübelt hast, warum du den Vornamen deines Liebsten immer noch nicht kennst, dann ist es schon hart zu erfahren, dass er Luzifer heißt.

„Und was heißt Marionette? Sie sind der Genosse Vorsitzende des Zentralkomitees der Sozialistischen Volksrepubliken und Königreiche, der mächtigste Mann, dem ich je begegnet bin", sagte Aayana.

Unruhig ging Cervantes an das andere Ende des Raums. Dann blieb er stehen, drehte sich um und sah Aayana in die Augen: „Aayana, es sind schreckliche Dinge im Gange und es kann sein, dass wir die Welt, wie wir sie heute kennen, morgen nicht mehr haben."

Cervantes legte die Stirn in Falten und sagte kaum hörbar: „Und ich will dir sagen, warum: Unsere Ordnung, das Gleichgewicht, steht und fällt mit den Snarks. Ja, im Moment bin ich vermutlich einer der drei mächtigsten Menschen der Welt. Sven Göran ist ein Idiot, und wer in der Panpazifischen Union mit ihren pseudodemokratischen, neoliberalen Strukturen wirklich das Sagen hat, wissen die doch selbst nicht. Präsidentin Kimberly N'geta ist es jedenfalls sicher nicht, auch wenn sie das zu glauben scheint."

„Gut. Dann hätten wir das geklärt. Aber was hat das alles mit mir zu tun und warum sitze ich in diesem Kerker?", entgegnete Aayana etwas entnervter, als sie klingen wollte. Denn irgendwie schien es einen Draht zwischen Cervantes und ihr zu geben, der sie aus diesem Verließ herausholen sollte.

„Wir glauben, dass jemand versucht, die Snarks auszuhebeln. Das ist es, worum es hier geht. Und dieser Jemand hat erkannt, dass das nur über die Traumwelt funktioniert, weil die Snarks da keinen Zugriff haben. Sie können nicht träumen. Stell dir vor: Die mächtigste Lebensform des Universums stolpert auf irgendeinem unwichtigen Planeten über den Umstand, dass sie nicht träumen kann." Cervantes brach unvermittelt in hysterisches Gelächter aus. „Sie träumen einfach nicht", presste er mit erstickter Stimme hervor, und das Lachen ging in einen Hustenanfall über. Aber er fing sich schnell wieder: „Stell dir vor, was das im Universum bedeutet. Ihr Nimbus der Unbesiegbarkeit wäre von heute auf morgen weg."

„Aber in der realen Welt bleibt den Snarks doch kaum etwas verborgen", wandte Aayana ein, „und angenommen, Sie haben Recht mit Ihrer Theorie: Wenn Sie, Herr Vorsitzender, die Verschwörung über den Weg der Traumwelt kennen, dann werden die Snarks das doch sicher auch wissen. Jedenfalls denken Sie selbst all das ja gerade real. Die ganze Geschichte klingt irgendwie unlogisch."

„Genosse Vorsitzender", meldete sich nun eine der beiden Wachen, nachdem sie kurz auf ein Display am Handgelenk geschaut hatte, „verzeihen Sie die Unterbrechung, aber der Hohe Vertreter der Snarks ersucht um eine Audienz."

„Oha", erwiderte Cervantes und sah zuerst Aayana, dann seinen Wächter an, „veranlassen Sie, dass ein Termin vereinbart wird."

„In zehn Minuten wäre es passend, hat der Hohe Vertreter deponiert. Er sei bereits auf dem Weg", berichtete der Wächter etwas verlegen.

Cervantes sah seinen Wächter ungläubig an, dann noch einmal kurz Aayana und sagte: „Hm, zehn Minuten ist gut. Das passt wunderbar." Er deutete Aayana gegenüber eine Verbeugung an und verließ den Kerker schnellen Schrittes. Die Tür zu Aayanas Verließ schloss sich hinter den beiden Wächtern, die ihrem Chef nacheilten.

Noch ehe Aayana protestieren konnte, war also klar, dass sie bis auf Weiteres eingekerkert blieb. „Sehr unerquicklich", dachte sie laut und überlegte, was sie tun könnte. Naturgemäß kreisten ihre Gedanken um einen Sprung in die Traum- oder Buchwelt. Aber das hatte sie vor Cervantes' Besuch schon erfolglos versucht.

„Das funktioniert nicht, Aayana", hörte sie Winston Churchill hinter ihr sagen, „dieser Kerker ist in der Traumwelt und offensichtlich gut gegen die Buchwelt isoliert. Hätte ich übrigens geahnt, dass du schon wieder nur mit einem Handtuch unterwegs bist, hätte ich dir nicht nur

Pistolen, sondern auch etwas zum Anziehen mitgebracht. Ich werde in Zukunft einfach davon ausgehen, dass du vorzugsweise nackt durch Zeiten, Räume und Träume jagst, und immer etwas Flottes in deiner Größe dabeihaben."

Erstaunlich, dass der alte Mann Aayana in dieser Dunkelheit überhaupt sah, aber auch ihre Augen gewöhnten sich nach Cervantes' Auftritt zusehends wieder an die Dunkelheit, und Aayana freute sich, wie schon so oft in letzter Zeit, den korpulenten Briten wiederzusehen.

„Das modische Problem lässt sich schnell lösen. Wir springen einfach zu mir heim in die reale Welt", erklärte sie Winston Churchill entschlossen.

„Abgesehen davon, dass das momentan nicht geht, würde ich davon abraten. Ich muss dir leider die beunruhigende Nachricht übermitteln, dass sowohl deine Freundin Lena als auch Rufus spurlos verschwunden sind und dass dein Hof von einer Gruppe schwer bewaffneter Männer unbekannter Herkunft besetzt ist", berichtete Churchill. „Ich fürchte, da können wir eine Zeit lang nicht hin."

„Lena und Rufus sind verschwunden?"

„Ich fürchte, ja", antwortete Churchill.

„Entführt?"

Churchill zögerte: „Wir wissen es nicht. Aber wenn man sie hätte umbringen wollen, hätte man das vermutlich an Ort und Stelle getan. Wir haben alle Gebäude gescannt und weder Gefangene noch Tote gefunden. Sie müssen sie also irgendwohin verschleppt haben." Aayana wurde heiß, aber sie versuchte, ihre Stimme im Griff zu behalten: „Jetzt werde ich schön langsam richtig zornig. Egal wohin, lass uns zunächst einmal von hier verschwinden, dann überlege ich mir, was zu tun ist."

„Ich befürchte, wir können hier nicht einfach verschwinden, meine Liebe", erklärte Churchill.

„Warum nicht?"

„Weil dieses Verließ nicht nur gegen die Buchwelt, sondern gegen jede Art von Sprung isoliert ist."

„Wie bist du dann hier hereingekommen, Winston?"

„Es ist mir höchst unangenehm, aber ich denke, dass ich wie ein Anfänger in eine Falle getappt bin. Mit dir als Köder drinnen", antwortete Winston Churchill. „Du kennst doch diese unsympathischen Greifvogelfallen mit einer trichterförmigen Öffnung an er Oberseite. Der Greifvogel kommt zwar rein, aber nicht mehr heraus."

Aayana war sprachlos. Und wirklich wütend. Natürlich wollte sie keine Welt, in der es nur Albträume gab. Zudem wurde mehrfach auf sie geschossen, sie wurde entführt und eingekerkert – was einen schon irritieren kann. Und was sonst noch an Schweinereien im Gange war, ließ sich bisher nicht annähernd erahnen. Aber jetzt war eine rote Linie überschritten. Dass ihre beiden ältesten und besten Freunde in die Sache reingezogen und offensichtlich entführt worden waren, brachte das Fass zum Überlaufen.

Aayana hatte sich selbst so noch nicht erlebt. Sie bebte innerlich, und plötzlich war ihr klar, was bisher nicht stimmte: Bis jetzt war sie irgendwie Passagier des Geschehens. Das musste sie umgehend ändern. Sie musste in den Commander-Sessel. Aber davor musste sie sich und den guten alten Winston aus einem absprungsicheren Verließ befreien.

Sie drehte sich zu Winston um und fragte: „Wenn wir nicht springen können, hast du sonst noch irgendwelche Tricks auf Lager, die uns hier raushelfen könnten?"

„Ich befürchte, nein. Auch die mitgebrachten Handfeuerwaffen werden uns gegen diese Mauern und dieses massive Tor nicht helfen."

„Das nicht. Aber der Nächste, der hier zur Tür hereinkommt, wird, ob gewollt oder nicht, zu unserem Befreier", sagte Aayana. „Ich bin zwar überhaupt nicht in der Stimmung für Geduldspiele, aber das wird sich wohl nicht vermeiden lassen."

Mit dieser Einschätzung lag Aayana zweimal falsch: Geduld war nicht viel nötig, und zur Tür kam niemand herein.

Kapitel 15

Das Glatisant

Aus dem Inneren des Questentiers kommt ein tosender Lärm, wie das Gebell von dreißig tobenden Hunden. Für ein Monster erscheint die Urheberschaft einer derart furchterregenden Geräuschkulisse auf den ersten Blick durchaus stimmig, doch wird berichtet, dass sich das Glatisant gerne und gut versteckt. Das beständige Donnern aus seinem Inneren ist dabei kein Vorteil. Mit dem Kopf einer Schlange, dem Körper eines Leoparden, dem Hinterteil eines Löwen und den Beinen eines Hirschen lebt das Glatisant, um gejagt zu werden. Es ist aber nicht überliefert, dass je ein Verfolger mit ihm gekämpft hätte. Es ging den Jägern stets mehr um das unbestimmte Abenteuer der Suche als um die Begegnung selbst. Daher glauben viele, es gäbe das Glatisant gar nicht.

Lancelot von Benwick, in „Die Quest", 142. überarbeitete Auflage, Tintagel 545

Aayana und Winston Churchill hörten das Donnern – möglicherweise auch das Bellen von dreißig oder mehr Hunden. Jedenfalls brachen im nächsten Moment die Mauern des Kerkers an der linken Seite auf, und ein gewaltiger Schlangenkopf bahnte sich seinen Weg in das Verließ. Aus dem Maul hingen die Unterleiber von zwei Wächtern. Grauenvoll! Aayana und Churchill schmiegten sich an die gegenüberliegende Wand und bewegten sich nicht. Das Bellen aus dem Inneren des Geschöpfs war ohrenbetäubend, Aayana erkannte es anhand der überlieferten Beschreibungen. Das Glatisant gibt's wirklich.

Aber im Moment schien das Monster die beiden nicht wahrzunehmen.

„Beweg dich nicht", sagte sie zu Winston Churchill, „es scheint uns nicht zu sehen, wenn wir uns nicht rühren."

„Sei still", sagte Churchill, „vielleicht hört es gut!"

In dem Moment ging die Tür zum Verließ auf, und ebenso gutausgebildete wie schwerbewaffnete Männer hechteten wild durcheinander in den Raum, ihre Maschinenpistolen im Anschlag, und feuerten auf das Questentier.

Das Glatisant fuhr mit seinem riesigen Schlangenkopf ebenso wild durch den Raum und schnappte mit gewaltigen Giftzähnen nach allem, was sich bewegte. Der Kugelhagel schien ihm nichts auszumachen. Das Questentier schien unverwundbar, was erklärt, warum es keine Heldensagen gibt, in denen es gefangen genommen oder besiegt worden war.

„Die gewinnen das nicht, Winston", sagte Aayana, „und das Tier ist nicht nur gewaltig, sondern auch richtig schlechtgelaunt. Lass uns abhauen."

Winston Churchill und Aayana duckten sich hinter den Kampfhandlungen Richtung Tür und waren wenige Sekunden später in einem langen, schmalen Gang.

„Lass uns jetzt so schnell hier entlanglaufen, wie wir können. Und du sagst mir, wenn wir aus der Sprung-Isolierung heraus sind", sagte Aayana zu Winston Churchill, den sie vor sich herschob.

„Mach' ich, meine Liebe, aber wir müssten dafür mindestens fünf Sekunden irgendwo stillstehen, sonst kann ich unsere Chancen nicht berechnen."

Genau in dem Moment, in dem sie einen großen runden Raum erreichten, fing die Decke an einzustürzen – wie das halt so ist. Und dann versperrte ihnen der gewaltige Schlangenkopf des Glatisanten den Weg. Winston Churchill sprang erstaunlich behände in eine Nische, aber Aayana hatte irgendwie keine Lust mehr und sah dem Glatisanten in die Augen. „Was willst du?“, fragte sie.

„Du sprichst meine Sprache?“, fragte das Glatisant.

„Offensichtlich du auch die meine. Das macht es einfacher. Noch einmal: Was willst du?“ Aus dem Inneren des Glatisanten bellten dreißig Hunde so schauerlich, dass sämtliche Ritter der Tafelrunde vor Angst ihre Rüstungen gefressen hätten.

„Es tut mir leid“, sagte das Glatisant, „ich hab‘ das mit dem Bellen nicht im Griff.“ Und wieder erhob sich ein tosender Lärm.

„Ja, unangenehm und unpraktisch – das mit dem Lärm“, rief Aayana.

„Aber du bist die erste, die mich je gefragt hat, was ich eigentlich will“, kam es aus dem riesigen Schlangenkopf, „und vor ein paar Sekunden hätte ich noch gesagt, dich töten.

Obwohl es mir darum nie gegangen ist. An sich will ich nur gejagt und nicht erwischt werden. Verstehst du das?“

„Nicht wirklich, aber jeder von uns hat seine Marotten und Vorlieben. Also, warum nicht auch ‚gejagt und nicht erwischt werden‘. Hat sogar was. Aber andere Frage: Kannst du uns helfen, hier herauszukommen?“

„Das kann ich leider nicht“, sagte das Questentier, „mein Mythos lebt davon, dass ich noch nie in Kämpfe verwickelt war, dass ich noch nie von einem Verfolger gestellt wurde. Das ist natürlich völliger Unsinn. Wie sollte das denn gehen, wenn seit dem Mittelalter Ritter hinter mir her sind? Meine Geschichte funktioniert nur, weil niemand überlebt hat, der mir je begegnet ist. Ich weiß, das macht mich nicht sympathisch, aber so ist das nun mal."

„Aber ich könnte doch genau diese Geschichte weitererzählen", entgegnete Aayana etwas verunsichert, „insbesondere dann, wenn du uns jetzt nicht gleich zerbeißt."

„Mädchen, ich mag dich. Warum hast du eigentlich nur ein Handtuch an?" In dem Moment bellten dreißig tobende Hunde im Leib des Glatisanten und der riesige Schlangenkopf riss sein Maul auf.

„Wie gesagt, ich kann das Getöse in meinem Inneren nicht immer kontrollieren. Ist auch etwas mühsam, wenn ich mich verstecken will. Und Verstecken ist eigentlich eine meiner Stärken", sagte das Glatisant.

„Das mit dem Handtuch erkläre ich dir später", Aayana hatte jetzt einfach ein gutes Gefühl.

„Wenn ich dir verspreche, dass ich deinen Mythos nicht zerstöre, kannst du für uns – meinen Freund Winston und mich – hier eine Bresche schlagen und uns einfach retten?"

„Warum sollte ich das tun?", fragte das gewaltige Tier.

„Weil du es willst?", entgegnete Aayana.

Das Glatisant sah Aayana aus Schlangenaugen gut fünf Sekunden an. In seinem Inneren tobten mittlerweile nurmehr etwa zehn Hunde.

„Okay, folgt mir. Aber kein Wort darüber – jemals!"

Winston stand nun hinter Aayana, und das Glatisant fing an, durch fünf Meter starke Mauern zu gehen, als wären sie aus Papier. Aus seinem Inneren tobten jetzt doch wieder dreißig Hunde, aber wenn jemals jemand ein Schlangenaugenzwinkern verstanden hat, dann Aayana.

„Wie heißt du?", fragte sie das Glatisant zwanzig Minuten später am Stadtrand von Madrid. Jetzt erst sah Aayana, wie gewaltig es war: gut dreißig Meter lang und acht Meter hoch!

„Hedwig“, sagte das Glatisant, „für dich Hedi“, und aus dem Inneren des Glatisanten tobte das Gebell von dreißig Hunden.

„Danke, Hedi. Lass dich knuddeln“, sagte Aayana und umarmte das rechte untere Viertel des Schlangenkopfes, „und lass dich nicht erwischen!“

Das Questentier sah Aayana mit riesigen Schlangenaugen an und fragte: „Soll ich den kleinen dicken Mann fressen?“

„Nein, bitte nicht“, sagte Aayana, und wandte sich Winston Churchill zu, „er ist vermutlich einer meiner wichtigsten Freunde.“

Winston Churchill war dem Glatisanten und Aayana die ganze Zeit gefolgt und sah das Glatisant selbstbewusst an. Dann bemerkte er: „Das mit dem Fressen kleiner dicker Männer ist eine schlechte Angewohnheit.“

Das Glatisant lächelte schlangenmäßig und sagte: „Jag mich, kleiner dicker Mann!“ Und das Bellen von dreißig tobenden Hunden toste aus seinem Inneren, bevor es in den Wald verschwand.

„Du kannst gut mit Monstern, meine Liebe“, sagte Churchill, „das war beeindruckend. Schon die Ritter der Tafelrunde haben das Questentier gejagt, aber bisher hat es noch niemand erwischt, geschweige denn umarmt.“

„Weiß ich nicht. Vielleicht hat es ja früher schon solche Deals abgeschlossen, wie eben mit uns. Aber jetzt lass uns hier verschwinden. Ich muss zwei Freunde finden und retten. Von hier aus können wir doch springen, oder?“, fragte Aayana.

„Ja, das müsste gehen", antwortete Winston Churchill.

„Eine Frage noch, mein Freund: Warum sind wir jetzt am Stadtrand von Madrid? Du hast gesagt, der Kerker wäre in der Traumwelt. Das ist aber der reale Stadtrand von Madrid. Du verstehst, dass mich das verwirrt, Winston?"

„Ja, das verstehe ich. Und ich verstehe es nicht. Versteh mich nicht falsch. Ich wollte damit sagen, dass ich deine Verwirrung verstehe, aber nicht weiß, warum wir jetzt in der realen Welt sind."

„Und können wir von hier wegspringen?", fragte Aayana noch einmal ungeduldig.

„Ja, das können wir", sagte Winston Churchill, „und du hast gesagt, dass du jetzt in den Kommandostand willst. Also, wohin sollen wir springen?"

„Springen wir in die Baumkrone, in eure Zentrale. Aber während wir darüber reden, wird noch etwas klar: Ich selbst muss das Springen verstehen, besser im Springen werden, wenn ihr alle glaubt, dass ich eine Rolle in dem Spiel habe. Wie kann ich mich da verbessern?"

„Okay", sagte Winston Churchill, „ich nehme dich jetzt auf einen dir unbekannten Planeten in der realen Welt mit und du springst uns beide dann in die Baumkrone in der Traumwelt, die du ja kennst."

„Warte, Winston", war das Letzte, was Aayana noch sagen konnte. Dann fanden sie sich auf einem Planeten, der ungefähr so aussah wie der Mars, nur noch röter.

„Was soll der Quatsch", fragte Aayana, „wir sind gerade aus einem Kerker entkommen, haben das Glatisant kennengelernt und überlebt, und jetzt bringst du uns auf diese rote, runde Hölle, wo auch immer im Universum sie sein mag?"

„Dein Umgang mit dem Glatisanten war vermutlich das Beeindruckendste, was ich je gesehen habe, meine liebe Aayana. Daher ist mein Vertrauen in dich in den letzten Stunden enorm gestiegen. Fest steht, dass ich einer der besten Springer bin, die es gibt. Aber das hier ist Qualmasador im Sternbild des geköpften Affen. Das ist so weit weg von unserem Sonnensystem, dass selbst ich nur mit allergrößter Mühe zurückspringen könnte. Auch Constance, von Selben oder sonst wer könnte das vermutlich nur knapp. Aber keine Sorge, ich kann uns notfalls zurückspringen. Aber nun nimm mich bei der Hand und spring uns ins Hauptquartier in den Baumwipfeln der Traumwelt."

„Winston, ich hoffe, du kannst das wirklich! Ich habe keine Lust hier auf Qual-irgendwas festzusitzen? So, und jetzt gib mir deine Hand."

Aayana konzentrierte sich. Sie sah die Plattform im Wald in der Baumkrone. Das war's aber auch. Mehr passierte nicht. Und auch Winston Churchill hatte sich offensichtlich überschätzt. Auf Qualmasador gab es eine Pflanze, die ungefähr so aussah wie Spargel auf der Erde, aber etwa sechs bis acht Meter hoch. An manchen Stellen gab es heiße Quellen und man konnte vom essbaren Teil eines Monsterspargels gut zwei Wochen leben. Dennoch trübte der Umstand, dass die beiden völlig sinnlos auf einem Planeten in einer weit entfernten Milchstraße festsaßen, ihre Stimmung erheblich.

„Ich bin einigermaßen untröstlich, meine Liebe. Aber ich dachte wirklich, dass du uns da rausspringen kannst", erklärte Winston Churchill immer wieder.

„Ganz verstehe ich das immer noch nicht. Wenn Buch-, Traum- und reale Welt Paralleluniversen sind, dann müsste doch die Entfernung in einem dieser Universen zur Erde – in unserem Fall der realen Welt – egal sein, oder?“

„Hmnja“, sagte Winston Churchill, „das hätte ich auch so gesehen.“

„Funktioniert aber nicht. Verdammt!“

Nach vier Wochen Qualmasador war Aayana nicht mehr gutgelaunt.

„Was geht, Leute?“, fragte der Freund von dem Typen mit dem Bademantel. „Heißer Auftritt Aayana-Baby. Niemand trägt Handtücher so raffiniert und elegant wie du!“

„Wo sind wir hier?“, fragte der Mann mit dem Bademantel.

„Das ist Qualmasador“, erklärte der Freund des Bademantels seinem Kumpel. „Das war einmal ein kulinarischer Hotspot im Universum. Aber jetzt ist das bis auf den Monsterspargel nurmehr eine Wüste. Was ist, Leute? Unser Raumschiff steht hinter dem Hügel da. Ziehen wir eine Runde um die Sonnensysteme – oder habt ihr hier fixe Termine?“

Hatten sie nicht.

Kapitel 16

Reisen durch Zeit und Raum

Im gesamten Universum gab es neben den Snarks nur drei weitere Lebensformen, die in den großen vier (von acht) Dimensionen lebten. Zu diesen großen vier zählte neben den drei räumlichen Dimensionen auch die Zeit.

Die anderen vier - Geschmack, Geruch, Haptik und Akustik – ergeben gemeinsam mit den klassischen vier Dimensionen für den Ungeübten schon ein recht komplexes Erlebnis. Es ist nicht bekannt, ob es Lebewesen gibt, die sich in allen acht Dimensionen bewegen, aber es gilt als unwahrscheinlich. Lediglich dem Monotheos wird das nachgesagt.

Robert Dillon, in „Zeitgeschichte des 20. Jahrhunderts“, 5. überarbeitete *Auflage, Vancouver, Berlin 2012*

Der Planet, auf den Winston Churchill Aayana und sich so leichtsinnig hingesprungen hatte, war einmal so etwas wie ein riesengroßer universaler Zoo. Betrieben wurde er von den Zalfamadorianern, und es gab damals auch einen der spektakulärsten galaktischen Erlebnisparks mit universeller Gastronomie und entsprechender Hotellerie. Der Freund des Bademantels erzählte, dass es hier einmal die kompletteste Schau von Lebewesen aus allen Quadranten des Universums gab und dass namentlich die Menschen sich auch in Gefangenschaft gut fortpflanzten.

Ein junges blondes Menschenweibchen hatte es ihm bei seinem letzten Besuch in einer anderen Zeit besonders angetan, und er wollte es befreien und wieder in ihrem natürlichen Lebensraum auf der Erde aussetzen. Die Befreiung hatte auch problemlos geklappt, aber die Reise auf die Erde dauerte durch unvorhergesehene Umstände mehr als acht Jahre. Danach hatte er mit ihr vier Kinder, die er zusammen mit ihrer Mutter in Minneapolis aussteigen ließ. Auf deren expliziten Wunsch – wie er betonte.

Wie auch immer, er hatte jedenfalls noch irgendwo im Raumschiff Kleidung von ihr und bot Aayana an, sich umzuziehen. Das konservativste Outfit, das sie finden konnte, war ein relativ kurzes, ärmelloses Kleid aus dünnem schwarzen Kunstleder, das jeweils in etwa fünf Zentimetern Abstand unterbrochen war, was eine Optik von Querstreifen aus Leder und Haut ergab. Nun ja, besser als ein Handtuch, dachte Aayana und probierte das einzige Paar Schuhe – Sandalen mit schwarzen Lederriemchen, silbernen Nieten und hohen Absätzen.

„Jeans, Leibchen und Sportschuhe wären jetzt das gewesen, wonach mir der Sinn stand, aber besser als nichts", erklärte Aayana, als sie in den Kontrollraum, eine Art überdimensioniertes Cockpit, zurückkehrte. Mit den beiden Schulterholstern sah Aayana wirklich martialisch aus, und mit den High Heels würde sie vermutlich keine zweihundert Meter gehen können.

Vor allem aber hatte Aayana jetzt eine Fülle von Fragen an die beiden Vögel, die immer wieder ihren Weg kreuzten.

„Wer seid ihr beiden, und warum taucht ihr immer wieder aus heiterem Himmel an den unmöglichsten Orten auf?", wollte sie wissen.

„Bitte, gern geschehen", sagte der Freund des Bademantels.

Okay, ein Danke wäre vermutlich angebracht gewesen, und Aayana holte das nach.

„Der Typ mit dem Bademantel ist ein Erdling. Der letzte seiner Art, soviel ich weiß. Ich bin aus dem Sonnensystem Sadalmelik, von einem Planeten, den die meisten Lebensformen B7 nennen. Das ist in eurem Sternbild des Neptun."

„Was heißt: der letzte seiner Art?", nahm Winston Churchill Aayana die Frage aus dem Mund. „Du hast doch eben erzählt, du hättest deine Frau von der Erde mit euren vier Kindern nach Minneapolis gebracht. Und uns beide gibt es ja schließlich auch noch", nickte Churchill in Aayanas Richtung.

„Ja, das ist auf der Zeitachse nicht jetzt, sondern in ein paar hundert Jahren passiert. Aber das ist etwas kompliziert, wenn man nur in drei Dimensionen lebt. Ich verstehe es auch nicht, aber dieses Schiff hat jedenfalls einen Time Drive. Braucht aber unglaublich viel Energie, daher verwende ich ihn selten."

„Und wo ist Ihr Freund jetzt?", wollte Aayana wissen.

„Ach, der hält fast täglich ein Mittagsschläfchen. Den sehen wir erst wieder zum Tee", erklärte der Mann vom Planeten B7 aus dem Sonnensystem Sadalmelik im Sternbild des Neptun und goss sich dabei ein großes Glas mit einer streng nach Getreidebrand riechenden Flüssigkeit voll. Mit einem fragenden Blick deutete er auf die Flasche und weitere Gläser, die auf einem großen Tisch standen, welcher wie ein quadratisches, vier Meter großes Tablet aussah, das in der Luft zu schweben schien.

Winston Churchill ließ sich nicht zweimal bitten. Aayana lehnte ab und wollte immer noch wissen, wie es kam, dass die beiden immer wieder ihre Wege kreuzten. Bei ihr am Hof, im Somno-Garden, im Flugzeug und nun auch auf Qualmasador: „Ihr taucht immer wieder aus dem

Nichts auf, als würdet ihr uns beobachten und in kritischen Momenten eingreifen. Wie macht ihr das? Und was steckt dahinter?"

„Das bei dir zu Hause war Zufall. Da sind wir aus einer Mitfahrgelegenheit ausgestiegen. Somno-Garden kann ich mir nicht erklären, weil wir gar nicht in die Traumwelt wollten, da hat wohl irgendwas mit dem Transportstrahl nicht funktioniert. Wir wollten eigentlich auf einen Transporter springen, der ein paar Gigantometer an eurem Sonnensystem vorbeikam. Und das mit dem Flugzeug geschah wohl, weil meine Device es mit einem Raumschiff verwechselt hat. Wir wollten uns eigentlich nur vom Acker machen."

„Und wie kommt ihr nach Qualmasador?", setzte Winston Churchill nach.

„Wieder Zufall. Eigentlich wollte ich ein paar hundert Jahre früher hin, als der Planet noch einer der Hotspots im Universum war", erklärte unser Gastgeber. „Aber da hat wohl irgendwas nicht geklappt", grinste er, „da habt ihr vermutlich Glück gehabt."

„Ja, eine unglaubliche Ansammlung von Zufällen", bestätigte Aayana, „und vermutlich habt ihr dieses Raumschiff, das ja offensichtlich dir gehört, auch nur zufällig im Weltraum gefunden?"

„Nein und nein", erklärte der Mann, während er Winston Churchill und sich selbst großzügig nachschenkte. „Nein, das war kein Zufall. Das hatte ich bei mir zu Hause auf B7 versteckt. Und nein, es gehört mir nicht. Das habe ich auf Rupert, einem Planeten am Ende des Universums, gestohlen. Obwohl ... irgendwie gehört es mir ja jetzt eigentlich doch", ergänzte der Mann, während er lässig an Reglern auf der Steuerungskonsole herumdrehte.

Das war schon alles relativ aberwitzig, und es fiel Aayana schwer, die Geschichte mit den Zufällen zu glauben. Wichtiger jedoch war jetzt, auf die Erde oder zumindest in ihre Nähe zu gelangen. Und irgendwie hatte sie keine Sekunde das Gefühl, dass eine Gefahr von den beiden komischen Raumvagabunden ausging.

„Bringt ihr uns in die Nähe der Erde?", fragte sie daher unumwunden.

„Kein Thema unter Freunden", erwiderte der Mann vom Planeten B7 aus dem Sonnensystem Sadalmelik im Sternbild des Neptun, der mit seinem ein weiteres Mal angefüllten Glas in einer Art Kommandosessel Platz genommen hatte. „Cindy, flieg uns zur Erde und gib Bescheid, wenn du ausgerechnet hast, wie lange das dauert", sprach er offensichtlich das Raumschiff an.

„Okay, Captain", antwortete das Schiff mit einer sanften Frauenstimme. „Gibt es Wünsche hinsichtlich der zeitlichen Dimension?", wollte das Raumschiff wissen.

„Nein, alles gut", antwortete der Captain, als Aayana ihm ins Wort fiel.

„Ginge vielleicht vier Wochen früher?", wollte sie wissen. Aayana hatte eine recht genaue innere Uhr, sie waren ihren Berechnungen zufolge etwa achtundzwanzig Erdentage auf Qualmasador gewesen.

„Klar. Heute minus vier Erdenwochen, Cindy", gab der Kapitän Anweisung.

„Okay. Die Flugzeit wird übrigens dreiundzwanzig Stunden und acht Minuten betragen", antwortete das Schiff.

„Wohin fliegen wir dreiundzwanzig Stunden und acht Minuten?", wollte der Mann mit dem Bademantel wissen, der eben verschlafen durch die elektrische Tür in den Kommandoraum trat, woraufhin sich die Tür überschwänglich dafür bedankte, dass sie von Nutzen sein durfte.

„Zur Erde, mein Junge", antwortete sein Freund, „wir setzen unsere Kumpels hier schnell auf der Erde ab, dann schauen wir weiter. Hast du Lust auf einen Ausflug in den zweiten Quadranten? Irgendetwas Lautes mit Party und viel Alkohol?

Der Bademantel seufzte missmutig und gab dem Schiff die Anordnung, ihm einen Tee zuzubereiten, den er sich wenige Augenblicke später aus einer Art Nische in der Seitenwand holte. Skeptisch roch er an seiner Tasse und fing an, in kleinen Schlucken daran zu nippen. Sein Gesicht strahlte dabei unverhohlene Todesverachtung aus.

Eine Zeit lang hingen alle vier ihren eigenen Gedanken nach, Aayana schien sich damit abgefunden zu haben, dass sie von den beiden Männern nichts Vernünftiges erfahren würde. Der Mann mit dem Bademantel wirkte sowieso stets so, als würde ihn alles um ihn herum verwirren, und sein selbstbewusster Freund war schon wieder veritabel betrunken. Dennoch ließen ihr die vielen Zufälle keine Ruhe. Was jedenfalls feststand, war, dass die beiden ihnen vermutlich schon mehr als einmal das Leben gerettet hatten. Und das konnte man durchaus positiv bewerten.

„Ich habe Miesmuscheln von Santandin 12, dazu einen fantastischen Weißen aus dem Selenon auf Plantida", meldete sich das Schiff zu Wort und unterbrach die Stille.

„Ausgezeichnet", antwortete der Captain, „darf ich euch ins Esszimmer nebenan bitten?" Der Raum war luxuriös eingerichtet, der Tisch makellos gedeckt und die Muscheln und der Wein waren großartig. Die Runde genoss eine angeregte kleine Unterhaltung, als säßen sie nicht irgendwo im Weltraum in einem Raumschiff Lichtjahre von der Erde entfernt. Winston Churchill war bestens gelaunt, der Gastgeber versuchte gar nicht ungeschickt, wiewohl etwas alkoholisiert, mit Aayana zu flirten, und auch sein Freund mit dem Bademantel taute mit jedem Glas Wein sichtlich mehr auf. Es war ein richtig netter Abend, die vielen Fragen waren für einige Stunden weit weg und unwichtig. Zu guter Letzt gelang es Aayana auch, sich entsprechender Avancen des Mannes vom Planeten B7 aus dem Sonnensystem Sadalmelik im Sternbild des Neptun zu erwehren, und sie hatte ihre Kabine mit einem erstaunlich bequemen Bett für sich allein. Wenig später war sie eingeschlafen. Das Nächste, was sie mitbekam, waren dumpfe, wiederkehrende Geräusche, wie ein fernes Hämmern.

Als die Geräusche immer lauter wurden, fuhr sie aus dem Schlaf hoch, sie brauchte ein paar Sekunden, bis sie sich zurechtfand. Nun hörte es sich an, als würden sie beschossen, bei jedem Knall vibrierte das Raumschiff, als würde etwas aufprallen.

Aayana sprang in ihr Kunstlederkleid, sie lief in den Kommandoraum, in dem sie den Piloten fand. Lässig lümmelte der in seinem Kommandosessel, die Füße auf einer Konsole verschränkt, und unterhielt sich mit seinem Raumschiff.

„Guten Morgen, meine Liebe“, begrüßte er Aayana, scheinbar gut gelaunt.

„Das Meteoritenfeld wird dichter“, mischte sich das Raumschiff ein.

„Okay. Wie ist die Prognose?“, fragte der Captain vom Planeten B7 sein Schiff.

„Nicht gut“, erwiderte Cindy, „wir halten das noch etwa eine halbe Stunde aus, erreichen das Ende des Feldes aber frühestens in einer Stunde.“

„Verstehe. Wie weit ist es zu den Seitenrändern?“

„Ausweichmanöver backbord könnte funktionieren, aber da haben wir an den Seiten nicht die volle Wirkung unseres Schutzschildes“, antwortete das Raumschiff immer noch sanft und ebenfalls gut gelaunt.“

„Andere Vorschläge?“

„Nein, Captain.“

„Okay, dann machen wir das Backbordmanöver. Ich gehe jetzt mit unserem charmanten Gast frühstücken. Melde dich nur mit ernsthaften Vorfällen oder Problemen.“

„Alles klar, Captain. Guten Appetit.“

„Alsdann, der Frühstückstisch ist gedeckt“, wandte sich der Mann vom Planeten B7 aus dem Sonnensystem Sadalmelik im Sternbild des Neptun an Aayana.

„Ist alles okay?“, wollte Aayana wissen.

„Alles bestens, Cindy macht das schon. Wenn du noch duschen willst, treffen wir uns in zehn Minuten im Esszimmer.“

Vom Rumpeln waren mittlerweile auch die anderen aufgewacht. Nach einer kurzen Erklärung des Captains widmete sich die Runde einem formidablen Frühstück.

Langsam ließen die Einschläge nach, bis sie schließlich ganz aufhörten.

„Schadensbericht, Cindy?“, wandte sich der Captain noch am Frühstückstisch an sein Raumschiff.

„Nichts Nennenswertes, Captain. Behebung ist bereits im Gange."

„Wunderbar. Danke, Cindy."

„Eine Kleinigkeit wäre noch, Captain."

„Sprich!"

„Wir sind in der Zielerfassung eines arolanischen Sternenkreuzers", antwortete das Raumschiff in seiner ruhigen, unaufgeregten Art.

„Verdammt, was wollen die?"

„Keine Ahnung. Soll ich Verbindung herstellen und sie auf den Schirm im Kommandoraum legen?"

„Okay", der Captain war aufgesprungen und ging auf die Brücke. Die anderen folgten ihm.

„Verbindung steht, Übersetzungsprogramm läuft, Captain."

Auf dem Hauptbildschirm erschien zunächst ein grimmig aussehendes, aschgraues Raumschiff, dann ein dämmriger Raum, der sich gleichzeitig zu dehnen und zusammenzuziehen schien. In dem Raum befanden sich ein paar Gestalten, in deren Mitte auf einem ähnlichen Kommandosessel wie dem hiesigen eine unansehnliche, grünlich-braun schimmernde schuppige Kreatur mit einem kleinen Kopf und großen Augen saß.

„Hallo, Snoglag, mein Freund! Was macht das Piratengeschäft?", gab sich der Mann vom Planeten B7 aus dem Sonnensystem Sadalmelik im Sternbild des Neptun aufgeräumt.

„Geht schleppend. Ich hab' miese Laune", kam es aus dem Übersetzungs- und Stimmmodulator verzerrt.

„Das tut mir leid. Du hast uns übrigens aus Versehen in der Laser-Zielerfassung."

„Das ist kein Versehen“, erklärte Snoglag.

„Oh. Was können wir für dich tun? Du weißt ja, bei mir gibt’s nichts zu holen“, antwortete der Captain.

„Du und deine Passagiere, ihr könnt gar nichts für mich tun. Ich aber für euch. Ich werde euch von eurem jämmerlichen Dasein erlösen. Vielleicht hebt das ja meine Stimmung“, grollte der Arolaner.

„Oha, Snoglag. Das kannst du doch nicht machen, wo wir uns nun schon so lange kennen.“

„Das ist ja einer der Gründe, warum sich meine Laune erheblich verbessern könnte. Außerdem habe ich schon über eine Woche kein Raumschiff mehr abgeschossen.“

„Das klingt gar nicht gut“, raunte der Captain Ayana zu.

„Lass mich mal mit ihm reden“, nahm diese den Ball auf und stellte sich neben den Kommandostuhl.

„Was soll der Unsinn? Wir sind hier drei Menschen, zu Gast bei unserem Captain. Und du weißt vermutlich, was das heißt, oder?

„Du bist ja der Grund, warum ich euch gleich zu Sternenstaub pulverisiere, Agrin“, polterte der Piratenkapitän.

„Bevor du das tust, kannst du uns aber noch erzählen, wer dich schickt. Ist ja dann letztlich egal. Wir werden es eh nicht weitererzählen können“, erklärte Aayana und raunte dem Captain zu: „Kommen wir hier irgendwie raus?“

Der schüttelte nur stumm den Kopf, während Snoglag zu einer Erklärung ansetzte, wie Bösewichte das immer tun und niemand weiß, warum. „Mach dir nichts draus, Mädchen. Ich hätte das Schiff auch ohne dich vernichtet, wenn es mir in die Quere gekommen wäre. Aber ich habe auch einen lukrativen Auftrag von der Erde.“

Aayana ging aufs Ganze: „Wer ist so verrückt oder hinterhältig, dich in so eine Gefahr zu bringen? Gib mir Namen."

„Was für eine Gefahr?", wollte Snoglag wissen.

„Gib mir Namen, und vielleicht kommst du aus der Nummer raus."

„Jetzt machst du dich lächerlich. Du bluffst", donnerte Snoglag.

„Kann schon sein, dass du uns erwischst. Geschenkt. Aber das war‘s dann für dich. Keine Macht des Universums – und schon gar nicht der Erde – wird dich vor der Bestrafung durch die Snarks schützen", spielte Aayana ihren Trumpf aus.

Das graugrüne Gesicht Snoglags wirkte ungerührt: „Woher sollen die Snarks hiervon erfahren. Und warum sollte sie interessieren, was hier draußen, Lichtjahre von ihrer Galaxie und von der Erde entfernt, passiert?"

„Das lässt sich einfach erklären. Erfahren werden sie es von deinen Auftraggebern auf der Erde, und interessieren wird es sie, weil ich in ihrem Auftrag in einer wichtigen Mission unterwegs bin. Der Anschlag gegen mich richtet sich also gegen diese Mission und die Snarks selbst", versuchte Aayana so selbstbewusst wie möglich zu erläutern.

„Großes Kino", flüsterte Winston Churchill dem Mann mit dem Bademantel zu. Snoglag zeigte immer noch keine Anzeichen von Verunsicherung und sah sich scheinbar gedankenverloren auf seiner eigenen Kommandobrücke um.

Aayana nutzte die Chance, um dem Captain zuzuraunen: „Machen Sie irgendetwas mit dem Time Drive. Am besten versetzen sie uns die vier Wochen zurück – gleich jetzt."

„Gute Idee, geht aber leider nicht, wenn sie uns in der Zielerfassung haben."

In dem Moment meldete sich Snoglag wieder zu Wort: „Wir haben unsere Bezahlung für den Auftrag bereits angenommen. Die Erfüllung ist also eine Frage der Mörderehre. Außerdem hat unser Verbindungsmann von Selben uns bereits darauf vorbereitet, dass uns möglicherweise mit den Snarks gedroht wird. Alles Unsinn, ein klassischer Bluff, hat er uns versichert. Das Gespräch ist beendet." Damit hob er einen kleinen Deckel auf der rechten Armlehne seines Kommandosessels, der den Blick auf einen gefährlich aussehenden roten Knopf freigab.

Aayana und ihre Gefährten sahen verstört auf den großen Bildschirm. Nicht nur das offensichtlich nahe Ende, sondern auch die Informationen über von Selben trafen sie wie ein Donner. Das war's. Verräter enttarnt, aber Spiel zu Ende. Sie hatten verloren. Aayana hatte verloren. Sie spürte, wie sie sich in Tausende kleine Partikel auflöste. Zu sehen war jedoch, wie der arolanische Kreuzer sich in seine Bestandteile auflöste.

„Was war das?", rief Churchill aus.

„Ein arolanischer Kreuzer", erklärte der Captain.

„Das habe ich mitbekommen, aber wie haben Sie das gemacht, Captain?", wollte Winston Churchill wissen.

„Ich habe gar nichts gemacht. Cindy, du?", fragte der Captain sein Schiff.

„Nein, Sir. Ich war es nicht", antwortete das Raumschiff. Alle Augen waren nun auf Aayana gerichtet.

„Tja, was soll ich sagen. Vielleicht doch kein Bluff? Vielleicht wirklich die Snarks? Aber ehrlich gesagt, weiß ich es auch nicht."

Kapitel 17

Das Tribunal

Es war und ist sicher kein Zufall, dass sich so viele Ritter in der Somno-Garde engagierten – dem obersten Exekutivorgan zur Überwachung *der Regeln in der Traumwelt. Die meisten von ihnen sind wilde, wenn auch äußerlich einigermaßen manierliche Raufbolde, die zu ihrer Zeit das Recht auf ihrer Seite wähnten. Andererseits habe ich sie aber auch als kindisch- verträumte, romantische Schwärmer kennengelernt, wobei die Betonung auf verträumt liegen mag.*

Die Jagd nach Ruhm und Ehre, dem Herzen der Angebeteten, nach Abenteuern, auf Drachen und allerlei sonstiges Ungetier, die Suche nach heiligen Flüssigkeitsbehältern und Reliquien aller Art, das Kräftemessen, röhrenden Hirschen gleich, in Turnieren und auf dem Felde – das alles mag uns schon traumhaft vorkommen, wobei allerdings über die Qualität dieser Träume noch diskutiert werden müsste.

Winston Churchill, in „Checks and Balances in der Traumwelt", 3. Auflage, Oxford 2009

Sie erreichten die Erde trotz der kleinen Verzögerung relativ pünktlich nach etwa 24 Stunden. Für den geplanten Zwischenstopp vor dem Sprung in die Traumwelt wählten sie eine entlegene Gegend in Kanada aus. Denn die Zeitreise führten sie noch mit Cindys praktischem Time Drive in der realen Welt durch, weil Zeitsprünge nicht nur verboten, sondern zwischen verschiedenen Universen äußerst kompliziert und nicht ganz ungefährlich waren.

Vor ein paar Minuten waren Winston Churchill und Aayana nun in der Traumwelt im Hauptquartier zwischen den Baumwipfeln eingetroffen. Ihre galaktischen Freunde und mittlerweile mehrfachen Retter hatten sich nach dem Zeitsprung in ihrem Raumschiff Richtung Weltall verabschiedet. Er tauge nicht zum Helden – und sein Freund mit dem Bademantel schon gar nicht, meinte … War es zu fassen?! Aayana wusste immer noch nicht, wie die beiden hießen.

Das Hauptquartier war noch schütter besetzt. An einem länglichen, schmalen Tisch am vorderen Ende der Plattform saß genau in der Mitte Marilyn Monroe. Sie hatte ein hübsches weißes Kleid an, das leicht vom Wind bewegt wurde, und eine Halbbrille auf der Nase und blätterte mit ernster Miene in einer Mappe. Die Plätze neben ihr waren frei. Neben dem leeren Platz links saß der Waldschratt, den Aayana schon kennengelernt hatte, und der zweite Platz rechts war auch leer. Es sah ein wenig aus wie bei einer Podiumsdiskussion oder wie an einem Richtertisch.

„Marilyn vertritt Lady Chatterley, der Platz rechts neben ihr ist meiner und links sitzt normalerweise von Selben", erklärte Winston Churchill auf dem Weg zum Tisch, „den Waldschratt kennst du ja schon, und ganz rechts säße Harry, ein überaus begabter junger Zauberer, der aber momentan mit Urheberrechtsproblemen das Bett hüten muss."

Lady Chatterley war immer noch untergetaucht, nur Winston Churchill und von Selben kannten ihren Aufenthaltsort. Zweiteres machte Aayana Sorge, aber Winston Churchill versicherte ihr, dass er mit Lady Chatterley geredet habe und sie wohlauf sei. Sie habe ihren Aufenthaltsort noch einmal gewechselt und nun wisse niemand außer ihrem Ehemann und ihrem Geliebten, wo sie sich aufhalte. Nicht einmal er selbst. Gut so, dachte Aayana.

Sie hatten nun den Tisch erreicht, und Marilyn Monroe erhob sich, um Aayana herzlich zu begrüßen: „Ich weiß natürlich, wer du bist, und freue mich, dich kennenzulernen. Beim letzten Mal war ich ja nicht dabei."

„Ich freue mich auch und muss sagen, du bist noch schöner als in den Filmen und auf den Bildern", erwiderte Aayana und fühlte sich in ihrer schwarzen Ledermontur, den Schulterholstern mit den zwei Glock und den High-Heel-Nieten-Sandalen neben Marilyn wie das Klischee der bösen Frau neben einem blonden Engel in einem schlechten Roman.

„Ich mag dein Kleid", hauchte Marilyn. „Wenn du nur halb so gefährlich bist, wie du aussiehst, dann bin ich optimistisch für unsere Sache." So konnte man es natürlich auch sehen.

Sie begrüßten den Waldschratt, dann blickte Aayana sich auf der Plattform um. Niemand sonst, den sie zu erkennen glaubte.

„Die Burschen da hinten sind: der junge Sir Galahad, sein Vater Lancelot, Iwein und Tristan. Der kleinere, ältere Bursche mit dem riesigen Schwert in der Mitte ist König Arthus, der sich gerade mit Richard Löwenherz unterhält – dem Typen mit dem Kreuzfahrerüberwurf über dem Kettenhemd. Die zwei Hünen etwas abseits sind der Sänger Blondel – ich staune immer wieder, wie austrainiert der ist – und Dietrich von Bern, eigentlich von Verona", erklärte Winston Churchill.

„Den Typen mit dem Spinnenanzug und den anderen mit dem S auf der Brust kenn' ich", erwiderte Aayana, während ihre Blicke weiterschweiften.

Nun kam aber doch Bewegung in die Szenerie. Beinahe im Sekundentakt materialisierten sich mehr oder weniger prominente Mitglieder der Somno-Garde, oder genauer: jenem Teil der Somno-Garde, der loyal zur gewählten Vorsitzenden des Hohen Rats – Lady Chatterley – stand. Nun erkannte Aayana auch einige unter ihnen wieder: den kleinen grünen Meister mit den spitzen Ohren, vor allem aber Rasputin. Dieser fixierte Aayana mit steinernem Blick. Ein paar Sekunden später verlor aber auch er sich in der größer werdenden Menge von Somno- Gardisten. Schließlich hörte das muntere Erscheinen auf und es kehrte Ruhe ein – die Gespräche verstummten.

„Ich muss auf meinen Platz", raunte Winston Churchill Aayana zu und ging um den Tisch, um sich rechts neben Marilyn zu setzen.

Genau in dem Moment erhob sich Marilyn Monroe und wartete noch ein, zwei Sekunden, bis wirklich völlige Stille herrschte. Mit überraschend fester Stimme wandte sie sich an die Versammelten: „Meine Lieben! Wir haben dieses Treffen auf Wunsch von Sir Winston einberufen. Ich will unsere Zeit nicht verschwenden und erteile ihm als interimistische Vorsitzende in Vertretung Lady Chatterleys das Wort." Damit setzte sie sich, und Winston Churchill erhob sich von seinem Sessel.

„Eigentlich habe nicht ich diese Sitzung einberufen, sondern Aayana Agrin, die in unserer Mitte weilt", begann Winston Churchill. „Viele kennen sie ja bereits persönlich, gehört habt ihr vermutlich alle schon von ihr. Ich schlage daher vor, dass wir sie ins Komitee wählen und sie Harrys Platz einnimmt, der ja aus bekannten Gründen nicht bei uns sein kann. Gibt es dagegen Einwände?"

Alles blieb still und Winston fuhr fort: „Aayana, bist du damit einverstanden? Und wenn ja, nimmst du bitte an unserem Tisch an meiner Seite Platz?“

Aayana bejahte und tat, wie ihr geheißen, fühlte sich dennoch mulmig. Aber sie verspürte keinerlei feindselige Stimmung.

In der Folge gab Winston einen kurzen, aber sehr präzisen Bericht darüber, was seit der letzten Zusammenkunft geschehen war. Von Madrid über den Ausflug auf einen Planeten – wobei er geflissentlich verschwieg, dass es sich um einen Test gehandelt hatte, der kräftig in die Hose gegangen war – bis hin zu ihren Weltraumabenteuern.

Beim Glatisanten erinnerte er sich an ihr Versprechen, und obwohl die Geschichte schrecklich entstellt war, führte sie in den Reihen der anwesenden Ritter zu sichtbar erhöhter Aufmerksamkeit. Fazit: Sie konnten es weiter guten Gewissens jagen.

Dann übergab er Aayana das Wort und sie ergänzte seinen Bericht um die Teile, bei denen er nicht dabei war. Bayern ließ sie aus, weil sie selbst nicht wusste, was wirklich passiert war. Aber die Begegnung mit Cervantes, von Selben und Rasputin führte ebenso zu Unruhe wie zuvor der Bericht Churchills zur Behauptung des verblichenen Snoglag, dass von Selben ihn gedungen habe, Aayana und ihre Gefährten zu beseitigen.

Während ihrer Ausführungen suchte Aayana Rasputin im Publikum, konnte ihn aber nicht finden.

„Wie seid ihr den Arolanern entkommen?“, schnitt eine Frage durch das erstaunte Schweigen. Es war Rasputin, der plötzlich in der ersten Reihe vor dem Tisch ganz rechts stand.

„Wir wissen es nicht", antwortete Churchill ruhig. „Tatsache ist, dass sich das arolanische Raumschiff in Tausende winzige Partikel auflöste."

„Ich glaube nicht, dass sie durch Raum oder Zeit weggesprungen sind. Auch nicht in ein Paralleluniversum", ergänzte Aayana. „Für mich sah es aus, als wäre das Schiff zerstört worden."

„Es wurde von den Snarks zerstört", meldete sich eine Stimme aus der letzten Reihe. Alle Blicke wandten sich dem Sprecher zu, der begann, langsam durch die Reihen nach vorne zu gehen. Ein Raunen ging durch die Reihen, denn es war niemand anders als von Selben.

Als er vorne angekommen war, ging er langsam um den Tisch herum und setzte sich auf seinen bisher leeren Platz links neben Marilyn Monroe.

Aayana sah, wie Winston blass wurde: „Was hat das zu bedeuten, und wo kommst du her?" Während dieser Worte hatte er seine Pistole gezogen und richtete sie auf von Selben. „Ich denke, wir haben ein paar Erklärungen verdient."

„Nimm die Waffe runter, sonst nehme ich sie dir weg", forderte von Selben, „aber das gibt sicher ein Handgemenge, und ich will weder Marilyn noch sonst jemanden hier in Gefahr bringen." Gleichzeitig holte er, nur mit den Spitzen von Zeigefinger und Daumen, seine eigene Waffe aus seinem Schulterholster unter dem Sakko heraus und legte sie ostentativ, mit der Mündung auf sich selbst gerichtet, vor sich auf den Tisch.

Winstons Zorn war immer noch deutlich zu spüren. „Schluss jetzt", mischte Aayana sich ein.

„Leg bitte auch dein Schießeisen vor dich auf den Tisch, Winston. Wir brauchen Erklärungen. Wir wollen reden."

Abgesehen davon waren im Auditorium sicher an die dreihundert weitere Waffen versammelt. Aayanas Glocks nicht mitgezählt.

Winston Churchill sah zuerst Aayana, dann von Selben an und legte schließlich doch auch seine Pistole vor sich auf den Tisch. „Keine Tricks, von Selben. Ich weiß, wie schnell du bist. Aber jeder einzelne hier ist bewaffnet und hat dich im Auge“, fügte er noch hinzu.

Aayana hatte ihren Bericht vollkommen trocken zum Besten gegeben, sachlich und ohne ausschmückende Mutmaßungen. „Hast du gehört, was Winston und ich berichtet haben?“, fragte sie von Selben.

„Ja, von Anfang an“, antwortete er, „und ich denke, dass ich das ein oder andere aufklären sollte.“

„Ich führe die Vernehmung durch“, meldete sich der Waldschratt.

„Von mir aus gerne. Aber vorher will ich einfach nur hören, was von Selben uns zu sagen hat“, riss Aayana die Vorsitzführung ein wenig an sich.

Und Marilyn zog mit: „Ich auch.“

„Okay, zuerst ein oder zwei Dinge, von denen ihr noch gar nichts wisst. Alles kann ich aber nicht sagen, weil ich damit Freunde in große Gefahr brächte“, erklärte von Selben. „Lady Chatterley, Winston und ich wissen schon länger von den Vorbereitungen zum Putsch durch maßgebliche Proponenten der Albträume, sind aber ziemlich sicher, dass Sauron nicht die letzte Instanz ist. Außerdem konnten wir uns zunächst nicht erklären, wozu das Ganze gut sei. Die Traumgenres machen unabhängig vom Vorsitz in der Traumwelt ihren Job, und wir konnten uns nicht vorstellen, dass tatsächlich alle anderen Arten von Träumen abgestellt werden sollten. Also stellt sich die Frage: Wozu das Ganze? Den meisten Granden von den Albträumen ist es doch völlig egal, ob sie ein paar Albträume mehr oder weniger in die Welt setzen. Wer hätte also etwas davon? Wir fanden heraus, dass möglicherweise realweltliche Motive dahinterstecken könnten, dass es darum gehen könnte, die Snarks auszuschalten. Auf den ersten Blick ein absurdes Unterfangen, aber mit dem Umweg über die Traumwelt vielleicht doch nicht völlig ausgeschlossen. Ob das stimmt und wer wirklich dahintersteckt, wissen wir aber immer noch nicht. Fest steht nur: Snarks träumen nicht. Sie haben daher keine Ahnung von der Traumwelt."

„Komm zur Sache", mahnte Churchill.

„Alsdann: Ein Blick in die Zukünfte hat gezeigt, dass die wahrscheinlichste tatsächlich eine ohne Snarks zu sein scheint und ein blutiges Chaos für die Erde bereithält. Vor allem aber eine unfreie, voll und ganz gesteuerte Menschheit, die nebenbei auch noch schlecht träumt. Warum genau, können wir nicht mit Bestimmtheit sagen. In der zweitwahrscheinlichsten Zukunft sind wir auf eine Traumspringerin gestoßen, von der wir aus guten Gründen glauben, dass es sich um Aayana handelt. Daher haben wir sie zunächst beobachtet und, nachdem wir sahen, dass sie immer wieder unbewusst durch die Traumwelt stolperte, auch angesprochen. Den Rest kennt ihr."

„Bist du vollkommen verrückt, von Selben", meldete sich Churchill wieder zu Wort, „das alles wissen wir, und du hast immer noch keinen einzigen Satz zu den Vorwürfen dir gegenüber verloren. Hast du die Arolaner und die anderen Mörderbanden auf Aayana angesetzt, um die zweitwahrscheinlichste Zukunft zu verhindern?"

„Nein, das habe ich nicht“, antwortete von Selben ruhig.

„Und was ist das mit dir, Cervantes und Rasputin in Madrid gewesen?“, wollte Churchill wissen.

„Cervantes ist mein Bruder und ein Träumer. Vollkommen harmlos. Er hat die Berichte über die Anschläge auf Aayana beim Tryder Cup auf allen Kanälen mitverfolgt und sich Hals über Kopf in sie verliebt. Der Schwerenöter hat sie mehr oder weniger entführen lassen, um sie kennenzulernen. Dass da nicht mehr dahintersteckte, habe ich erst in Madrid erfahren. Wie auch immer, in jedem Fall wollte ich Aayana sicherheitshalber begleiten.“

„Das ist nicht ganz falsch. Cervantes hat mich in einen Kerker gesteckt und mir dort relativ ungestört, nur begleitet von zwei Wachen, einen Heiratsantrag gemacht“, mischte Aayana sich nun ein. „Aber sag mir eines, wie ist dein Vorname?“

„Schade, ich fand das spannend. Aber jetzt ist nicht die Zeit für Spielchen. Ich heiße Lukas. Lukas von Selben. Hat dir Miguel die Luzifer-Variante erzählt?“ Er sah Aayana direkt in die Augen.

„Das hat er tatsächlich“, antwortete Aayana.

Aayana bemerkte aus dem Augenwinkel, dass Rasputin immer noch in der ersten Reihe, mittlerweile aber keine zwei Meter entfernt von ihr stand. Ihr Stichwort: „Und warum war Rasputin in Madrid bei Cervantes? Ihr habt sehr vertraut gewirkt, als es darum ging, die Situation zu deeskalieren.“

„Das kann ich dir nicht sagen, Aayana“, erklärte von Selben, und Aayana glaubte zu bemerken, wie er den Bruchteil einer Sekunde seine vor ihm liegende Waffe fixierte. „Du weißt, dass mich Rasputin genauso wenig interessiert wie

Rätsel. Reine Zeitverschwendung! Ich sehe, was ich sehe, nehme die Dinge, wie sie sind, und habe gelernt, dass ein einziger Schuss oft nicht reicht."

Vier Sekunden später hatte Aayana ihr Magazin entleert. Rasputin lag bewegungslos vor ihr am Boden, seine Waffe in der Hand. Etwa dreihundert Pistolen waren auf Aayana, von Selben, Marilyn, Churchill und die Stelle gerichtet, an der eben noch der russische Mönch stand. Er lag am Boden, blutete aber nicht. Es war zu erkennen, dass er nicht tot war, aber Mühe hatte, sich zu bewegen.

Von Selben trat ihm die Waffe aus der Hand und beugte sich über Rasputin. Die strenge Kutte war zur Seite gerutscht und weite Teile seines Körpers waren freigelegt. Der Mann bestand aus Metall.

„Der elektrische Mönch", sagte Marilyn.

„Wer hat dich beauftragt?", fragte von Selben, immer noch über den Körper gebeugt, der sich offensichtlich nurmehr schwer bewegen konnte. „Und da es jetzt zu Ende geht, weißt du, wer aus unserer Runde uns verraten hat?"

„Ich empfange meine Befehle nur von Gott", sagte der elektrische Mönch, dann schwand jedwede Energie aus seinem künstlichen Körper.

„Danke, Lukas", sagte Aayana und sah von Selben in die Augen.

Während die Getreuen noch über ihr kurzes, schwarzes, in Querstreifen teiltransparentes Lederkleid und darüber diskutierten, wie es ihr möglich war, ihre Glock so schnell zu ziehen, dass sie den Mönch mit seiner Waffe unter der Kutte überwältigen konnte, zogen von Selben, Churchill, Marilyn, der Waldschratt und sie sich auf eine Nebenplattform zurück.

„Der Mönch hat sich schon in Madrid verraten“, erklärte von Selben. „Du erinnerst dich, dass Cervantes ihn an eine Vereinbarung erinnerte, wonach er in der realen Welt nicht vor anderen auftreten sollte. Ich kenne Rasputin. Auf so eine Abmachung hätte er sich nie einlassen. Das konnte ein etwaiger Doppelgänger jedoch nicht wissen. Und auch eine zweite Sache ist mir seit einiger Zeit aufgefallen: Rasputin war ein religiöser Eiferer, aber auch ein Mann ausschweifender Vergnügungen. Darüber hat er nie gesprochen, aber auch andere nicht dafür kritisiert. Erinnerst du dich, wie er dich Kurtisane genannt hat? Der echte Rasputin hätte so etwas vielleicht gedacht, aber niemals gesagt. Als ich ihn heute hier sah, war mir klar, dass er nicht nur zum Zuhören gekommen war, dass er etwas vorhatte.“

„Aber was ist in Madrid passiert, nachdem wir getrennt wurden?“, fragte Aayana.

„Wie gesagt, ich ahnte, dass mein liebestrunkener Bruder wieder einmal einen seiner plumpen Annäherungsversuche vorbereitete. Die Nummer mit dem Kerker hat er nicht zum ersten Mal durchgezogen. Als es mir dann endlich gelang, dein Verließ ausfindig zu machen, sah ich die Verheerungen und konnte nur hoffen, dass, was immer es war, es dich nicht mit Haut und Haaren gefressen hatte.“

„Aber wo ist der echte Rasputin?“, fragte Marilyn.

„Ich bin leider ziemlich sicher, dass Rasputin tot ist und der elektrische Mönch schon vor ein paar Wochen seine Stelle eingenommen hat“, sagte von Selben, mehr zu sich selbst.

„Also war der elektrische Mönch der Verräter“, folgerte der Waldschratt.

„Ich denke, er war EIN Verräter, aber vermutlich nicht DER Verräter“, entgegnete von Selben. „Dafür wusste er nicht genug. Aber wir können natürlich nicht wissen, wie geschickt er als Spion war.“

Marilyn wechselte das Thema: „Wie hast du das gemacht, Aayana? Wie ist es dir gelungen, den Mönch zu durchschauen und zu überwältigen?“

„Ich habe gar nichts gemacht. Das war Lukas“, erklärte ihr Aayana, sah dabei aber von Selben in die Augen. „Zunächst hatte ich nur bemerkt, dass der Mönch plötzlich in meiner unmittelbaren Nähe stand. Wie er da hinkam, habe ich nicht mitbekommen.“

„Aber fehlendes Distanzgefühl ist noch kein Grund, ein ganzes Magazin zu entleeren“, wandte Winston Churchill richtigerweise ein.

„Stimmt. Aber Lukas hat die ganze Zeit sachlich berichtet. Doch dann sagte er auf meine Frage nach der Rolle Rasputins: ‚Das kann ich dir nicht sagen, Aayana‘ – und sprach mich persönlich mit Vornamen an. Das hat nicht gepasst und mich alarmiert. Zeitgleich sah ich, wie er den Bruchteil einer Sekunde seine vor ihm liegende Waffe fixierte. Und dann kam der klare Hinweis: ‚Du weißt, dass mich Rasputin genauso wenig interessiert wie Rätsel. Reine Zeitverschwendung! Ich sehe, was ich sehe, nehme die Dinge, wie sie sind, und habe gelernt, dass ein einziger Schuss oft nicht reicht.‘ Lukas von Selben interessiert sich für absolut jedes Rätsel, so gut habe ich ihn schon kennengelernt. Und der Hinweis, dass ein einziger Schuss nicht reichen würde, war auch nicht ganz unwesentlich. Der Mönch war eine Maschine.“

„Aber warum hat von Selben dann Weltraumkiller auf uns angesetzt?“, fragte Winston Churchill.

„Hättest du sie unter deinem eigenen Namen angeheuert?“, entgegnete Aayana. „Ich denke, da wollte jemand auf Nummer sicher gehen, falls es wieder nicht klappt. Zählt übrigens wer mit, wie viele Anschläge das jetzt schon waren?“

Der Lärm war ohrenbetäubend, Baumkronen krachten an allen Seiten neben ihnen in die Tiefe.

„Ich hab‘ dir gleich gesagt, dass das nicht funktioniert“, sagte der Mann mit dem Bademantel.

„Alles gut, alles im Griff“, erwiderte sein Freund vom Planeten B7 und sah in die Runde.

„Ah, unser Freund von Selben ist auch wieder aufgetaucht. War sicher nichts dran an den Vorwürfen. Hab‘ ich Recht?“ Dann erst nahm er Marilyn Monroe wahr, nahm Haltung an und begrüßte sie mit den Worten: „Ich bin gleichermaßen unwürdig wie entzückt, Sie kennenzulernen.“

Wie und warum die beiden mit ihrem Raumschiff in die Traumwelt kamen und just in die Baumwipfel neben der Plattform abstürzten, konnte der Mann mit dem Bademantel weder sich noch den anderen erklären. Sein Freund aus dem Sternzeichen des Neptun widmete sich unterdessen einem heftigen Flirt mit Marilyn Monroe, und die Anwesenden trafen die stille Übereinkunft, sie jetzt nicht zu stören.

Sie saßen noch eine Weile in den Baumwipfeln, die Luft wurde kühler und feuchter. Nachdem Marilyn sich mit dem Freund des Bademantels zurückgezogen hatte, der Bademantel selbst mit dem Waldschratt von dannen gezogen war und auch Winston sich verabschiedet hatte, saßen nurmehr von Selben und Aayana auf der kleinen Nebenplattform. Auch drüben im Hauptquartier war niemand mehr zu sehen.

„Hast du an mir gezweifelt?“, fragte von Selben.

„Nein, keine Sekunde“, log Aayana.

„Doch, hast du. Hätte ich vermutlich auch“, sagte von Selben sanft und strich ihr durch die Haare.

Aayana zog die hochhackigen Sandalen aus. Das war jetzt wichtig. „Was sind schon Zweifel? Es hat mir die Luft abgeschnürt, als dieses Alien uns erklärte, dass du der Verräter wärest und uns nach dem Leben trachtest. Und ich war in dem Moment verzweifelt. Aber echte Zweifel hatte ich nie. Apropos: Bist du eigentlich ein gesuchter Terrorist und Massenmörder?“

„Nein, bin ich nicht“, erwiderte von Selben. „Ich habe das in Bayern zum ersten Mal gehört.“ Jetzt war Aayana nach diesem langen Tag wieder hellwach und alarmiert: „Das heißt, der Umstieg in Bayern und deine Verhaftung waren real?“

„Nein, die haben uns in die Traumwelt transferiert. Und in der sind wir in Bayern gelandet. Dort haben wir das alles schon erlebt, aber mit einem kleinen Zeittrick habe ich uns dann in die reale Welt zurückgesprungen. Allerdings hast du den Umstieg ins Flugzeug in Freiburg verpasst, weil ich erst danach einen Slot für den Sprung gefunden hatte“, erklärte ihr von Selben. „Ich dachte mir, dass du nicht ruhen würdest, bis du auch dafür eine Erklärung hast.“

„Puh, das ist alles ziemlich verwirrend, aber jetzt würde ich erstens gerne duschen und bin zweitens hungrig, durstig und irgendwie auch hundemüde. Auf dieser Bauminsel sehe ich kaum Chancen auf Befriedigung auch nur eines meiner Bedürfnisse.“

Von Selben lachte: „Alles klar. Wir springen in mein Habitat. Es wird dir gefallen. Nimm meine Hand.“

Und sie sprangen.

Kapitel 18

Der Monotheos

Gott ist nicht gebrechlich und weder ein alter Mann noch sichtbar dekonstruiert. Obwohl er beides sein müsste. Zu spüren ist aber eine Haltung des ruhigen Loslassens und gelassenen Rückzugs. Und ja, er wurde offensichtlich kollektiv als Mann erdacht. Er hatte tatsächlich nicht viel Weibliches an sich, war aber dennoch nicht ungut. Was soll's. Ich will das gar nicht bewerten.

Charles de Secondat, Baron de Montesquieu, in „Gottes Einfluss auf die Welt und das Schachspiel", 14. überarbeitete Auflage, Paris 2014

Aayana erwachte ausgeruht und erfrischt. Der Duft frischen Kaffees stieg ihr in die Nase. Von Selben saß im Sand am Strand vor seinem Haus und blickte auf das Meer, das sie gestern in der Dunkelheit gar nicht wahrgenommen hatte.

„Guten Morgen, Miss Agrin", begrüßte sie ein kleiner, kübelförmiger Roboter mit einem Tablett in einer ausgefahrenen Metallhand. „Mein Name ist Melville und ich habe Kaffee für Sie. Haben Sie Wünsche hinsichtlich Ihres Frühstücks?"

Hatte Aayana nicht. Nachdem sie dem kleinen Kerl ebenfalls einen guten Morgen gewünscht hatte, richtete sie sich in dem riesigen Bett auf, nahm einen kräftigen Schluck und sah sich um. Von Selbens Habitat, wie er es nannte, war tatsächlich in jeder Hinsicht einzigartig. Es bestand aus einem einzigen, etwa dreihundert Quadratmeter großen

Raum mit auffallend hoher Decke. Am bemerkenswertesten aber war, dass es keine Mauern gab, auch keine Außenmauern – die Decke schwebte.

Von Selben hatte sich mittlerweile erhoben. Langsam kam er zu Aayana, küsste sie sanft auf den Mund und setzte sich auf die Bettkante. „Aloha", begrüßte er sie, „gut geschlafen, Aayana?"

„Danke, sehr gut", erwiderte sie. „Der Ausblick ist ja traumhaft. Wo sind wir? Ich meine, wo steht dein außergewöhnliches Haus?"

„In Polihale auf Kauai, Hawaii. Ein paar Kilometer nördlich beginnt die Napali Coast. Die ist weitgehend unbewohnt. Und diesen Strand hier kann man vom Land aus kaum erreichen, weil er südlich und im Landesinneren im Osten von einem militärischen Sperrgebiet umgeben ist."

„Ich will ins Wasser." Aayana sprang aus dem Bett, ging an einer edlen Sitzgarnitur, die vor einem großen Kamin stand, welcher ebenfalls in der Luft zu schweben schien, vorbei und trat aus dem Raum direkt in den weichen gelben Sand. Von Selben folgte ihr.

Als Aayana sich umdrehte, erkannte sie nun doch eine Trennwand, hinter der sich offensichtlich ein Bad, eine Sauna und ein Dampfbad befanden. Die letzteren beiden schienen ebenso keine Wände zu haben, wie der Hauptraum, zudem aber auch keine Decke.

Nachdem sie eine Runde geschwommen waren und nun direkt an der Wasserlinie im Sand saßen, blickte Aayana sich wieder zu von Selbens Haus um: „Wie funktioniert das ohne Wände? Ist das einfach erträumt?"

„In dem Fall ja, aber ich habe auch in der realen Welt eine Bauweise entwickelt, die völlig ohne stützende Wände auskommt“, antwortete von Selben. „Hat aber keinen Markt. Die Menschen wollen Wände. Es geht wohl um Abgrenzung und die Möglichkeit, sich hinter Wänden zu verschanzen.“

„Und warum sieht man vom Hauptraum die Wand zu den Sanitärräumen nicht?“

„Echtzeitprojektion. Die Nordseite der Bucht wird gefilmt und live auf die Außenwand des Badezimmers übertragen. Bei gewissen Verrichtungen will man doch lieber für sich sein“, meinte von Selben. „Mir geht's zumindest so, wenn ich Gäste im Haus habe. Das Gästehaus steht übrigens da drüben und ist ziemlich konventionell. Apropos: Für heute Mittag haben sich zwei relativ prominente Gäste angesagt.“

„Ich weiß nicht, ob wir dafür Zeit haben“, antwortete Aayana.

„Wir sollten sie uns nehmen, weil ich mir Antworten auf ein paar Fragen erwarte, die sich uns im Moment stellen“, erklärte von Selben. „Einer meiner Gäste ist dem Vernehmen nach nämlich allwissend.“

„Das Orakel von Delphi?“

„Nein“, lachte von Selben, „es ist niemand Geringerer als der, den du Gott nennst, und den du unbedingt einmal treffen wolltest: der Monotheos.“

„Oha, das ist bemerkenswert. Aber ich dachte, er hat sich völlig zurückgezogen?“

„Hat er auch, aber ab und zu trifft er sich mit engen Freunden.“

„Soll das heißen, du bist ein enger Freund Gottes?“, fragte Aayana ungläubig.

„Nein, nicht direkt. Ab und zu treffen wir uns, aber ich

habe einen seiner Freunde eingeladen: Charles de Secondat, Baron de Montesquieu", erklärte von Selben.

„War das nicht ein Philosoph der Aufklärung, die letztlich die Dekonstruktion Gottes eingeleitet hat? Zumindest habe ich das aus unserem letzten Gespräch über Gott so in Erinnerung", entgegnete Aayana.

„Stimmt, meine Liebe. Aber wir mögen uns trotzdem", erklärte ein Mann, der wie aus dem Nichts hinter Aayana und von Selben aufgetaucht war. „Montesquieu kann übrigens doch nicht kommen."

Aayana und von Selben waren aufgestanden. „Darf ich vorstellen: Der Monotheos!", erklärte von Selben. „Ich freue mich, dass du dennoch gekommen bist. Das ist übrigens Aayana Agrin, aber wem sage ich das ..."

„Ich freue mich sehr, Sie kennenzulernen", hörte sich Aayana etwas kleinlaut sagen.

„Die Freude ist auf meiner Seite, meine Liebe. Sag bitte Du zu mir, sonst gibt das ein Durcheinander", erklärte Gott mit einer beeindruckend sonoren und ruhigen Stimme. „Ihr seht niedlich aus, Hand in Hand hier am Strand, wie ich euch schuf", dabei musterte er sie, ohne dass dies ein unangenehmes Gefühl bei den Beiden erzeugt hätte, und lächelte milde.

„Darf ich fragen, woher Sie ... woher du weißt, dass Montesquieu nicht kommen wird?", fragte Aayana etwas direkt, aber da war die Frage schon gestellt.

„Ich bin allwissend, mein Kind", erklärte Gott liebenswürdig. „Daher wird Charles auch nicht Bescheid geben, weil er davon ausgeht, dass ich ihn entschuldige."

„Und woher weiß der Baron, dass du kommst, obwohl er absagt?", meldete sich nun wieder von Selben zu Wort.

„Haha, er ist so ein Besserwisser. Das mag ich an ihm", lachte Gott Aayana an. „Was ist, geht ihr noch eine Runde schwimmen und begleitet mich, während ich übers Wasser gehe? Darauf hätte ich jetzt große Lust." Mit diesen Worten hatte er sich schon in Bewegung gesetzt, die beiden folgten ihm ins Wasser.

„Ich habe übrigens nicht viel Zeit. Ich bin um ein Uhr mit Kant zum Schach verabredet", fügte Gott hinzu, während er, die Hände hinter dem Körper verschränkt, langsam über das Wasser schritt.

„Okay, dann komme ich am besten gleich zur Sache", folgte von Selben der Aufforderung.

„Von unseren Problemen muss ich dir ja nicht lange berichten. Wir denken, dass die Menschheit in Gefahr ist. Wir sind nicht sicher, ob es lediglich darum geht, dass die Menschen in Zukunft mehr Albträume haben werden – schlimm genug, aber sie werden Mittel finden, einfach gar nicht mehr zu träumen, den Genuss erheblicher Mengen Alkohols zum Beispiel. Und wir wissen auch nicht, wer in unseren Reihen uns verraten hat und wer hinter der ganzen Verschwörung steckt."

„Nun, ich muss zugeben, dass ich die ganze Angelegenheit nicht wirklich mitverfolgt habe", erwiderte Gott. „Auf dem Weg zu euch habe ich mir das Ganze kurz angeschaut. Dir muss ich nicht erklären, dass es eines meiner obersten Prinzipien ist, niemals direkt in die Geschicke der Menschheit einzugreifen. Das hat sich weder bei den griechischen Kolleginnen und Kollegen noch sonst wo bewährt. Und damit meine ich nicht, dass es eine Frage der Imagepflege ist – das auch, aber das ist nicht der Punkt –, man vermenschlicht einfach zu sehr."

„Das ist mir schon klar“, antwortete von Selben, „aber vielleicht reichen ein paar kryptische Andeutungen. Du kannst uns ja Rätsel aufgeben, gewissermaßen eine Prüfung auferlegen. Oder?“

„Du bist herrlich, mein Sohn. Du glaubst doch tatsächlich, du kannst den Monotheos mit deinen Argumenten einkochen“, erwiderte Gott, während er langsam auf dem Wasser auf- und abschritt. „Das mit der auferlegten Prüfung war gut, aber die habt ihr ja bereits. Auch ohne mich. Vielleicht habe ich sie euch ja auferlegt? Aber ich mag euch. Lass mich nachdenken.“ Mit diesen Worten wendete Gott erneut, um wieder in Richtung Strand zu schreiten. Dann blieb er stehen und musterte die beiden wieder. „Kommt, wir gehen raus. Meine Füße werden kalt.“

Als sie am Strand ankamen, saß Gott bereits im warmen Sand und zeichnete mit einem kleinen Holzstecken Figuren, die wenig später von den Wellen weggespült wurden. Alle drei schwiegen eine Zeit lang, während von Selben Gott aufmerksam beobachtete.

„Das war Sauron“, unterbrach von Selben das Schweigen.

„Das hast du gesehen? Ich bin beeindruckt“, sah Gott von seinen Zeichnungen auf. „Das war offensichtlich zu leicht für dich. Du hast Recht, Sauron führt das Kommando in der Traumwelt. Das habt ihr aber schon geahnt. Du traust es ihm bloß nicht zu, aber du unterschätzt ihn, mein Sohn. Sauron arbeitet immer schon mit dieser Masche. Er will unterschätzt werden. Mehr kann ich euch aber wirklich nicht verraten.“

„Gibt es Verbündete in der realen Welt?“, mischte Aayana sich ein.

„Gute Frage, mein Kind. Aber ich kann sie dir nicht beantworten. Nur so viel: Gebt acht auf die Snarks."

„Wieso auf die Snarks? Die sind doch harmlos und wollen nichts anderes als Frieden, dachte ich", erwiderte von Selben. Dann zögerte er. „Oder meinst du achtgeben im Sinne von schützen?"

„Ich muss los", dabei erhob sich Gott, „grüß deinen Bruder Michael von mir. Habe nichts mehr von ihm gehört, seit er als Erzengel aufgehört hat. Nennt er sich immer noch Cervantes? Wie auch immer, er soll sich mal melden." Damit dematerialisierte sich Gott und war von einer Sekunde auf die andere verschwunden.

„Nun ja, das war nicht sehr ergiebig", seufzte von Selben.

„Was hat er damit gemeint, dass dein Bruder als Erzengel aufgehört hat?", war Aayana hellhörig geworden.

„Ich wollte es dir sowieso heute sagen. Der Erzengel Michael ist mein Halbbruder. Du hast ihn als Cervantes kennengelernt. Er ist das Ergebnis einer leidenschaftlichen Affäre meines Vaters mit einer Sterblichen. Der alte Herr, mit dem wir eben gesprochen haben, ist tatsächlich mein Vater und ich selbst bin der Lichtbringer, der ungehorsame Engel, der den Menschen das Feuer brachte, ähnlich wie Prometheus oder Loki, seinerzeit bekannt unter dem Namen Luzifer."

Von Selben machte eine Pause und schaute aufs Meer. „Nun, die Geschichte mit dem gestohlenen Feuer geriet etwas aus dem Ruder. Jedenfalls wurde ich Jahrhunderte später in der Erinnerung der Menschheit immer öfter mit meinem älteren Bruder Satanael verwechselt und allmählich mit ihm gleichgesetzt. Satanael ist sicher kein Unschuldslamm und ein schlimmer Verführer, aber sein Ruf ist viel schlechter als er selbst. Irgendwann haben wir jedenfalls beide beschlossen, unsere Namen zu ändern und neu anzufangen. Ich habe dann unter dem Pseudonym Thomas Alva Edison den Menschen die Elektrizität gebracht – übrigens diesmal im Einvernehmen mit meinem alten Herrn – und einen Vorläufer von General Electric gegründet. Aber zum Manager eigne ich mich nicht. Ich hab' das dann bald sein lassen. Satanael hat übrigens ein großes Unternehmen für Feuerwehrausrüstung gegründet, ist aber schon lange in Pension und widmet sich ganz der Philatelie. Wir haben kaum mehr Kontakt", schloss von Selben den kurzen Vortrag über sein langes Leben.

„Ein schlimmer Verführer bist du auch", flüsterte Aayana, und ihr Mund näherte sich kaum merklich dem seinen. Eine Stunde später verließen sie zum zweiten Mal an diesem Tag von Selbens überdimensionales Bett, und nachdem sie sich nun doch von Melville eine kleine Stärkung hatten herrichten lassen, machten sie sich auf den Weg zurück zum Hauptquartier in den Baumkronen.

„Der Tag hat jedenfalls spektakulär begonnen, was soll mich jetzt noch überraschen?", sagte Aayana zu von Selben. „Wie willst du, dass ich dich nenne, mein Schatz: Luzifer, Thomas Alva oder Lukas?"

„Luzifer fände ich kontraproduktiv, alles andere überlasse ich dir. ‚Mein Schatz' hat übrigens gut geklungen."

„Eine Frage habe ich noch. Wie ich es sehe, ist Jesus dann auch ein Halbbruder von dir. Oder hat sich da auch im Lauf der Zeit die kollektive Wahrnehmung verbogen?", wollte Aayana wissen.

„Nein, das stimmt schon. Er ist mein jüngerer Halbbruder. Vater und er waren immer ein Herz und eine Seele, kommen auch jetzt noch gut miteinander aus", erklärte von Selben.

„Jedenfalls ahne ich jetzt, von wem Jesus seine Vorliebe fürs Übers-Wasser-Gehen hat. Du hast jedenfalls eine spannende Familie", gab Aayana lächelnd zu.

Sie sahen sich immer noch in die Augen, als sie sich auf der Plattform materialisierten.

Kapitel 19

Der Verräter

Mentatoren haben die Gabe, ins Unterbewusstsein von Menschen – teilweise auch von anderen Lebensformen – zu springen, sich dort aufzuhalten und umzusehen. Noch leichter ist es, ins Bewusstsein einzudringen, was jedoch stets Spuren hinterlässt und vom Betroffenen zumeist bemerkt wird. Lange Zeit galt jedoch als gesichert, dass beides nicht ohne Zustimmung und entsprechende Öffnung des Betreffenden möglich ist.

Waldemar Schratt, in „Innenansichten", Dublin 2017

Es waren wieder alle versammelt, die am Vortag dabei waren, und Marilyn eröffnete die Zusammenkunft der Gefährten, indem sie die Ereignisse der letzten Tage kurz zusammenfasste und mit der Feststellung endete: „Rasputin wurde offensichtlich durch einen elektrischen Mönch ersetzt, ich befürchte, er ist nicht mehr am Leben."

„Das glaube ich auch", übernahm Winston Churchill, und an Aayana gewandt: „Was denkst du? Was sollen wir tun?"

Alle Blicke ruhten nun auf ihr. „Was haben wir? Der elektrische Mönch war ein Verräter in unseren Reihen. Er hatte in der Rolle des Rasputin Zugang zu einem großen Teil der Informationen. Damit lassen sich einige Vorkommnisse erklären, insbesondere, warum unsere Verfolger immer wieder wussten, wo wir zu finden waren."

Aayana sah in die Runde. „Aber er wusste bei Weitem nicht alles. Also mussten wir annehmen, dass es noch einen

Verräter im innersten Kreis gab. Das hat dazu geführt, dass wir alle misstrauisch wurden. Eine der wirkungsvollsten Strategien, um einen Feind zu schwächen. Brichst du das Vertrauen, brichst du die Einigkeit und die Entschlossenheit.

Zudem haben uns unsere Gegner nach einer gewissen Zeit von Selben als Verräter präsentiert. Alles schien zu passen, sie hätten uns damit gegen einen ihrer gefährlichsten Gegner aufgebracht und ihn womöglich sogar von uns selbst ausschalten lassen. Auch das ein wirkungsvoller Zug."

Aayana war aufgestanden und ging nun auf der Plattform auf und ab. „Bleibt also die Frage: Gibt es einen weiteren Verräter in unserer Runde?"

Sie machte eine dramaturgische Pause und beobachtete die Anwesenden. „Diese Person müsste über Informationen aus dem innersten Kreis verfügen. Damit scheiden viele aus. Unterstellen wir mal, diese Person hat einen Zugang gefunden, indem sie beispielsweise unbemerkt ins Bewusstsein eines Mitstreiters aus dem innersten Kreis eingedrungen ist."

Bei diesen Worten erhob sich ein Raunen. „Wie ihr wisst, habe ich unseren Kommissar aus der Realwelt gebeten, mit jedem von euch zu besprechen, wie ihr die letzten Tage verbracht habt. Dabei ging es nicht um Alibis für die Anschläge auf mich und meine Freunde. Die braucht man nicht, wenn man Handlanger hat. Es ging darum, einen Eindruck zu gewinnen. Ich habe den Kommissar ausgesucht, weil er nicht selbstständig Traumspringen kann und auch sonst am weitesten vom inneren Kreis entfernt ist. Wer nicht Teil unserer Runde ist, kann auch nicht der Verräter sein. Natürlich könnte er Komplize des Verräters sein, aber mein Instinkt sagt mir, dass dem nicht so ist."

Aayana kehrte zu ihrem Platz zurück und nahm ihre Notizen zur Hand. „Hier auf der Plattform sind ein paar der bemerkenswertesten Persönlichkeiten aus verschiedenen Universen und Geschichten versammelt. Vom Potenzial her ist jedem zuzutrauen, so einen komplizierten Plan unbemerkt umzusetzen. Ich frage daher Kommissar Talhammer: Gibt es, abgesehen von den Fakten, irgendetwas, das Ihnen aufgefallen ist?"

Der Kommissar stand in der zweiten Reihe, trat ein paar Schritte nach vorne, und die Blicke der Anwesenden wandten sich ihm zu: „Nein, alle waren bemerkenswert kooperativ, verständnisvoll und ruhig. Ich habe nicht den geringsten Hinweis gefunden, der einen Verdacht rechtfertigen würde."

„Das habe ich mir fast gedacht", übernahm Aayana wieder, „aber ich gehe dennoch davon aus, dass es in unseren Reihen einen zweiten Verräter gibt."

Auch jetzt erhob sich wieder ein kurzes Raunen. „Wir haben uns weiters darauf konzentriert, ob irgendjemandem etwas aufgefallen ist, das Rückschlüsse erlaubt, wann Rasputin ausgetauscht worden ist. Aber auch dazu gab es leider keine exakten Beobachtungen. Daher haben wir in der gebotenen Eile die Kontakte und Verbindungen jedes Einzelnen insbesondere in die reale Welt überprüft. Auch hier gab es keine Auffälligkeiten. Außer mir selbst hatten nur Lady Chatterley, von Selben, Winston Churchill und Rasputin in letzter Zeit Kontakt in die reale Außenwelt. Rasputin, besser gesagt: seinen elektrischen Doppelgänger haben wir bereits abgehandelt. Lady Chatterley können wir als Putschistin gegen sich selbst ausschließen. Ach ja, da waren auch noch die Cheshire Cat und der kleine grüne Meister.

Aber die beiden sind nicht im inneren Kreis. Es bleiben also Sir Winston Churchill und Herr von Selben."

Jetzt wurde es wirklich unruhig. Während von Selben, wie bisher, das Auditorium beobachtete, sah Winston Churchill Aayana ungläubig von der Seite an. Auch Marilyn Monroe schien ernsthaft irritiert.

„Das kann nicht dein Ernst sein, Aayana", meldete sich Winston Churchill zu Wort.

„Das ist kein Vorwurf, Winston", entgegnete Aayana ruhig, „alles ist mit allem verbunden. Auch wir beide. Wenn ihr es mir erlaubt, würde ich in euer beider Unterbewusstsein nach Spuren des mutmaßlichen Spions suchen. Ich kann so etwas, muss euch allerdings warnen. Das ist eine ziemlich intime Angelegenheit, weil ich natürlich auch ein paar Dinge sehe, von denen ihr vielleicht nicht wollt, dass sie einer Außenstehenden zugänglich sind. Aber ich kann das steuern und werde mich nach bestem Wissen und Gewissen nur in Bereichen bewegen, die für unseren Fall relevant sind."

Aayana bemerkte die staunenden Blicke Winston Churchills und von Selbens. Nach ein paar Sekunden antwortete Letzterer mit ruhiger Stimme: „Es kann vielleicht für uns beide ein wenig peinlich werden, Winston. Aber ich vertraue Aayana, ich bin dazu bereit." Und an Aayana gewandt: „Du meinst, du würdest an den Spuren erkennen, wer da eingedrungen sein könnte?"

„Ich bin nicht sicher, aber ja, möglicherweise. Der oder die Betreffende müsste sehr vorsichtig vorgegangen sein und hätte sich nur im Unterbewusstsein aufhalten dürfen. Dort gibt es aber eine Überfülle an teils völlig irrelevanten Daten. Das brächte nichts. Daher müsste er oder sie einen

Blick ins Bewusstsein geworfen haben. Und dabei könnte euer Unterbewusstsein den Eindringling beobachtet haben, was euch bloß nicht bewusst ist."

„Und du kannst so etwas?", fragte Churchill ungläubig.

„Ja, ich kann es aber lediglich mit eurer Erlaubnis. Es gibt nur ganz wenige Mentatoren, die das angeblich auch ohne Zustimmung der Betroffenen können. Nach so jemandem suchen wir."

Wieder entstand eine Pause. „Ich bitte dich, Winston, gib mir die Erlaubnis. Es geht auch um das Leben meiner besten Freunde in der Außenwelt, Lena und Rufus. Und wir haben vielleicht nicht mehr viel Zeit."

Winston Churchill seufzte laut: „Okay, dann machen wir das. Aber zu keinem jemals ein Wort über Dinge, die du vielleicht siehst und die nichts mit unserem Fall zu tun haben."

„Du hast mein Ehrenwort!" Und wieder an alle gewandt: „Winston, von Selben und ich gehen auf die Nebenplattform, wir sind spätestens in einer Stunde zurück."

Als sie zu dritt waren, erklärte Aayana: „Ich steige jetzt in euer Unterbewusstsein ein, ich werde die Augen so gut wie möglich verschlossen halten. Euer Unterbewusstsein geht niemanden etwas an. Ich werde mich ganz auf die Relais zum Bewusstsein fokussieren, das ist normalerweise nur eine Handvoll. Wie gesagt, wenn da jemand ins Bewusstsein hinübergeschaut hat, kann es sein, dass ihr ihn oder sie unbewusst wahrgenommen habt. Da finde ich womöglich ein Bild an der Grenze zum Bewusstsein. In dem Fall steige ich sofort wieder aus. Ihr werdet mich nicht bemerken, weil ich in eurem Unterbewusstsein bleibe. Ich würde gerne mit dir anfangen, Lukas."

„Alles klar. Lies in mir wie in einem offenen Buch", lächelte von Selben und setzte sich Aayana gegenüber.

Sie konzentrierte sich auf von Selben. Wenige Sekunden später war Aayana in seinem Unterbewusstsein. So schnell war sie noch nie, er hatte es ihr leichtgemacht und sich völlig geöffnet. Es war ein heller Ort, sie sah im Hintergrund von Selben mit einer Fackel in der Hand auf sich zukommen. Links davon sah sie von Selben und sich selbst, wie sie sich nackt in seinem großen Bett räkelten. „Hallo Aayana, willkommen in meinem Unterbewusstsein."

„Das kann nicht sein", antwortete Aayana, „wie kannst du mich in deinem Unterbewusstsein wahrnehmen und begrüßen?"

„Einer der Vorteile meiner göttlichen Herkunft. Oder vielleicht auch ein Nachteil – wie man es sieht. Ich kann jedenfalls auch in mein Unterbewusstsein gehen, mache das aber so selten wie möglich. Insofern kann sich hier schon jemand herumgetrieben haben, ich glaube jedoch, dass ich das bemerkt hätte. Aber lass uns einfach die Relais untersuchen."

„Eine Frage: Kannst du in deinem Unterbewusstsein oder deinem Bewusstsein auch Löschungen vornehmen?", wollte Aayana wissen.

Von Selben lachte auf: „Ich habe gewusst, dass du das fragen würdest. Du bist wirklich außergewöhnlich aufmerksam. Aber nein, das kann ich nicht. Meines Wissens kann das nicht einmal mein Vater, der dem Vernehmen nach das gesamte Unter- und Bewusstsein des Universums in sich trägt. Aber Löschen kann auch Gott nichts."

Also machten sie sich an die Prüfung der Relais zu von Selbens Bewusstsein. Die kurzen Blicke, die Aayana erhaschte, hatten auffallend oft Szenen aus ihrer beider kurzen Bekanntschaft zum Inhalt, an ein oder zwei Stellen hatte Aayana das Gefühl, dass sie etwas rot wurde.

„Da ist nichts Auffälliges, Lukas. Ich steig' aus. Wir können das auf normalem Wege nachbesprechen." Damit schlug Aayana die Augen auf und saß wieder von Selben gegenüber. Winston Churchill lächelte breit: „Du bist einmal auffallend errötet, meine Liebe."

„Das ist die Konzentration. Es ist doch auch ein wenig anstrengend", erklärte Aayana, und von Selben lächelte sie an, ohne mit der Wimper zu zucken.

„Okay, dann bringen auch wir es hinter uns. Ich hoffe, du blickst nicht in zu viele Abgründe, wenn du in meinem Kopf herumstreifst", erklärte Winston Churchill und schien jetzt ziemlich entspannt.

Das war gut so, denn das würde den Sprung erleichtern. Dennoch dauerte es über eine halbe Minute, bis Aayana in Winstons Unterbewusstsein war. Die Grundfärbung unterschied sich erheblich vom eben in von Selben Erlebten. Es war dunkler und man spürte einen Druck von Sorgen. Weit entfernt sah Aayana Kampfhandlungen, dann den Kopf eines Mannes mit braunem Uniformkragen und einem auffällig kleinen Oberlippenbart. Sie wandte sich ab und suchte nach den Relais. Da fiel ihr Blick auf ihren eigenen nackten Hintern am Weg in Lady Chatterleys Swimmingpool. Das Bild verschwamm und verwandelte sich in eine Brandy- Flasche, die auf einem Pferd auf ein Hindernis zuritt.

Aber nun hatte Aayana das erste Relais erreicht, indem sie versuchte, in Winstons Unterbewusstsein möglichst wenig nach links und rechts zu blicken. Sie warf einen

Blick ins Bewusstsein, sah aber nichts Auffälliges. Auch beim zweiten Relais nur frische Eindrücke zu den gemeinsamen Abenteuern der letzten Tage. Da war die Runde in ihrem Wohnzimmer zu sehen, das Glatisant und wieder ihr nackter Hintern und diesmal auch ihre Brüste. Aayana wandte sich dem dritten Relais zu, eine Besprechung mit Lady Chatterley, und sie horchte kurz rein. Keine Neuigkeiten oder Überraschungen. Alles passte ins Bild, aber da war plötzlich, kaum merklich, ein Schatten. Aayana versuchte, ihn zu fixieren, aber er verschwamm, je mehr sie ihn fokussierte. Der Schatten musste nichts bedeuten, dennoch hatte Aayana das Gefühl, dass sie vor einer wichtigen Entdeckung stand.

Aayana drehte sich um und atmete tief durch. Da sah sie in Sir Winstons Unterbewusstsein Lady Chatterley und sich selbst, wie sie sich im Swimmingpool küssten. Im nächsten Moment führte er die nackte Constance zum Altar und die beiden heirateten. „Männer!", seufzte Aayana. Aber darum ging es jetzt nicht. Sie atmete noch einmal tief durch und wandte sich langsam wieder dem Relais ins Bewusstsein zu.

Nun sah sie die Szene, in der besprochen wurde, dass sie in den Somno-Garden springen würden, und am unteren Rand wieder der Schatten – mehr zu spüren als zu sehen. Diesmal versuchte Aayana nicht, ihn zu fokussieren, sondern entspannt der Besprechung zu folgen. Es roch eindeutig nach Moder, ihr war augenblicklich klar, was das bedeutete. Noch einmal versuchte sie, den Schatten zu fixieren, aber er verflüchtigte sich binnen Sekundenbruchteilen. Aayana hatte dennoch gefunden, wonach sie suchte, und saß wenige Sekunden später wieder mit geöffneten Augen Winston Churchill gegenüber.

„Und?“, fragte er erwartungsvoll. Auch von Selben war sichtlich gespannt.

„Das war ein Vollprofi, aber ich glaube, ich habe ihn entdeckt“, sagte Aayana mehr zu sich selbst. Dann blickte sie Winston Churchill in die Augen. „Du hattest keine Chance, es zu bemerken. Du hast offensichtlich nicht einmal eine Millisekunde ein Bild vom Eindringling wahrgenommen. Apropos: Hast du mich bemerkt? Ich habe mir keine große Mühe gegeben, mich zu verschleiern.“

„Nein, gar nicht“, antwortete Sir Winston.

„Aber was hast du entdeckt?“, wollte von Selben wissen.

„Ich habe an einem Relais deutlich einen Schatten gesehen, der sich aber verflüchtigte, je mehr ich mich auf ihn konzentrierte. Da war nichts zu machen. Aber der Person, die in deinen Kopf eingedrungen ist und dein Bewusstsein ausspioniert hat, ist ein Fehler unterlaufen. Sie hat in deinem Unterbewusstsein am Relais einen deutlich wahrnehmbaren Geruch von Moder hinterlassen.“

„Der Waldschratt“, sagten Churchill und von Selben gleichzeitig.

„Irrtum ausgeschlossen?“, fügte von Selben hinzu.

„Irrtum ausgeschlossen“, bestätigte Aayana.

Kapitel 20

Die Abrechnung

Die Seattle Company ist das größte und wertvollste Unternehmen der Welt, mit Sitz in der gleichnamigen Stadt in den Vereinigten Monarchien nahe der Hauptstadt Vancouver, die insgesamt zu einem Unternehmensgelände umgebaut wurde. Es gibt fast nichts, was das Unternehmen nicht produziert, die Anzahl der Mitarbeiter und Bewohner ist mittlerweile viermal so groß wie die Einwohnerzahl Vancouvers. Der ehemalige amerikanische Bundesstaat Washington an der Westküste Nordamerikas wird als Herzogtum vom Vorstandsvorsitzenden der Seattle Company geführt, welcher unmittelbar König Sven Göran IV. untersteht.

Robert Dillon, in „Zeitgeschichte des 20. Jahrhunderts", 5. überarbeitete Auflage, Vancouver, Berlin 2012

Als Sir Winston Churchill, von Selben und Aayana auf die Hauptplattform zurückgekehrt waren und wieder am Podium Platz genommen hatten, kehrte Ruhe ein.

„Was habt ihr herausgefunden?", fragte Marilyn. Alle Augen ruhten erwartungsvoll auf Aayana.

„Der Waldschratt ist mindestens einmal in Sir Winstons Unterbewusstsein eingedrungen, um dort zu spionieren", erklärte sie ohne Umschweife, während Sir Winston seine Pistole auf den Kopf des neben ihm sitzenden Beschuldigten richtete. Lange Vorreden hätten ihm womöglich Gelegenheit zur Flucht gegeben und abzuspringen.

Als die darauffolgende Unruhe unter den Gefährten sich gelegt hatte, fragte der Waldschratt, der bewegungslos dagesessen hatte: „Das ist unmöglich. Ich habe kein Bild hinterlassen. Was hat mich verraten?“

„Du denkst zu drei-, allerhöchstens vierdimensional. Du hast den Geruchsinn vergessen“, entgegnete Aayana. „Du hast deinen olfaktorischen Fußabdruck hinterlassen.“

Der Waldschratt lächelte müde: „Ich bin froh, dass es vorbei ist. Es hat alles ganz harmlos angefangen. Letztlich war ich ja Sauron und den Albträumen trotz allem immer noch verbunden. Aber dann ist es irgendwie aus dem Ruder gelaufen. Und ich bin da nicht mehr rausgekommen. Ihr werdet es mir nicht glauben – und ich kann das verstehen –, aber ich bin froh, dass Lady Chatterley und ihr noch am Leben seid. Gehen wir auf die Nebenplattform und reden wir.“

„Okay, dann beende ich hiermit die Versammlung“, erklärte Marilyn, „aber ich bitte alle, euch in Bereitschaft zu halten, damit wir die Aufgaben verteilen, wenn wir hinsichtlich der nächsten Schritte klarsehen.“

Damit setzte ein allgemeines Raunen ein. Nach und nach begannen sich die Teilnehmer an der Versammlung zu dematerialisieren, während Marilyn Monroe, Winston Churchill, von Selben und Aayana mit dem Waldschratt auf die kleine Nebenplattform wechselten.

„Zuallererst will ich wissen, wo meine Freunde Lena und Rufus sind“, eröffnete Aayana ungeduldig das Verhör.

„Ich weiß es nicht. Ich habe meine Befehle vom Mönchen bekommen, und der von Sauron. Aber wenn ich eins und eins zusammenzähle, denke ich, dass sie in die Vereinigten Monarchien nach Vancouver verschleppt wurden. Der elektrische Mönch nannte die beiden deine ‚Schwachstelle‘ und ein ‚Faustpfand‘. Er machte sich gerne über das

Gefühlsleben von Kohlenwasserstoffeinheiten lustig. So nannte er Menschen."

„Aber wie kommst du auf Vancouver?", fragte von Selben.

„Ich habe einmal versucht, in den Kopf Rasputins einzudringen, weil ich wissen wollte, wie weit sie bei der Verfolgung ihrer Ziele gehen würden. Da habe ich bemerkt, dass es gar nicht mehr Rasputin war, sondern eine Maschine."

„Okay, aber warum Vancouver", setzte Aayana noch einmal nach.

„Der Mönch hat einmal erwähnt, dass er den Aufwand lächerlich fände, die beiden nicht einfach umzubringen. Man könne immer noch behaupten, sie seien am Leben, wenn man dich erpressen wollte. Aber Sauron war anscheinend der Meinung, dass das zu unsicher sei, dass man die beiden jedoch möglichst weit weg von deiner Einflusssphäre in die Nähe von Vancouver bringen solle."

„Hängt König Sven Göran da mit drin?", fragte Churchill.

„Das weiß ich nicht."

„Okay, aber wer spielt sonst noch eine Rolle? Wer zieht in der realen Welt die Fäden?", fragte Aayana den Waldschratt.

„Ich habe keine Ahnung. Ich weiß nur von Sauron und dem Mönch. Die haben das absichtlich so aufgebaut. Es sah auch für mich lange so aus, als stecke Sauron als oberste Instanz hinter alledem. Aber mit der Zeit habe ich das nicht mehr geglaubt. Nicht weil ich Sauron unterschätze, aber manchmal hatte ich den Eindruck, dass er selbst nicht genau wusste, was warum und als Nächstes geschah." Die Ausführungen des Waldschratts wirkten irgendwie glaubwürdig.

„Okay. Ich erweitere hiermit meine Einflusssphäre bis nach Vancouver und hole meine Freunde da raus. Wenn sie wirklich dort sind. Irgendwer muss sich um den Waldschratt und die Geschehnisse hier in der Traumwelt kümmern. Vielleicht können wir dem Spuk in allernächster Zeit ein Ende bereiten", erklärte Aayana entschlossen.

„Ich komme mit", von Selben sah Aayana in die Augen, „ich kenne Vancouver gut genug, um mit dir direkt hinzuspringen."

„Dann kümmere ich mich um unseren Freund hier und informiere den Hohen Rat", schlug Churchill vor.

„Und ich informiere Lady Chatterley, wenn sie sich auf das vereinbarte Zeichen hin meldet", ergänzte Marilyn Monroe.

„Sehr gut", erwiderte Winston Churchill, „aber sie soll erst wieder auftauchen, wenn ich das Go gebe."

So war es also abgemacht, die Gefährten schwärmten aus.

Nicht nur von Selben, auch Aayana kannte Vancouver, die Hauptstadt der Vereinigten Nördlichen Monarchien. Und sie mochte es sehr. Großartig am Pazifik gelegen, umgeben von Wasser, die typische nordamerikanische Architektur aus den verschiedenen Epochen, nicht zu groß, aber auch nicht zu klein, hatte der Ort etwas Freundlicheres als manch andere Städte auf dem amerikanischen Kontinent. Sie war zweimal auf Golfturnieren – und natürlich zum Spionieren – dort gewesen. Beide Turniere waren ziemlich verregnet, aber das lag Aayana. Vancouver durfte das, lag es doch auf dem Gebiet eines ehemaligen Regenwaldes. Aber an diesem Tag war es strahlend schön und dennoch nicht zu heiß.

Um nicht zu sehr aufzufallen, waren Aayana und von Selben in den Stanley Park an der Lions Gate Bridge gesprungen und gingen langsam in Richtung Zentrum.

„Das war beeindruckend, deine Forschungsreisen in unsere Gehirne“, brach von Selben das Schweigen. „Ich wollte das auch immer schon lernen, mein Vater kann das angeblich.“

„Ich war beeindruckt, dass du mir plötzlich in deinem Unterbewusstsein begegnet bist. Wie macht man das?“

„Weiß ich nicht. Das konnte ich immer schon.“

„Du mit der Fackel in der Hand – das war die Geschichte mit dem gestohlenen Feuer und dem Licht, das du der Menschheit gebracht hast?“

„Ich glaube schon, aber im Bewusstsein ist das Szenario nicht ganz so pathetisch“, lächelte von Selben sie an.

„Wie weit ist es zum Palast?“

„Der Palast von Sven Göran ist auf Granville Island – zu Fuß eine knappe Stunde, höchstens. Außer wir ziehen uns noch auf ein kurzes Kuscheln hier im Park zurück?“

Aayana sah ihm in die Augen: „Du meinst das wirklich ernst – oder?“

Zwei Stunden später standen sie auf Granville Island am Eingang des Palasts von Sven Göran IV., Herrscher über die Nördlichen Monarchien, die vom nordamerikanischen Kontinent über Skandinavien und Russland bis nach Sibirien reichten. Genau genommen war Sibirien in die andere Richtung gar nicht so weit weg.

Der Palast selbst befand sich in einer umgebauten Brauerei, wobei die Brauerei selbst auch noch aktiv war. Dazu waren auf der Insel noch etliche Regierungsgebäude, die früher auch eine andere Nutzung hatten. Zudem hieß es, dass sich unter der gesamten Insel etliche Stockwerke in die Tiefe erstreckten. Von außen sah aber alles sehr unaufgeregt aus. Lediglich die steigende Zahl an

Sicherheitskräften ließ erahnen, dass man sich wichtigen Gebäuden näherte.

„Unser Aufbruch nach Vancouver war etwas spontan", sagte von Selben, „was erzählen wir denen, warum wir Sven Göran treffen wollen?"

„Die Wahrheit? Dass wir zwei entführte Personen suchen und glauben, dass er und seine Leute dahinterstecken? Nein, vermutlich nicht gut."

„Unsere Waffen haben wir dabei. Das kann uns Unannehmlichkeiten bereiten – um es einmal vorsichtig auszudrücken."

„Ach, die geben wir ja sowieso am Eingang ab", sagte Aayana, wusste aber, dass von Selben natürlich Recht hatte. So würde das vermutlich nicht funktionieren.

In dem Moment wurden sie von zwei schwer bewaffneten Sicherheitskräften in Uniform angehalten: „Halt! Wohin wollen Sie?"

„Zu König Sven Göran IV.", antwortete Aayana.

Der Uniformierte, der sie angesprochen hatte, lachte: „Das ist gut. Hast du das gehört, Frank?"

Frank antwortete seinem Kollegen nicht, sein Gesicht hatte sich deutlich verfinstert. „Ihre Ausweise, bitte", forderte er.

Das fing nicht gut an. Aayana wusste gar nicht, ob von Selben überhaupt einen Ausweis hatte. Und ob ihr eigener Ausweis, ausgestellt von den Vereinigten Sozialistischen Volksrepubliken und Monarchien hier Pluspunkte brachte, wagte sie auch zu bezweifeln.

Von Selben raunte ihr zu: „Kannst du dich noch an deine Frage erinnern, ob man theoretisch über die Traumwelt nach Madrid springen könnte?"

„Ja."

„Ihre Ausweise", befahl der Sicherheitsbeamte, nun schon deutlicher.

„Ich habe mal mit Sven Göran in seinem Wohn- und Arbeitszimmer Schach gespielt. Lass uns kurz auf die Plattform zurückspringen", erklärte von Selben ruhig, aber laut genug, dass es auch die beiden Sicherheitskräfte hören konnten.

„Welche Plattform?", wollte der erste nun wissen – aber da waren sie schon weg.

Kurz darauf stand Aayana im Hauptquartier und blickte sich um. Kein von Selben, auch sonst niemand. Hoffentlich war da nichts passiert.

Doch zwei Sekunden später war auch er da: „Donnerwetter, das mit dem Traumspringen hast du drauf. Wie lange bist du schon hier?"

„Keine zwei Sekunden."

„Allerhand. Du bist vermutlich die stärkste Traumspringerin, der ich je begegnet bin. Hast du es schon mal von einem weiter entfernten Planeten versucht?"

„Erinnere mich nicht daran! Winston wollte das mit mir testen, und dann sind wir da vier Wochen festgesessen. Wir verdanken es einem reinen Zufall, dass wir nicht immer noch dort sind."

„Ich weiß", kicherte von Selben, „ich habe ja Winstons Bericht gehört." Dann wurde er wieder ernst: „Aber Zufälle gibt es nicht. Das hat mit der vierten, der Zeitdimension zu tun. Ich erzähle dir bei Gelegenheit ausführlicher davon."

„Okay", antwortete Aayana, „wie ist der Plan?"

„Wie gesagt, ich habe ein Bild vom Wohn- und Arbeitszimmer Sven Görans, weil ich ..."

„Das hab‘ ich verstanden. Weil du mit ihm Schach gespielt hast. Aber wie kommst du dazu, mit einem der drei mächtigsten Menschen der Welt Schach zu spielen?“

„Ich bin Schachgroßmeister, zu der Zeit war ich auch Weltmeister. Er hat mich als begeisterter Schachspieler einmal zu sich eingeladen, er wollte gegen den Weltmeister spielen. Er ist gar nicht so schlecht, aber das ist eine andere Geschichte. Ich springe uns beide mit unseren Waffen direkt in den Raum, und dann werden wir ja sehen, wie es weitergeht.

Einverstanden?“

Aayana gab ihm ihre Hand: „Einverstanden.“

Kurz darauf waren sie wieder in Vancouver, diesmal in einem ausgesprochen geschmackvoll eingerichteten Raum mit einem großen Schreibtisch, einem offenen Kamin, einer schweren Sitzgruppe davor und einem großen Sitzungs- oder Esstisch mit sechzehn großen Sesseln.

Luxuriös, aber nicht prunkvoll.

„Eindrucksvoll“, begrüßte sie ein Mann mittleren Alters, der hinter dem Schreibtisch saß und dabei seine Lesebrille abnahm. „Mein Name ist Sven Göran. Und mit wem habe ich die

Ehre?“ Dabei erhob er sich, kam um den Schreibtisch herum auf die beiden zu und streckte Aayana die Hand entgegen.

„Aayana Agrin“, antwortete sie etwas verdutzt.

„Und hier haben wir ja unseren Schachgroßmeister! Herr von Selben, wenn ich mich richtig erinnere“, klang er fast erfreut. „Das war eine schöne Partie, obwohl ich chancenlos war. Aber das ist keine Schande, wie ich das sehe.“

Die Ruhe, die er ausstrahlte, obwohl sich gerade zwei Personen in seinem Zimmer aus dem Nichts materialisiert hatten, war durchaus beeindruckend. Aayana wusste nicht genau, warum, aber der Mann war ihr irgendwie sympathisch.

„Was verschafft mir das überraschende Vergnügen Ihres Besuchs?", wollte er nun verständlicherweise wissen.

Aayana beschloss, in die Offensive zu gehen: „Meine beiden besten Freunde sind entführt worden, mein Haus in Österreich ist von bewaffneten Männern besetzt und wir haben keine bessere Information als die, dass die beiden hierher nach Vancouver gebracht worden sein sollen, Majestät."

„Haha, lassen Sie das mit der Majestät, meine Teuerste. Wir leben im 21. Jahrhundert. Dennoch irgendwie nett, das wieder einmal zu hören. Aber zurück zu Ihrem Anliegen: Es gäbe Millionen Orte, wohin man Menschen verschleppen könnte. Wenn man dann aber auf Vancouver tippt, hätte vermutlich auch ich mir gedacht, dass man mit dem alten Sven Göran reden sollte. Jedenfalls eine ungeheuerliche Geschichte." Er wurde nachdenklich und ging nun zurück zu seinem Schreibtisch.

Plötzlich drehte er sich auf halbem Wege zu seinen ungebetenen Gästen um und fragte: „Wie habt ihr das gemacht – hier einfach in meinen bescheidenen Gemächern aus dem Nichts aufzutauchen? Das interessiert mich."

„Das ist eine komplizierte und eher längere Geschichte", antwortete von Selben ausweichend.

„Ich habe gerade nichts Besonderes vor", erklärte Sven Göran, während er in der Sitzgarnitur vor dem Kamin Platz nahm und seine Besucher einlud, es ihm gleichzutun.

„Kommt ihr aus der Traumwelt?“, verblüffte er sie, während sie sich setzten.

Leugnen hatte keinen Sinn – Karten auf den Tisch! „So ist es. Woher wissen Sie das?“ Aayana war der Mann immer noch sympathisch.

„Nun, ich werde von meinen Untertanen geliebt und verehrt, weil ich solche Dinge weiß, und nicht, weil ich eine hübsche kleine goldene Krone habe.“ Und dann, mehr zu sich selbst: „Die hätte ich notfalls auch, weiß aber gar nicht, wo ich die hingelegt habe ...“ Er lächelte spitzbübisch. „Nein, das mit dem Lieben und Verehren war ein Späßchen. Aber im Ernst, mein engster Berater weiß solche Dinge – vermutlich noch ein paar mehr, die er aber partout nicht mit mir teilt. Er ist Ihnen sicher ein Begriff: Herok Roames.“

„Oh, ich wusste nicht, dass Mr. Roames Ihr Berater ist“, zog von Selben eine Augenbraue hoch, „mir ist er lediglich als einer der erfolgreichsten Wirtschaftsmagnaten der Welt und Boss der Seattle Corporation ein Begriff.“

„Ja, wir hängen das nicht an die große Glocke. Wir sind überdies recht eng befreundet, wenn ich mich nicht irre, und spielen übrigens hin und wieder auch eine Partie Schach.“ Sven Göran lächelte zuerst von Selben und dann Aayana an. Ein offenes Lächeln. „Ich habe ihn übrigens kurz vor Ihrem Eintreffen gebeten, mich aufzusuchen, denn wir haben in der Tat auf seine Einladung hin zwei Gäste aus Europa. Ich selbst habe sie allerdings noch nicht getroffen. Sie logieren in unserem Gästehaus auf der anderen Seite der Insel.“

Er nestelte ein Telefon aus seiner Sakkotasche und betätigte einen Knopf. Unverzüglich meldete sich via Freisprecheinrichtung eine Frauenstimme: „Ja, Sir?“

„Hör mit dem Sir-Unsinn auf, Heather. Ich brauche die Namen unserer Gäste aus Europa. Ich warte." Es wurde kurz ruhig.

„Lena Laloum und Rufus T. Firefly", kam es aus dem Hörer, woraufhin Sven Göran seinen Gästen einen fragenden Blick zuwarf, den Aayana mit einem Nicken beantwortete.

„Gut, Heather, bitten Sie die beiden zu uns, sobald es ihnen angenehm und möglich ist. Sagen Sie dazu, dass Miss Aayana Agrin und Herr von Selben sie erwarten."

„Okay, Boss."

„Lassen den Unsinn mit dem Boss!" Doch Heather hatte offensichtlich schon aufgelegt.

„Eine herrliche Person, meine Heather. Ausgesprochen zuverlässig, aber den ganzen Tag Schabernack im Kopf", setzte sie Sven Göran gut gelaunt ins Bild.

In dem Moment klingelte es und Sven Göran drückte auf einen Knopf an seinem Telefon:

„Mr. Roames ist da, eure Majestät", hörte man Heather. „Wir lassen bitten", antwortete der Monarch mit einem Grinsen und zog Aayana und von Selben gegenüber entschuldigend die Schultern hoch.

Herok Roames war eine Erscheinung. Er war mit Sicherheit das, was man einen schönen Mann nennt. Sportlich schlank und hochgewachsen, volles, dunkles, an den Schläfen leicht grau meliertes Haar, azurblaue, wachsame Augen und ein energisches Kinn. Er strahlte mit jeder Bewegung Selbstbewusstsein aus, aber ohne aufdringliche Eitelkeit.

Nach einer angedeuteten Umarmung mit Sven Göran wandte er sich dessen Gästen zu und sah sie mit aufmerksamem Blick an. „Miss Aayana Agrin und Mr. von Selben", stellte Sven Göran sie vor, „Sie sind offensichtlich auf der Suche nach unseren Gästen."

Herok Roames begrüßte Aayana und von Selben mit festem, aber nicht übertriebenem Händedruck und nahm gegenüber Aayana neben von Selben Platz.

„Ja, das war eine seltsame Geschichte. Wir haben schon versucht, mit Ihnen Kontakt aufzunehmen, Miss Agrin", erklärte Herok Roames.

Es klingelte erneut. Sven Göran meldete sich mit einem knappen: „Ja?"

„Die Gäste aus Europa sind da", war Heather zu hören, diesmal ohne Scherze. Vermutlich stilles Verständnis zwischen Sven Göran und seiner Assistentin, nach der Art zu urteilen, wie er sein Ja formulierte.

„Schicken Sie sie bitte herein und lassen Sie uns eine Flasche Champagner und einen Pinot Noir aus Oregon bringen", gab nun auch Sven Göran seine Anweisungen knapp, aber in einem nach wie vor freundlichen Tonfall.

Eine Minute später hatten Lena und Aayana sich ausgiebig umarmt. Rufus blieb ruhig und kühl wie immer, aber auch ihm merkte man die Erleichterung an.

„Wer fängt an?", fragte Aayana nun direkt in die Runde.

„Ich denke, Ihre Freunde sollten uns vielleicht kurz ihre Wahrnehmungen zur Entführung schildern. Und dann würde ich Herok ersuchen, zu berichten, was hier in Vancouver geschah", schlug Sven Göran vor, während ein freundlicher Butler reihum wortlos Champagner und Rotwein anbot und still wieder verschwand.

„Aber zunächst lasst uns das Glas erheben. Gesundheit und: Auf das Leben!", erhob Sven Göran seinen dunkelroten Burgunder und blickte, nachdem auch die anderen ihre

Gläser in der Hand hielten, kurz, aber freundlich jedem in die Augen.

Lena berichtete nun von der Entführung. Bewaffnete Männer seien in Aayanas Hof eingedrungen, gerade als Rufus und sie, wie abgesprochen, das Haus verlassen wollten. Es sei alles unglaublich schnell gegangen. Schüsse fielen keine, weil sie ja beide nicht bewaffnet waren. Man habe sie dann in einem Konvoi dreier schwarzer SUVs mit Kennzeichen der Volksrepublik Bayern – sie hätten im mittleren gesessen – über die Grenze nach München gebracht. An der Grenze seien sie nicht angehalten worden, was doch einigermaßen verwunderlich gewesen sei. Jedenfalls seien sie dann nach einer Nacht in isolierten fensterlosen Räumen zum Flughafen gebracht worden und hätten einen sehr langen Flug gehabt.

Rufus ergänzte, dass es über Europa zwar bewölkt, ihm aber anhand der Lichtverhältnisse klar gewesen sei, dass sie Richtung Westen flögen und dass sie aufgrund der Flugdauer offensichtlich an die Westküste Nordamerikas gebracht worden seien. Dort seien sie nach der Landung direkt vom Flugzeug abgeholt worden und in einer Art Kerker gefangen gehalten, ehe sie von bewaffneten Männern – privaten Sicherheitskräften der Seattle Corporation, wie sich herausstellte – befreit und hier auf die Insel Granville gebracht worden seien.

Nachdem sie ihre Geschichte einem freundlichen Bediensteten des Königs erzählt hätten, sei offensichtlich versucht worden, mit Aayana Kontakt aufzunehmen, und der Botschafter der Vereinigten Sozialistischen Volksrepubliken und Königreiche sei informiert worden. Dieser sei allerdings auf Urlaub gewesen, seine Rückkehr für den nächsten Tag angekündigt. Die Gastfreundschaft auf Granville Island sei, Lena zufolge, aber einwandfrei gewesen.

Aayana fiel auf, dass Lena sich zusehends weniger konzentrieren konnte und ihre Augen wohlgefällig auf Herok Roames ruhten. Lena wusste, dass sie eine außerordentlich attraktive Frau war, und fing an, ihr Repertoire auszuspielen. Roames registrierte das, ebenso Sven Göran und von Selben.

„Ja, dann schließe ich hier gleich an", ergriff Herok Roames mit einer wohltuenden sonoren Stimme das Wort. „Der Hinweis über eine Landung am privaten Terminal am Flughafen Seattle kam vom Geheimdienst. Für gewöhnlich sind das keine großen Geschichten. Das haben wir jede Woche. Ein normaler Vorgang für Privatjets, Kunden, Businessleute und so weiter. Wir klären das meistens innerhalb weniger Minuten. Interessant wurde es erst, als wir feststellten, dass wir in Seattle weder jemanden erwarteten noch empfangen hatten. Sie wissen ja vielleicht, Seattle ist unsere Fabrik unweit von hier."

Ja, das wussten alle Anwesenden. Die Seattle Corporation war das größte und teuerste Unternehmen der Welt. Herok Roames hätte als Vorstandsvorsitzender der Seattle Corporation den Anspruch, sich ‚Herzog von Washington' zu nennen, worauf er aber immer öffentlichkeitswirksam verzichtet hatte. Weltweit war der Unternehmer als hart arbeitender Frühaufsteher, Sportler und bescheidener Mensch bekannt, der nicht viel von Luxus und Privilegien hielt.

„Um es kurz zu machen, meine Leute haben das Versteck in einem Gefängnis einer aufgegebenen Polizeistation an der Grenze zwischen Washington und British Columbia ausfindig gemacht. Es gab einen Schusswechsel zwischen den drei Bewachern und unseren Sicherheitsleuten. Dabei wurden die drei Entführer und einer meiner Männer getötet. Nach Rücksprache mit Sven Göran haben wir die beiden hierhergebracht. Den Rest kennen Sie." Aayana musste zugeben, Herok Roames Stimme hatte etwas Einnehmendes. Es war schwer, sich ihrem Zauber – und darüber hinaus seinem Charme – zu entziehen. Aber aus einem Grund, den Aayana nicht benennen konnte, hatte sie zusehends das Gefühl, dass sie möglichst schnell das Weite suchen sollten. Sie sah von Selben an. Mit ruhiger Miene hatte auch er den Ausführungen Herok Roames gelauscht und nippte an seinem Champagner. Es war ihm nicht die geringste Regung anzumerken.

Weder von Selben noch Aayana stellten investigative Fragen, bis Sven Göran ihnen anbot, so lange seine Gäste zu sein, wie sie wollten.

Ehe Aayana ganz der Gastfreundschaft, vor allem aber dem Charme Herok Roames erlag, wählte sie wieder die direkte Variante: „Ich glaube, der Tag ist für uns noch nicht gelaufen. Während wir hier sitzen, sind auch auf anderen Fronten ein paar Dinge im Gange, um die wir uns kümmern müssen. Wenn es also nicht unverschämt ist, würden wir auf Ihr Angebot sehr gerne zu einem späteren Zeitpunkt zurückkommen und jetzt wegspringen."

„Tun Sie, was Sie tun müssen. Hinter dieser Tür befindet sich ein Raum, in dem Sie bequem und unbeobachtet wegspringen können, wie Sie das nennen, wenn Ihnen das lieber ist", erklärte Sven Göran freundlich und verständnisvoll.

„Das ist nett von Ihnen", erwiderte Aayana, „dann wollen wir uns also an dieser Stelle verabschieden."

Herok Roames beobachtete die Szene mit freundlichem Blick und ohne erkennbare Regung. Aayana hatte den

Eindruck, er sei sich seiner Wirkung auf Frauen durchaus bewusst.

Kurz darauf hatten sich alle die Hände geschüttelt, dann gingen Lena, Rufus, von Selben und Aayana in den von Sven Göran für den diskreten Absprung vorgeschlagenen Raum. Keine Falle. Eine Sekunde später waren sie weg und fanden sich in von Selbens Haus auf Kauai.

„Hätten wir mehr fragen sollen?“, fragte Aayana von Selben.

„Einerseits ja, andererseits nein. Wenn die Nördlichen Monarchien mit drinhängen, kommen wir Sven Göran mit solch einem Überraschungseffekt vermutlich nie wieder so nahe. Aber auch ich hatte das Gefühl, dass das Terrain nicht gut war. Da saßen wir irgendwie in der Falle. Ich hab‘ dich sehr genau beobachtet und verlasse mich da auf dein Gefühl. Dein Instinkt hat dir offensichtlich zugerufen: Raus hier! Zumal wir Lena und Rufus noch in Sicherheit bringen mussten.“

Von Selben hatte Recht. Aayana wollte sich auf keine abenteuerlichen Aktionen einlassen, solange sie ihre Freunde nicht in Sicherheit wusste. Das war der Punkt. Hier, in von Selbens Haus, waren sie vorerst in Sicherheit, und sie spürte, wie eine Last von ihr abgefallen war.

In Hawaii stand die Sonne mittlerweile schon tief am Horizont. Von Selbens kleiner kübelförmiger Freund hatte angefangen, Meeresfrüchte am Esstisch aufzutragen, und er hatte allen wunderbar gekühlten Sancerre gereicht.

Lena war entzückt vom Ambiente, hatte nach dem Essen ihr Glas geleert, sich umstandslos ausgezogen und war über den Strand Richtung Meer gerannt, während Rufus dem Roboter anbot, ihm zur Hand zu gehen.

„Wir müssen mit Churchill reden", sagte Aayana zu von Selben, „ich will wissen, wie es gelaufen ist. Wie nimmt man in der Traumwelt Kontakt zueinander auf?"

Von Selben zog sein Handy aus der Hosentasche und sagte: „Damit! Wir rufen ihn an. Bei ihm ist es jetzt etwa sechs Uhr in der Früh. Die Zeitzonen auf der Erde sind in der Traumwelt nicht anders als in der realen Welt."

„Okay, ruf ihn an. Aber ich brauch' jetzt dringend ein großes Glas Wasser." Rufus reichte es Aayana eine halbe Sekunde später mit den Worten: „Das habe ich mir gedacht, Fräulein Aayana. Wenn ich mir die Bemerkung erlauben darf: Danke für dein, und natürlich auch für Ihr beherztes Einschreiten, Herr von Selben. Ich habe das Gefühl, das wäre sonst möglicherweise anders verlaufen, wenn ich das so sagen darf."

„Danke, Rufus. Hast du sonst noch Beobachtungen, von denen du glaubst, dass sie uns weiterhelfen könnten?", fragte Aayana.

„Nein, ich denke, nicht."

„Okay. Danke, Rufus."

„Ich werde mich jetzt zurückziehen und um Fräulein Lena kümmern, wenn sie vom Baden zurückkommt. Melville hat mich bereits mit dem Gästehaus vertraut gemacht und ich denke, ich lasse Sie beide jetzt arbeiten. Angenehme Nachtruhe." Rufus war schon ein ganz Besonderer! Aayana sah ihm nach, wie er mit einem großen Badetuch für Lena über den Strand Richtung Meer ging.

Von Selben hatte sein Telefon auf laut gestellt. „Es ist sechs Uhr in der Früh, mein lieber von Selben, und ich mag keine Anrufe vor meinem ersten Brandy. Nein, Spaß beiseite, wie war's in Vancouver?", wollte Winston Churchill wissen – und er klang nicht schlecht gelaunt.

„Ich habe dich laut geschaltet, Aayana ist bei mir. Sonst niemand“, entgegnete von Selben,

„wir haben Aayanas Freunde in Sicherheit gebracht, in Vancouver sonst aber nicht viel erfahren. Wie ist es bei euch verlaufen?“

„Das freut mich“, sagte Winston Churchill, „dann haben wir wohl auf der ganzen Linie gesiegt. Meine letzte Sorge waren noch Aayanas Freunde. Guten Morgen, Aayana.“

„Guten Morgen, Winston“, erwiderte sie seinen Gruß, obwohl es in Hawaii früher Abend war.

„Erzähl, wie ist es bei euch gelaufen?“

„Nun, Marilyn hat als stellvertretende Vorsitzende der erotischen Träume in Vertretung Lady Chatterleys, der Vorsitzenden des Hohen Rats aller Träume, denselben einberufen. Formal war das nicht ganz korrekt, weil das eigentlich nur Sauron als Lady Chatterleys Vertreter im Hohen Rat hätte machen dürfen. Aber ihr kennt ja Marilyns Ausstrahlung. Jedenfalls waren bis auf Sauron alle da – auch Constance. Wir haben Bericht erstattet und der Waldschratt hat Sauron und sich selbst durch sein Geständnis schwer belastet, woraufhin er von der Somno- Garde verhaftet wurde.

Saurons Stellvertreter bei den Albträumen – der Tyrannosaurus Rex – war jedenfalls bestürzt und hat sich ausdrücklich und öffentlich für das Vorgehen Saurons entschuldigt und interimistisch den Vorsitz bei den Albträumen übernommen. Sauron selbst dürfte untergetaucht sein.“

„Das klingt doch gut“, sagte Aayana.

„In der Tat, meine Liebe. Nachdem ich nun weiß, dass auch deine Freunde in Sicherheit sind, werde ich mir jetzt einen kleinen Morgen-Brandy genehmigen“, erwiderte Churchill.

„Alles klar, dann sehen wir uns morgen.“

„Warte. Eine Kleinigkeit noch, Aayana“, erwiderte Winston Churchill etwas unsicher, „der Waldschratt war der Chef der Somno-Garde.“

„Ich weiß, das ist enttäuschend. Aber ihr werdet sicher einen neuen Vorsitzenden finden.“

„Es gab schon eine Wahl, die Vorsitzende des Hohen Rats, Lady Chatterley, hatte dich vorgeschlagen“, erwiderte Churchill, „und ich habe den Vorschlag unterstützt.“

„Was willst du damit sagen, Winston?“

„Nun ja, dein Auftritt letztens hatte sich bereits herumgesprochen, sie haben dich mit überwältigender Mehrheit in Abwesenheit gewählt und mich beauftragt, dich zu fragen, ob du die Wahl annimmst?“

„Seid ihr völlig verrückt? Ich hab‘ doch keine Ahnung von den Regeln in der Traumwelt.“

„Das hast du schnell raus, und die gesamte Somno-Garde steht hinter dir, das sind ja alles keine Anfänger.“

Von Selben strahlte Aayana aus seinen blauen Augen an und flüsterte ihr ins Ohr: „Denk nicht nach. Mach es!“

„Okay, ich will mir den Verein ansehen. Wann eurer Uhrzeit kannst du mir die Somno-Garde zusammentrommeln? Ich brauche jetzt erstmal zehn Stunden für mich. Also, alles nach vier Uhr Nachmittag bei euch.“

„Passt. Sechs Uhr am Abend Greenwich Time in Somno-Garden. Ich hol‘ dich am Eingang ab. Und komm bitte nicht wieder nur in einem Handtuch. Wenn du zusagst, ist um sieben die Angelobung in der Hauptversammlung im großen Saal.“ Churchill wollte noch etwas sagen, aber Aayana hatte das Gespräch beendet und sah von Selben an.

„Deine Freunde sind in Sicherheit, der elektrische Mönch ist tot, der Waldschratt geständig und verhaftet und Sauron entmachtet und untergetaucht. Aber den finden wir auch noch. Ich denke, wir hatten einen guten Tag", sagte von Selben.

„Ja, ihr habt einfach gewonnen", sagte Lena, die von einem Badetuch umwickelt an der Grenze zwischen dem Strand und von Selbens mauerlosem Habitat stand.

„Ja, sieht so aus. Wir haben gewonnen. Und keine Verluste auf unserer Seite. Ich frage mich bloß, was aus Schneewittchen wurde", sagte Aayana.

Doch Aayana konnte sich nicht erinnern, wann sie sich das letzte Mal so gut gefühlt hatte.

3. Teil

Kapitel 21

Der Hohe Rat

Das höchste Gremium in der Traumwelt ist der Hohe Rat, in dem alle Traumgenres gemäß ihrer Größe und Bedeutung durch Delegierte vertreten sind. Einberufen und geleitet wird die Sitzung der achthundertein Delegierten von der Vorsitzenden des Hohen Rats, die von den Mitgliedern jeweils für drei Jahre gewählt wird. Das bedeutet für die beiden größten Gattungen, die erotischen und die Albträume, die historisch stets den Vorsitz stellten, dass sie immer wieder Allianzen schmieden müssen. Im Präsidium des Hohen Rats sitzen zudem der oder die stellvertretende Vorsitzende, der Protokollführer und der oder die Chefin der Somno- Garde, die ebenfalls von der Vollversammlung gewählt werden. Einem ungeschriebenen Gesetz zufolge gehören alle drei anderen Genres als der oder die Vorsitzende an.

The Cheshire Cat, in „Die Traumwelt", Somno-Garden 1845

„Ich habe dich unterschätzt, Aayana Agrin. Du hast mich aufgehalten und entscheidend geschwächt – für den Moment. Ich bin dir nicht böse, im Gegenteil, ich mag starke Gegner. Und ich bin beeindruckt. Damit habe ich nicht gerechnet. Aber das wird mir kein zweites Mal passieren. Ich glaube nicht, dass ich dir ein Angebot machen sollte, dich mit mir zu verbünden. Du würdest es ablehnen."

Schweißgebadet wachte Aayana auf.

„Du hast geträumt", sagte von Selben, der neben Aayana im Bett saß und ihr in die Augen blickte.

„Du weißt aber nicht, was ich geträumt habe, oder?"

„Nein, das weiß ich nicht. Aber ich bin aufgewacht, als ich eine Spannung spürte. Dann erst habe ich bemerkt, dass sie von dir ausging. Du hast etwas gesehen oder gehört, und ich habe das Gefühl, dass es noch nicht vorbei ist."

Von Selben hatte Recht und Aayana berichtete ihm, was ihr – von wem auch immer – eben im Traum mitgeteilt worden war.

„Wir haben noch zwei Stunden, also lass uns noch kurz ins Meer springen", folgte Aayana einem Impuls.

Gesagt, getan. Danach lagen sie bei Sonnenaufgang am Strand so nah am Wasser, dass sie immer wieder von den sanften Ausläufern der Wellen umspült wurden, und schauten aufs Meer.

„Habt ihr nichts anzuziehen?", zerstörte von Selbens Vater die romantische Situation. „Ihr wisst, dass ich grundsätzlich nicht eingreife, aber seht euch vor. Das war's noch nicht."

„Du meinst die Stimme, die Aayana gehört hat", wollte von Selben wissen, „wer war das?"

„Der nicht genannt werden darf", erwiderte Gott. „Wenn du seinen Namen aussprichst, spürt er das sofort und hat dich unter Beobachtung. Ihr habt ihm eine Niederlage zugefügt, aber er ist nicht besiegt. Also seht euch vor. Das wollte ich euch nur sagen. Und zieht euch was an. Wir sind nicht mehr im Paradies." Mit diesen Worten war Gott verschwunden.

„Der nicht genannt werden darf ...", wiederholte Aayana, mehr zu sich selbst.

„Da wir nicht wissen, um wen es sich handelt, sollte das mit dem Nicht-nennen-Dürfen kein Problem sein", analysierte von Selben. „Wir haben noch eineinhalb Stunden, dann müssen wir deine Freunde wecken."

Aayana und von Selben hatten die Zeit übersehen und waren spät dran, als sie ins Habitat zurückkehrten. Aber Melville hatte Lena und Rufus schon geweckt und einen großartigen Frühstückstisch vorbereitet, an dem sie bereits saßen.

„Du siehst heiß aus, meine Liebe", zwinkerte Lena Aayana zu.

„Du auch, Lena", erwiderte diese in Anspielung auf den weißen Seidenkimono, der ihren makellosen Körper sanft umhüllte.

Von Selben ergänzte: „Gott hat die Seide in die Welt gesetzt, damit schöne Frauen auch angezogen nackt sein können."

„Schluss jetzt! Wir haben zu tun. Macht euch bitte reisefertig", unterbrach Aayana den philosophischen Diskurs zum Thema Dessous.

Dennoch gingen von Selben und Aayana gemeinsam duschen, um Zeit zu sparen. Als sie eine genüssliche halbe Stunde später herauskamen, hatte ihnen Melville bereits Kleidung vorbereitet. Für Aayana eine fast schwarze, dunkelrostrote Hose im Lederlook, etwas eng, aber glücklicherweise Stretch, dazu ein weißes T-Shirt und eine schwarze Lederjacke. Für von Selben eine schwarze, perfekt passende Hose, ein weißes T-Shirt und eine Lederjacke in der Farbe von Aayanas Hose.

„Das ist jetzt nicht dein Ernst?", musste Aayana lachen, „inverser Partnerlook?"

„Ist doch cool. Mit deinem Weltraumgummikleid sahen die unverhüllten Holster etwas martialisch aus. Jetzt sind sie diskret unter der Jacke."

„Alles gut", sagte Aayana, „aber ist mein Hintern nicht zu groß für diese Hose?"

„Ist er nicht", sagte von Selben nach einem prüfenden Blick.

Von Selben sah jedenfalls atemberaubend gut aus in der Montur, Aayana hätte sich vermutlich auf der Stelle in ihn verliebt, wäre sie es nicht schon gewesen. Nach einem Blick in den Spiegel fand sie sich selbst auch nicht übel. Aber unter den Jacken sah man immer noch deutlich die Waffen. Wie auch immer, eine halbe Stunde später waren sie alle adjustiert und absprungbereit.

Somno-Garden war noch voller als beim ersten Mal. Ein wenig irritierend war, dass alle Gespräche verstummten, wenn sie sich näherten, und insbesondere Aayana von allen mehr oder weniger unverhohlen gemustert wurde.

„Aayana, meine Liebe", begrüßte sie Winston Churchill, „so schön, dich zu sehen. Dein Hof in der Realwelt ist übrigens wieder sauber. Die Besetzer sind irgendwann gestern abgezogen. Mein Adjutant würde Lena und Rufus in die Realwelt zurückspringen und ich stelle zwei Leute aus der Somno-Garde zur Überwachung ab."

„Hallo, Winston. Ich dachte, ich leite die Somno-Garde? Nein, Spaß beiseite. Ich freu' mich. Lena, Rufus, ist es für euch okay, wenn ihr jetzt zurückkehrt und wir ein Auge auf euch haben?"

„Unbedingt okay, Aayana. Ich habe einen Friseurtermin", stimmte Lena zu, auch Rufus wollte heim.

„Ich darf Aayana Agrin in unser aller Namen begrüßen

und zu uns aufs Podium bitten", donnerte ein Stimme, als sie am hinteren Ende in den kreisrunden Versammlungssaal eintraten. Die versammelten Delegierten aller Traumgenres standen auf und applaudierten. Von Selben, Churchill und Aayana gingen durch einen Mittelgang in Richtung Podium, an dem sie Lady Chatterley erblickten. Sie strahlte Aayana an – und diese zurück.

Aayana wurde ein Platz direkt neben Lady Chatterley zugewiesen, während von Selben und Winston sich auf ihre offensichtlich reservierten Plätze in der ersten Reihe setzten. Am Podium saß neben Lady Chatterley und Aayana nur eine weitere Person, die Aayana nicht kannte. Aber in der ersten Reihe erkannte sie etliche vertraute Gesichter, und ganz rechts, auf einem offensichtlich speziell für ihn konstruierten Stuhl, auch den T-Rex, der ihr so freundlich zuzuzwinkern schien, wie es einem Raubtier seiner Größenordnung möglich war. Die Aayana unbekannte Person am Podium erhob sich und eröffnete mit der gleichen donnernden Stimme von eben die 8.847. Sitzung des Hohen Rats der Traumwelt: „Als Protokollführer des Hohen Rats, und in dieser Rolle heute zum letzten Mal, freue ich mich, gleich unserer Vorsitzenden das Wort zu erteilen. Lassen Sie mich davor aber noch einen Gedanken mit Ihnen teilen."

Der Mann machte eine kurze Pause und sah in die Runde. „Wir hatten immer wieder Krisen. Wir haben sie aber auch immer bewältigt. Dennoch: Die Traumwelt ist volatil, unbestimmt, komplex und mehrdeutig. Die Dinge mögen vorbestimmt sein, aber es gibt immer ein Bündel an möglichen Zukünften. Wir hatten einen Putschversuch hier in der Traumwelt und eine möglicherweise üble Zukunft vor uns. Vielleicht die schwerste Krise seit dem albtraumhaften Überfall der Römer auf Sibirien. Umso mehr freue ich mich, heute in meiner letzten Sitzung die hoffentlich nächste Vorsitzende der Somno-Garde vorstellen zu dürfen: Aayana Agrin!" Applaus brandete auf.

„Frau Vorsitzende, Lady Chatterley, Sie haben das Wort." Damit setzte sich der Mann und sah zuerst Aayana und dann Lady Chatterley an, die sich erhob.

„Danke, lieber Edgar." Lady Chatterley wandte sich kurz Aayana zu: „Liebe Aayana, geschätzte Vorsitzende der Traumgenres und der Untergattungen, verehrte Delegierte zum Hohen Rat. Sie alle haben mitbekommen, was in den letzten Wochen passiert ist. Ich nenne das Kind beim Namen: Der Versuch Saurons und seiner Anhänger, unsere Verfassung auszuhebeln und die Macht in der Traumwelt zu ergreifen, hat uns schockiert und auch gezeigt, wie verletzlich unser demokratisches System ist. Wir müssen jeden Tag achtsam sein, dürfen nichts für selbstverständlich halten und müssen unsere Freiheit verteidigen. Heute haben wir es nicht nur, aber vor allem Aayana zu verdanken, dass der Anschlag auf unser System, die Demokratie und die Freiheit in unserer Traumwelt gescheitert ist."

Lady Chatterley machte eine dramatische Pause und sah in die Runde, während anhaltender Applaus ihre Blicke begleitete.

„Ich danke ausdrücklich meinem lieben Freund Edgar Allen Poe, als zweitem stellvertretenden Vorsitzenden der spannungsgeladene Traumata erzeugenden Träume und Protokollführer des Präsidiums des Hohen Rats, für seine Loyalität. Es ist heute seine letzte Sitzung in dieser Funktion und ich wünsche ihm – ich denke, da spreche ich im Namen von uns allen – alles Gute fürs Fliegenfischen."

Lady Chatterley sah Edgar Allen Poe an, es gab noch einmal anhaltenden Applaus und die Anwesenden fingen an, sich von ihren Sitzen zu erheben, bis alle standen. Auch Edgar Allen Poe erhob sich, nickte ein-, zweimal in die Runde und beendete dann per Handzeichen die Akklamation.

„Aayana wurde gestern vom Hohen Rat aufgrund ihrer Entschlossenheit, Unabhängigkeit und ihrer Verdienste um die Traumwelt in Abwesenheit vom Hohen Rat zur neuen Vorsitzenden der Somno-Garde gewählt. Sie hat darum gebeten, sich das Team vor ihrer Entscheidung ansehen zu können. Dazu kam es leider nicht, weil sie in Hawaii aufgehalten wurde. Das ist nun nicht mehr zu ändern. Ich frage dich dennoch, liebe Aayana, nimmst du die Wahl an?“ Aayana blickte zuerst von Selben, dann Winston Churchill in der ersten Reihe in die Augen. Sie strahlten.

Dann erhob sie sich: „Liebe Constance, ich habe überlegt, ob sich das alles für mich lohnt – auch mit der Außenwelt. Meine besten Freunde haben mir aber geraten, es zu machen. Und ganz ehrlich: Ich empfinde das Vertrauen, das ihr in mich setzt, als Ehre und Auszeichnung. Ich kann versprechen, dass ich mein Bestes gebe – und wenn ich das Gefühl habe, dass das nicht gut genug ist, lasse ich es euch umgehend wissen. Ich nehme die Wahl an und will das Team eine halbe Stunde nach dieser Sitzung in einem geeigneten Raum versammeln und kennenlernen.“

Wieder brandete Applaus auf. Der T-Rex schien jetzt zustimmend zu lächeln, was einigermaßen furchterregend aussah. Klatschen konnte er ja aufgrund seiner kurzen Ärmchen nicht. Irgendwie war er Aayana schon beim Zwinkern vorhin sympathisch gewesen.

Edgar Allen Poe erhob sich und beendete damit den Applaus: „Nun, ich darf Aayana Agrin in unser aller Namen herzlich gratulieren und ihr das Beste für ihre wichtige Aufgabe wünschen. Die Mitglieder der Somno-Garde wurden bereits in den Roten Saal geladen. Ich darf daher jene Agenten der Somno-Garde, die auch Mitglied hier im Hohen Rat sind, ersuchen, sich im Anschluss an diese Sitzung ebenfalls dort einzufinden. Zuvor schreiten wir aber zur Wahl eines neuen Protokollführers und eines stellvertretenden Vorsitzenden des Hohen Rats."

Eine halbe Stunde später waren der Tyrannosaurus Rex von den Albträumen zum stellvertretenden Vorsitzenden und Johanna von Orleans von den historischen Träumen zur Protokollführerin des Hohen Rats gewählt. Nachdem die beiden am Präsidium Platz genommen hatten, der T-Rex unter Mitnahme seines Spezialsessels, ergriff nach entsprechenden Akklamationen und Gratulationen noch einmal Edgar Allen Poe das Wort:

„Damit schließe ich die 8.847. Sitzung und wünsche Ihnen allen das Beste für Ihre weitere Arbeit hier im Hohen Rat und einen schönen Abend."

Kapitel 22

Die Somno-Garde

In die Somno-Garde, dem zweithöchsten Gremium der Traumwelt zur Überwachung der Regeln, entsenden die Traumgattungen und Untergattungen gemäß ihrer Stärke dreihundert von ihnen gewählte Agenten, die allerdings vor ihrer Übernahme in den aktiven Dienst noch eine harte Ausbildung zu absolvieren und eine strenge Prüfung abzulegen haben. Die Prüfung wird vom fünfköpfigen Präsidium der Somno-Garde abgenommen, dem, neben dem vom Hohen Rat gewählten Vorsitzenden, vier weitere Mitglieder angehören. Diese weiteren Mitglieder werden von der Somno-Garde aus dem Kreis ihrer Mitglieder gewählt. Von den Erfordernissen der Ausbildung und des erfolgreichen Ablegens der Prüfung wurde in der Geschichte der Garde bis heute nur ein einziges Mal eine Ausnahme gemacht – für Aayana Agrin.

The Cheshire Cat, in „Die Traumwelt", Somno-Garden, 1845

Als Aayana den Roten Saal in Begleitung von Selbens und Winston Churchills betrat, wandten sich ihr alle Blicke zu. Auch hier erhob sich Applaus, während sie durch die Reihen auf eine Art Podium zuschritten. Fast ein Drittel der Anwesenden erkannte Aayana von der Plattform der Gefährten in den Bäumen, und einige Weitere glaubte sie von Bildern her zu erkennen.

Neben Friedrich II. von Preußen, genannt der Große – obwohl Aayana ihn auf etwa einen Meter sechzig schätzte –, glaubte sie Friedrich Nietzsche, Friedrich Engels und

Friedrich Schiller zu erkennen. „Was ist das denn?", raunte sie von Selben zu, „die Fritz-Gang oder Zufall?"

„Zufälle gibt es nicht, aber ich gebe zu, das ist ganz witzig", erwiderte von Selben.

Doch im nächsten Augenblick wurde ihre Aufmerksamkeit von einem Mann gefesselt, der etwas abseitsstand, jedoch von einer Aura umgeben war, der man sich nicht entziehen konnte.

„Hallo, Jesus, mein Bruder", begrüßte ihn von Selben mit einer angedeuteten Umarmung, „das ist Aayana, und Winston kennst du ja."

„Hi, Luz, mein Lieber", erwiderte Jesus den Gruß, nickte Winston freundschaftlich zu und wandte sich dann mit nach unten ausgestreckten Armen und offenen Handflächen Aayana zu.

„Ich freue mich sehr, Aayana." Sein offenes Lächeln war entwaffnend.

Die Ähnlichkeit mit von Selben war nicht zu übersehen, wenngleich Jesus gut einen Kopf kleiner war, einen feinen Bart an Oberlippe und Kinn und sein Haar erheblich länger als sein Bruder trug. „Das sind übrigens meine Freunde Siddhartha Gautama, bekannter unter seinem Ehrennamen Buddha, und Huitzilopochtli, ein lieber Kollege aus Mexiko. Wir sind von den religiösen Träumen in die Somno-Garde entsandt", stellte Jesus die beiden Männer vor, die in diesem Augenblick an seine Seite traten.

Aayana hatte ja mittlerweile einiges gesehen in der Traumwelt, aber sie war froh, dass in dem Augenblick kein Foto von ihrem Gesichtsausdruck gemacht wurde. Gefühlte Ewigkeiten später stammelte sie: „Es ist mir eine Ehre und Freude, meine Herren."

„Das ist nett“, erwiderte Huitzilopochtli, „aber die Ehre ist auf unserer Seite.“

„Dem kann ich mich nur anschließen“, fügte der Buddha hinzu.

„Ich höre, ihr habt Vater getroffen, und du hast nicht mit ihm gestritten“, sagte Jesus mit einer unendlich sanften Stimme zu von Selben.

„Auch ich werde ruhiger, aber vermutlich ist das vor allem auf Aayanas positiven Einfluss zurückzuführen“, entgegnete von Selben mit einem Augenzwinkern, während Huitzilopochtli die beiden anstrahlte.

„Das ist schön. Und er hat dir nicht wieder die Lichtbringer-Geschichte vorgehalten?“, wollte nun Huitzilopochtli wissen.

„Nein, gar nicht. Alles gut. Im Übrigen sowieso vergossene Milch“, antwortete von Selben.

„Ihr seid also auf einem guten Weg zum vollkommenen Erwachen“, brachte sich nun auch Buddha ein, und alle schauten ihn mit großen Augen an.

„Was ist mit euch? Das war ein Scherz“, hob Buddha die Hände, auch er mit ihnen zugewandten, offenen Handflächen – offensichtlich eine Angewohnheit dieser ganz Großen unter den religiösen Weisen.

„Ich will ja nicht drängeln, aber ich denke, du musst aufs Podium, Aayana“, unterbrach Churchill das Gespräch.

„Wohl wahr“, bestätigte Jesus.

„Man sieht sich“, ergänzte Huitzilopochtli.

„Alles Leben ist Leid“, fügte Buddha hinzu. Wieder sahen ihn alle verständnislos an.

„Freunde, wir sind hier in der Traumwelt. Nehmt den Stock aus dem Arsch“, erklärte er sich, „und der Herr sei mit dir.“ Jetzt konnte er sich nicht mehr halten und verfiel in ein fröhliches Lachen, während ihn seine beiden Gefährten in die Mitte nahmen und zu ihren Sitzplätzen abführten.

„Die sind ja großartig“, raunte Aayana von Selben und Winston Churchill zu. „Dem Buddha sitzt offensichtlich der Schalk im Nacken.“

„Ja, Siddhartha war immer schon lustig. Und zu dritt sind sie eine echte Show“, bestätigte von Selben.

Aayana hatte das Podium erreicht. Links und rechts neben ihrem Stuhl in der Mitte nahmen von Selben und Winston Churchill ihre Plätze ein. Neben von Selben saß Marilyn. Der Sessel ganz rechts blieb leer. Wie Aayana von Winston erfahren hatte, war das Schneewittchens Platz – die aber verschollen war. Das sei bei ihr aber nicht ungewöhnlich, versicherte er ihr. Die Vertreterin der Märchen und Kinderträume verschwand manchmal für Wochen hinter den sieben Bergen oder war möglicherweise irgendeiner großen Sache auf der Spur.

Aayana war einigermaßen beruhigt und sah in die Runde der etwa zweihundert Agenten der Somno-Garde. Nicht alle konnten sich so kurzfristig freispielen, weil viele im Einsatz waren. Jedenfalls erkannte sie immer mehr Gesichter. Es war schon eindrucksvoll, wer alles Mitglied der Somno-Garde war. Für ein paar Sekunden hatte sie das Gefühl, dass sich ihre Kehle zuschnürte. Mittlerweile war es vollkommen still im Raum, plötzlich fühlte Aayana sich unglaublich wohl, hatte den Wunsch, etwas zu sagen.

„Mein Lieben, ich fühle mich vom Vertrauen geehrt. Ich fühle mich geehrt, dass ihr mir zutraut, an eurer Seite etwas beitragen zu können. Ich werde mich mit all meiner Kraft bemühen, mich würdig zu erweisen und dieses Vertrauen zu rechtfertigen. Damit ihr mich etwas kennenlernt, will ich euch daher in den nächsten eineinhalb Stunden von mir erzählen." Aayana hatte mit Widerstand und Murren gerechnet, doch nicht in dieser Runde: stoisches Schweigen.

„Nein, Spaß beiseite. Ich weiß, ihr habt alle viel zu tun. Wir machen es so: Ich brauche fünf Minuten, um mich euch vorzustellen, und dann könnt ihr mich fragen, was ihr wollt, um mich besser kennenzulernen. Einzige Einschränkung: Ihr müsst das Gefühl haben, dass eure Frage bzw. meine Antwort, wenn schon nicht für alle, so doch für viele hier im Raum interessant sein könnte. Für alles andere stehe ich euch dann im persönlichen Austausch zur Verfügung. Ich bleibe heute hier, bis der oder die Letzte gegangen ist. Ich mach' das Licht aus." Nachdem der nun einsetzende Beifall verklungen war und Aayana weniger als vier Minuten gebraucht hatte, um zu erzählen, wer sie war und woher sie kam, bat sie Winston, im Auge zu behalten, wer sich mit einer Frage meldete.

Es waren zwei interessante Stunden, in denen Aayana Rede und Antwort stand. Danach wurden Getränke gereicht und sie befand sich in der Mitte ihrer Agenten – so jedenfalls empfand sie das.

„Ich höre, Sie entstammen der Feder des geschätzten Kollegen Shakespeare?", sprach Friedrich Schiller sie an, „recht ungewöhnlich, dass Sie sich in der realen Welt in Bayern niedergelassen haben."

„Nicht ganz", antwortete Aayana, „Österreich-Ungarn."

„Ach ja, ich kannte Maria Theresia ganz gut", mischte sich Friedrich II. von Preußen ein.

„Hat mir eine Menge Schwierigkeiten gemacht. Dabei hatte ich eigentlich nie etwas gegen Maria oder Österreich

– aber sie und die russische Zarin Elisabeth offensichtlich gegen mich. Was soll's. Waren unruhige Zeiten damals. Mit Frauen hatte ich nie viel Glück."

„Das tut mir leid. Aber das wird nicht zwischen uns stehen – zumal hier in der Traumwelt – oder?", fragte Aayana.

„Der Alte Fritz war ein großer Feldherr, aber privat ist er ein ziemlicher Raunzer", meldete sich nun Friedrich Nietzsche zu Wort. „Mir gefällt Ihr Wille zur Macht. Und damit meine ich nicht Dominanz oder Herrschaft, sondern das Streben nach höheren Zielen ..."

„Lass es gut sein, alter Nihilist", unterbrach ihn Friedrich Engels. Man spürte, dass er der Wortführer der Fritz-Gang war – Aayana nannte sie jetzt für sich einfach so.

„Es hat sich leider wenig geändert, das gilt auch für die Traumwelt. Die Menschen haben sich bisher stets falsche Vorstellungen über sich selbst gemacht, von dem, was sie sind oder sein sollen. Nach ihren Vorstellungen von Gott, von den Normalmenschen usw. haben sie ihre Verhältnisse eingerichtet. Die Ausgeburten ihres Kopfes sind ihnen über den besagten Kopf gewachsen. Vor ihren Geschöpfen haben sie, die Schöpfer, sich gebeugt. Ich bleibe dabei: Befreien wir sie von den Hirngespinsten, den Ideen, den Dogmen, den eingebildeten Wesen, unter deren Joch sie verkümmern. Rebellieren wir gegen diese Herrschaft der Gedanken."

„Sehe ich anders, mein Bester", sagte Schiller, „ob du es wahrhaben willst oder nicht, das Universum ist ein Gedanke Gottes. Doch große Seelen dulden still ..."

„Ich weiß, und es ist der Geist, der sich den Körper baut", imitierte Engels Friedrich Schillers Stimme. „Du bist und bleibst ein Dichterfürst und kein Denker."

„Ah, die Friedrichs mal wieder am Streiten", trat ein gepflegter älterer Herr hinzu, den Aayana als den italienischen Revolutionär Giuseppe Mazzini erkannte. „Ich störe nur ungerne, aber hast du eine Minute für mich, Fritz?", wandte er sich an Engels.

„Sie entschuldigen", wandte sich Engels an Aayana und folgte Mazzini in eine ruhigere Ecke.

„Sie müssen verzeihen. Engels ist ein guter Mann", erklärte Friedrich der Große, „aber er kann sich einfach nicht entspannen. Die meisten von uns lassen die Lasten der realen Welt irgendwann hinter sich – ich selbst spiele beispielswiese einmal die Woche Tarock mit Maria Theresia."

„Sepp Mazzini ist fast noch schlimmer als Engels", ergänzte Nietzsche.

„Kein Problem für mich. Ich habe schon gemerkt, dass auch in der Traumwelt niemand ganz aus seiner Haut kann", antwortete Aayana.

Mittlerweile war zu bemerken, dass weitere Agenten diskret darauf warteten, mit Aayana ein paar Worte zu wechseln. Das war auch dem Rest der Fritz-Gang nicht entgangen, und sie verabschiedeten sich freundlich, worauf Aayana sich anderen Gesprächspartnern zuwandte. Aber aus dem Augenwinkel bemerkte sie, dass Engels und Mazzini in ein heftiges Gespräch verwickelt waren, wobei sie immer wieder verstohlen zu ihr herüberblickten.

„Engels und Mazzini beobachten dich", sagte Winston Churchill, der mit einem gut gefüllten Schwenker an Aayana herantrat. „Von Selben hat sich in ihrer Nähe postiert und schaut, ob er ein paar Gesprächsfetzen aufschnappen kann." Und tatsächlich stand er mit Mahatma Gandhi ins Gespräch vertieft etwa einen Meter neben den beiden, wirkte dabei aber vollkommen auf Mahatmas Ausführungen konzentriert.

„Wir trauen den Friedrichs nicht. Es hat mich verwundert, dass sie sich heute nicht zu Wort gemeldet haben", sprach Winston Churchill weiter. „Normalerweise geben sie in wechselnder Besetzung in jeder Versammlung das Krokodil und stellen mit kritischen Fragen gerne alles und jedes in Frage. Manchmal haben sie Recht, meistens aber nicht. Da hat man dann das Gefühl, dass sie einfach aus Prinzip dagegen sind, die Sitzung aufhalten und die Stimmung stören wollen. Aber vielleicht bin ich einfach zu ungeduldig oder zu alt für Sitzungen in großer Runde." Dabei seufzte er und nahm einen großen Schluck von seinem Brandy.

„Aayana, ich darf dir Mahatma Gandhi vorstellen", gesellte sich nun von Selben mit dem Angesprochenen zu Aayana und Churchill.

„Ich freue mich sehr, Sie kennenzulernen", wandte sich Aayana an den auffallend schlanken Mann, der sie freundlich anlächelte.

„Die Freude liegt auf meiner Seite. Ich spüre, dass Sie es in sich tragen, auch unseren Feinden mit Wahrhaftigkeit und Liebe zu begegnen", sagte Gandhi.

„Ich bemühe mich", antwortete Aayana.

„Damit finden unsere Gegner Einklang mit der Güte und Gerechtigkeit in sich selbst", ergänzte der Weise.

„Ich wünschte, es wäre so", brummte Churchill in seinen Schwenker.

„Auf diese Weise kommen Gegner zu einem Zustand des Friedens", sprach Gandhi weiter, ohne auf Churchills Einwand zu achten. Jetzt aber wandte er sich Winston Churchill zu, lächelte ihn an und sagte: „Ich bin nicht so weltfremd, zu glauben, dass ich für jede Situation die richtige Besetzung wäre. Aber unterschätzen Sie nicht, was ich Ihnen sage, Sir Winston: Gewaltlosigkeit ist und bleibt der erste Artikel meines Glaubens. Ich war damit zuzeiten durchaus erfolgreich."

„Aber ob das mit diesem Hitler auch funktioniert hätte, wage ich zu bezweifeln", entgegnete Churchill.

„Wie auch immer", mischte sich von Selben nun ein. „Aayana, kann ich dich einen Moment unter vier Augen sprechen?"

Ghandi nickte ihnen als Zeichen seines Einverständnisses kurz zu und wandte sich dann wieder an Winston.

„Mahatma ist schon einzigartig, gerade auf den alten Winston hat er es speziell abgesehen", erklärte von Selben, nachdem er sich mit Aayana ein paar Schritte von den beiden entfernt hatte. „Aber er ist insbesondere in der Strategiegruppe ein wertvolles Mitglied und hat immer wieder gute Ideen zur Deeskalation von Konflikten."

„Das kann ich mir vorstellen. Das ist eine beeindruckende Runde hier", erwiderte Aayana, „aber warum wolltest du mich sprechen?"

„Ich habe eben versucht, Mazzini und Engels zu belauschen. Ich hatte den Eindruck, dass sie Ressentiments gegen deine Bestellung haben. Das kann ich aber nicht bestätigen. Ich habe nicht viel verstanden, aber eines war interessant: Ich habe deutlich gehört, dass Mazzini den Namen Herok Roames erwähnte."

Aayana und von Selben hatten eigentlich keine schlechten Erfahrungen mit Herok Roames gemacht, dennoch waren beide beunruhigt. Was ging hier vor? Und wer spielte dabei welche Rolle?

Nach etwa einer weiteren Stunde mehr oder weniger zwangloser Gespräche, in denen Aayana viele ihrer Agenten kennenlernte, leerte sich der Saal zusehends. Sie löste ihr Versprechen ein: Von Selben, Churchill und Aayana waren die Letzten im Raum, nachdem sich auch Jesus, Huitzilopochtli und der Buddha verabschiedet hatten.

„Wie geht's dir?", fragte von Selben.

„Ausgezeichnet", antwortete Aayana, „ich habe noch nie in so kurzer Zeit so viele spannende Persönlichkeiten kennengelernt. Aber jetzt bin ich wirklich müde."

Winston Churchill legte seine fast fertiggerauchte Zigarre auf einem der Stehtische in einen großen Aschenbecher und sagte: „Dann treten wir den Rückzug an."

Kapitel 23

Die dunklen Kräfte

Das Bessere ist der Feind des Guten, sagt ein Sprichwort. Ich musste in jenen Tagen daran denken, weil ich das Gefühl hatte, dass diese Regel für das Böse und das Bösere nicht galt. Ich war mir, im Gegenteil, ziemlich sicher, dass sich das Bösere und das Böse meist verbündeten.

Winston Churchill, in „Checks and Balances in der Traumwelt", 3. Auflage, Oxford 2009

„Hört mir zu und unterbrecht mich nicht. Zunächst haben wir mit Aayana Agrin nicht gerechnet. Dann haben wir sie unterschätzt. Aber niemand ist unverwundbar, wir müssen und werden sie ausschalten. Wer mir auch Sorgen bereitet, ist von Selben. Agrin ist unsere Gegnerin. Das ist einfach. Aber wir wissen nicht, was für ein Spiel er spielt. Alles ist möglich. Unsere Datenlage zu ihm ist eigenartig dünn. Vielleicht ist er ja einfach nur ein loyaler Agent der Somno-Garde. Aber das glaube ich nicht. Der Typ ist er nicht, der kocht seine eigene Suppe. Vielleicht ist er auch einfach nur verliebt in Aayana, aber auch das glaube ich nicht.

Nach allem, was wir wissen – und das ist, wie gesagt, nicht viel –, ist er kein Mann, der sich von Gefühlen leiten lässt. Ich glaube vielmehr, dass er entweder im Auftrag der Vereinigten Sozialistischen Volksrepubliken und Königreiche oder der Panpazifischen Union tätig ist. Vielleicht sogar für beide. Oder – und das ist, was ich eigentlich befürchte – im Auftrag der Snarks."

„Dazu habe ich eine Frage, Nummer 1 ..."

„Ich habe euch gesagt, ihr sollt mich nicht unterbrechen. Also weiter: Churchill ist ein Fuchs, aber auch ein alter Mann. Um ihn müssen wir uns keine Sorgen machen. Ohne Aayana ist er zahnlos. Und die Clique rund um Lady Chatterley ist ebenso schwach wie die gesamte Somno-Garde. Lauter selbstverliebte Egomanen."

„Ich sage euch also noch einmal: Unser größtes Problem hat einen Namen. Und der lautet Aayana Agrin. Wir müssen sie vom Spielfeld nehmen. Ich denke, dass wir auch von Selben ausschalten müssen. Vermutlich sogar vor ihr, denn ohne ihn ist auch sie nur halb so stark. Nummer 2, erzählen Sie uns nun von Ihrem Plan."

„Halt, wartet! Ich spüre eine Anwesenheit", meldete sich eine dritte Stimme.

„Das kann nicht sein. Ich gelte als einer der besten Sensoren aller Zeiten und Welten und ich spüre nichts", erwiderte der Mann, der als Nummer 1 angesprochen worden war.

„Schweigt, Nummer 1. Ich muss mich konzentrieren", befahl diese dritte Stimme.

Es wurde still im Raum.

„Ich kann es nicht greifen, aber da war etwas – oder jemand. Möglicherweise ist das immer noch so. Nicht auszuschließen, dass das sogar unsere so hochveranlagte Freundin Aayana Agrin war. Vielleicht ist sie einem von uns hierher gefolgt. Wir brechen unsere Unterredung hiermit ab. Ihr wisst, wann und wie wir uns umgehend wieder treffen. Kein weiteres Wort mehr", befahl die Stimme unmissverständlich und abschließend.

Aayana erwachte. Nein, nicht schweißgebadet, sie lag ruhig in von Selbens Bett in seinem Habitat auf Kauai und blickte an die Decke. Draußen war es noch dunkel, eine sternenklare Nacht schickte sich an, im ersten Morgenglanz zu erröten. Jedes Wort war Aayana in Erinnerung.

Jetzt spürte sie von Selbens Blick von der Seite, sie wandte sich ihm zu. Er küsste sie zärtlich und fragte: „Was hast du gesehen?"

„Du wirst es nicht glauben, aber ich befürchte, unsere Gegner sammeln sich."

„Ich weiß. Ich muss gestehen, dass ich dir gefolgt bin, und befürchte, dass sie eher meine Anwesenheit gespürt haben als deine."

„Echt jetzt? Wohin gefolgt?"

„In deinen Traum. Du hast dich aus irgendeinem Grund auf Mazzini konzentriert. Leider haben sie sich nur mit Nummern angesprochen, aber ich glaube, in Nummer 1 Friedrich Engels' Stimme erkannt zu haben. Und die Stimme, die ihn etwas fragen wollte, könnte Mazzini gewesen sein. Leider haben sie uns – eigentlich mich – zu früh bemerkt, aber die gute Nachricht ist, dass ich weiß, wann, wo und wie sie sich das nächste Mal treffen."

„Woher weißt du das", wollte Aayana wissen.

„Ich habe meine Quellen."

„Das kann schon sein", unterbrach sie Huitzilopochtli, der sich gemeinsam mit Jesus und Buddha vor ihrem Bett materialisiert hatte. „Jesus darf ja nicht eingreifen, weil er immer noch als Gott angebetet wird, aber Buddha und ich dachten, es ist besser, wir verfügen uns hierher, weil in weniger als einer Minute hier alles dem Erdboden gleichgemacht wird."

„Verdammt", sagte Aayana, sie hielt vergebens Ausschau nach ihren Kleidern, während von Selben schon Hose und Leibchen übergestreift hatte.

„Nehmen Sie das“, warf ihr Buddha ein Handtuch zu, „wir haben noch 20, nein 15 Sekunden.“

Als Aayana sich das Handtuch umband, sahen sie am Horizont bereits zwei schlanke, weiße Pfeile, die langsam größer wurden, weil sie auf das Habitat zukamen. Die drei Religionsgründer fingen an, sich zu dematerialisieren. Auch von Selben und Aayana reichten sich die Hand, sie waren zwei Sekunden später auf der Plattform der Gefährten im Wald. Da sie keine Zeit hatten, ein gemeinsames Ziel zu vereinbaren, waren Huitzilopochtli, Jesus und Buddha nicht da. Dafür aber Friedrich Engels und Guiseppe Mazzini.

Mazzini hielt von Selben eine Waffe an den Kopf. „Die gute Nachricht für Sie, Herr von Selben, ist, dass die Raketen auf Kauai abgefangen wurden. Ihrem Habitat ist nichts passiert. Doch damit haben wir gerechnet. Die weniger gute Nachricht ist, dass ich sie jetzt umgehend erschießen werde, weil Sie ein Verräter sind, ein Lump und vielleicht sogar der gefährlichste Schuft aller Zeiten.“

„Das glaube ich nicht“, sagte von Selben und richtete Mazzinis Waffe nun auf ihn und Friedrich Engels.

Letzterer registrierte das fast gelangweilt und sagte: „Guiseppe, ich hab‘ dir gesagt, er ist schnell wie der Teufel. Aber auch damit haben wir gerechnet“, wandte er sich nun an Aayana. Unversehens waren sie von einem Dutzend drei bis vier Meter großen, ziemlich unverwundbar aussehenden Trollen umgeben.

Das Krachen morschen Holzes war ohrenbetäubend, alle auf der Plattform sahen in die Höhe. Im nächsten Moment öffnete sich die Luke des Raumschiffs, an der Stelle, wo eben noch Engls und Mazzini gestanden hatten. Die Trolle waren

Hals über Kopf geflüchtet. Auf der Treppe des Raumschiffs erschien der Freund des Mannes mit dem Bademantel, ein Champagnerglas in der Hand: „Aayana, Darling, du hast ein neues Handtuch? Steht dir ausgezeichnet."

Aayana und von Selben folgten der Einladung ins Raumschiff und sahen den Mann mit dem Bademantel im Kommandostuhl. Er begrüßte sie mit den Worten: „Wie geht es Ihnen? Ich hoffe gut. Mir geht es den Umständen entsprechend."

„Hören Sie nicht auf ihn", ging sein Freund dazwischen, „ich hab' ihn das erste Mal selbst fliegen lassen. Nun ja – seine erste Fast-Bruchlandung. Das Raumschiff war so programmiert, dass es im letzten Moment eingreift. Alles gut. Was läuft bei euch so?"

Aayana konnte es nicht glauben: „Jetzt seid ihr beiden schon wieder zum unmöglichsten Zeitpunkt an Ort und Stelle und rettet uns vermutlich das Leben. Keine schlechte Angewohnheit. Aber warum fliegt ihr durch die Traumwelt – oder das Traumuniversum ... wie auch immer?"

„Ich habe nicht die geringste Ahnung", erklärte der Freund des Bademantels aus dem Sternbild des Neptun, während er wieder das Kommando über das Raumschiff übernahm:

„Cindy, Darling, Schadensmeldung!" Und zu Aayana gewandt: „Mir gefällt ja dein Styling, du kannst dir in unserem 3D-Drucker aber auch was Passenderes zum Anziehen ausdrucken, wenn du willst." Aayana wollte.

Als sie sich einen Kunststoff-Overall ausdruckte, spürte Aayana, dass sich das Raumschiff etwa eine Minute lang bewegte. Dann stand es wieder still. Als sie auf die Brücke zurückkam, nippte der Mann mit dem Bademantel an einer

Tasse Tee und sein Freund an seinem Champagner, lässig im Kommandosessel zurückgelehnt, die Beine am Schaltpult überkreuzt. Von Selben war verschwunden.

„Er hat gemeint, er müsse zu einer Versammlung und du wüsstest schon Bescheid. Dann hat er sich unsere Kommandobrücke genau angesehen – und weg war er", erklärte der Captain. Erst jetzt sah er betont langsam von seinem Champagner-Glas auf. „Heißer Plastik-Catsuit, meine Liebe. Du weißt, dass das ziemlich durchsichtig ist?"

„Ja, aber deine Farbtoner waren aus."

„Ich finde, es sieht sehr schön aus", sagte der Mann mit dem Bademantel.

„Und was machen wir jetzt?", fragte Aayana.

„Wir warten."

„Und wo warten wir? Ich meine, wo sind wir jetzt?"

„Keine Ahnung, aber ich nehme an, ein paar Kilometer hinter eurer Plattform. Noch einmal sorry für die kleine Delle, die wir angerichtet haben."

Aayana konnte sich vorstellen, warum von Selben sie bat, hier zu warten. Er hatte sowieso nicht viel Zeit, sich den Ort für den Rücksprung genau einzuprägen. Ungleich schwieriger wurde so ein Sprung, wenn sich das Ziel bewegte. Jedenfalls war sie etwas wütend, dass er ohne sie aufgebrochen war.

„Wie spät ist es?", wollte Aayana wissen und betrachtete jetzt ihr Spiegelbild in einer Glastür. Und ja, das ging stark in Richtung Barbarella-Styling, wobei sie das an Jane Fonda irgendwie besser fand.

„Fünf Uhr am Nachmittag", meldete sich der Mann mit dem Bademantel von seiner Couch und fixierte sie mit einem wacheren Blick, als Aayana das bisher von ihm kannte.

„Dann nehme ich jetzt auch ein Glas Champagner.“

Eine Zeit lang saßen sie schweigend in der kleinen Kommandozentrale des Raumschiffs, die völlig anders aussah als die letzte, die sie gesehen hatte. Abgesehen von Steuerungselementen auf Schaltpulten, ohne die so ein Schiff offensichtlich nicht auskam, erinnerte alles andere eher an eine kleine Kneipe, schummrig beleuchtet mit einem alten Tresen, einem Sofa in einer Ecke und einem großen Fenster auf eine Straße hinaus. Nur dass hier keine Straße zu sehen war, sondern ein bis zum Horizont reichender Wald.

Aayana hing ihren Gedanken nach, während die Blicke der beiden Männer an ihr hingen. Das belauschte Gespräch war ihr noch fast im Wortlaut in Erinnerung. Klar war, dass diese Leute hinter ihr her waren, aber das war wenig überraschend. Mit von Selben kannten sie sich offensichtlich nicht aus, doch wer tat das schon? Jedenfalls war er keiner von ihnen – was auch längst niemand mehr angenommen hatte. Aayana nahm sich vor, ihn direkt zu fragen, ob er neben der verschworenen Gemeinschaft auch der Diener anderer Herren war. Mochte sein, dass sie ihn damit beleidigte, aber das musste sie in Kauf nehmen. Andererseits hätte er es ihr vermutlich längst gesagt, sofern er keine guten Gründe dafür hatte, es nicht zu tun. Sie verwarf also die Idee. Er musste es ihr schon aus eigener Überzeugung erzählen. Er hatte schließlich gehört, was in der Versammlung der Feinde über ihn gesprochen wurde.

Aayanas Gedanken fanden ihren Weg zurück zur belauschten Versammlung. Stimmen hatte sie selbst keine erkannt. Wenigstens gab es einen Chef, die Nummer 1, der die Fäden zog und von dem von Selben glaubte, dass es Friedrich Engels gewesen sein könnte. Nur war der mittlerweile von einem Raumschiff überfahren worden. Eine weitere Stimme, die Nummer 1 etwas fragen wollte, könnte laut von Selben Giuseppe Mazzini gehört haben. Mochte sein.

Von Selben kannte die beiden erheblich länger und besser als Aayana. Egal, denn auch Mazzini war einer Kollision mit einem Raumschiff zum Opfer gefallen.

Nummer 2 kam leider nicht zu Wort, hatte aber offensichtlich einen Plan, wie sie Aayana ausschalten wollten. Waren das die Raketen in der Traumwelt auf Kauai oder die Geschichte eben auf der Plattform? Eigentlich egal: Sie würden einfach einen neuen Plan schmieden. Solange Aayana nicht gewonnen hatte, würde das Spiel nicht enden.

Und dann gab es da noch jemanden, der offensichtlich über der Nummer 1 stand. Die Person im Hintergrund, die Aayanas oder von Selbens Anwesenheit bemerkt hatte. Merkwürdigerweise kam ihr diese Stimme irgendwie bekannt vor. Aber sie konnte sie nicht zuordnen. Aayana nahm sich vor, von Selben zu fragen, was Sensoren seien. Natürlich wusste sie, was das Wort Sensor im herkömmlichen Sinne bedeutete, doch Nummer 1 hatte damit offensichtlich sich selbst gemeint.

Und da waren noch ein paar andere Fragen. Fragen an von Selben hatte sie reichlich: Wie konnte er ihr in den Traum folgen? Warum hatte sie die Versammlung nur gehört und nichts gesehen? Wie konnte sie von der Versammlung wissen, und woher wusste sie, wo sie stattfand? Wie kam sie dazu, Mazzini zu folgen? Woher wusste von Selben, wo und wie die Versammlung nach ihrer Auflösung fortgesetzt wurde?

Als Aayana erwachte, war der Wald vor dem Fenster einer nebligen Dunkelheit gewichen. Der Mann mit dem Bademantel war in eine Zeitschrift vertieft und trank immer noch Tee, sein Freund war mittlerweile vom Champagner auf ein härteres Getränk von goldener Farbe in einem großen Schwenker umgestiegen und spielte auf einem großen Bildschirm eine Partie Schach gegen sein Raumschiff.

„Du bist mit dem schwachen Doppelbauern in vier Zügen matt", erklärte Aayana.

„Ich weiß. Sie spielt ausgezeichnet", antwortete er.

„Wie lange habe ich geschlafen?"

„Kein zwei Stunden."

„Und von Selben ist noch nicht zurück?"

„Nein."

„Seltsam. Was dauert da so lange?"

„Keine Ahnung. Aayana, bedien dich doch bitte selbst an der Bar, während ich hier in Würde verliere. Wir haben ein paar ausgezeichnete Sachen aus allen Ecken des Universums." Aayana war kaum hinter der Theke angelangt, um die Auswahl zu begutachten, da erschütterte ein Ausruf den Raum: „Verdammte Männerfresserin!" Der Captain war von seinem Schiff schachmatt gesetzt worden.

„Würdevoll", kommentierte der Mann mit dem Bademantel. „Wann gibt's was zu essen?"

„Gute Idee", war der Captain augenblicklich wieder gefasst, „wer hat Lust auf ein amargintanisches Sumpfschwein in Silikonsauce?"

„Klingt großartig, aber können wir noch auf von Selben warten?", sagte Aayana.

„Okay, er hat eine Stunde", erklärte der Captain, und an sein Raumschiff gewandt: „Essen um acht, Darling."

„Wie schmeckt Schlunk?“, wollte Aayana wissen.

„Grauenhaft“, sagte der Mann mit dem Bademantel.

„Großartig“, erwiderte sein Freund, „aber das ist selbst für mich eher etwas für nach dem Dinner. Hat zwar eh nur schlanke 62% Alkohol, aber da ist offensichtlich noch irgendwas anderes drin, was die Sinne benebelt.“

„Okay, dann nehme ich doch noch ein Glas Champagner“, erklärte Aayana.

„Und für mich einen doppelten Brandy“, hörten sie Winston Churchill sagen. Neben ihm standen von Selben und Lady Chatterley, die sofort die Aufmerksamkeit des Captains auf sich zog. „Das ist eine wunderschöne Kommandobrücke, die Sie da haben, Captain“, ergänzte Churchill, „erinnert mich an ein Pub in Stoke-on-Trent, das ich gerne besucht habe, wenn ich in der Gegend war. Das war natürlich, bevor ich Premierminister wurde“, fügte er hinzu, nachdem ihn alle, außer dem Captain, ungläubig ansahen.

„Ja, gefällt uns auch“, erwiderte der Captain.

„Mir eigentlich nicht“, widersprach der Mann mit dem Bademantel.

„Was darf ich als Aperitif anbieten? In einer Stunde gibt es amargintanisches Sumpfschwein.“ Eine Minute später saßen sie um einen der kleinen Holztische, Lady Chatterley und Aayana mit einem Glas Champagner, der Mann mit dem Bademantel mit einem Tee, von Selben mit einem Single Malt, Churchill und der Gastgeber jeweils mit einem halb gefüllten Cognac- Schwenker.

„Alsdann, wie ist die Lage“, eröffnete der Captain gutgelaunt wie fast immer.

„Zuerst die schlechte Nachricht“, übernahm von Selben. „Leider ist es mir nicht gelungen, die Fortsetzung der Versammlung zu lokalisieren. Ich weiß nur, dass sie in der realen Welt stattgefunden hat. Ich hatte in dem Traum das deutliche Gefühl, dass die Versammlung, die wir belauscht hatten, in einer Gegend stattgefunden hat, in der Pfeffer wächst. Also habe ich versucht, ein Geruchsprofil zu erstellen – also, was ich sonst noch riechen konnte. Und da waren eine ganze Menge anderer Gewürze, Pflanzen – und sehr deutlich der Ozean. Dazu muss man wissen, dass kein Meer riecht wie das andere. Ich war sicher, dass wir im westlichen Pazifik waren, und die Intensität ließ mich auf eine Insel schließen. Damit landete ich auf Sansibar. Und tatsächlich hat dort im teuersten Hotel der Insel zur besagten Zeit ein Meeting wichtig aussehender Typen stattgefunden."

„Beeindruckend", sagte Churchill.

„Ja, aber wie wolltest du von dort aus herausfinden, wo und wie das Treffen fortgesetzt wurde?", wollte Aayana wissen.

„Da sie in ihrer Versammlung davon gesprochen hatten, dass sie das Meeting umgehend fortsetzen wollten, mussten alle oder doch ein erheblicher Teil der Anwesenden Traumspringen können. Und das hinterlässt Spuren. Kaum erkennbare zwar, aber für mich doch aufzuspüren. Jedenfalls wollte ich ihnen einfach in die Traumwelt folgen und gegebenenfalls von da auch wieder in die reale Welt."

„Und was ist schiefgelaufen?", fragte Aayana.

„Nun, da waren keine Spuren."

„Du meinst, du hast keine Spuren gefunden?"

„Nein, ich meine, da waren keine Spuren."

„Das heißt, sie sind nicht in die Traumwelt gesprungen?"

„Sind sie nicht", sagte von Selben. „Das heißt, außer Engels und Mazzini, die definitiv am Treffen teilgenommen hatten und von Sansibar auf die Plattform gesprungen sind. Aber das wussten wir ja schon."

Alle schwiegen.

„Also bin ich in die Traumwelt zurückgesprungen, um Lady Chatterley und Winston abzuholen. Dann sind wir zu euch auf das Schiff gesprungen. Die Plattform sieht übrigens gar nicht so schlimm aus, ist nur von ein paar Ästen getroffen worden. Nichts, was sich nicht reparieren ließe."

„Lukas, wie lange hast du für all das gebraucht. Ich meine, wieviel Zeit ist vergangen?", fragte Aayana.

„Ich schätze, dass ich eine Stunde auf Sansibar war."

„Mein Schiff zeigt aber an, dass in der realen Welt drei Stunden vergangen sind", erklärte der Captain.

Wieder schwiegen alle. Dann seufzte von Selben: „Verdammt, ich habe mich reinlegen lassen."

„Wie haben die das gemacht?", fragte Lady Chatterley.

„Genau weiß ich es nicht, aber ich war so fixiert auf Sprungspuren, dass ich die zeitliche Dimension außer Acht gelassen habe. Sie waren gar nicht weg. Sie haben die Sitzung einfach vor Ort fortgesetzt und einen Zeitblocker installiert. Ich habe zwar schon davon gehört und selbst dazu experimentiert, aber dass das für mehr als ein bis zwei Minuten funktioniert, höre ich zum ersten Mal."

„Was ist ein Zeitblocker?", fragten Winston und Aayana synchron.

„Im Prinzip schirmst du damit einen Raum über eine Time-Freezing-Hülle gegen Springer ab. Ich war gewissermaßen eingefroren. Vor Ort lief die Zeit normal weiter, und sie haben vermutlich ihre Sitzung einfach fortgesetzt, während für mich in den zwei Stunden nur eine Sekunde vergangen ist. Und als ich mich dann auf die Suche nach

Sprungspuren gemacht habe, waren die in der realen Welt bereits ganz konservativ auf der Fähre nach Daressalam auf dem Weg zum Flughafen, vielleicht auch, um von dort wegzuspringen. Verdammt! Jetzt sind sie natürlich in alle Winde verstreut. Das Meeting habe ich jedenfalls verpasst."

„Ich verstehe kein Wort", meldete sich der Mann mit dem Bademantel.

„Ausnahmsweise bin ich bei dir, ich auch nicht", erklärte sein Freund.

„Nun ja, vielleicht war es ja auch ganz anders", erklärte von Selben. „Leider wissen wir nur, dass sich etwas zusammenbraut und dass sie hinter Aayana und mir her sind und irgendeinen perfiden Plan verfolgen, der einen recht hohen Aufwand lohnt. Details haben wir keine."

„Das Dinner ist angerichtet", meldete sich der Bordcomputer des Raumschiffs.

Während des Essens wurden die Möglichkeiten des Zeitblockens diskutiert. Das ist für dreidimensional denkende Wesen nicht leicht zu begreifen. Obwohl technisch vermutlich viel schwieriger, lässt sich da das Reisen in der Zeit leichter vorstellen.

Danach vereinbarten Lady Chatterley, Winston Churchill, von Selben und Aayana, sich am nächsten Morgen auf der nunmehr bewachten havarierten Plattform zu einer Unterredung zu treffen, bedankten sich bei ihren Gastgebern und sprangen ihrer Wege. Von Selben und Aayana direkt nach Hawaii, wo sie ihr erster Weg direkt ins Meer führte.

Aayana hatte eine Menge an Fragen, doch das konnte warten bis zum nächsten Tag.

Kapitel 24

Ahnungen und Warnungen

Wenn Gott höchstpersönlich dir sagt, du wirst eine bestimmte Situation nicht überleben, und wenn dir das nicht egal ist, dann hast du drei Möglichkeiten: Du glaubst ihm nicht und begibst dich dennoch in die gefährliche Situation; du glaubst ihm schon und lässt es bleiben; oder du stellst Fragen zu den Details – ich habe allerdings die Erfahrung gemacht, dass er darauf selten antwortet.

Lukas von Selben, in „Multiversen, Religion und Zellenzauber", Heidelberg 1998

„Guten Morgen, Aayana." Von Selben war von hinten an sie herangetreten, strich ihr durchs Haar und küsste sie sanft auf den Hinterkopf.

Aayana saß am Computer und hatte sich bereits dreimal ein Image-Video mit einer virtuellen Führung durch das Unternehmensgelände der Seattle Corporation als Hologramm angesehen.

„Guten Morgen, Schatz. Ich weiß nicht genau, warum, aber ich glaube, wir müssen nach Seattle", sagte sie.

„Das wird schwierig, außer du warst schon mal da. Ich jedenfalls nicht. Ob wir aufgrund eines Holo-Videos da hinspringen können, weiß ich nicht. Hab' das noch nie probiert."

„Ich weiß es auch nicht. Aber wir müssen es versuchen. Ich will mir das Unternehmen anschauen und noch einmal mit Herok Roames reden – ohne Sven Göran."

Aayana zeigte von Selben eine Stelle im Video. „Schau, hier: Das ist der Platz direkt vor dem Hauptgebäude. Ich denke, das Bild ist stark genug, dass wir einen Sprung dahin wagen könnten. Und näher kommen wir von außen nicht an den Seattle Tower ran. Außer diese Sequenz mit Herok Roames' Geschäftsführer ist direkt im Hauptquartier gedreht worden. Dann könnten wir direkt ins Gebäude springen. Roames selbst kommt übrigens gar nicht vor in dem Video."

„Ich denke schon, dass das im Tower gedreht wurde. Jedenfalls sieht man den Seattle Tower in dem großen Fenster nicht. Dabei sind wir schon relativ hoch über der Stadt. Andere Gebäude sind nicht zu sehen. Das ist ein Ausschnitt von etwa 75 Grad, da hinten ist das Meer. Also könnten wir uns das relativ gut ausrechnen. Aber wer weiß, wo in dem Gebäude Roames sitzt. Und ob er überhaupt dort anzutreffen ist?"

„Alles richtig, aber ich bin sicher, wir müssen nach Seattle."

„Warum glaubst du das?"

„Du erinnerst dich an die Stimme, die eingegriffen hat, und die Person, die sie Nummer 1 nannten, unterbrach?"

„Ja, aber das war nicht die Stimme von Herok Roames."

„Ich weiß, sie war etwas rauer, fast heiser", bestätigte Aayana, „und dennoch hat sie mich an Herok Roames erinnert. Ich weiß auch nicht … Vielleicht hat er einen bösen Bruder, den sie in einem Verließ unter dem Seattle Tower verstecken?"

„Das meinst du jetzt nicht im Ernst", lachte von Selben, „dennoch weiß ich, was du meinst. Aber warum nicht über Vancouver? Warum willst du Sven Göran nicht dabeihaben?"

„Ich weiß es nicht. Irgendetwas sagt mir, dass uns das behindern würde."

„Okay, ich berechne, wo das Video mit dem Geschäftsführer gedreht wurde, und dann gehen wir schwimmen."

„Einverstanden."

Als Aayana aus dem Bad zurückkam, hatte von Selben seine Berechnungen abgeschlossen.

„Es ist ziemlich eindeutig. Der Seattle Tower hat 111 Stockwerke, dieses Video dürfte ungefähr im hundertsten Stockwerk gedreht worden sein. Jedenfalls ist es der Seattle Tower. Allerdings sehen wir nicht viel mehr als den Mann, einen großen Schreibtisch und ein Fenster mit Aussicht. Ob das für eine Imagination zum Sprung reicht, weiß ich nicht."

„Was passiert, wenn der Sprung aus der Traumwelt in die reale Welt dorthin nicht funktioniert?"

Von Selben legte die Stirn in Falten und lächelte: „Über solche Missgeschicke gibt es keine Berichte."

„Okay, dann ab in den Pazifik, bevor wir unsere Waffen putzen." Damit war Aayana schon am Strand auf halbem Weg zum Meer.

Eine Stunde später saßen sie im Sand und Aayana fragte von Selben: „Ist der Sprung sehr gefährlich? Wir können auch vor das Gebäude springen und uns den Weg freischießen."

„Nein, ich denke wir springen direkt ins Gebäude", antwortete von Selben, „hat mich immer schon interessiert, wo die kritische Grenze an visuellen Eindrücken für den Sprung an einen Ort liegt."

„Überheblich wie eh und je", sprach Gott sie von hinten an. „Habt ihr eigentlich wirklich nichts anzuziehen?"

„Hab' gar nicht gewusst, dass du dich so gern in Hawaii herumtreibst, Vater", sagte von Selben.

„Ich habe gehört, du hast Jesus getroffen?"

„In der Tat, aber nur ganz kurz, auf einer Veranstaltung. Und dann haben er, der Mexikaner und Buddha auch hier kurz vorbeigeschaut, um uns das Leben zu retten."

„Ich weiß, mein Sohn", antwortete Gott, während er wieder anfing, über das Wasser zu gehen. Er wirkte nachdenklicher als beim letzten Mal. Dann drehte er sich plötzlich um und sah sie an: „Aayana, Luzifer, ihr seid in Gefahr. Ich befürchte, das ist eine Nummer zu groß für euch. Lasst den Dingen ihren Lauf. Ihr könnt sie nicht ändern."

„Gott, darf ich etwas fragen", wagte Aayana erstmals, Gott direkt mit einer ernsten Frage zu konfrontieren. Ohne seine Antwort abzuwarten, sagte sie: „Warum gibt es eine mögliche Zukunft, von der viele aufrichtige Menschen glauben, dass sie besser ist als eine andere, sogar wahrscheinlichere – und ich spiele dabei eine Rolle?"

„Woher nimmst du dein Urteil, dass diese Menschen aufrichtig sind, mein Kind?", fragte Gott.

„Nur so ein Gefühl", sagte Aayana, „aber ein sehr starkes."

Gott drehte sich in die eine Richtung und entfernte sich ein paar Schritte vom Strand. Dann drehte er sich in die andere und sagte: „Du erinnerst mich an Luzifers Mutter, die er leider nie kennenlernte." Er machte eine Pause und sah auf seine Füße auf dem Wasser. „Ich bin ja an sich allwissend, aber im Moment weiß ich nicht, was zu tun ist, was klug wäre. Verdammt!"

„Vater!", sagte Luzifer.

„Alles gut, mein Junge. Lass mich nachdenken", fuhr ihm Gott ungeduldig ins Wort. Er wirkte unsicher, ja fast unglücklich, während er wieder ein paar Schritte aufs Meer hinaustat. Dann drehte er sich um, die Stirn in Falten gelegt, und sagte: „Was hat mir Jesus zum Raketenangriff auf dein Habitat hier gesagt? Er durfte nicht eingreifen, weil er als Gottheit verehrt wird. Aber Huitzilopochtli durfte es." Gott wandte sich wieder Richtung Meer und flüsterte: „Ein kluger Junge."

Gottes Bewegungen wurden schneller und zuversichtlicher, als er auf die beiden zukam: „Ihr rührt euch nicht von der Stelle. Ich bin allwissend: Seattle läuft euch nicht weg. Und ich muss jetzt dringend mit Huitzilopochtli reden. Gebt mir eine Stunde." Damit war er verschwunden.

„Hmm, das muss man deinem alten Herrn lassen: Er hat ein Bühnen-Gen und Gefühl für starke Auftritte", sagte Aayana zu von Selben.

„Ja, aber lass dich nicht zu sehr blenden. Er hasst es, wenn die Dinge nicht nach seinen Plänen laufen, und versteht es wie kein anderer, sein Umfeld zu manipulieren."

„Wie ich es verstanden habe, will er uns helfen. Er steht doch auf unserer Seite – oder? Und seine Geheimnistuerei beruht nur auf seinem Prinzip, dass mit der Schöpfung der Job als Gott erledigt war?"

„Ja, Prinzipien hat er. Und die Geschichte, dass er nicht in den Lauf der Dinge auf der Welt und im Universum eingreift, nimmt er sehr ernst."

„Wie auch immer. Die Stunde geben wir ihm", beschloss Aayana für sie beide.

Aayana hatte das Gespräch mit Gott beeindruckt. Sie war richtig guter Stimmung und fast übermütig. Sie hatte das Gefühl, dass ihr der Umgang mit Göttern guttat.

„Weißt du was?", sagte Aayana, „ich versuch' das jetzt auch, das mit dem Über-das-Wasser- Gehen." Schon war sie aufgesprungen, und ein paar Sekunden später stand sie zehn Meter vom Ufer entfernt auf dem Wasser.

Von Selben war ihr gefolgt und lächelte: „Mir war klar, dass du das kannst. Ist auch keine große Sache." Er stand nun neben ihr. „Ich habe nie verstanden, was das bringt, außer man hat einen nagelneuen Maßanzug an", womit er sich ins Meer sinken ließ.

„Ich finde es phantastisch", sagte Aayana und ging noch ein paar Schritte weiter. Da sie weder einen Maßanzug noch sonst irgendetwas anhatte, ließ auch sie sich ins Wasser ziehen. Gemeinsam tollten sie ein paar Minuten herum. Dann hatten sie ziemlich zeitgleich Lust, wieder aufs Meer hinauszuschauen.

Als sie im Sand saßen, fragte Aayana von Selben: „Gibt's hier Wale? Ich liebe Wale."

„Ja, klar, aber nicht um diese Zeit. Sie kommen im Dezember von weit her – teilweise sogar von Alaska – und bleiben bis April. Ich mag sie auch sehr."

Sie lagen nun nebeneinander im Strand und schauten in einen tiefblauen Himmel. Keine Wolken, noch nicht einmal Dunst – glasklares helles Blau. Es war, als würde man aus dem Weltraum auf unseren Planeten schauen. Nur halt von unten. Ein Spiegel. Ein Farbspiegel. Sie schwiegen ein paar Minuten, dann sagte von Selben: „Was für ein Blau!"

„Du bist unglaublich", sagte Aayana, „ich habe genau das Gleiche gedacht. Denken und fühlen wir wirklich so ähnlich oder steckt da ein Trick dahinter?"

„Was für ein Trick? Glaubst du, dass ich von dir unbemerkt in deine Gefühle oder Gedanken eindringen kann?", lächelte von Selben Aayana an.

„Woher soll ich das wissen? Ich hab' ja auch nicht gewusst, dass du über Wasser gehen kannst. Ich weiß überhaupt nicht, was du sonst noch alles kannst."

„Das gilt umgekehrt genauso. Erinnere dich, wie du in mein Unterbewusstsein eingedrungen bist. Das war schon mehr als übers Wasser zu gehen. Der Unterschied zwischen uns beiden ist vermutlich nur der, dass ich schon ein wenig mehr darüber weiß, was ich alles kann. Aber ich bin ja auch älter als du."

„Auch wieder wahr", sagte Aayana, „aber eines würde mich dennoch interessieren: Als ich die Versammlung belauschte, warst du auch da. Wie konntest du mir in einen Traum hinterherspringen?"

„Hab' ich mich auch gefragt. Ich denke, die Erklärung ist einfach: Wir haben ziemlich eng umschlungen geschlafen – also mehr, als sich an den Händen zu halten, um genau zu sein. Und das kennst du vom Springen, oder? Das allein hätte vermutlich nicht gereicht. Ich gehe davon aus, dass du mich unterbewusst eingeladen hast, mitzukommen."

„Das klingt plausibel und beruhigt mich. Das hieße also, du kannst mir nicht jederzeit in jeden meiner Träume folgen."

„Außer wir kuscheln und du lädst mich ein."

Eine weitere Frage lag Aayana auf der Zunge: „Was ich nicht verstehe: Warum habe ich die Versammlung nur gehört, aber nichts gesehen?"

„Was ich jedenfalls weiß, ist, dass es Filter gibt, wenn man in der Traumwelt Versammlungen abhält. Aber dieses Treffen hat nicht in der Traumwelt stattgefunden. Wie wir wissen, trafen sie sich ja ganz real in Sansibar. Trotzdem kannst du Filter aufbauen, die dich dagegen schützen, dass sich jemand dazuträumt – egal ob in der realen oder der

Traumwelt. Diese Filter wirken entweder ganz oder gar nicht. Ich kann es mir eigentlich nur so erklären, dass du instinktiv das Richtige gemacht hast. Du bist nur lauschen gegangen. Denn wenn du ganz hineingesprungen wärest, hättest du sie zwar gesehen, sie dich aber auch."

„Und woher wusste ich, dass sie sich trafen und wohin ich springen musste?"

„Das kann ich dir nicht sagen. Ich weiß es nicht", sagte von Selben, „ich wusste es jedenfalls nicht. Aber möglicherweise hast du von Mazzini geträumt. Und weil du ihm nicht traust, hast du ihn gewissermaßen beschattet."

„Und wo die Versammlung stattgefunden hat, hast du über die Gerüche gewittert?"

„So ist es, mein Schatz. Nach deinem Auftritt in Churchills Unterbewusstsein hätte ich angenommen, dass auch du das riechst."

„Sonderbar. Hab' ich nicht."

„Vielleicht warst du vom Gehörten zu gefesselt?"

„Mag sein", antwortete Aayana, war aber nicht ganz zufrieden. Mit sich, weil sie das nicht gerochen hatte.

„Okay Lukas, ich wollte das eigentlich nicht fragen. Aber du hast ja gehört, was sie geredet haben, als es um dich ging."

„Aayana, ich kenne diese Gerüchte, seit ich denken kann. Ich arbeite für niemanden von denen. Ich lass' mich nicht vereinnahmen – nicht einmal von meinem Vater, wie du weißt."

„Darling, du ahnst nicht, wie sehr ich dir glaube." Sie küssten sich lange und innig.

„Liebet und vermehret euch", hörten sie hinter sich die heitere Stimme des Buddha, „war das nicht ein Spruch von dir, Jesus?"

Aayana und von Selben sahen Jesus ein paar Meter vom Ufer entfernt auf dem Wasser stehen:

„Nein, ich denke, das war von meinem Vater. Ich hätte vermutlich gesagt: ‚Denn sehet, ist es nicht wie mit den Kaninchen auf dem Feld …‘"

„Lass gut sein, Bro", unterbrach Huitzilopochtli den Heiland, „habt ihr nichts anzuziehen? Vater ist ein gutes Stichwort. Gott hat uns gesandt, um …" Jetzt musste Huitzilopochtli kichern. „Wie klingt das, Jesus? Jetzt komm endlich von dem Wasser runter. Das macht mich nervös."

„Wenn Gott euch gesandt hat, dann gehen wir doch in mein Habitat, da können wir uns auch etwas Passenderes anziehen", schlug von Selben vor.

Drei Minuten später saßen sie um den großen Tisch. „Schön hast du's hier", sagte Jesus, „mir gefällt das ohne die Wände."

„Willst du reden oder soll ich?", unterbrach in Huitzilopochtli. Der Buddha nahm eine Sitzhaltung ein, bei der vom reinen Hinsehen schon gefühlt drei Bänder in Aayana rissen.

„Mach du, ich darf nicht", sagte Jesus.

„Okay. Luzifer, euer Vater war eben bei uns im Hauptquartier der religiösen Träume. Wir sind momentan viel dort, weil wir eine umfassende Satzungsreform vorbereiten und auch zu den Inhalten ein paar Taskforces einrichten wollen. Wie auch immer, wir waren alle drei da, als Gott uns seine Aufwartung machte. Ihr kennt meine Einstellung zu ihm, ich kenne ihn schon lange und mag ihn, er ist für mich eine Art Lieblingsonkel. Und ich weiß natürlich um seine Fähigkeiten, alle nach seiner Pfeife tanzen zu lassen, bin immer ein wenig vorsichtig."

„Komm zum Punkt!", sagte Buddha.

„Also gut. Ihr wisst, dass er nicht in die Geschicke seiner Schöpfung eingreifen will. Alte Grundregel von ihm, gleich von Beginn an. Kommt mir jetzt nicht mit der Rede, er existiere nur durch den Glauben der Menschen an ihn und so weiter, weil das nämlich irrelevant ist. Der, der er ist, greift nicht ein. Offensichtlich drückt ihn aber etwas. Und da ist ihm die gute alte Geschichte mit den Propheten eingefallen, die nämlich sehr wohl sein Wort verkünden dürfen. Eingreifen also."

„Aber ist nicht Jesus ein Prophet?", unterbrach ihn der Buddha.

„Ja, war er eh, hat zu seiner Zeit eingegriffen, gepredigt und so. Aber er ist eben Gottes Sohn, daher will auch er nicht mehr intervenieren, seit sie ihn gekreuzigt haben", entgegnete Huitzilopochtli.

„Moment!", sagte Jesus.

„Nicht bös gemeint, Jesus, aber lass mich bitte jetzt meine Geschichte fertigerzählen. Darauf hatten wir uns doch geeinigt, oder?", unterbrach Huitzilopochtli Jesus.

„Okay, Huitz", erwiderte Jesus.

„Also, Luzifer! Gott ist allwissend, d'accord?"

„Weiß ich nicht", sagte von Selben.

„Hm, egal. Er weiß jedenfalls eine ganze Menge. Er weiß beispielsweise, dass ihr eure geplante Reise nach Seattle nicht überleben werdet. Ihr beiden nicht. Aayana nicht. Und nicht einmal du, Luzifer."

Für gut zehn Sekunden schwiegen alle.

„Das klingt nicht gut", entgegnete Aayana, „kann einem regelrecht Angst machen, wenn Gott glaubt, dass du einen Ausflug nicht lebend überstehst."

„Huitzilopochtli, wir kennen uns nun seit Zeitaltern", sagte von Selben, „du ahnst meine nächste Frage."

„Nein, er hat kein Wort darüber verloren, wie es weitergeht", mischte sich Jesus ein, „er hat auch nicht gesagt, wie das Ganze endet." Auch er war jetzt sehr nachdenklich.

„Mehr gibt's nicht zu sagen", ergänzte Huitzilopochtli, „ich denke, der alte Herr will euch einfach retten."

„Mag sein, aber wir können doch nicht die Hände in den Schoß legen und zusehen, was passiert", sagte Aayana, mehr zu sich selbst.

„Folgt dem Fluss." Auch Buddha war jetzt sehr ernst.

„Alsdann, wir müssen los", brach Jesus das Schweigen, „bis demnächst." Im nächsten Augenblick waren die drei verschwunden.

Von Selben sah aufs Meer: „Tja, das sind natürlich keine guten Nachrichten."

„Aber nett von deinem Vater, dass er uns warnt, oder?"

„Ja, in der Tat. Das ist nett von ihm."

Wieder schwiegen sie. Dann wandte sich von Selben zu Aayana: „Das Problem ist aus meiner Sicht bloß, dass wir eine Mehrzahl möglicher Zukünfte haben. Und die wahrscheinlichste ist nicht erquicklich: Finsternis. Ich aber bin der Lichtbringer. Und du spielst eine wichtige Rolle in der zweitwahrscheinlichsten Zukunft, die erheblich positiver zu sein scheint. Was nun, wenn mein Vater uns und insbesondere mir einfach nicht zutraut, dass wir diese zweitwahrscheinlichste Zukunft ins Leben rufen?"

„Ich habe das Gefühl, wir müssen nach Seattle", sagte Aayana, „habe ich das schon erwähnt?"

„Und ich habe das Gefühl, ich liebe dich", antwortete von Selben, „habe ich das schon erwähnt?"

Nachdem sie sich lange umarmt hatten, kontrollierten und putzten sie tatsächlich ihre Waffen. Eine eigenartige Stimmung, Gottes Urteil war gesprochen. Und sie lehnten sich dagegen auf. Für von Selben vermutlich keine neue Erfahrung, hatte Luzifer doch seine Erfahrungen mit seinem Vater gemacht. Aber Aayana hatte doch Angst, obwohl sie mit Gott bis vor ein paar Tagen noch nicht viel zu tun hatte.

Kapitel 25

Feuer

Rückwirkend betrachtet war es natürlich Wahnsinn, allein auf Basis von digitalen Bildern im weltweiten Netz aus der Traumwelt an einen Ort in der realen Welt zu springen. Doch das war harmlos, verglichen mit dem, was uns in Seattle erwarten sollte. Ich wurde gefragt, ob ich auch gesprungen wäre, wenn ich das alles gewusst hätte? Und ich muss zugeben: nein, vermutlich nicht. Insofern hat es Vorteile, dass wir Menschen und Götterkinder nicht in der vierten, in der Zeit-Dimension leben und die Dinge daher nicht vorhersehen können.

Lukas von Selben, in „Multiversen, Religion und Zellenzauber", Heidelberg 1998

Aayana und von Selben standen außen auf einem Stahlvorsprung der Fassade des Seattle Headquarters ungefähr auf Höhe des 100. Stockwerks. Ein kalter, nach Salzwasser riechender Wind zerrte an ihnen in unangenehmen Böen, als wollte er sie immer wieder überraschen und aus dem Gleichgewicht bringen. Die Fassade war, bis auf die Stahlträger, aus verspiegeltem Glas, sodass sie nicht ins Innere des Gebäudes sehen konnten. Wie bei Hochhäusern dieser Art üblich, zeigten die Glasflächen keinerlei Hinweis darauf, dass man sie öffnen konnte.

„Kein schlechter Sprung", sagte von Selben, „doch knapp vorbei. So wird das nichts. Lass uns in die Traumwelt und auf die Plattform springen, bevor uns hier irgendwer entdeckt."

„Okay", sagte Aayana, sie spürte, wie das Glas hinter ihr etwas nachzugeben schien. Es fühlte sich gallertig an.

Eigenartig – aber der Sache würden sie zu einem späteren Zeitpunkt nachgehen. Im Moment war der Standort hier etwas zu exponiert.

Aayana konzentrierte sich auf das Ziel ihres Sprungs in die Traumwelt, doch nichts geschah. Als sie sich zu von Selben wandte, erkannte sie ehrliche Verwunderung in seinen Augen.

Nicht dieses Erstaunen an der Grenze zur Angst, sondern die leicht ungläubige Neugier, wie man sie von Wissenschaftlern kennt, wenn sie etwas entdecken, dass sie sich nicht erklären können.

„Eigenartig", sagte er, „ich nehme an, du konntest auch nicht abspringen?"

„Nein. Irgendwie verändert sich das Glas hinter mir. Es scheint sich zu verflüssigen. Ich habe das diffuse Gefühl, es fängt an, mich zu absorbieren."

„Zauber, Wunder oder Technik? – hätte mein alter Freund Merlin sich an dieser Stelle gefragt. Ich persönlich tippe auf Letzteres. Vielleicht eine Art Molekularaustausch zwischen uns und dem Glas. Ich kenne das von Leuten, die sehr viel mit dem Rad fahren. Nach vielen

Jahren sind sie halb Mensch halb Rad. Man erkennt sie daran, dass sie immer irgendwo angelehnt stehen."

„Von Selben", unterbrach ihn Aayana, „ist das aus deiner Sicht jetzt wirklich der richtige Zeitpunkt für solche Überlegungen? Was mich nämlich zusätzlich irritiert, sind diese Schmatzgeräusche. Hörst du das?"

„Klingt für mich eher wie Verdauungsgeräusche", antwortete von Selben. „Möglicherweise werden wir tatsächlich gerade mit zunehmender Geschwindigkeit verschlungen."

Von Selbens letzte Worte hörte Aayana nurmehr wie durch eine zugefallene Tür. Es wurde dunkel um sie herum und sie schwamm in einem dickflüssigen Brei. Besser gesagt, sie versuchte zu schwimmen. Aber das war zwecklos, die zähe Masse ließ keine Schwimmtempi zu. Es fehlte ihr die Kraft, sie versank. Aayana hielt den Atem an und merkte, wie ihr die Luft ausging.

Merkwürdigerweise hatte sie weniger Angst oder Beklemmungen als vielmehr eine Wut. Einen echten Zorn auf diesen Brei, sich selbst und die missliche Situation.

„Bleib ruhig", dachte Aayana laut, „Wut bringt gar nichts. Versuch noch einmal, zu springen", dachte sie sich. Es gelang wieder nicht. „Okay, dann versuch einfach, zu atmen, auch wenn es jedweder Erfahrung widerspricht." Zunächst geschah gar nichts, weder drang die zähe Flüssigkeit in sie ein, noch kam es zu einer Sauerstoffzufuhr. Aayana spürte, wie ihr die Sinne schwanden, versuchte aber weiterzuatmen – nicht heftig, eher trotzig. Dann hatte sie das Gefühl, aus einem Halbschlaf zu erwachen, einem Halbschlaf, in dem man sehr realistisch träumt. Die Art Schlaf, in dem die Grenzen zwischen Schlafen und Wachen ebenso verschwommen sind wie zwischen Traum und Wirklichkeit. Wenn man registriert: Oh, da habe ich jetzt keine Luft bekommen, aber es war ja nur ein Traum – wenngleich einer, der sich sehr real anfühlte.

Der Raum war sichtbar teuer eingerichtet. Ein schwerer Perserteppich, ein enormer Mahagoni-Schreibtisch, ein Designer-Schreibtischsessel und eine elegante Ledergarnitur in einer Ecke. Hinter dem Schreibtisch sah man durch die Glasfassade etliche Hochhäuser, deren Höhe aber nicht an das Niveau dieses Büros heranreichte, und dahinter das

Meer. Kein Zweifel, es war das Büro aus dem Video mit dem Geschäftsführer der Seattle Corporation.

„Es hat uns eingesogen, entwaffnet und hier herinnen wieder ausgespuckt", sagte von Selben, „äußerst beeindruckend. Ich schätze, dahinter steckt eine Nanotechnologie." Von Selben saß scheinbar entspannt in der Sitzgarnitur, zurückgelehnt und mit übereinandergeschlagenen Beinen.

„Sollen wir wegspringen oder abwarten, was passiert?", fragte Aayana.

„Ich habe das Gefühl, der ganze Raum basiert auf dieser Technologie, vielleicht sogar das gesamte Gebäude, und dass wir gar nicht rauskommen", sagte von Selben.

„Auch gut. Ich will sowieso wissen, wie das hier weitergeht." Aayana hatte sich neben von Selben gesetzt.

„Ich habe auch mit solchen Technologien experimentiert. Aber die Dimensionen, alleine die der Glasfront, sind gewaltig. Das muss ein Vermögen gekostet haben."

„Sehr scharfsinnig, Herr von Selben", sagte Herok Roames, der mit dem Geschäftsführer aus dem Video und einem weiteren Begleiter zur Tür hereingekommen war. „Diese Technologie ist in der Tat nicht ganz billig. Um Ihre Frage zu beantworten: Es sind nur diese letzten elf Stockwerke eine Art Organismus. Der weist allerdings einige bemerkenswerte Vorteile auf: Beispielsweise können Sie tatsächlich nicht hier heraus – unter anderem haben auch die Snarks keinen Zugriff auf diese Räume. Es ist gewissermaßen der einzige Ort auf der Welt, an dem wir ganz unter uns sind."

Herok Roames sprach langsam, während er und seine Begleiter in der Sitzgarnitur Platz nahmen. Wieder ging diese bemerkenswerte Ausstrahlung von Ruhe und Souveränität von ihm aus. Nichts an ihm schien böse.

„Dann wäre das geklärt", sagte Aayana. „Was verschafft Ihnen die Ehre unseres Besuchs?" Ein kaum wahrnehmbares Lächeln huschte über Herok Roames Gesicht: „Ich muss zugeben, ich mag Ihren Humor, Miss Agrin. Ich möchte hinzufügen: Sie sehen noch bezaubernder aus als bei unserem ersten Treffen. Ich bin tatsächlich versucht, Ihnen ein Angebot zur Zusammenarbeit zu machen. Aber wie Sie ja bereits geträumt haben, glaube ich nicht, dass das einen Sinn hätte. Sie würden es ja doch ablehnen – wobei mich schon interessieren würde, warum eigentlich."

„Vielleicht könnte es sein, dass wir beide unterschiedliche Vorstellungen von der Zukunft haben?"

„Das mag tatsächlich sein. Zu schade. Ich schlage vor, wir begeben uns jetzt in die Unterwelt. Dieses wunderbare Nano-Quartier ist nämlich eine Art Fahrstuhl. Hades, darf ich bitten?" Der Begleiter, der nicht der Geschäftsführer aus dem Video war, erhob sich und ging zum Schreibtisch, öffnete eine Schublade und nahm eine Art Fernbedienung heraus. Er bediente einen Knopf und die Fensterfront begann, abzusinken, zunächst langsam, dann mit zunehmender Geschwindigkeit. Bis sie im Boden versanken. Dabei änderte sich merkwürdigerweise nichts an den Lichtverhältnissen, obwohl keine künstliche Lichtquelle auszumachen war. Nach etwa einer weiteren Minute schien der Raum anzuhalten, und Herok Roames sagte: „Ich darf Sie nun bitten, mir zu folgen." Damit erhoben er und seine Begleiter sich und gingen zur Tür. Von Selben und Aayana folgten ihnen wortlos.

Nachdem sie einen langen Korridor entlanggegangen waren, öffnete sich eine Stahltür. Sie betraten eine kreisrunde Höhle von etwa achtzig Metern Durchmesser und dreißig Metern Höhe. In der Mitte befand sich ein großes Loch, aus dem Rauch aufstieg. Dennoch war es in der Höhle weder stickig noch heiß.

„Was sagen Sie nun? Hades hat seinen eigenen Geschmack! Hier unten können wir noch ungestörter reden als in meiner Nano-Bleibe. Man weiß ja nicht, ob die Snarks nicht zumindest die erhöhte Energieaktivität der Nanotechnologie bemerken und unnötigerweise neugierig werden. Ich habe die Technologie übrigens von den Snarks. Aber das ist eine andere Geschichte."

Aayana und von Selben folgten Herok Roames bis an den Rand des Lochs, in dem in dreißig Metern Tiefe flüssiges Gestein blubberte – blutorangerotes Magma.

Sie setzten sich in eine Sitzgarnitur am Rande des Lava-Lochs. „Für meinen Bruder Hades ist das ungefähr so wie für uns ein schöner Kamin", sagte Herok Roames. „Kommen wir zur Sache: Miss Agrin, Sie haben, ohne es zu wissen, meine Pläne durchkreuzt. Ich nehme Ihnen das nicht übel, aber es ist lästig. Persönlich sind Sie mir sogar außerordentlich sympathisch." Und an von Selben gewandt: „Sie im Übrigen auch, Herr von Selben."

„Schon gut", sagte Aayana, „worum geht's? Was schlagen Sie vor?"

Er sah sie nun nicht mehr belustigt, sondern aus kalten Augen an: „Nun, es geht um ein Projekt von erheblicher Bedeutung, dem daher meine ganze Aufmerksamkeit gilt. Da stecken viele Jahre, viel Geld und jede Menge Planung drin. Ohne es einschätzen zu können, stehen Sie und Ihr Freund von Selben der Umsetzung ständig im Wege."

Er machte eine Pause, sah zuerst von Selben und dann

Aayana nachdenklich an. Keine Spur von Zorn oder auch nur Antipathie war zu bemerken.

„Sie sind der engste Berater von Sven Göran, also handeln Sie in seinem Auftrag?“, unterbrach von Selben das Schweigen.

„So würde ich es nicht ausdrücken. Um ehrlich zu sein, weiß Sven Göran gar nichts davon. Jedoch, man darf den alten Knaben nicht unterschätzen. Ich bin nicht sicher, ob wir bemerken würden, wenn er argwöhnisch würde. Aber das behalte ich im Auge. Im Moment ist es praktisch, im Windschatten eines der mächtigsten Männer der Welt zu agieren.“

Während Herok Roames sprach, beobachtete Aayana ihn genau, versuchte, sich auf ihn einzulassen. Es ging ein gefährlicher Zauber von dem Mann aus, noch konnte sie sich seines Charmes erwehren. Sie hatte eine Idee. Ihre Konzentration galt nun von Selben – und der verstand.

Den Bruchteil einer Sekunde später hatte er sie in sein Bewusstsein eingelassen: „Führ du das Gespräch weiter. Ich weiß nicht, ob es ohne Einladung funktioniert, aber ich werde versuchen, unbemerkt in sein Unterbewusstsein einzudringen. Ich will sehen, ob ich da etwas herausfinde.“ Drei Sekunden später war Aayana wieder heraußen und konzentrierte sich auf Roames.

„Sie beide sind Brüder?“, fragte von Selben. „Und wenn er Hades ist, dann sind Sie Zeus? Wie Poseidon sehen Sie nicht aus.“

Aayana hörte von Selben wie durch einen dicken Samtvorhang, weil sie fast schon in Herok Roames Unterbewusstsein war. Verdammt, das war eine Warnung, dachte Aayana. Von

Selben hatte seine Überlegungen bewusst ohne Umschweife auf den Tisch gelegt. Er hatte weniger zu Herok Roames als zu Aayana gesprochen. Wenn das stimmte, war der Mann sicher eine Nummer zu groß, als dass sie unbemerkt durch sein Unterbewusstsein wandern konnte. Kurz dachte sie an Rückzug, doch der war gar nicht notwendig. Herok Roames war plötzlich undurchdringlich wie Stahl.

„Netter Versuch", lächelte er, „Sie beide sind wirklich gut. Richtig gut."

„Aber reden wir weiter. Jetzt kämen wir an die Stelle, an der ich Ihnen beiden meine Pläne offenlege – in der Hoffnung, dass Sie mich genial finden. Skrupellos, widerwärtig, abstoßend. Aber genial. Wir würden den Kampf des Guten gegen das abgrundtief Böse erkennen und hätten unsere Freude daran. David gegen Goliath." Roames machte eine Pause. „Abgesehen davon, dass ich solche Wertungen abgeschmackt finde, habe ich auch kein Interesse an Ihrer Bewunderung. Zudem sind Sie beide, insbesondere als Team, eine echte Herausforderung – und ich mag Herausforderungen, glauben Sie mir. Natürlich, noch lieber gewinne ich." Währenddessen waren wie auf ein unsichtbares Kommando zwei Männer von hinten an von Selbens Fauteuil herangetreten und richteten ihre automatischen Gewehre auf dessen Kopf, als er sich langsam erhob. Auch Herok Roames hatte nun eine Pistole in der Hand, die er auf von Selben richtete. Hades und der Geschäftsführer dagegen zielten mit zwei riesigen Revolvern auf Aayana. Von Selben wich langsam zurück – Herok Roames kam auf ihn zu.

„Ich denke, es ist Zeit, dieses Dream-Team zu trennen. Wir werden jetzt eine gefährliche Figur vom Schachbrett nehmen, ohne große Reden zu schwingen."

In dem Moment stieg von Selbens rechter Fuß ins Leere, er verlor das Gleichgewicht und stürzte in das Loch. Das einzige Geräusch war Aayanas spitzer Schrei. Sie sprang auf zum

Rand des Abgrunds. Man sah nurmehr, wie sich die siedende Steinsuppe um einen Körper legte und ihn in großer Geschwindigkeit auffraß.

Fassungslos schaute sie zu Herok Roames, dann von einem zum anderen. Schließlich wieder zu Roames. Währenddessen verschwanden die beiden Männer mit den Sturmgewehren genauso lautlos, wie sie gekommen waren.

Roames und Aayana sahen sich immer noch in die Augen.

„Auch gut", sagte Roames schließlich, „es ist nichts Persönliches, aber Sie müssen verstehen: Gemeinsam waren Sie mir einfach zu gefährlich."

Immer noch starrte Aayana ihn bewegungsunfähig und fassungslos vor Trauer und Zorn an.

„Ich denke, das ist jetzt kein guter Zeitpunkt, unser Gespräch fortzusetzen. So etwas schlägt doch aufs Gemüt. Hades, zeigst du Miss Agrin ihr Zimmer? Wir sehen uns dann in zwei Stunden zum Dinner." Damit wandte sich Herok Roames um und ging zu der Tür, durch die sie gekommen waren.

Hades brachte Aayana zu einem der vielen Gänge, die auf der anderen Seite des Feuerlochs aus dem Höhlendom führten und sie hielten an der vierunddreißigsten Eichentür – Aayana hatte mitgezählt.

„Wir lassen Sie holen, Miss Agrin." Damit öffnete sich die Tür und schloss sich erstaunlich geräuschlos hinter Aayana. Das Gemach bestand aus einem Wohn- und einem

Schlafzimmer, war luxuriös eingerichtet und im Kamin prasselte ein Feuer. Allerdings waren die Wände aus einschüchternd massivem Fels, Fenster gab es keine. Aayana ging durch den Wohnraum auf das Schlafzimmer zu und warf sich aufs Bett. Sie stand unter Schock und fing an zu weinen.

„Tut mir leid, dass ich dich so erschrecken musste", sagte von Selben sanft, als er, ein Badetuch um die Hüften, in der Schlafzimmertür stand, „ich habe geduscht."

Aayana wurde fast ohnmächtig vor Glück, sprang dennoch auf ihn zu. „Wie hast du das gemacht?", stammelte sie. Eng umschlungen vergaßen sie die Zeit.

„Du vergisst, ich bin Luzifer. Feuer ist mein Element. Unser Gegner, dessen Namen wir nicht nennen sollen, wollte zwar die Regeln brechen und darauf verzichten, aus Verbrechereitelkeit heraus zu viel zu schwätzen, er war dennoch zu theatralisch. Sie hätten mir gleich ohne Vorwarnung eine Kugel zwischen die Augen jagen müssen. Da hätten sie nicht einmal Silberkugeln gebraucht. Mich ins Feuer springen zu lassen, war ein Fehler", lächelte von Selben.

„Du bist unglaublich, aber jetzt lass uns von hier verschwinden."

„Ich befürchte, das wird nicht gehen. Ich hab' das schon überprüft. Wir sind hier tatsächlich in einem der angenehmeren Teile der Unterwelt – dennoch in der Unterwelt. Wir können hier nicht herausspringen."

„Wir müssen also improvisieren. Aber so lange sie mich für tot halten, haben wir einen Trumpf in der Hand."

„Er holt mich zum Dinner", sagte Aayana.

„Dann hoffen wir, dass es auch hier herunten stattfindet. Hier habe ich nämlich ein paar besondere Fähigkeiten, kann durch Feuer schwimmen, durch Felsen gehen – solche Sachen halt."

„Und wenn es im Tower in seiner Nano-Bleibe stattfindet?"

„Wie gesagt, wir müssen improvisieren. Vielleicht finde ich einen Weg, euch unauffällig zu folgen. Zeus – und ich bin überzeugt, dass er es ist – hat zwei Schwächen. Er ist seiner selbst zu sicher und daher manchmal unaufmerksam. Zudem glaubt er, dass ich tot sei. Dass müssen wir nutzen."

„Und die zweite?"

„Zweite was?"

„Die zweite Schwäche."

„Ach ja. Er kann an keiner Frau vorbei, wenn er mit ihr Sex haben will. Und das will er bei schönen Frauen so gut wie immer."

„Das kann nicht sein Ernst sein, wenn er zwei Stunden vorher meinen Geliebten umgebracht hat ..."

„Doch. Und glaube mir, er kann sehr überzeugend sein. Aber er fragt nicht. Er nimmt sich, was er will. Allerdings macht er die Frauen vorher meist willenlos, betört sie."

„Mich nicht", sagte Aayana.

„Und noch etwas: Mit seinem Selbstverständnis als Gott ist verbunden, dass die Frauen ausnahmslos Kinder von ihm empfangen. Das ist meist das noch größere Problem, wenn sie aus ihrer Betörung erwachen. Insbesondere, wenn er als Stier aufgetreten ist, was ihn anscheinend antörnt."

„Das ist ekelhaft."

„Ich weiß, also sei wachsam", sagte von Selben und küsste Aayana.

Eine Stunde später klopfte es an der Tür. Ohne eine Antwort abzuwarten, wurde die Tür geöffnet und eine zierliche blonde Frau trat mit einer griechischen Toga in der Hand ein. Von Selben hatte sich bereits im Felsen versteckt. Aayana sagte der Frau, dass sie noch duschen wolle und in fünf Minuten bei ihr sei. Danach legte sie, wie angeordnet, die Toga an und folgte der jungen Frau zum Dinner.

Kapitel 26

Der Charme der Götter

Wenn du in die Situation gerätst, dass du einem Kerl ausgeliefert bist, der dir weh tun, dich vergewaltigen und dich vermutlich töten wird, dann hat es wenig Sinn, an sein Mitleid zu appellieren. Versuch vielmehr, seine Machtphantasien zu irritieren, und geh in den Angriffsmodus über. Ich weiß, wovon ich rede. Keinem Mann wollte ich je die Genugtuung verschaffen, sein Opfer zu sein. Das ist schwer und funktioniert vermutlich nicht immer. Aber Heulen ändert *nichts, und die Chancen, heil aus so einer Geschichte herauszukommen, wären wahrscheinlich auch nicht besser.*

Jeanne d'Arc, in „Schlachten in der Männerwelt", 168. überarbeitete *Auflage, Orléans 2002*

Fünf Minuten später wurde Aayana in einen Raum geführt, der mit Kerzen erleuchtet war und aussah wie der griechische Themenraum eines Luxus-Bordells. Sie war nach wie vor in der Unterwelt – das war die gute Nachricht. Auch hier keine Fenster und bearbeiteter Fels als Wände. Auf die Mauern waren in regelmäßigen Abständen ionische Säulen gemalt, wobei zwischen den zwei mittleren Säulen an der linken Wand ein weiterer Raum mit einem ausladenden Bett sichtbar wurde. Im Wohnbereich war auf einem elliptischen Tisch mittlerer Größe für zwei Personen gedeckt. Herok Roames stand – ebenfalls in einer Toga, die mit opulenten Goldbordüren und silbernen Stickereien versehen war – an einer kleinen Bar an der rechten Seite des Raums, er öffnete routiniert eine Flasche Champagner.

Nachdem er zwei Flöten befüllt hatte, wandte er sich zu Aayana und reichte ihr eines der Gläser.

„Aayana, Sie sehen bezaubernd aus."

„Danke", sagte sie und betrachtete ihre mehr oder weniger durchsichtige Toga in einem der vielen Spiegel.

„Es tut mir unendlich leid um ihren Freund von Selben. Schade, dass ich ihn nicht früher und unter anderen Umständen kennengelernt habe. Männer wie ihn gibt es nicht viele. Hätte sicher gut in mein Team gepasst."

„Lassen wir das", antwortete Aayana so ungerührt wie möglich, „es ist, wie es ist."

Herok Roames zögerte einen Moment, fand aber gleich wieder seine überhebliche Selbstsicherheit: „Ich habe Sie falsch eingeschätzt, meine Liebe. Aber mir gefällt Ihre Einstellung. Es hat tatsächlich keinen Sinn, der vergossenen Milch nachzutrauern."

„Sie sagen es. Also zur Gegenwart und Zukunft: Wie geht es weiter?"

„Nun, Ihr scharfsinniger Freund hat ja treffend kombiniert, dass ich nicht nur Herok Roames, sondern auch Zeus bin. Daher dachte ich mir, wir lassen das Versteckspiel und den Tower da draußen Tower sein und dinieren heute in meinem Spielzimmer. Ich komme leider viel zu selten hierher. Mein dämlicher Bruder Hades hat mir das ja ganz hübsch hergerichtet, finden Sie nicht?"

„Geschmackssache. Ich finde es, ehrlich gesagt, ziemlich kitschig. Aber es muss Ihnen gefallen, nicht mir", antwortete Aayana, wobei sie versuchte, einen Plauderton anzuschlagen. Sie wollte hier nicht streiten, sondern mehr über seine Pläne herausfinden. Was war sein eigentliches Ziel, wer steckte alles dahinter, welches waren seine nächsten Schritte?

„Da haben Sie Recht. Mir gefällt es tatsächlich. In dem Raum fühle ich mich frei und kann den Augenblick genießen. Sie werden sehen, er wird seine Wirkung auch auf Sie nicht verfehlen. Aber jetzt lassen wir uns ein kleines Menü schmecken. Ich hoffe, Sie mögen Austern und Hummer? Wir bekommen das jeden Freitag ganz frisch von unserem Bruder Poseidon."

Die Tür öffnete sich und die junge Frau, die Aayana hergebracht hatte, brachte ein Schale voller Austern, stellte sie in die Mitte des Tisches, stellte den Champagner in einen tönernen Kühler daneben und verschwand so lautlos, wie sie gekommen war.

Aayana war sich sicher, dass sie mit Aggressivität bei diesem Mann nicht weiterkam. Das würde ihn nicht beeindrucken. Er würde sich verschließen, sie vielleicht vergewaltigen, aber erfahren würde sie ganz sicher nichts. Zudem musste sie auf der Hut vor seinen nicht ganz irdischen Verführungskünsten sein, sie beschloss dennoch zu flirten.

„Seit ich als kleines Kind einmal in ein Hafenbecken gefallen bin und fast ertrunken wäre, liebe ich Austern. Wie ich sehe, hat uns Poseidon ein paar prächtige Exemplare unterschiedlicher Herkunft zugedacht."

Herok Roames schien einen Moment ehrlich erfreut und lächelte. Aayana durfte nicht übertreiben. Er war alles andere als blöd. Vielleicht konnte sie ihn bei seiner ausgeprägten Schwäche für Frauen packen. So uneitel er als Verbrecher sein mochte, als unwiderstehlicher Mann und Liebhaber gefiel er sich sehr.

„Setzen wir uns doch", sagte er und hielt einen Stuhl für Aayana bereit. Dann setzte er sich auf seine Seite, erhob sein Glas und sah ihr in die Augen: „Auf einen spannenden Abend!“ Auch Aayana hatte ihr Glas erhoben und erwiderte wortlos, jedoch lächelnd seinen Blick. Noch spürte sie keine unerklärliche Anziehungskraft. Sie musste aufpassen, glaubwürdig zu bleiben. Sie hatte das Gefühl, er hätte seine Magie noch gar nicht in Anschlag gebracht, also dürfte sie nicht zu sehr seinem Charme erliegen. Noch nicht.

„Also, wie geht es weiter?“, wiederholte Aayana ihre Frage von vor zwei Minuten und holte sich drei Austern auf ihren Teller.

„Nun, zuerst werden wir Poseidons Leckereien miteinander – und dann einander genießen“, sagte er und nahm sich ebenfalls von den Austern.

„Ist das so?“, fragte Aayana. „Was macht Sie so sicher?“

„Ich kann sehr überzeugend sein.“

„Indem Sie Zwang ausüben?“

„Um Olymps Willen, nein! Ich vergewaltige doch keine Frauen, ich verführe sie. Das ist gewissermaßen mein Haupthobby, neben dem Schach und dem Golfspiel.“

„Das ist interessant. Ich spiele selbst Golf“, sagte Aayana.

„Ich weiß, Sie sind ein ziemlicher Star in dem Metier. Das finde ich sehr anziehend“, wieder lächelte Herok Roames. Jetzt spürte Aayana diese eigenartige Anziehungskraft, die sie schon in Vancouver wahrgenommen hatte. Wie ihre Freundin Lena Laloum, wenngleich diese ihn nach wenigen Minuten beinah angesprungen wäre. Lass dich ruhig von ihm anziehen, sagte sie sich, damit rechnet er, ich muss nur die Kontrolle über die Situation und mich selbst behalten.

„Ihr Ruf eilt Ihnen voraus, doch ist nicht die Kunst der Verführung auch eine Anwendungsform von Gewalt?“, fragte Aayana, bemüht, kokett zu klingen.

„Zweifelsfrei. Aber ich kann mich nicht um alles kümmern, ich bin Zeus und hinterlasse meinen Geliebten als Gegenleistung meist mehr oder weniger talentierte Halbgötter. Das muss als Anerkennung reichen."

„Und wenn eine Frau gar keinen Halbgott von Ihnen will?"

„Dann bleibt immer noch das einzigartige Erlebnis unserer Vereinigung als lebenslange Erinnerung."

„Nachdem Sie die Frauen mit ihrer Magie verführten – oder sagen wir, hypnotisierten?", sagte Aayana immer noch so beiläufig wie möglich, als ginge es um die Wetterkapriolen der letzten Wochen. Sie spürte, dass sie hier nicht das Lämmchen geben durfte, sondern den Mann etwas herausfordern musste. Das würde ihn im doppelten Sinn des Wortes reizen. „Zerstören Sie damit nicht auch Liebesbeziehungen zwischen Menschen?"

„Sie versuchen, mich zu provozieren, mein Liebe. Sie haben schon Recht, eine gewisse Egozentrik meinerseits räume ich ein. Aber wie gesagt, ich kann mich nicht um alles kümmern. Und wenn ich eine bestimmte Frau nun mal will, dann ist das nicht zu ändern." Das ergab jetzt eine fast physisch spürbare Spannung in Aayana. Einerseits war ihr der Typ bis zum Erbrechen unsympathisch, andererseits hatte er offensichtlich sein

Verführungsprogramm bereits im Vollmodus laufen und übte eine sexuelle Anziehung aus, die schwer zu beschreiben war und der man sich noch schwerer erwehren konnte. Aber noch war Aayana Herrin der Lage.

„Aber bei guten Freunden", setzte Herok Roames fort, „suche ich die Bettstatt ihrer Frauen mitunter in der Gestalt des Geliebten auf. Sie erfahren also nie davon, dass sie mit mir und nicht mit ihrem Liebsten geschlafen haben und leben glücklich und zufrieden weiter. Mitunter erfülle ich dabei sogar unerfüllte Kinderwünsche, wie beispielsweise bei Sven Göran. Er konnte und kann eigentlich keine Kinder zeugen und hat nun dennoch einen Thronfolger. Ist auch nicht schlecht, oder?"

Was für ein selbstgefälliger Affe, dachte Aayana. Für den Bruchteil einer Sekunde schien er sich in von Selben zu verwandeln, ließ das aber wieder sein.

„Bei uns beiden werden solche Verwandlungsspielereien aber keinen Sinn haben, zumal Ihr Liebhaber bereits von uns gegangen ist", fügte er hinzu und füllte ihre Gläser nach. „Ich hätte eher mal wieder Lust auf die Stiernummer."

Herok Roames hatte jetzt ein diabolisches Flackern in den fast schwarzen Augen. Langsam ging er um den Tisch und reichte Aayana ihr Glas.

„Ich dachte, Sie hätten Europa, die schöne Tochter des Königs Agenor, zwar als Stier entführt, sich auf Kreta aber zurückverwandelt, bevor, nun ja, bevor Sie drei Kinder mit ihr zeugten?"

„Sie dürfen nicht alles glauben, was die Leute erzählen." Herok Roames war sehr nahe an Aayana herangetreten und sah ihr immer tiefer in die Augen.

„Wie auch immer, ich fände es jedenfalls schade", sagte Aayana. „Man kann Ihnen in Menschengestalt eine gewisse Attraktivität nicht absprechen, aber ich stehe nunmal nicht auf Stiere."

Herok Roames war eben im Begriff, Aayana zu küssen, doch jetzt lachte er auf: „Sie sind großartig. Ich glaube, ich mag Sie wirklich. Ich mag Ihren Humor." Damit prostete er ihr zu und ging auf seine Seite des Tisches zurück.

„Eines der drei Kinder war übrigens Minos, ein guter Junge", erzählte Herok Roames, „hat sich aber mit meinem Bruder angelegt, ein Versprechen nicht gehalten, minderwertigen Stier geopfert ... Der Klassiker. Poseidon hat daraufhin seine Frau mit dem Begehren geschlagen, sich mit dem edlen Stier vereinen zu wollen, der eigentlich hätte geopfert werden sollen. Ganz witziger Einfall. Mein Bruder ist sonst eher ein übellauniger Einfaltspinsel. Jedenfalls ließ sich die Frau meines Sohnes Minos in ihrem nicht selbst verschuldeten, hitzigen Wahn von einem ihrer Freunde, dem bekannten Bastler und Künstler Daidalos, ein mit einer Kuhhaut verkleidetes Holzgerüst bauen, um sich von dem Stier begatten zu lassen. Kein Scherz!"

„Ich kenne die Geschichte", unterbrach Aayana ihn, „die Familie hat offensichtlich kein Glück mit Rindern."

„Würde ich nicht so sehen. Ich war immer schon scharf auf die Frau meines Jungen. Ich habe also den Stier verschwinden lassen und mich in Gestalt eines Stiers der Kleinen angenommen. Als sie dann den Minotauros gebar, war Minos natürlich argwöhnisch und es war Feuer am Dach. Aber die süße Europa, seine mittlerweile etwas in die Jahre gekommene Mutter, kam zu einem anderen Schluss und beichtete ihrem Sohn ihre eigene Liaison mit mir in Stiergestalt – der entsprang er schließlich selbst. Der mächtige Minos, König von Kreta, dachte daher fortan, das Stierische in ihm an seinen Sohn weitergegeben zu haben. So richtig warm wurden Minos und der Minotaurus trotzdem nie miteinander. Irre Geschichte, nicht wahr?"

„Sie sind schon ein wenig pervers, oder?" Dabei lachte Aayana Herok Roames ganz offen an.

„Ich würde eher sagen, dass ich etwas fixiert auf schöne Frauen und ungewöhnliche sexuelle Praktiken bin“, sagte Roames, „aber ich habe das Gefühl, dass Sie das alles antörnt, meine Liebe. Ihre Brustwarzen sind unartig.“ Und in der Tat war Aayna etwas erregt, nicht wegen der elenden Geschichte, sondern wegen der ihm eigenen Macht über Frauen. Offensichtlich lief seine Verführungsmagie auf Hochtouren. Magie war das falsche Wort, es war mehr eine subkutane Hypnose – jedenfalls genauso unlauter, wie der Halunke das eben seit Jahrhunderten machte.

Aber Aayana war nicht hier, um sich Sexgeschichten anzuhören. Sie wollte herausfinden, welches Komplott hier geschmiedet wurde. Da war sie noch keinen Schritt weiter, sie verlor schön langsam die Geduld. Außerdem wusste sie nicht, wie lange sie sich der erotischen Hypnose dieses Schurken noch erwehren konnte. Es musste etwas passieren. Sie hatte eine Idee, sie würde einen überraschenden Angriff setzen.

„Du spürst, dass ich mit dir schlafen will.“ Aayana duzte ihn jetzt einfach. „Über deine Wirkung auf Frauen muss ich dir ja wohl nichts erzählen. Mir ist aber auch klar, dass du mit mir vermutlich kein Kind zeugen willst, weil du in mir eine Gefahr für die Umsetzung irgendwelcher finsterer Pläne siehst. Vorschlag: Du erzählst mir beim Hummer, was du Sinistres ausgeheckt hast, denn meine Neugier ist fast so groß wie mein Verlangen nach dir. Dann haben wir die ganze Nacht wilden Sex, und danach kannst du mit mir machen was du willst, mich von mir aus auch umbringen. Ist ja vermutlich sowieso unvermeidlich.“

Herok Roames war nicht so sehr fassungslos, als vielmehr sichtlich erstaunt. Er sah Aayana lange in die Augen, dann auf ihre Brüste, danach wieder in die Augen: „Ich muss schon sagen, du bist eine der interessantesten Frauen, denen ich je begegnet bin. Und das waren einige. Ich habe mir eben überlegt, ob es einen Weg gibt, dich vielleicht doch am Leben zu lassen. Aber du hast Recht, das geht nicht."

„Ich weiß", sagte Aayana ruhig. „Was du vermutlich nicht weißt: Ich stamme aus einem verschollenen Frühwerk von William Shakespeare, einer frivolen Komödie. Und ich kann dir versichern, ich kann ein paar Dinge, die dich überraschen werden. Ich wurde von meinem Schöpfer für das erfunden, wonach du bei Frauen suchst."

„Das klingt alles verlockend und steigert meine Vorfreude. Aber ich wüsste immer noch nicht, weshalb ich dich in meine Pläne einweihen sollte", sagte er.

Doch Aayana holte zum nächsten Schlag aus: „Du musst entscheiden, ob du es willst. Ich bin überzeugt, dein Plan ist spektakulär, und vielleicht willst du unser Gespräch darüber ja in das Gesamtkunstwerk dieser Nacht einbauen."

Das war gut – er in der aktiven Rolle, er als Entscheider. Aber er war zäh. Eines stand jedoch fest: Er war sexbesessen und hatte eine durch und durch verdorbene Phantasie. Aayana legte nach: „Wie gesagt, ich steh' nicht auf Stiere. Kannst du vielleicht auch Hengste?"

Das hatte gesessen. Der stets so souveräne Mann verschluckte sich an seinem Champagner, an dem er gerade erwartungsvoll nippte. Für einen Moment schien Herok Roames die Fassung zu verlieren, doch hatte er sich erstaunlich schnell wieder im Griff. Aus seinem Blick sprach nun Gier. Zwischen seinen offenen Lippen hing ein hauchdünner Speichelfaden.

„Natürlich kann ich das", sagte er relativ leise.

„Okay, dann lass‘ ich uns jetzt den Hummer bringen“, erklärte er. Im selben Moment kam die zierliche Frau mit einem großen Teller, auf dem zwei Hummer und weitere Meeresfrüchte lagen, dazu eine offene Flasche Clos du Bourg Moelleux 1ère Trie Huet in einem durchsichtigen Weinkühler. Hummerzangen und Weißweingläser standen bereits am Tisch.

Die Meeresfrüchte dufteten nach Ozean. Herok Roames stand auf und schenkte ein. Nachdem er sich wieder gesetzt hatte, erhoben sie ihre Gläser. Das Aroma von frisch aufgeschnittenen, vollreifen Steinobstfrüchten stieg Aayana in die Nase, dazu Honigmelonen, Kumquats und Sultaninen. Über allem ein feiner Nebel kandierten Zuckers. Aayanas Sinne waren offensichtlich immer noch hoch aufmerksam. Das beruhigte sie und sie fühlte sich nach wie vor sprungbereit wie ein Panter.

„Zum Wohl“, prostete Herok Roames ihr zu, und sie nahmen einen Schluck vom Chenin blanc. Die Frucht von Pfirsich, Quitten, Papaya, Ringlotten, Orangen und Melonen war so konzentriert wie vielschichtig.

„Würde auch zu arabischer oder asiatischer Küche mit viel Ingwer passen“, sagte Aayana, womit sie einen weiteren Nerv Herok Roames‘ traf. Das war ihm offenbar wichtig.

„Ich bin wirklich beeindruckt. Ich liebe Wein und gutes Essen – und ich muss langsam aufpassen, dass ich mich nicht doch in dich verliebe.“ Auch Roames duzte Aayana jetzt.

„Also gut, ich werde dich ein wenig in meine Pläne einweihen. Aber dir ist klar, dass dies hier somit deine Henkersmahlzeit wird?“

„Du bist ein echter Romantiker“, sagte Aayana und lächelte ihn unschuldig an.

„Nun gut. Der Punkt ist der, dass ich mich als Zeus natürlich auch in der Traumwelt bewege – wie könnte es auch anders sein. Ich versuche allerdings, nicht aufzufallen, halte mich aus allem raus. Hier in der realen Welt bin ich Herok Roames, Chef des vielleicht mächtigsten Unternehmens der Erde. Auch in dieser Rolle gebe ich mich eher zurückhaltend. Rampenlicht ist selten gut für die Umsetzung großer Vorhaben. In meiner Rolle als Herok Roames, hier in der realen Welt, habe ich das relativ schnell erkannt. Als Göttervater war ich da noch anders.“ Er machte eine Pause. Aayana war klar, sie musste dieses Gespräch perfekt austarieren, nicht unnötig unterbrechen, aber auch keine Langweile in ihm aufkommen lassen. Er musste bei Laune bleiben, weitererzählen, durfte dagegen nicht zu sehr bei seiner Version der Geschichte bleiben. An den richtigen Stellen die richtigen Fragen stellen, dachte sie, und versuchte das richtige Maß an Konzentration zu zeigen. Sie machte sich am Hummer zu schaffen.

Doch Aayana konnte ihre Neugier nicht zügeln und stellte eine vielleicht eher unwichtige Frage: „Du weißt, dass dein Name sehr stark an einen berühmten Detektiv der Literatur erinnert?“

Roames lächelte: „Auch ich kenne die Buchwelt. Aber sie ist tot, wie dieser Fels, der uns umgibt.“

Aayana bereute die Frage. Das war genau, was sie nicht tun sollte – ihn von der Geschichte unnötig ablenken. Dabei dachte sie an von Selben, der sich in diesem Moment möglicherweise genau in diesem Fels verbarg. So tot wie Herok Roames dachte, war der Stein also gar nicht.

Herok Roames nahm den Faden wieder auf: „Die Idee ist

relativ einfach, dennoch elegant. Teil eins des Plans ist, mit den Albträumen die Herrschaft über die Traumwelt zu erlangen. Wir schalten alle anderen Genres aus. Es wird weltweit nurmehr Albträume geben. Wir haben uns währenddessen in der Seattle Corporation erlaubt, ein Medikament zu entwickeln, welches das Träumen unterbindet. Die Nachfrage wird enorm sein. Das war die ursprüngliche Idee. Und die ist an sich schon gut genug. Ganz abgesehen vom kommerziellen Erfolg, haben wir damit die Phantasie der Menschen in der Nacht lahmgelegt und finden gewissermaßen einen leeren Tisch vor – eine Tabula rasa. Also, wie nun, wenn wir mit unserem Mittel diesen leeren Tisch auch wieder befüllen, wenn wir Bilder einspielen könnten? Das konterkariert natürlich die ursprüngliche Idee von der Wirkung des Medikaments – nämlich die Traumlosigkeit. Setzt man nun unser Mittel ab, würden die Albträume zurückkehren. Manche versuchen das vielleicht, kehren aber vermutlich sehr schnell reumütig zurück. Wir müssten also nur sehr behutsam mit unseren Einspielungen umgehen." Herok Roames machte wieder eine Pause und sah auf einen fernen Punkt irgendwo links hinter Aayana.

„Das heißt, ihr würdet das Unterbewusstsein der Menschen manipulieren?", setzte sie nach.

„Ja", sagte er.

„Und was würdet ihr mit dieser Macht anstellen?", fragte Aayana.

„Das weiß ich noch nicht. Ich stelle mir vor, dass man damit viel Gutes bewirken könnte. Unvernünftiges würden wir verhindern, in wichtigen Fragen global an einem Strang ziehen", erklärte Herok Roames. Aayana glaubte ihm kein Wort.

Kapitel 27

Das Attentat

Eine ihrer Spezialitäten als Agentin der Sozialistischen k. u. k. Monarchien Österreich- Ungarn war der Nahkampf ohne Waffen. Das hatte sie in der Ausbildung trainiert. Auch männliche Kollegen waren nicht erpicht darauf, sich mit ihr auf einen entsprechenden Kampf einzulassen. Allerdings war sie immer froh, dass sie diese Fertigkeiten in der Praxis so gut wie nie zum Einsatz bringen musste.

Herkules über *Aayana Agrin in einem Interview für das Magazin „Golf Total", Schärding 2018*

„Ich spüre, dass du mir nicht glaubst", sagte Herok Roames. „Du machst das sehr geschickt, aber ich durchschaue dich. Du flirtest mit mir. Deine lasziven Blicke, deine kühne Koketterie, deine scheinbare Bereitschaft, dich auf mich einzulassen – das alles machst du, weil du dir Chancen ausrechnest, mich zu besiegen. Ich bewundere das, aber es ist naiv."

Die Stimmung im Raum hatte sich verändert. Aayana hatte das Gefühl, dass es kalt geworden war. Sie hatte auch das Gefühl, dass Roames keine Lust mehr hatte, sie zu beeindrucken. Sein Charme war verflogen. Er hatte nun die diabolische Ausstrahlung eines ganz und gar skrupellosen Charakters, der es genoss, Angst auszulösen. Und das gelang ihm.

„Ich werde nicht weiter versuchen, dich zu verführen. Mir steht der Sinn nach einer brutalen Nacht", ergänzte er kalt. „Daher werde ich dir noch etwas zeigen, das dich nicht erfreuen, mich aber noch mehr in Stimmung bringen wird."

Auf der dem Eingang gegenüberliegenden Wand sah man nun ein Flimmern, und eine Art Hologramm schien sich aufzubauen – zuerst wie durch einen Nebel, dann aber immer klarer: Zu sehen war eine Versammlung der Gefährten auf der einigermaßen wiederhergestellten Plattform in den Baumwipfeln der Traumwelt. Zu hören war nichts.

„Machen wir eine kleine Kamerafahrt", sagte Roames, und wenig später fuhr das Bild auf einen unter der Plattform angebrachten Gegenstand. „Das sind fünfzehn Kilogramm eines hochexplosiven Sprengstoffs mit einem Zeitzünder. Um es dramatischer zu machen, sehen wir uns doch die herunterlaufende Sekundenanzeige an. Das kennt man aus Filmen. Anders als in Filmen versucht hier niemand, die Bombe zu entschärfen, weil niemand davon weiß." Jetzt lachte er heiser: „Ich fand es immer lächerlich, wenn der Held so ein Ding eine Sekunde vor Ablauf der Zeit zum Stehen brachte." Die roten LED-Ziffern passierten gerade die 45- Sekunden-Marke. „Es ist nie eine Minute oder 17 Sekunden – immer der letzte Moment.

Drollig. An sich ist so eine Zeitanzeige lächerlich. Wofür soll das gut sein? Aber okay, sieht hübsch aus und steigert die dramatische Wirkung."

„Stell das ab und wir reden", sagte Aayana.

„Nein, das ist in meinem Plan nicht vorgesehen. Ich werde jetzt diese Bande von Angebern aus dem Spiel nehmen und dann doch noch mit diesem Idioten Sauron die Traumwelt übernehmen", entgegnete Herok Roames ungerührt. „Danach werde ich mich zur Feier des Tages mit dir vergnügen und auch dich umbringen. Das wird die Dinge erheblich vereinfachen."

Aayana fühlte überraschenderweise keine Panik. Sondern blanke Wut. Wo war von Selben? War etwas schiefgelaufen? Beobachtete er sie in diesem Moment? Sah auch er die Bilder von der sich anbahnenden Katastrophe?

„Wenn du das nicht stoppst, bringe ich dich um", drohte Aayana. Noch 25 Sekunden. Was konnte sie tun?

Jetzt lachte Roames schallend: „Ja, tu das. Interessiert mich, wie du das anstellen willst."

Er stand nun etwa einen Meter von Aayana entfernt und blickte wieder auf das Hologramm. 13 Sekunden. In dem Moment war Aayana aufgesprungen, sie stand hinter ihm und hatte den einen Arm um seinen Hals gelegt, den anderen an seinem Schädel. Mit der folgenden Bewegung hätte sie jedem anderen das Genick gebrochen – nicht aber Herok Roames, wenngleich er für den Bruchteil einer Sekunde überrascht wirkte. Mit einer schnellen Bewegung und enormer Kraft hatte er sich befreit und blickte Aayana mit einer Mischung aus ungläubigem Erstaunen und Belustigung an. 4 – 3 – 2 – 1 – die Bäume, die Plattform und alles, was sich auf ihr befand, zerstoben in einem stummen Feuerball ins Nichts. Dann war da nurmehr Rauch und immer noch Stille.

Fassungslos starrte Aayana auf den Nebel, der sich nicht lichten wollte. Herok Roames fixierte das Bild. Nach etwa fünf Sekunden war es verschwunden und er wandte sich zu Aayana. In seinem Blick sah sie keinen Triumph, bloß Kälte und Zufriedenheit.

„Und nun zu uns beiden", sagte er leise, ein Skalpell aus der Innentasche seines Dinner- Jackets ziehend, „ich fürchte, es wird wehtun."

„Ich fürchte auch!", sagte von Selben und feuerte eine

Salve aus einer automatischen Waffe auf Roames ab. Man sah Einschusslöcher, ein Wanken – und maßloses Erstaunen. Ungerührt stand von Selben vor ihm, er durchdrang die Felswand an der exakt richtigen Stelle.

„Sie? Wie haben Sie ... das ist doch nicht ...“, stammelte Roames. Im nächsten Moment löste er sich in Luft und Wohlgefallen auf.

„Sorry, Aayana“, sagte von Selben, „dieser überdimensionierte Unterweltwächter und seine beiden Bodyguards haben mich erwischt, als ich nach einem Ausweg aus diesem Verließ suchte. Am Ende haben sie mir wenigstens diese beiden Waffen überlassen.“ Dabei warf er Aayana eine Kalashnikov zu.

„Hast du das Hologramm gesehen?“, fragte sie von Selben.

„Nur das Ende. Wie gesagt, ich wurde aufgehalten. Ist vielleicht nur ein Trugbild.“

„Hoffentlich“, antwortete Aayana, „jedenfalls müssen wir da unverzüglich hin. Hast du einen Weg gefunden, wie wir hier herauskommen?“

„Nicht wirklich, aber ich habe eine Idee. Ich glaube nicht, dass der Seattle-Tower der einzige Eingang in die Unterwelt ist.“

„Wie viele Gegner haben wir da draußen noch zu überwältigen?“

„Was ich mitbekommen habe, keine. Das ist irgendwie gespenstisch. Normalerweise haben Superschurken immer eine Armee willfähriger, schwer bewaffneter Handlanger. Ich habe mich immer gefragt, woher sie die haben und wie sie die im Geheimen halten und versorgen, ganz abgesehen von Ausbildung, Disziplin, Unterbringung ...“

„Lukas!"

„Okay, lassen wir das. Was ich sagen wollte: Ich habe nur Hades und die beiden Typen aus dem Felsendom gesehen und mir erlaubt, sie unschädlich zu machen."

„Dann lass uns einen anderen Ausgang suchen und in die Traumwelt springen."

Bei der Suche erwies es sich als Vorteil, dass von Selben durch Felsen gehen konnte, so öffnete er das ein und andere verschlossene Tor von der anderen Seite. Ausgang fanden sie dennoch keinen.

„Meinst du, wir schaffen es vielleicht doch durch den Seattle Tower?", fragte Aayana.

„Ziemlich sicher nicht. Durch diese Nanotechnologie käme nicht einmal mein Vater."

Wir hörten schwere Militärstiefel auf Felsboden im Laufschritt, dazu Rufe und kurze Befehle.

„Ich glaube, wir bekommen Besuch, und ich befürchte, es sind nicht unsere Befreier", sagte Aayana.

„Sie kommen aus der Richtung des Towers", sagte von Selben. „Hab' ich Roames nicht richtig erwischt? Er hatte doch mindestes fünf Einschusslöcher, oder?"

„Ja, hatte er. Aber als Zeus ist er vermutlich immer noch relativ unsterblich."

Sie zogen sich so leise wie möglich zurück, da kamen auch schon die ersten beiden Sicherheitsleute um eine Ecke und eröffneten sofort das Feuer. So ein Mist, dachte Aayana. In spätestens einer Minute würden wir keine Munition mehr haben. Wo waren die beiden Typen mit ihrem Raumschiff, die schon so oft im richten Moment am richtigen Ort auftauchten? Vermutlich waren sie etwas zu tief unter der Erde. So wie damals in Madrid.

Da ertönte ein gewaltiges Donnern – eigentlich das Bellen von dreißig und mehr Hunden. Im nächsten Moment brachen die Felsen an ihrer rechten Seite auf und ein gewaltiger Schlangenkopf bahnte sich seinen Weg in den Gang. Aus dem Maul hingen die Unterleiber von zwei Sicherheitsleuten. Das Bellen aus dem Inneren des Geschöpfs war ohrenbetäubend, und man konnte es kaum verstehen, als es Aayana kurz zunickte: „Hallo, Aayana!" Dabei schluckte es die beiden Leiber mit einem Schmatzen. „Ich schätze, ihr wollt hier raus." Das Bellen wurde leiser und schließlich von einem ruhigen Knurren abgelöst. „Ich kenne einen Weg. Da vorn sind noch einmal gut hundert von diesen Burschen. Also, sitzt auf, wir müssen los."

Von Selben schaute Aayana ungläubig an, im nächsten Moment hatten sie den Leopardenkörper des Questentiers erklommen und machten sich im wahrsten Sinne des Wortes aus dem Staub, den die durchschlagene Felswand hinterlassen hatte. Das Tier bewegte sich schnell und trittsicher, wobei es immer wieder durch Felsen rannte, aber sorgfältig darauf achtete, dass die Löcher groß genug für alle drei waren und es seine Reiter nicht aus Versehen abstreifte.

„Du kannst gut mit Monstern", raunte von Selben, der hinter Aayana saß und sich an ihr festhielt, ihr ins Ohr, „aber woher kam es so plötzlich?"

„Keine Ahnung", sagte Aayana.

„Du hast es nicht gerufen?"

„Nein, ich habe bloß an ein Erlebnis in Madrid gedacht, als uns das Glatisant aus einem sprungsicheren Kerker befreite", erklärte Aayana.

Sie hatte jetzt einen breiten Tunnel erreicht, in dessen Mitte sich ein Wasserlauf seinen Weg sanft in die Tiefe bahnte. Daher war zu erkennen, dass sie aufwärts ritten. Wenige Minuten später wurde die Höhle enger, und das Glatisant rief: „Luft anhalten!" Dann tauchten sie in eine Röhre, die nun in ihrem vollen Durchmesser vom Wasser eingenommen wurde. Eine weitere Minute später tauchten sie an der Oberfläche eines Flusses auf und das Questentier schwamm zum Ufer.

Nachdem Aayana und von Selben abgestiegen waren, schüttelte das gewaltige Geschöpf seinen Leopardenkörper und seinen Löwenhintern und sah sie mit seinen Schlangenaugen neugierig an. Das Tosen aus seinem Inneren, das sie während ihres Ritts aus der Unterwelt begleitet hatte, war nun wieder auf ein kaum hörbares Grummeln abgeschwollen.

„Auf dich und deine Freunde wird viel geschossen", sagte das Ungetüm, „aber ich hoffe, ich konnte behilflich sein."

„Wie hast du uns gefunden?", wollte Aayana wissen.

„Du bist meine einzige Freundin in dieser Welt, ich hatte das Gefühl, dass du mich gerufen hast. Ich bin einfach deinen Gedanken gefolgt."

„Danke, du hast mich jetzt schon zum zweiten Mal gerettet. Das vergesse ich nicht. Ich hoffe, ich kann mich irgendwann einmal revanchieren – obwohl ich, ehrlich gesagt, nicht glaube, dass es so weit kommen wird. Dafür bist du zu geschickt in dem, was du tust."

„Ich freue mich, wenn ich behilflich sein konnte und dass wir uns wiedergesehen haben. Meine Bestimmung ist ja an sich die Einsamkeit und die Flucht. Also mach' ich mich wieder auf den Weg. Auf bald mal wieder." Damit wandte sich das Ungetüm zum Gehen.

„Ach ja, das hätte ich jetzt beinahe vergessen", dabei senkte sich der Schlangenkopf ganz nah zu Aayana, „ich bin natürlich davon ausgegangen, dass ich auch diesen Freund von dir nicht fressen soll. Unsere Abmachung aus Madrid gilt bitte auch hier: Kein Wort über meine Existenz, denn kein lebendes Wesen hat mich je gesehen."

„Du kannst dich darauf verlassen!" Damit strich Aayana dem Monster sanft über den vorderen Teil seines Schlangenkopfes, aus dessen leicht geöffnetem Maul ein sanftes Züngeln kam: „Noch einmal danke."

Das Bellen von mehr als dreißig Hunden schwoll wieder an, und das Glatisant wandte sich dem nahen Waldrand zu, in dem es verschwand.

Beeindruckend", sagte von Selben, „aber ich denke, wir sollten jetzt in die Traumwelt springen."

„Ja", sagte Aayana und sah sich um. Der Fluss, Wälder, sanft ansteigende Ausläufer eines Gebirges. Es roch nach Laub und Moos. Und ihr war kalt – nicht nur, weil sie immer noch die Toga anhatte, die jetzt nass am Körper klebte. Eine tiefe Trauer hatte sie befallen. Aayana bezweifelte, dass sie nur ein Trugbild gesehen hatten. Sie hatte das Gefühl, dass die Katastrophe tatsächlich eingetreten war und dass sie mehr als nur eine Schlacht verloren hatten.

So große Hoffnungen waren in sie gesetzt worden. Sie hatten Aayana zur Chefin der Somno- Garde gemacht, sich auf sie verlassen. Und sie, sie hatte einfach nur versagt. War ihren diffusen Ahnungen folgend entgegen jeder Warnung in die Falle gegangen. Sie hatte nicht nachgedacht, keinen Plan, war selbstgefällig ihren Instinkten gefolgt. Im Alleingang, ohne Abstimmung mit ihrem Team. Sie hatte alle im Stich gelassen. Nicht absichtlich, aber das zählte nicht. Und damit hatte sie nicht nur unzählige Freunde auf dem Gewissen, sondern womöglich auch die Menschheit in einen immerwährenden Albtraum geschickt. Oder in die vollkommene Entmündigung und Unfreiheit. Nie hatte Aayana sich schuldiger und niedergeschlagener gefühlt.

„Ja", wiederholte Aayana, „lass uns springen. Aber nicht direkt auf die Plattform, denn ich befürchte, die gibt es nicht mehr."

Kapitel 28

Verzweiflung

Sie kennen das vom Kino. Sympathischer Held tappt anfangs durch den Film, findet Team, übernimmt mehr und mehr das Kommando und erringt nach etwa einer Stunde den entscheidenden Sieg. Freude und Euphorie, aber das Böse sammelt seine Kräfte – kein Scheiß – und holt zum Gegenschlag aus. Das ist der Moment, in dem alles verloren scheint. Die Zuschauer sind entsetzt, schauen auf die Uhr, sehen, dass der Film noch eine gute halbe Stunde dauert. Also, da ist noch was drin. Mir war das immer zu kompliziert, ich habe mich als Filmproduzent nie an so einen Plot gehalten. Aber als Filmliebhaber konnte ich an der Stelle definitiv nie aufstehen und gehen.

Chili Palmer, in „Mein Hollywood: Filme lieben und Filme machen", Los Angeles 1995

„Die Explosion muss eine enorme Hitze entwickelt haben", sagte von Selben leise, als sie über die verkohlten Überreste des Waldstücks gingen, in dem sich die Plattform befunden hatte. Hier roch es weder nach Wald noch nach Moos, sondern nach niedergebranntem Holz und kaltem Rauch. Die Verwüstung war vollkommen.

„Hast du erkennen können, wer sich alles zum Zeitpunkt der Explosion auf der Plattform befunden hat?"

„Nein, aber sie war voll. Sicher an die hundert unserer Gefährten", antwortete Aayana.

„Verdammt", sagte von Selben, „wir müssen irgendwie herausfinden, wer noch am Leben ist."

„Ja. Und wir müssen uns ansehen, wie die Lage im Somno-Garden ist. Wenn ich Herok Roames richtig verstanden habe, dann ist Sauron zurück und die Albträume haben endgültig die Macht übernommen."

„Wenn das so ist, dann können wir nicht einfach hinspringen." Von Selben überlegte.

„Aayana, wie hast du das mit dem Glatisanten gemacht?"

„Ich weiß es nicht. Offensichtlich habe ich irgendwie telepathisch Kontakt mit ihm aufgenommen."

„Funktioniert das nur mit Fabelwesen?"

„Keine Ahnung. Ich weiß auch nicht, ob und woran ich erkenne, dass es geklappt hat. Das Glatisant ist einfach aufgetaucht."

„Verstehe", sagte von Selben, „aber offensichtlich bist du eine starke Telepathin. Ich glaube, dass du – ähnlich wie beim Traumspringen damals – bloß noch nichts über deine Fähigkeiten weißt."

„Und wie finde ich mehr darüber heraus?"

„Probieren", sagte von Selben. „Erzähl mir telepathisch irgendetwas, von dem ich keine Ahnung haben kann."

„Okay."

Damit schwiegen sie etwa eine Minute. Dann sagte von Selben: „Ernsthaft? Das wusste ich nicht. Zeus hat sich auf Kreta gar nicht in einen Menschen zurückverwandelt und stattdessen Europa in Gestalt eines Stiers vernascht? Die Geschichte wird aber anders erzählt."

„Eben", entgegnete Aayana. „Das scheint ja zu funktionieren, aber du stehst auch unmittelbar neben mir und wir beide sind einander sehr verbunden."

„Dann nimm jetzt mal Kontakt mit Thor auf und sag ihm, dass du seine Hilfe brauchst. Er ist weit weg und vermutlich momentan nicht einmal in der Traumwelt. Also, lass uns sehen, was passiert."

Aayana konzentrierte sich auf Thor. Zunächst geschah nichts. Sie versuchte es erneut und wollte schon den Kopf schütteln, da hörte sie Thor ganz deutlich in ihrem Kopf sagen: „Was ist passiert? Wo bist du? Und wie kann ich dir helfen?"

Von Selben wollte eben etwas sagen, doch Aayana gab ihm ein Handzeichen.

„Hallo Thor, von Selben und ich sind in der Traumwelt bei der Plattform, die du kennst. Sie ist in die Luft gesprengt worden und wir befürchten, dass der größte Teil unserer Gefährten der Katastrophe zum Opfer gefallen ist. Kannst du Traumspringen?"

„Nicht gut, ich bekomme davon immer enorme Kopfschmerzen. Aber ich versuche, sofort zu dir zu kommen."

„Nein, warte. Können wir jetzt abbrechen und du versuchst umgekehrt, mit mir telepathisch Kontakt aufzunehmen? Lass uns herausfinden, ob das auch in diese Richtung geht. Wenn ich in zwei Minuten nichts von dir gehört habe, melde ich mich noch einmal."

„Okay", sagte Thor, und Aayana unterbrach die Verbindung.

„Thor versucht, mit mir Kontakt aufzunehmen", erklärte sie von Selben.

„Ich weiß", sagte er, „du hast die Verbindung zu mir nicht unterbrochen."

„Du hättest ja auch auflegen können", sagte Aayana, obwohl ihr gar nicht nach Scherzen zumute war.

Sie versuchte, sich nicht zu sehr auf Thor zu konzentrieren, das hätte das Ergebnis verfälscht, insofern als sie nur erreichbar wäre, wenn sie ahnte, dass sie jemand erreichen will. Zudem hatte Aayana schon vor einiger Zeit das Gefühl, dass ihr eine Frage auf der Zunge lag. Aber sie wollte ihr nicht ins Bewusstsein kommen. Durch den Kontakt mit Thor war sie ihr aber klar geworden.

„Was mir eben eingefallen ist: Herkules ist ja Zeus' Sohn, wenn ich das richtig sehe."

„In der Tat, daran habe ich auch schon gedacht", sagte von Selben. „Möglicherweise sollten wir vorsichtig sein."

„Warte", unterbrach ihn Aayana, „ich spüre deutlich, dass jemand mit mir in Kontakt treten will." Und sie ließ es zu. Es war Thor.

„Das funktioniert tatsächlich", war Thor sichtlich beeindruckt, „aber jetzt sag mir, wie ich dir helfen kann."

„Wie gut bist du mit Herkules befreundet?", folgte Aayana einer Eingebung.

„Nicht gut. Wir kennen und respektieren uns vom Golf. Aber richtig zu tun miteinander hatten wir erst durch dich", antwortete Thor.

„Hast du ihn seit unserem letzten Zusammentreffen gesehen?"

„Nein", antwortete Thor, „aber was ist los?"

„Kann ich dir im Moment noch nicht erklären. Worum es jetzt geht: Sei vorsichtig und beobachte deine Umgebung. Möglicherweise kann das hier irgendwer abhören. Wenn wir mehr wissen und einen Plan haben, melde ich mich wieder, okay?"

„Alles klar, Aayana. Passt auf euch auf."

Damit unterbrach Aayana die Verbindung. „Und jetzt raus aus meinem Unterbewusstsein, Herr von Selben", unterbrach sie nun auch diese Verbindung.

Von Selben schaute sie ohne jedweden Anflug von Schuldbewusstsein an: „Jetzt versuch, mit jemandem Kontakt aufzunehmen, den du überhaupt nicht kennst. Wie wäre es mit Europa?" Es war überdeutlich. Keine Verbindung. Einer weiteren Eingebung folgend, probierte Aayana eine ganze Reihe anderer Opfer von Zeus, von denen berichtet wurde, und zuletzt auch noch seine Göttergattin Hera. Aber es blieb alles ruhig. Offensichtlich musste sie die Person kennen, mit der sie telepathisch in Kontakt treten wollte.

„Thor ist ein Gott. Funk einen normalen Menschen an, den du gut kennst", sagte von Selben.

„Gut, ich stell' wieder auf laut. Also, komm rein", sagte Aayana zu von Selben.

„Hallo Aayana, wie machst du das?", wollte Lena Laloum wissen.

„Telepathie, Lena. Wo seid ihr? Und geht es euch gut?"

„Alles bestens, wir sind in ..."

„Halt, stopp! Sag es nicht! Ich weiß nicht, wie sicher diese Leitung ist", unterbrach sie Lena.

„Ich unterbreche jetzt unsere Verbindung, und du versuchst, dich auf mich zu konzentrieren. Schauen wir, ob auch du mit mir in Kontakt treten kannst."

Sie warteten. Es dauerte etwas länger als bei Thor, dann spürte Aayana deutlich, dass Lena versuchte, sie zu erreichen.

„Das funktioniert, Lena. Merk dir, wie du das gemacht hast, falls du etwas brauchst. Aber bitte nur im Notfall. Ich erklär' dir alles später. Seid aufmerksam und rührt euch nicht von der Stelle, bis ich Entwarnung gebe, okay?"

Von Selben und Aayana wussten, worauf das hinauslaufen würde, welches Ziel sie in Mäandern umtanzten. Sie hatten einfach Angst, Winston Churchill, Lady Chatterley oder die anderen Gefährten anzufunken. Daher machten sie noch einen Test: eine Person, die sie nur einmal gesehen hatte und also kaum kannte. Aayana versuchte, mit Friedrich Schiller in Kontakt zu treten. Stille. Auch Buddha erreichte sie nicht. Wirklich ausgetauscht hatten sie beide sich auch noch nie – zweimal gesehen halt –, das ein oder andere Scherzwort war gefallen.

Doch nun war es soweit. Aayana sah von Selben in die Augen, er nickte ihr kaum merklich zu. Dann nahm er sanft ihre Hand. Eine halbe Stunde später war passiert, was sie befürchtet hatten. Es war ihr nicht gelungen, einen Kontakt herzustellen. Nicht zu Winston, nicht zu Constance und auch nicht zu Marilyn. Nichts. Stille.

„Ich kann mich nicht erinnern, mich je so hilflos gefühlt zu haben", sagte sie zu von Selben. Ihr war außerdem aufgefallen, wie wenige von der Plattform sie bisher wirklich kennengelernt hatte. Es war vorbei, ehe es begonnen hatte.

Von Selben nahm sie in den Arm: „Das sieht zugegebenermaßen nicht gut aus. Meinen Berechnungen zufolge sind unsere Gefährten – alle, die auf der Plattform waren – mit einer Wahrscheinlichkeit von 98 Prozent tot. Bleiben aber immer noch zwei Prozent."

„Du sagst das so kalt und herzlos. Manchmal würde ich wirklich gerne in dich hineinschauen", entgegnete Aayana etwas genervter, als sie wollte. „Und wie kommst du auf 98 Prozent?"

„Hundertprozentige Gewissheit gibt es nicht", sagte von Selben.

„Schon klar, aber wieso dann nicht 99 Prozent?"

„Den einen Bonus-Prozentpunkt nehme ich mir immer heraus. Nenn es meine Hoffnung, wenn du magst." Aber in seiner Stimme war jetzt mehr Wärme als zuvor. Dann fügte er leise hinzu: „Wir haben keinen guten Job gemacht. Nein, falsch, ich habe keinen guten Job gemacht. Du bist erst seit ein paar Tagen dabei, und das wussten wir. Meine Aufgabe war daher, dich bei deiner gefährlichen Mission und der Entfaltung deiner überragenden Talente mit meiner Erfahrung zu unterstützen. Das ist mir nicht gelungen. Ich bin in die Falle gesprungen wie ein Anfänger. Ich habe nicht nur dich in Gefahr gebracht, sondern auch ein Desaster zu verantworten."

So hatte sie von Selben noch nie erlebt. Er war jetzt sichtbar deprimiert und hatte alle Schutzschilder fallen lassen. Nun war es Aayana, die ihn umarmte. So standen sie gut eine Minute immer noch in dem verbrannten, nach kaltem Rauch stinkenden ehemaligen Waldstück, in das sie vor etwa zwei Stunden voller Angst und bedrückender Vorahnungen gesprungen waren. Und es war noch grässlicher, als sie befürchtet hatten.

Sie saßen nebeneinander auf einem versengten Baumstumpf und blickten in die Ferne – eigentlich ins Leere.

Eine Frage lag Aayana auf der Zunge: „Was ist jetzt mit Lady Chatterley, wenn sie tot ist? Kann jetzt niemand mehr von ihr träumen?"

„Ich befürchte, so ist es", sagte von Selben, „auch wenn sie noch nicht alles auf Albträume umgestellt haben, von Constance kann man nicht mehr träumen."

„Aber sie ist doch in der Buchwelt dieselbe Person. Und das Buch gibt es doch vermutlich noch?", klammerte Aayana sich an einen Gedanken, so fragil wie ein Strohhalm.

„Ja, Aayana, das Buch gibt es noch. Nur nicht mehr mit unserer Lady Chatterley. Alle Bücher haben für die wichtigen Personen Backups. Nebenfiguren verschwinden mitunter einfach, wenn etwas passiert."

„Willst du damit sagen, dass im Buch alles weitergeht wie bisher, einfach eine neue Lady Chatterley die Rolle übernimmt, und niemand wird je etwas bemerken?"

„Nein, so ist es nicht. Das Team im Buch bekommt natürlich alles mit. Besonders schwer wird es für ihren Liebhaber Mellors. Ich hatte das Gefühl, dass das abseits der Rolle im Buch etwas wirklich Ernstes war. Aber das sind alles Profis."

„Und die Leser merken nichts von alledem?"

„Die meisten nicht. Dem einen oder der anderen wird vielleicht auffallen, dass die Figur nicht mehr so viel Tiefe hat wie das Original. Aber mit zunehmender Erfahrung wird auch das Backup souveräner. Dennoch ist sie nicht die Lady Chatterley, die wir kennen. Es ist einfach eine andere Person mit ihren eigenen Ecken und Kanten."

„Und wie ist es mit Winston?"

„Von Winston wurde nie viel geträumt. Er bleibt in Erinnerung, aber in Träumen kommt er jetzt gar nicht mehr vor. Und ich denke, er ist damit endgültig tot."

Aayana war zum Heulen.

„War unsere Lady Chatterley schon ein Backup?", wollte sie wissen.

„Nein, unsere Constance war das Original", sagte von Selben, „für uns jedenfalls." Wieder schwiegen sie lange. Dann hatte Aayana eine Idee: „Wir könnten doch in der Zeit zurückspringen und die Plattform vor der Explosion räumen."

„Daran habe ich auch schon gedacht“, sagte von Selben, „aber abgesehen davon, dass es streng verboten ist – was ja noch egal wäre –, können wir beide nicht Zeitspringen. Und selbst wenn wir es könnten, würden wir bemerkt und sofort von den Zeitverlaufsschutz- Sicherungsanlagen der Snarks ausgelöscht.“

„Aber ich bin schon einmal Zeitgesprungen.“

„Das warst nicht du, sondern ein Hightech-Raumschiff. Das hat Abwehrschilder und ihr wart mit enormer Geschwindigkeit in einem der Multiversen unterwegs. Das allein bietet schon einen gewissen Schutz“, erklärte von Selben.

„Dann springen wir nach Somno-Garden“, schlug Aayana vor.

„Ich denke, das ist keine gute Idee“, sagte von Selben. „Könnte sein, dass sie genau das erwarten und auf uns vorbereitet sind. Und ich würde gerne die ein oder andere Falle auslassen.“

„Hier will ich keine Minute länger bleiben. Ich bin auch ohne diese Umgebung schon deprimiert genug.“

„Du hast Recht. Springen wir zu mir nach Kauai. Wir müssen nachdenken.“

Kapitel 29

Hoffnung

Mit dem Begriff „Lieber“ Gott konnte ich nie viel anfangen. Aber als ich bemerkte, dass ich Aayana und Luzifer offensichtlich unterschätzt hatte, verspürte ich auf meine alten Tage eine warme und helle Freude in mir. Ob mich das schon lieb macht, wage ich zu bezweifeln. Ich fühlte mich irgendwie menschlich. Eine seltsame Erfahrung.

Monotheos, in „Erinnerungen eines Übervaters und Scharfrichters“, 12. überarbeitete Auflage, Jerusalem 2019

Als Aayana und von Selben nach Kauai kamen, saßen zwei Männer nebeneinander am Strand vor von Selbens Habitat und schauten aufs Meer. Es war kurz nach fünf am Nachmittag und die Sonne stand bereits tief, dennoch erkannten sie die beiden sofort an ihren eindrucksvollen Staturen, wobei Herkules noch etwas muskulöser erschien als der an sich schon gewaltige Thor. Von Selben und Aayana setzten sich links und rechts neben die beiden und schauten ebenfalls aufs Wasser.

„Wir haben gehofft, dass wir euch hier antreffen“, sagte Herkules, „ich habe meinen Onkel Poseidon gebeten, uns herzubringen.“

Von Selbens Niedergeschlagenheit war einer Anspannung gewichen, doch wenngleich er die beiden nicht direkt beobachtete, hatte Aayana das Gefühl, dass er sie irgendwie im Auge behielt.

„Ihr habt Probleme mit meinem Vater“, sprach Herkules weiter. Sie schwiegen eine Weile. Dann sagte Herkules:

„Ich habe meinen Vater selten gesehen, aber hatte schon als Kind das Gefühl, dass ich vieles besser weiß als er. Als herangewachsener Jüngling war ich mir sicher, doch er hat in unseren seltenen Gesprächen stets versucht, mir seine Überlegenheit zu vermitteln. Mich hat das extrem genervt."

„Ich kenne das", sagte Thor. Auch von Selben schien leicht zu nicken.

„Ich hatte nie einen Vater. Shakespeare hatte in meiner Vorgeschichte keinen vorgesehen", sagte Aayana. „Wie auch immer: Was führt euch her? Von Selben hat deinen Vater in Seattle erschossen. Dennoch dürfte der Putsch in der Traumwelt gelungen sein. Unsere Gefährten sind tot - wer steht jetzt an der Spitze der Verschwörung?"

„Mein Vater ist nicht tot. Das spüre ich deutlich. Er war schwer verletzt, es hat nicht viel gefehlt. Aber er erholt sich schnell und steht schon wieder in der Kraft", erklärte Herkules.

„Ich weiß nicht, welche Zwecke er mit dieser Ränke verfolgt, aber ich bin sicher, er führt nichts Gutes im Schilde."

Wieder schwiegen sie eine Weile.

„Das ist auch der Grund, warum ich auf eurer Seite stehe", sprach Herkules weiter. „Ich erinnere mich an einen Streit mit ihm. Es ging um nichts Wichtiges, ein Wort ergab das andere. Schließlich fragte ich ihn, ob er je eines seiner Kinder oder die vielen Frauen, mit denen er sie gezeugt hatte, liebte. Und er sagte völlig ungerührt: ‚Liebe ist Schwäche – Götter lieben nicht.' Ich hatte eigentlich nichts anderes erwartet, dennoch schockierte mich die greifbare Kälte, mit der er das sagte. Ich war zornig und warf ihm vor, dass alle seine Kinder Vergewaltigungen entstammten. Und was tat er? Er lachte. Er lachte, bis ihm die Tränen in den

Augen standen. Ich hatte ihn vorher noch nie lachen sehen. Er klopfte mir auf die Schulter und verschwand – immer noch lachend."

Herkules fing an, mit dem Finger geometrische Figuren in den Sand zu zeichnen: „Mein Vater ist immer noch sehr mächtig, ich befürchte, er ist auch immer noch sehr böse. Er ist die egozentrischste Person, der ich je begegnet bin. So war er immer. Meinen Großvater Chronos hat er eigenhändig umgebracht. Onkel Hades hat er in die Unterwelt verbannt. Sein Bruder Poseidon ist vor ihm ins Meer geflüchtet. Mit seiner Frau Hera hat er nie viel geredet. Sie hatte einfach da zu sein, war ihm aber immer egal. Wenn ihm langweilig war, hat er sich mit Frauen vergnügt oder Intrigen gesponnen, mit denen er Verwüstungen über die Erde brachte. Doch seitdem er als Herok Roames auftritt, ist etwas dazugekommen. Früher waren seine Egozentrik und Bosheit nie zielgerichtet. Seitdem er in Seattle im Glastower seines Wirtschaftsimperiums sitzt, scheint er Pläne zu verfolgen. Das macht ihn umso gefährlicher. Er ist ein wahrhaft übermächtiger Gegner."

„Herkules, ich bin froh, dass du da bist und auf unserer Seite stehst. Aber was du sagst, ist nicht gerade geeignet, unsere Stimmung aufzuhellen", warf Aayana ein. Dabei blickte sie Thor vorwurfsvoll an, denn eigentlich war ausgemacht, dass er Herkules vorläufig nicht ins Boot holen sollte. Götter haben ihren eigenen Kopf ... „Lady Chatterley und Winston haben mir erzählt – es kommt mir vor, als wäre es vor einer Ewigkeit gewesen –, dass die wahrscheinlichste Zukunft der Menschheit eine ganz und gar traurige sein wird. Und dass sie mich ins Team geholt haben, weil ich in der zweitwahrscheinlichsten, weniger finsteren Zukunft eine Rolle spiele. Ich befürchte, wir haben im Zeitstrang die entscheidende Abzweigung verpasst, sie einfach übersehen, irgendwann den entscheidenden Fehler gemacht. Wir haben verloren."

„Das glaube ich nicht", sagte Herkules, „das Spiel ist noch nicht aus."

„Wie kommst du darauf?", fragte von Selben. „Hast du eine Idee?"

„Leider nicht. Aber ich habe das Gefühl, dass wir etwas übersehen, und ich kann euch auch sagen, wieso."

Die vier hatten ihre Sitzstellung zu einer Art Quadrat verändert, sodass sie sich jetzt gegenseitig in die Augen blicken konnten. Thor hatte eine Augenbraue hochgezogen und auch von Selben sah Herkules mit unverhohlener Neugier und vielleicht sogar einem Anflug von Hoffnung in die Augen.

„Sprich", sagte Aayana, „wir können einen Schuss Trost und Hoffnung gebrauchen."

„Wie lange kennen wir beide uns nun, Aayana? Ich weiß es sehr genau. Es ist zehn Jahre her, dass ich dich das erste Mal beim Golftraining für das Team der Sozialistischen Volksrepubliken und Königreiche getroffen habe. Ich weiß nicht, woran es lag, aber ich spürte eine enorme Kraft in dir, die so gar nicht zu deiner äußeren Erscheinung passen wollte."

„Herkules hat Recht. Die Macht groß in dir sie ist", sagte nun der kleine grüne Mann mit den spitzen Ohren, der langsam am Stock gestützt von von Selbens Habitat auf die Gruppe zukam. „Vertrauen du musst haben."

Sie machten Platz in ihrer Runde und der kleine Meister setzte sich zwischen Thor und Herkules: „Einen Plan du brauchst."

„Es ist zu spät. Die Traumwelt ist verloren. Die Albträume haben die Macht übernommen, wir alle werden das sehr bald spüren. Dann überschwemmt die Seattle Corporation die Welt mit ihrem Anti-Albtraummittel und übernimmt die Macht über unser aller Unterbewusstsein", sagte Aayana, nachdem sie ihnen erzählt hatte, was sie von Zeus über seine Pläne wusste.

„Was mir immer noch nicht völlig einleuchtet, ist der Grund für all das", warf von Selben nachdenklich ein.

„Gewaltiger wirtschaftlicher Erfolg, sagenhafter Reichtum, unermessliche Macht, Vormachtstellung für die Nördlichen Königreiche auf der Erde, Vertreibung der Snarks oder einfach nur der Sieg des Bösen? Such dir etwas aus", antwortete Aayana.

„Hm, alles wahr", sagte Herkules, „dennoch habe ich das Gefühl, dass wir etwas übersehen. Mein Vater war nie der Alles-oder-nichts-Typ. Herok Roames geht aus einer Position enormer Stärke und Macht ein Risiko ein, das meinem Vater nicht unbedingt ähnlichsieht. Er hat immer auf Gleichgewicht gesetzt – zugegebenermaßen ein Gleichgewicht zu seinen Gunsten –, aber was er mit der Kontrolle über die Traumwelt und das Unterbewusstsein der Träumenden wirklich bezweckt, ist auch mir immer noch nicht ganz klar. Die genannten Motive überzeugen auch mich nicht endgültig."

„Vielleicht Nebeneffekte am Weg es sind", sagte der Meister mit den spitzen Ohren, „und das eigentliche Ziel viel einfacher es ist."

Wieder versanken sie in Schweigen. Was hatten sie übersehen? Natürlich war es denkbar, dass sie doch noch gewannen, aber Aayana hatte den Eindruck, dass Constance und Winston auch sich selbst in der zeitwahrscheinlichsten Zukunft leibhaftig sahen. Doch nun waren sie tot.

„Kannst du uns helfen? Hast du eine Idee?", fragte Aayana den grünen Mann mit dem Stock.

„Der Plan nicht in mir, in dir er ist", seufzte er, „finden du ihn musst."

Sie saßen noch eine Weile schweigend beieinander und sahen zu, wie die Sonne im Meer versank, den Horizont mit einem ockerfarbenen Band versah und den Himmel in türkise und Blautöne tauchte, die immer dunkler wurden und schließlich einem satten Nachtschattenblau wichen. Der kleine grüne Meister verabschiedete sich mit dem Hinweis auf seine angegriffene Gesundheit, die anderen gingen ins Habitat, weil sich der Hunger meldete.

Was hatte das kleine Männchen, das alle Meister nannten, gesagt? Der Plan wäre in ihr. Sie müsste ihn nur suchen. Nein, sie müsste ihn finden, hatte er gesagt, und es keimte so etwas wie Hoffnung in Aayana. Aber wo sollte sie den Plan suchen und finden? Ihr Kopf war leer.

„Du siehst müde aus", sagte von Selben, als sie nach dem Essen bei einem Glas Whiskey zusammensaßen.

„Mir gehen die Worte unseres kleinen Kollegen nicht aus dem Kopf. Der Plan ist in mir, hat er gesagt. Hat er gemeint, dass ich über alle Zutaten verfüge, einen Plan zu schmieden? Aber für mich hat es eher so geklungen, als hätte ich den Plan schon – ohne aktives Zutun."

„Den Eindruck hatte ich auch. Vielleicht sollten wir den Kleinen nicht zu sehr beim Wort nehmen", sagte Thor.

„Ich würde ihn nicht unterschätzen", meinte von Selben. „Aayana hat Recht: Auch ich hatte den Eindruck, dass er ihr sagen wollte, sie hätte den Plan bereits zumindest im Unterbewusstsein."

„Oder sie hat ihn bereits bewusst erdacht, aber verworfen", sagte Herkules.

Aayana sah Herkules wie durch einen Nebel an. Was hatte er gesagt? Ihr Gehirn fühlte sich an, als wäre es aus Watte. Hatte sie einen Plan erdacht, aber verworfen?

„Ich kann mich an keinen Plan erinnern", sagte sie. „Warum drückt sich der Kleine nicht klarer aus?"

„Vermutlich kennt er den Plan selbst gar nicht und hat nur gespürt, dass die Lösung in dir ist, dass du sie kennst, dir aber aus irgendeinem Grund nicht klar ist, dass sie es ist", sagte von Selben nachdenklich.

„Vielleicht weil du keine Erfolgschancen siehst?", sagte Thor.

„Oder die Chancen zumindest als zu gering einschätzt?", fügte Herkules hinzu. Von Selben und Aayana sahen sich an.

„Wie war das mit deinen 98 Prozent?", fragte sie von Selben. „Ich bin schon völlig vernebelt. In welchem Zusammenhang haben wir darüber gesprochen?"

„Ich habe gesagt, dass meinen Berechnungen zufolge unsere Gefährten, die zum Zeitpunkt der Explosion auf der Plattform waren, mit einer Wahrscheinlichkeit von 98 Prozent tot sind", sagte von Selben.

„Hört sich nicht nach einem Plan an", sagte Herkules.

„Nein, aber da war noch irgendetwas", sagte Aayana und stand auf. Sie musste kurz hinaus an die frische Luft. Langsam ging sie über den Strand auf die Wasserlinie zu. „Zu 98 Prozent tot", sagte sie zu sich selbst. „Alle, die zum Zeitpunkt der Explosion auf der Plattform waren, sind zu 98 Prozent tot."

Sie hatte das Wasser erreicht und versuchte, Ordnung

in ihre Gedanken zu bringen. Aayana war jetzt auch sicher, dass sie bereits irgendetwas überlegt hatte, was vielleicht der Schlüssel sein könnte. Etwas Unwahrscheinliches. Was hatte sie sich überlegt, das unwahrscheinlich war, das nicht funktionieren konnte?

„Dann springen wir nach Somno-Garden", hatte sie von Selben vorgeschlagen. Der Nebel in Aayanas Kopf schien sich zu lichten. Sie atmete die salzige Seeluft ein. Das sei keine gute Idee, hatte von Selben gemeint. Sie erinnerte sich nun klar an Seine Worte: „Könnte sein, dass sie genau das erwarten und auf uns vorbereitet sind. Und ich würde gerne die ein oder andere Falle auslassen."

War es das? Sollten sie nach Somno-Garden springen? Aber das war beim besten Willen kein Plan. Und wieder kam ihr der Gedanke, dass ihr Constance Chatterley und Winston Churchill den Eindruck vermittelten, sie wären in der zweitwahrscheinlichsten Zukunft mit von der Partie. Aber wie sollte das gehen? Sie waren tot.

Aayana ging die Wasserlinie entlang und hatte sich bereits 200 Meter vom Habitat entfernt. Da war noch etwas. Jetzt sah sie klar in sich hinein: Sie hatte von Selben vorgeschlagen, dass sie doch in der Zeit zurückspringen und die Plattform vor der Explosion räumen könnten. In der Variante wären auch Lady Chatterley und Winston Churchill noch am Leben.

„Daran habe ich auch schon gedacht", hatte von Selben geantwortet, „aber abgesehen davon, dass es streng verboten ist … können wir beide nicht Zeitspringen. Und selbst wenn wir es könnten, würden wir bemerkt und sofort von den Zeitverlaufsschutz-Sicherungsanlagen der Snarks ausgelöscht." Das waren genau von Selbens Worte.

Es klang nicht nur unwahrscheinlich, sondern fast nach Unmöglichkeit. „Wir beide können nicht Zeitspringen", hatte er gesagt. Aayana machte nun kehrt und ging langsam direkt auf das hell erleuchtete Habitat zu.

Auf ihren Einwand, dass sie schon einmal zeitgesprungen sei, hatte von Selben gemeint, das wäre nicht sie, sondern ein Raumschiff gewesen. Damit hatte er Recht.

Der Punkt sei der, dass so ein Raumschiff Abwehrschilder habe und sie mit enormer Geschwindigkeit in einem der Multiversen unterwegs wären, hatte von Selben erklärt. Die hohe Geschwindigkeit im All biete für sich schon einen gewissen Schutz, wenn sie von Selben richtig verstanden hatte.

Aayana war jetzt hellwach. Weltall, hohe Geschwindigkeit, ein Raumschiff mit Abwehrschildern gegen die Zeitverlaufsschutz-Sicherungsanlagen der Snarks, war das der Plan? Es war völlig unrealistisch. Also war es der gesuchte, völlig unrealistische Plan? Oder war es undurchführbar und einfach nur Selbstmord mit Anlauf? Waren da noch andere Pläne in ihr? Möglicherweise, aber Aayana war sicher, es lief auf den Zeitsprung hinaus.

Sie trat durch die nicht vorhandenen Wände in den großen Wohnraum des Habitats, setzte sich an den Tisch und goss sich noch einen Schluck von dem Whiskey ins Glas: „Ich glaube, ich habe den Plan in mir gefunden."

Jetzt hatte Aayana die volle Aufmerksamkeit der drei Männer.

„Ich musste daran denken, dass mir Lady Chatterley und Sir Winston vor einiger Zeit erklärten, dass sie meine Hilfe brauchen, weil ich in der zweitwahrscheinlichsten Zukunft eine Rolle zu spielen scheine. Ich weiß nicht warum, aber ich bin sicher, dass sie auch über ihre eigene Zukunft gesprochen haben." Aayana nahm einen Schluck vom Whiskey. „Aber nun sind sie tot."

Von Selben unterbrach sie: „Du hast gesagt, du hättest nicht gesehen, dass sie bei der Explosion ums Leben gekommen sind. Was macht dich so sicher, dass sie tot sind."

„Zum einen geht die Wahrscheinlichkeit, dass die beiden bei so einer Zusammenkunft auf der Plattform dabei sind, gegen 98 Prozent, wie du sagen würdest, zum anderen bin ich sicher, dass ich sie telepathisch erreicht hätte. Zumindest einen von ihnen."

„Ich befürchte, du hast Recht", sagte von Selben.

„Ja, aber in der besagten zweitwahrscheinlichsten Zukunft sind sie am Leben."

„Worauf willst du hinaus?", fragte Thor.

„Entweder wir haben die Abzweigung wirklich verpasst und verloren oder unser kleiner grüner Freund hat Recht und es gibt tatsächlich noch einen Plan", erklärte Aayana, „und in diesem Plan überleben Lady Chatterley und Sir Winston."

„Klingt völlig verrückt", sagte Herkules.

„Aber logisch", ergänzte von Selben. „Und ich ahne, worauf du hinauswillst."

„Das glaube ich dir", sagte Aayana. „Der Plan war in mir, weil wir beide vor ein paar Stunden darüber gesprochen haben. Wir müssen Zeitspringen, um das Geschehen auf der Plattform rückgängig zu machen."

„Das hätte zudem den Charme, dass wir auch all unseren anderen Freunden das Leben retten", sagte von Selben.

„Richtig. Und auch wenn ich noch nicht weiß, wie es weitergeht – was eigentlich zu einem guten Plan dazu gehören sollte –, ich bin sicher, das ist der Schlüssel. Alles Weitere ergibt sich dann schon."

Ganz so zuversichtlich waren die drei Männer offensichtlich noch nicht.

„Du hast mir erklärt, dass wir beide nicht Zeitspringen können", sprach Aayana weiter. „Du hast mir aber auch erklärt, wie es möglich war, dass ich schon einmal einen Zeitsprung absolvieren konnte."

„Du willst mit enormer Geschwindigkeit von einem Raumschiff geschützt durchs Weltall Anlauf nehmen", folgerte von Selben.

„So ist es", sagte Aayana. „Vielleicht erreiche ich unsere beiden Raumfahrer, die uns ständig das Leben retten, telepathisch."

„Unwahrscheinlich", sagte von Selben. „Wer weiß, wo im Multiversum die gerade sind. Aber versuchen solltest du es."

Eine halbe Stunde später war klar. So einfach war es nicht. Keine Reaktion. Aayana hatte sich auf den Freund des Bademantels, den Captain, konzentriert, von dem sie glaubte, dass sie eine bessere Verbindung zueinander hätten. Aber sie konnte ihn telepathisch nicht erreichen. Sie saßen immer noch um den Tisch und dachten schweigend nach.

„Aayana, Baby, hast du eben versucht, mit mir zu flirten", sagte der Freund des Mannes mit dem Bademantel, welcher ihm auf den Fuß folgte. „Oho, was sehen meine müden Augen? Einen Auchantoshan Single Lowland Malt?"

„Für mich bitte einen Tee", sagte der Mann mit dem Bademantel.

Als die beiden versorgt waren, berichtete der Multiversen-Bummler nach einem großen Schluck aus seinem

Tumbler: „Waren gerade in einer Hyperraumkrümmung zurück aus dem dritten Quadranten, da hatte ich das Gefühl, dass du mich anbrätst. Nein, Scherz. Jedenfalls konnte ich gerade nicht antworten, weil wir von einer Horde kalguranischer Sternjäger verfolgt wurden. Wie auch immer, einer hat uns anscheinend schlimm erwischt und ich musste hinter dem Hügel da im militärischen Sperrgebiet notlanden. Hab' unsere kleine Weltraum-Yacht auf Invisibilität und Selbstwiederherstellung gestellt. Eure Leute hatten uns sicher am Radar und werden die ganze Nacht suchen, aber das ist jetzt leider nicht mehr zu ändern. Gibt's noch mehr von dem leckeren Zeug?"

Von Selben holte eine neue Flasche, und der Captain goss sich großzügig ein.

Kapitel 30

Folgt der Frau

Es gibt Situationen im Leben, in denen du dir denkst: Was nehmen die? Und mitunter gibt es Momente, in denen du spürst: Egal. Gut so!

Tricia Marie McMillan, in „Trillians kleines Albtraum-ABC", New York, Beteigeuze 2000

Sie hatten bis spät in die Nacht zusammengesessen und gezecht. Der Weltraumbummler war beim Whiskey geblieben und sein Freund mit dem Bademantel beim Tee, wenngleich mit reichlich Brandy. Auch die zwei Götterbuben taten sich an einem 88er Bordeaux aus dem Médoc gütlich. Dazu servierte ihnen der kleine Hausroboter ausgezeichnetes Beef Tartar vom Wagyū-Rind eines Nachbarn auf Kauai. Von Selben und Aayana tranken Bier. Ihnen war danach.

Trotz der langen Nacht saß Herkules bereits vor Sonnenaufgang am Strand und sah auf den Ozean, als von Selben und Aayana aus dem Habitat traten: „Ich weiß nicht, ob es richtig war, aber mein Onkel Poseidon war da, wir haben über meinen Vater gesprochen. Keine Details unserer aktuellen Situation, einfach ganz allgemein. Ich habe ihn gefragt, was er glaubt, wie weit mein Vater gehen würde, und ob er ihm die Verfolgung eines stringenten Plans zutraut. Mein Onkel kann meinen Vater nicht leiden. Und er glaubt nicht, dass mein Vater fähig ist, etwas anderem zu folgen als seinen egozentrischen Launen. Hat nicht viel gebracht."

„Vertraust du deinem Onkel?", fragte von Selben.

„Nein“, sagte Herkules, „aber ich vertraue darauf, dass er seinen Bruder nicht leiden kann. Und Poseidon ist, der er ist. Er ist ohne Arg und Drang. Und ich glaube sogar, dass er mich irgendwie mag.“

In dem Moment flog ein Hammer ein paar Zentimeter an ihnen vorbei. „Sorry“, rief Thor,

„Morgentraining. Ich habe nicht damit gerechnet, dass so früh am Morgen der Strand schon so voll ist.“ Ein paar Sekunden später hatte er sie mit kraftvollen Laufschritten erreicht und bückte sich leicht, um nach seinem morgendlichen Lauf kräftig auszuatmen.

Aayana und von Selben waren kurz abgelenkt, aber dann hatte Aayana doch noch eine Frage an Herkules: „Und? Hat dein Onkel dir etwas geraten?“

„Das war eben das Eigenartige. Er sagte: ‚Folgt der Frau, sie kennt den Weg.‘ Und meine Aufgabe wäre es, ihn dir freizuräumen. Ich muss und werde also an deiner Seite bleiben, wenn ich das richtig verstehe.“

Thor, Herkules, von Selben und Aayana sahen sich an und überlegten.

„Und er hat noch etwas gesagt: ‚Hört auf den Lichtbringer. Wenn ihr nicht weiterwisst, vertraut auf ihn.‘“

Damit war von Selben gemeint. Die anderen sahen nun ihn an.

„Okay, damit kann ich leben“, sagte er.

„Alle bereit?“, rief der Captain und Freund des Bademantels, der aus von Selbens Habitat auf sie zukam. Er sah nicht aus, als hätte er vor ein paar Stunden noch eineinhalb Flaschen Whiskey in sich verschwinden lassen. Dafür merkte man seinem Freund mit dem Bademantel die drei Liter Tee deutlich an. Zumindest den Brandy.

„Unser Schiff hat sich wiederhergestellt, ich habe noch ein paar Premium-Plätze mit Blick auf alles, was Gott – oder wer auch immer – verboten oder geschaffen hat. Wer fährt mit? Ohne Garantie auf Wiederkehr?“

Der Captain war wie immer gut gelaunt, und das war irgendwie ansteckend.

„Leider ist der Time-Drive beschädigt, also ziehen wir eine kapitale Ellipse durch zweieinhalb Quadranten und versuchen dann den Zeitsprung“, sagte er. „Ich bin ja sonst nicht so der Freund von Abenteuern, die tödlich ausgehen könnten, aber ich habe bei der Aktion ein gutes Gefühl, weil Aayana sagt, dass es geht.“

Das hatte Aayana jetzt auf dem falschen Fuß erwischt: „Warum fliege nicht nur ich mit? Weswegen sollten sich die anderen in Gefahr bringen?“

„Stimmt“, sagte der Captain. „Wer will mit?“ Mittlerweile hatte sich das Raumschiff genähert und neben ihnen am Strand auf langen Stahlspinnenfüßen niedergelassen.

„Von Selben und ich sollten nicht gemeinsam gehen, damit im Falle eines Fehlschlags zumindest einer von uns noch da ist“, sagte Aayana. „Vielleicht sollte das Gleiche für Herkules und Thor gelten.“

„Ich fliege jedenfalls mit“, sagte der Mann mit dem Bademantel.

„Klar“, sagte der Freund des Mannes mit dem Bademantel.

„Aber warum ziehen wir eine Ellipse und keine Hyperbel?“, fragte der Mann mit dem Bademantel.

„Das besprechen wir später“, sagte sein Freund und sah sie an. „Wer kommt nun mit?“ Irgendwie war klar, dass alle mitkamen. Sie stiegen in das Raumschiff.

Auf der Kommandobrücke war in der Mitte statt eines

Kommandosessels ein Whirlpool eingebaut. „Ich hab‘ das adaptiert, weil wir mitunter lang unterwegs sind“, sagte der Captain, sichtlich stolz. „Wir haben hier angenehme 37,5 Grad Celsius, unser Bordroboter reicht uns Tee, Kaffee, Champagner oder wonach euch sonst gelüstet. Ich darf euch nur ersuchen, unbekleidet in den Pool zu steigen, weil mir die Rückstände von Waschmittel an etwaiger Badebekleidung die Qualität des Wassers zerstören.“

Eine Minute später saßen Aayana und fünf Männer – darunter so imposante Erscheinungen wie Herkules, Thor und Luzifer – in einem Whirlpool auf der Brücke eines Raumschiffs jeweils mit einem Gläschen morgendlichen Champagners in der Hand. Genau genommen hatte der Mann, der sich für das Bad von seinem Bademantel getrennt hatte, den Champagner abgelehnt und eine Tasse Tee in der Hand. Sie hörten ihrem Captain zu, wie er seinem Schiff Anweisungen gab.

„Freunde, es ist vielleicht das Letzte, was ihr erlebt. Wir fliegen jetzt eine Route, die ich auch noch nie probiert habe, die niemand je probiert hat. Aber eines steht fest: Wir werden sehr schnell fliegen. Und nach den Berechnungen unseres Raumschiffs wird es uns zerreißen.

Dazu noch ein kleiner Zeitsprung ohne Time Drive, was die Sache nicht einfacher macht. Das wär‘s dann gewesen. Ich denke, das sollte mit einem Glas Champagner in der Hand passieren. Und sollte es wider Erwarten doch funktionieren, wäre ein Glas Champagner in der Hand auch nicht falsch. So oder so: Auf euer Wohl!“

Sie prosteten sich zu und Herkules sagte: „Aayana, du bist noch viel leibreizender und schöner, als ich dachte.“

„Lass das“, sagte Thor, „du willst sie doch nicht an deinen Vater erinnern.“

„Nein, gewiss nicht“, sagte Herkules und errötete, „ganz gewiss nicht.“

Unser Captain wandte sich an sein Raumschiff: „Sternendrache, du Liebe meines Lebens, starte jetzt das Programm, das wir besprochen haben. Und wenn wir uns nicht mehr hören: Ich hab‘ dich lieb.“

„Ich kann das nicht tun“, sagte das Raumschiff, „ich bin programmiert, meine Insassen und mich zu schützen.“

„Ich weiß, Liebes, aber ich bin der Captain. Und wir probieren jetzt etwas Neues.“

„Die Wahrscheinlichkeit, dass das nicht funktioniert, beträgt 100 Prozent. Ich bin so programmiert, dass ich das nicht tun kann.“

„98 Prozent“, sagte von Selben, „denn wie du sicher selbst weißt, gibt es eine hundertprozentige Wahrscheinlichkeit nicht.“

„Ja, stimmt schon. Aber warum nur 98 Prozent und nicht 99?“, fragte das Raumschiff.

„Das eine Zusatzprozent ist mein persönlicher Puffer“, sagte von Selben.

„Okay, wenn ihr glaubt, dass wir unter 100 Prozent liegen, dann starte ich jetzt den Prozess. Aber es wird nicht funktionieren. Wer will noch ein letztes Glas Champagner?“, fragte das Raumschiff, und ein kleiner Roboter drehte mit der Flasche die Runde um den Whirlpool.

„Alsdann, es gibt blödere Arten abzutreten, als in einem Whirlpool durchs Universum geschossen zu werden“, sagte Thor und erhob das Glas.

„In der Tat“, sagte der Captain. Dann an sein Schiff: „Tu es, Baby!“

Aayana spürte für einen Moment, dass sich alles drehte,

aber die Kommandobrücke und der Whirlpool, die sie im Zentrum der Kreisbewegung sah, standen still. Rasende Geschwindigkeit und vollkommener Stillstand zugleich.

Dann war sie plötzlich im Unterbewusstsein der Gefährten. Sie war von Selben und dachte über Dinge nach, von denen sie nicht wusste, dass es sie gab. Sie war Herkules und spürte eine Traurigkeit, aber auch eine spirituelle Kraft wie nie zuvor. Sie war Thor und empfand einen überwundenen Zorn und eine reale Kraft, die nicht zu beschreiben war. Und sie war der Captain, der Freund des Bademantels, und hatte plötzlich Lust auf einen Whiskey. Nur der Mann mit dem Bademantel war sie nicht.

Ein Lichtblitz – und plötzlich Schwerelosigkeit, Schweben. Aayana sah die muskulösen Oberkörper von Thor und Herkules ihr gegenüber, spürte von Selbens Schulter an ihrer eigenen, sah den Captain mit seinem Glas Champagner und sah im Sichtfenster der Kommandobrücke Sterne auf sie zurasen. Dann Feuerblitze, eine Explosion, aber kein Schmerz. An dieser Stelle ging es offensichtlich zu Ende. Aayana spürte ein Pochen im Kopf, aber es war ungreifbar. Nichts. Leere. Kein Raumschiff, keine Gefährten ... es war weniger als nichts – untröstlich. Kein Licht, kein Tunnel. Jetzt waren auch sie tot. Vollkommene Dunkelheit und Stille.

4. Teil

Kapitel 31

Zeitsprung und Endlosschleife

Zeitreisen war streng verboten. Zu groß ist die Gefahr, unauflösliche Paradoxien zu erzeugen und damit möglicherweise sogar die nebeneinander existierenden Zeiten, also die vierte Dimension, zu zerstören und ein unermessliches Nichts zu verursachen. Die Snarks waren die erste Lebensform, die das Zeitspringen beherrschte, gleichzeitig aber auch die Gefahren erkannte. Seither wachten sie rigoros in allen bekannten Multiversen über die Einhaltung dieses Verbots – außer in der Traumwelt, welche ihnen unzugänglich war. Dennoch würden sie beispielsweise einen Zeitsprung aus der realen Welt in die Traumwelt mit höchster Wahrscheinlichkeit bemerken. Die sofortige Auslöschung der Zeitreisenden wäre die Folge. Abgesehen davon waren Bewegungen in der vierten Dimension für uns dreidimensionale Wesen an sich nicht ganz ungefährlich.

Lukas von Selben, in „Multiversen, Religion und Zellenzauber", Heidelberg 1998

„Willkommen in deiner nagelneuen Endlosschleife, liebe Aayana. Möglicherweise bist du tot, aber wer weiß das schon so genau?"

Aayana saß nach wie vor im Whirlpool des Raumschiffs, um sie herum von Selben, Herkules, Thor, der Captain und sein Freund ohne Bademantel. An der Wand lehnte lässig

Herok Roames: „Wir werden uns jetzt an einem kleinen Ratespiel ergötzen. Verrate mir, wie du unser Treffen in Sansibar gefunden hast, oder ich töte vor deinen Augen einen dieser Männer."

„Ich weiß es nicht, möglicherweise bin ich Mazzini gefolgt", sagte Aayana.

„Keine gute Antwort. Ich wollte nicht wissen, was du vermutest." Damit jagte er einen Blitz durch den Mann ohne Bademantel, es sah aus als wäre der verdunstet.

Herok Roames lachte heiser: „Du musst dich schon etwas anstrengen, sonst werde ich einen nach dem anderen vor deinen Augen töten."

Die Männer sahen, was passierte, Herok Roames konnten sie aber offenbar nicht sehen. Und sie konnten sich auch nicht bewegen, so sehr man ihnen ansah, wie sie mit angespannten Muskeln dagegen ankämpften.

„Okay, jetzt konzentrier dich, Aayana", sagte Roames, „sonst muss der nächste gute Mann dran glauben. Nächste Frage ..." Doch im selben Moment war auch Thor vom Blitz getroffen und verdampfte.

„Du hast mir gar keine Frage gestellt", schrie Aayana entsetzt und musste feststellen, dass auch sie vollkommen bewegungsunfähig war.

Jetzt lachte Herok Roames lauthals auf: „Ojah, verzeih bitte. Aber das ist meine Art von Humor." Und er lachte weiter.

Dann wurde er wieder ernst: „Ich erhöhe den Einsatz: Wenn du die Antwort weißt, lasse ich euch alle leben. Wenn nicht, sterben zwei Männer meiner Wahl. Also, was glaubst du, warum meine Blitze euch nicht alle im Wasser töten, denn schließlich sind sie nichts anderes als elektrische Energie?"

„Weil du es so willst und kannst?“, antwortete Aayana unsicher.

„Oha. Nicht schlecht. Das ist richtig“, sagte Roames, ließ aber dennoch im nächsten Moment den Captain und Herkules in Dampf aufgehen.

„Du niederträchtiger Betrüger“, war Aayana jetzt rasend vor Wut. „Es lässt sich nichts Widerlicheres denken als dich!“

„Ist das so, Aayana? Schon möglich, aber ich mag jetzt eh nicht mehr. Verabschiede dich von deinem Liebhaber, bevor wir beide uns vergnügen werden“, sagte er diabolisch grinsend und warf einen seiner Blitze gegen von Selben, von dem dieser aber abprallte, Roames selbst traf und auf den Boden schleuderte.

Nach einem kurzen Moment des Erstaunens war Herok Roames wieder auf den Beinen. Es folgte das widerwärtigste Lachen, das Aayana je gehört hatte.

„Das ist gut. Das ist noch komischer, als ich dachte“, lachte Roames. „Du hast einen erstaunlich geschmeidigen Umgang mit elektrischer Energie, Feuer und dergleichen, Lichtbringer.“ Dabei kam er langsam auf den Whirlpool zu, ging um ihn herum und fing an, Aayana am Nacken zu massieren. „Aber rühren kannst du dich dennoch nicht. Vielleicht ist es ja noch amüsanter, wenn du bei dem zusiehst, was ich gleich mit deiner kleinen Freundin hier anstellen werde.“

„Beende den Traum, Aayana“, hörte sie von Selbens Stimme in ihrem Kopf. „Das ist ein Traum“, sagte er noch einmal, „beende ihn.“

„Wie beendet man einen Traum?“

„Weiß ich nicht“, sagte von Selben, „aber du bist eine Traumspringerin.“

„Alsdann, Roames, ich beende es hiermit", sagte Aayana mit fester Stimme und hoffte, damit nicht auch von Selbens und ihr eigenes Schicksal besiegelt zu haben.

Hinter ihr war wieder das Gelächter zu hören. „War alles tatsächlich nur ein Traum, kleine tapfere Aayana? Ich gestehe, in der Tat, ja. Aber du siehst, dass ich mich bemühe, auch deine Albträume mit einem Schuss Erotik zu würzen. Fünf nackte Männer und du in der Badewanne, dann, als dramatischer Höhepunkt, dein Vergnügen mit mir höchstselbst."

„Das ist nicht erotisch, sondern so ekelhaft wie du selbst", schrie Aayana, immer noch bewegungsunfähig. Träumte sie tatsächlich? Aber wann und wo war sie eingeschlafen? Das konnte doch nicht sein. Und plötzlich erinnerte sie sich: Ihr Raumschiff war explodiert. Sie war tot. Aber so hatte sie sich das nicht vorgestellt. War das wirklich ihre Endlosschleife? Würde sie den Wahnsinn immer und immer wieder träumen?

„Aayana, hörst du mich?"

„Ja, ich hör' dich."

„Komm zu dir, Liebling."

Aayana erwachte in den Armen von Selbens. Wo waren sie? Und wo war das Raumschiff? Es roch wieder nach Rauch, doch auch nach Wald und Moos.

„Ich hab' das Raumschiff wieder auf Invisibilität und Selbstwiederherstellung geschaltet, aber ich bin nicht sicher, ob das noch einmal funktioniert. Es ist enorm beschädigt", sagte der Captain.

„Wir sind ziemlich hart gelandet", ergänzte Herkules.

„Wir dürften doch ein paar Stunden vor der Explosion der Plattform sein", erklärte von Selben. „Ich glaube, der

Zeitsprung hat funktioniert, weiß aber nicht, in welche Richtung wir gehen müssen."

„Männer! Ihr habt aber schon auf dem Radar, dass ihr alle nackt seid?", sagte Aayana, nachdem sie sich, immer noch etwas benommen, erhoben hatte.

„Ja, wir waren im Whirlpool, als wir abstürzten", sagte der Captain, „du bist übrigens auch nackt."

„Mich hätte aber schon interessiert, ob der unangenehme Typ dich wirklich vergewaltigt hätte", sagte der Mann ohne Bademantel, wurde jedoch durch eine strenge Handbewegung Thors unterbrochen.

„Das habt ihr aber nicht alle gesehen und geträumt wie ich?", fragte Aayana.

„Also, ich habe es zwar nicht geträumt, aber gesehen", sagte Herkules, „doch das ist jetzt auch egal. Hauptsache, wir sind alle noch am Leben."

„Ihr seid doch im Verlauf des Traums verdampft", war Aayana immer noch verwirrt.

„Ja, hat so ausgesehen und sich auch irgendwie so angefühlt", sagte Thor. „Gesehen habe auch ich alles. Starker Auftritt übrigens, Lichtbringer."

„Freunde, wir müssen uns jetzt auf das Wesentliche konzentrieren", unterbrach von Selben.

„Mal überlegen: Wo ist die verdammte Plattform? Und wie spät ist es wirklich?" Er konzentrierte sich und errechnete trotz leichter Bewölkung in erstaunlicher Geschwindigkeit anhand des Sonnenstands und der Vegetation, dass sie sich südwestlich der Plattform befinden mussten, und schlug daher eine Richtung vor. Er hatte Recht. Kaum zehn Minuten später waren sie am Fuß der Plattform, wussten aber immer noch nicht, wann genau. Zeitreisen waren umso unauffälliger, je geringer der Zeitraum war, den man überwand. Sie hatten daher knappe vier Stunden vor der Explosion vereinbart. Sollte das klappen, war also noch Zeit.

Am Fuß der Plattform versuchte Aayana gleichzeitig mit Churchill und Lady Chatterley telepathisch Kontakt aufzunehmen, indem sie sich auf die beiden konzentrierte. Und tatsächlich meldete sich Winston sofort: „Hello, Aayana, wie machst du das?"

„Erklär' ich dir später. Bist du schon auf der Plattform oder erst am Weg?"

„Ich bin schon da. Wo bist du?"

„Wir stehen unterhalb der Plattform", sagte Aayana und holte von Selben ins Gespräch:

„Lukas, was denkst du? Wieviel Zeit haben wir noch, bis die Plattform explodiert?"

„Ich weiß es nicht genau", sagte von Selben, während er die Lichtverhältnisse prüfte, „aber wir sollten einfach sofort evakuieren."

„Hast du von Selben über unsere Verbindung gehört, Winston?", fragte Aayana.

„Aayana, bist du das?", hörte sie nun auch Lady Chatterley.

„Ja, Constance. Du weißt gar nicht, wie froh ich bin, dich und Winston zu hören. Evakuiert bitte sofort die Plattform. Sie wird demnächst in Luft fliegen."

„Kommt rauf und erklärt uns die Lage", sagte Winston.

„Das geht momentan nicht, denn meine fünf Begleiter und ich sind eher unpassend adjustiert. Ihr trefft uns etwa einen Kilometer südwestlich von euch bei der kleinen Lichtung. Jetzt räumt sofort die Plattform. Die Explosion wird verheerend."

Als Lady Chatterley, Winston Churchill und Marilyn Monroe eine halbe Stunde später auf der Lichtung eintrafen, fuhr, allerdings kaum merklich, frisches Leben in die Unterleiber der Männer, was vermutlich nichts mit Winston Churchill zu tun hatte, sondern vielmehr dem Umstand geschuldet war, dass sie sich völlig nackt Lady Chatterley und Marilyn Monroe gegenübersahen. Aber das Wichtigste war: Die Plattform war geräumt. Im nächsten Moment hörten sie eine gewaltige Explosion.

Sie sahen sich reihum an. War das wirklich gelungen? Die Gruppe um Aayana war schlagartig guter Stimmung.

Wenig später hatten Herkules, Thor, der Mann mit dem Bademantel und sein Freund, aber auch Winston den Augenkontakt eingestellt und sahen, gleichermaßen konzentriert wie gut gelaunt, auf Aayanas Busen.

„Habt ihr was anzuziehen für mich?“, fragte sie, ebenso irritiert wie sinnloserweise.

„Oh, du Arme, du musst ja frieren. Wie nachlässig von uns“, sagte Marilyn, zog ihr Kleid über den Kopf und reichte es Aayana. Das war absurd. Das waren nun sechs Männer und vier entblößte Brüste. Der Mann mit dem Bademantel war in Ohnmacht gefallen. Und sein Freund verlangte etwas Hartes zum Trinken – mitten im Wald.

Das war das Stichwort. Sie mussten hier weg. Von Selben schlug einmal mehr Kauai vor, das hörte sich vernünftig an. Das havarierte Raumschiff ließen sie zurück.

Kapitel 32

Ein Plan liegt in der Luft

Dass eine gewonnene Schlacht noch nicht bedeutet, dass man den Krieg gewinnt, ist allgemein bekannt. Dass sich daher zum Gefühl der Zufriedenheit auch Unsicherheit gesellt, mag nicht verwundern, insbesondere wenn man überhaupt keinen Plan hat. Mit Plänen ist das so eine Sache. Zuerst brauchst du eine Idee und dann musst du den Plan ausarbeiten. Umso unangenehmer, wenn du keine Idee hast.

Jeanne d'Arc, in „Schlachten in der Männerwelt", 168. überarbeitete Auflage, Orléans 2002

Nachdem der kleine Robo-Butler Melville die Gruppe mit Kleidung versorgt hatte, brachten Aayana und von Selben Lady Chatterley, Winston Churchill und Marilyn Monroe auf den letzten Stand, ohne auf die Details der Abenteuer näher einzugehen. Das Questentier erwähnten sie genauso wenig wie etwaige Albträume.

Der springende Punkt war, dass Aayanas Plan nur bis hierhin reichte. Bis zur Rettung der Gefährten auf der Plattform, und das hatte funktioniert. Sie war überzeugt gewesen, dass sich alles Weitere dann ergeben würde. Doch jetzt war sie etwas ratlos und schaute fragend von einem zum anderen, bis ihr Blick auf Lady Chatterley ruhte.

Sie hatte vor der Evakuierung der Plattform angeordnet, dass die Gefährten untertauchen, sich bis auf Weiteres nur in kleinen Gruppen treffen und Somno-Garden meiden sollten. Dort hatte mittlerweile tatsächlich Sauron das Sagen, zu groß war die Gefahr eines weiteren großen Schlages. Das war zwar gut, noch besser aber war, dass sie an die hundert Leben gerettet hatten. Die Somno-Garde war damit bis auf Weiteres dennoch zerschlagen und handlungsunfähig. Auf so eine Entwicklung war Lady Chatterley nicht vorbereitet. Es gab keinen Plan B – weder einen vereinbarten Ausweichtreffpunkt, noch Zeitpläne oder Kommunikationsstrukturen.

„Okay, wo stehen wir?", fragte Aayana. „Wir wissen, wer in der realen Welt an der Spitze des Komplotts steht, nennen aber seinen Namen nicht, weil er uns sonst möglicherweise spürt.

König Sven Göran dürfte nicht beteiligt sein. Was wir auch wissen, ist, wer den Putsch in der Traumwelt anführt, nämlich nach wie vor Sauron. Gut ist, dass unsere Feinde davon ausgehen, dass sie den Großteil unserer Gefährten vernichtet haben." Aayana machte eine Pause und dachte nach.

„Ich werde in den Somno-Garden springen und die Lage überprüfen", sagte von Selben. „Das wird nicht viel Aufsehen erregen, alle wissen, dass ich zum Zeitpunkt der Explosion nicht auf der Plattform war. Außerdem werde ich versuchen, erst gar nicht aufzufallen. Sollten sie mich doch erwischen, funke ich dich telepathisch an und gebe euch die Lage durch, Aayana."

Das war Aayana irgendwie gar nicht Recht, doch schien es vernünftig: „Okay, aber sei vorsichtig. Spring her, wenn die Situation außer Kontrolle gerät."

„Versprochen", sagte von Selben, überprüfte mit schnellen Handgriffen seine zwei Walter PPK, lächelte und war verschwunden.

Aayana sah auf den Platz, an dem von Selben eben noch

gesessen hatte: „Also weiter: Wir haben in der Traumwelt den loyalen und damit den größten Teil der Somno-Garde auf unserer Seite, wobei wir nicht genau wissen, ob es darunter nicht doch noch den ein oder anderen Spitzel gibt. Ich kann mir vorstellen, dass jene, die zum Zeitpunkt der Explosion auf der Plattform gewesen wären, spätestens jetzt ebenfalls zu uns halten würden. Wir müssen uns nur überlegen, wie wir sie erreichen und gegebenenfalls aktivieren können."

„Wie hast du telepathisch Kontakt zu uns aufgenommen, Aayana? Können wir das auch?", wollte Winston Churchill wissen.

„Ich weiß es nicht. Ich weiß nur, dass ich die Person kennen muss, die ich kontaktiere. Und das ist leider bei den allermeisten unserer Freunde nicht der Fall. Aber vielleicht könnt ihr das ja tatsächlich auch."

„Ich wäre nicht auf die Idee gekommen. Marilyn, Winston und ich kennen alle, wir sollten es versuchen", sagte Lady Chatterley.

„Ja. Probiert es jetzt gleich. In zehn Minuten wissen wir mehr", sagte Aayana.

Die drei versuchten, sich zu konzentrieren, und die anderen beobachteten sie gespannt. Zehn Minuten lang geschah nichts. Als Aayana den Versuch abbrechen wollten, hob Marilyn die Hand: „Wartet! Ich habe den T-Rex dran."

Es vergingen weitere zwei Minuten, dann wandte sich Marilyn Monroe wieder den anderen zu. Sie strahlte: „Es sieht so aus, als könnte ich das."

„Bei dir würde ich mich auch sofort melden", sagte Herkules und fing sich einen finsteren Blick von Thor ein. „Du willst doch nicht klingen wie dein Vater, oder?"

„Das ist großartig. Wir haben durch dich eine Verbindung“, brachte Aayana das Gespräch wieder auf den Punkt.

„Es hat relativ lang gedauert“, erwiderte Winston, „wenn wir über Marilyn etwa hundert Gefährten einberufen wollen, brauchen wir hundert mal zehn Minuten. Das sind über sechzehn Stunden.“

„Das stimmt“, sagte Aayana. „Winston, du kennst alle und weißt vermutlich am besten, wer wen wie schnell auf normalem Wege erreichen kann. Fass sie zu sinnvollen Gruppen zusammen. Dann funkt Marilyn aus der jeweiligen Gruppe die Person an, die sie am besten kennt. Als Treffpunkt vereinbaren wir die Waldlichtung, von der wir hierhergesprungen sind. Dort sollen sich alle versammeln, wenn Marilyn sie aktiviert. Kann das funktionieren?“

„Denke, schon“, sagte Winston und fing an, auf dem Tischtuch Namen zu notieren.

„Doch jetzt zum Kern der Sache: Was können wir tun?“, fragte Aayana und blickte in die Runde.

„Ich gehe nach Seattle und stelle meinen Vater zum Kampf“, meldete sich Herkules.

„Ich schätze dich sehr, aber ich glaube nicht, dass du das gewinnst“, erwiderte Thor.

„Und zu zweit?“

„Auch nicht“, antwortete Thor. „Nicht einmal, wenn wir den Lichtbringer dabeihaben. Ich schätze, dein Vater ist zu mächtig. Er würde uns eliminieren. Und damit ist niemandem gedient.“

„Und wenn wir zu Cervantes gehen und die Vereinigten Sozialistischen Volksrepubliken und Königreiche auf die Nördlichen Monarchien ansetzen“, unterbrach Churchill seine Notizen.

„Ich befürchte, das gäbe nur unschuldige Todesopfer, bis die Snarks dem Spuk ein Ende bereiten. In dem Fall wäre für die Snarks Cervantes der Agressor. Das ist zu gefährlich", wandte Aayana ein. „Vielleicht könnten wir Sven Göran einweihen. Ich habe allerdings keine Ahnung, wie er uns helfen kann, wenn er uns überhaupt glaubt."

„Und wenn wir direkt zu den Snarks gehen?", fragte Lady Chatterley.

Alle dachten nach. Dann fragte Thor: „Wie geht man direkt zu den Snarks?" Erneut dachten alle nach.

„Irgendwie ginge das sicher, aber es ist vermutlich ziemlich zeitaufwendig", sagte Aayana.

„Und gesetzt den Fall, sie würden unsere Geschichte glauben, kann ich nicht einschätzen, wie sie reagieren würden. Außerdem habe ich Bauchweh beim Gedanken, ihnen zu viel über die Traumwelt zu erzählen."

„Ich auch", sagte von Selben.

„Oha, da ist er ja wieder", sagte der Freund von dem Mann mit dem Bademantel. „Andere Frage: Gibt's noch irgendetwas Härteres zum Trinken in dem Haus?"

Das war ein gutes Stichwort. Während der kleine Hausroboter jeden nach seinem Gusto versorgte, berichtete von Selben: „Ihr werdet es nicht glauben, aber der T-Rex hat im Namen der Albträume das Sagen. Sauron ist nicht wiederaufgetaucht. Die offizielle Version im Hohen Rat ist, der Putsch wäre von den erotischen Träumen ausgegangen. Oder nein, nicht einmal das. Sie glauben, es wäre Lady Chatterleys Versuch, mit Hilfe der Somno-Garde die demokratischen Strukturen auszuhebeln. Wenigstens ist alles völlig unblutig verlaufen."

Es entstand eine unangenehm lange Pause, sie sahen sich einigermaßen verdutzt an.

„Ja, ich war auch überrascht“, brach von Selben das Schweigen, „aber es ist, wie es ist.“

„Hm, Marilyn hat den T-Rex erreicht“, erklärte Aayana-von Selben. „Es war nur, um auszuprobieren, ob Constance, Winston oder Marilyn telepathisch mit Gefährten Kontakt aufnehmen können. Du hast ihm doch nicht allzu viel verraten, oder, Marilyn?“

„Nein. Nichts, was er nicht eh schon wusste, wie vor allem die erfolgreiche Räumung der Plattform, von der er ja selbst betroffen war“, sagte Marilyn.

„Und? Was hat er gesagt?“, wollte Lady Chatterley wissen.

„Nichts von Bedeutung. Dass er froh sei, von uns zu hören, dass es uns gut ginge, und so weiter. Die Verbindung war auch nicht besonders gut.“

„Ich kann mir nicht helfen, aber ich glaube nicht, dass der T-Rex wirklich auf der Seite der Halunken steht“, sagte Aayana nachdenklich.

„Ich auch nicht“, sagte Marilyn, „wir sind wirklich eng befreundet.“

„Wie nun, wenn er das böse Spiel bloß mitspielt?“, fragte Lady Chatterley, mehr sich selbst.

„Er war ja als frisch gewählter stellvertretender Vorsitzender des Hohen Rats formal nicht zu übergehen.“

„Dass das ein illegaler Putsch war und wir nicht dahinterstecken, muss ihm ja klar sein“, wandte Churchill ein.

„Und wenn er sich dachte, dass es besser sei, bei der Sache mitzuspielen, als sie einem anderen zu überlassen und sich selbst völlig aus dem Spiel zu nehmen?“, erwiderte Lady Chatterley.

„Okay, das ist kompliziert. Wenn Lady Chatterley Recht hat, verbessert das unsere Lage erheblich“, unterbrach Aayana die beiden. „Wir müssen nur herausfinden, auf welcher Seite er tatsächlich steht, bevor wir alle, und damit auch ihm, unseren neuen Sammelpunkt auf der Lichtung verraten."

„Und wie finden wir das heraus?", fragte Herkules.

„Das mach' ich", erklärte Aayana, „denn mein Gefühl sagt mir, dass ich ausreichend Kontakt zu ihm habe, um ihn selbst anzufunken. Daran habe ich bloß nicht gedacht. Zuerst lasst uns noch unsere Möglichkeiten weiter ausloten, wie wir dem, dessen Name nicht genannt werden soll, hier in der realen Welt erfolgreich zu Leibe rücken können."

„Wir könnten die ganze Seattle Corporation vernichten, ohne ihn im direkten Kampf zu stellen", sagte Thor, „ich selbst kann verheerendes Wetter erzeugen, doch das wird vermutlich nicht genug Wirkung entfalten. Aber kann dein Onkel Poseidon Seebeben und Tsunamis?"

„Kann er, nur würde das die ganze Westküste Amerikas betreffen und unzähligen Unschuldigen das Leben kosten", sagte Herkules. „Das wäre meinem Onkel vermutlich noch relativ egal, allerdings weiß ich nicht, ob er sich traut, gegen seinen Bruder anzutreten. Und wenn doch, ob er überhaupt Lust dazu hat. Nein, das funktioniert nicht."

„Ich bin auch dagegen und denke, wir müssen ihn in unsere Gewalt bringen", sagte Aayana langsam.

„Das glaube ich auch", sagte von Selben, „ich denke schon die ganze Zeit darüber nach, wie wir das anstellen könnten."

„Die Idee ist vermutlich die richtige", fügte Herkules nachdenklich hinzu. „Es gibt eine einzige Bedrohung, vor der mein Vater Angst hat: der Verlust seiner Existenz. Da unterscheidet er sich nicht allzu sehr von Sterblichen, nur dass es ihm als unsterblichem Göttervater noch mehr Angst macht."

„Fragt sich bloß, wie wir diese Bedrohung realistisch aufstellen", entgegnete Aayana.

„Gehen wir weiter logisch vor", führte von Selben fort. „Wie stark er ist, haben wir vorhin schon erörtert. Reden wir über seine Schwächen."

„Mein Vater hat so ziemlich all die Schwächen, die die Anhänger deines Vaters als die Sieben Todsünden bezeichnen würden", erklärte Herkules. „Er ist hochmütig, habgierig, wollüstig, jähzornig, maßlos selbstsüchtig, anderen gegenüber missgünstig und ignorant."

„Ihr habt keine besonders gute Vater-Sohn-Beziehung, oder?", hinterfragte Thor.

„Aber seine größte Schwäche ist vermutlich die Wollust", setzte Herkules fort, ohne auf Thor einzugehen.

„Ich habe eine Idee", sagte Marilyn Monroe, „ich flirte mit ihm, lenke ihn ab, und ihr überwältigt ihn."

Von Selben und Aayana sahen sich an. „Ich fürchte, beim Flirten wird es nicht bleiben. Er wird dich vergewaltigen, ehe du das Wort Honolulu ausgesprochen hast", sagte Aayana, „und ich weiß, wovon ich spreche."

Marilyn errötete: „Dann halt auch das. Hauptsache, ihr macht ihn unschädlich."

„Nein, das funktioniert nicht", sagte von Selben sanft. „Ich habe eine Salve großkalibriger Patronen in ihm versenkt, als er sich gerade anschickte, Aayana zu vergewaltigen. Das hat sie zwar vor diesem Schicksal bewahrt, weil er sich in Luft auflöste, aber ich habe den Verdacht, dass das weniger auf Verletzungen zurückzuführen war, als auf seine Verblüffung, mich lebend wiederzusehen."

„Nein, Marilyn“, ergänzte Aayana, „das gelingt uns kein zweites Mal. Nicht einmal Thors Hammer würde ihn jetzt noch beeindrucken, wenn das Überraschungsmoment weg ist.“ Marilyn Monroe war nun kreidebleich, sie zitterte ganz leicht: „Was für ein Scheusal.“

„Was uns aber zur nächsten Frage führt“, sagte von Selben, „wen können wir hier in der realen Welt noch als Verstärkung aktivieren?“

„Deinen Vater“, sagte Herkules, „er ist allmächtig.“

„Der greift grundsätzlich nicht in das Schicksal der Menschheit ein. Das ist so ein Spleen von ihm“, wehrte von Selben ab.

„Was ist mit seinem Vater? – wenn ich als Sterblicher mal etwas beitragen darf …“, sagte der Freund des Bademantels, deutete auf Thor und nahm einen tiefen Schluck aus seinem Whiskeyglas.

„Odin hat sich völlig verändert“, wehrte Thor ab. „Mein Vater hat sich vor Jahrhunderten vor seinem Götterpalast Valaskjalf mit viel Liebe einen Garten angelegt und schneidet den ganzen Tag seine Rosen, wenn er nicht gerade für die internationalen Halma-Meisterschaften trainiert.“

„Sterblicher war ein Stichwort“, sagte Aayana, „wir ziehen da niemanden mit rein. Das müssen wir selbst erledigen. Apropos erledigen: Ich rede jetzt mit dem T-Rex. Ich bin in zehn Minuten wieder bei euch.“

Sie ging durch die nicht vorhandenen Wände von von Selbens Habitat auf den Strand hinaus auf die Wasserkante zu, während sie sich auf den T-Rex konzentrierte. Dabei hatte sie das Bild vor Augen, als ihr die Agenten der Somno-Garde applaudierten, während ihr der T-Rex lediglich ein übergroßes, zahniges Lächeln und diesen ganz besonderen

Blick aus seinen Reptilien-Augen sandte, weil sich seine zu kurzen Ärmchen nicht für eine Beifallsbekundung eigneten. Keine zehn Sekunden später hatte sie Kontakt mit ihm.

„Aayana, ich freu' mich."

„Worüber freust du dich?"

„Dass du am Leben bist. Das hat mir Marilyn schon erzählt", sagte der T-Rex, „und dass du mit mir Kontakt aufgenommen hast." Er machte eine Pause. „Ich habe von Selben im Somno- Garden gesehen." Wieder eine Pause: „Und nicht nur ich."

„Warum hast du Marilyn nichts davon erzählt, dass du jetzt der Chef in der Traumwelt bist?", fragte Aayana den T-Rex ganz direkt, und es hörte sich aggressiver an, als sie wollte.

„Die Verbindung war nicht gut, viel schlechter als unsere jetzt. Sie ist immer wieder abgebrochen, aber ich habe verstanden, dass Marilyn die Idee mit der telepathischen Kontaktaufnahme von dir hatte." Wieder entstand eine Pause, dann sprach der T-Rex weiter:

„Ich weiß, wie es aussieht, doch es ist nicht so, wie du denkst."

Jetzt musste Aayana laut lachen. Was für ein Satz! „Okay, T-Rex, hast du eigentlich einen Namen?"

„Wilbur."

Das war eigentlich schon wieder zum Lachen, aber Aayana behielt sich im Griff: „Okay, Wilbur, erzähl mir, was passiert ist."

„Das ist schnell erzählt. Von der Verschwörung habe ich ja schon auf der Plattform erfahren, vom erfolgreichen Putsch aber erst, als ein paar Schergen der monströsen Privatarmee der Albträume zu mir kamen, um mir mitzuteilen, dass ich als stellvertretender Vorsitzender der Albträume und frisch gewählter stellvertretender Vorsitzender des Hohen Rats die Traumwelt zu übernehmen hätte."

„Und das hast du getan?", fragte Aayana.

„Ja. Ich bin zwar kein Raketenwissenschaftler, habe mir aber gedacht, dass ich an der Stelle besser nicht Nein sage und mir das Ganze mal anschaue", erklärte der T-Rex.

„Und was hast du gesehen?"

„Den Umsturz und die Machtübernahme. Sie haben mich zwar gefragt, warum ich am Leben bin, wo doch die Plattform aus unerfindlichen Gründen explodiert sei, auf der auch ich schon gesehen wurde. Ich habe ihnen erzählt, ich war offensichtlich nicht dort."

„Und das haben sie dir geglaubt?"

„Ich glaube, ja. Sie nehmen nach wie vor an, dass der Anschlag erfolgreich war. Die meisten unserer Gefährten sind ja untergetaucht", erklärte der T-Rex. „Außerdem halten sie mich für einen Idioten, den sie steuern und gegebenenfalls jederzeit eliminieren können."

„Okay, mein Lieber", sagte Aayana, „ich weiß nicht, warum, aber ich glaube dir. Ich melde mich."

„Warte, Aayana!"

„Was ist noch?"

„Danke, dass du mir und unseren Freunden das Leben gerettet hast."

„Das war nicht ich allein, sondern ..."

Sie wurde unterbrochen. „Wilbur ist in Ordnung, Aayana", sagte eine raue Stimme und man hörte im Hintergrund das Bellen von 30 Höllenhunden. „Verzeih, dass ich mitgehört habe, aber in Sachen telepathischer Kontaktaufnahme bin ich wirklich gut. Wilbur und ich saßen hier gerade bei einer Partie Schach, als ich dich spürte und mir dachte, dass ich zu einer kleinen Rettungsmission aufbrechen müsste", sagte das Glatisant.

„Ich freue mich, von dir zu hören. Und ich freue mich umso mehr über eure Freundschaft", sagte Aayana und hatte ein echtes Glücksgefühl. „Ich muss jetzt aufhören. Passt auf euch auf

... Nein, wartet! Eine Frage habe ich noch an Wilbur."

„Ja?"

„Kennst du dich mit der Technik ein wenig aus?", fragte Aayana. „Wer steuert eigentlich diese widerlichen Albträume? Ich hoffe, das hat nichts mit der eigenen kranken Phantasie zu tun."

„Ich bin kein Experte", sagte der T-Rex", aber gesteuert wird das von den Albtraumatoren. Die steuern anhand der vorliegenden Daten zu den Traumata der Träumenden die Albträume ein. Es kommt ein wenig darauf an, welchen Albtraumator man erwischt. Manche sind harmlos, andere aber völlig gestörte Sadisten."

„Und können die den gleichen Albtraum mehreren Personen gleichzeitig einsteuern?"

„Darüber weiß ich zu wenig", sagte der T-Rex, „keine Ahnung."

„Okay, nicht so wichtig", sagte Aayana, „haltet die Augen offen und seid vorsichtig. Wir hören uns."

Damit unterbrach Aayana die Verbindung, sah noch einmal aufs Meer, bevor sie sich umdrehte und langsam auf das Habitat zuging. Sie hatten auch noch das Glatisant als Verbündeten. Daran hatte sie noch gar nicht gedacht. Und sie hatten mit dem T-Rex an der Spitze der Traumwelt ein unerwartetes Trumpf-As in der Hand. Aber der T-Rex schwebte auch in höchster Gefahr. Sie mussten vorsichtig sein.

„Alsdann, ich bin überzeugt, der T-Rex steht auf unserer Seite. Und das ist gut“, sagte Aayana, als sie sich wieder an den Tisch im Habitat setzte. „Ich weiß nicht, wie es euch geht, aber ich bin irgendwie zuversichtlich, wenngleich müde. Ich kann jetzt nicht mehr denken. Lasst uns noch das Brot brechen, gemeinsam etwas trinken und danach ruhen.“

Aayana las die Zustimmung in den Augen. „Mit eurem Einverständnis wird euch Winston morgen zu eurem Raumschiff in der Traumwelt springen“, wandte sie sich an die beiden Raumfahrer. Auch dieser Vorschlag wurde angenommen.

Vielleicht drängte sich bei dem ein oder anderen immer mal wieder ein Gedanke an das vor ihnen Liegende ins Bewusstsein, aber wer will das schon so genau wissen? Grundsätzlich saßen jetzt einfach Freunde um einen Tisch, aßen, was der kleine Roboter ihnen servierte, und zechten miteinander. Einen stringenten Plan hatten sie zwar immer noch nicht, aber er lag in der Luft.

Kapitel 33

Seelig sind die Einfältigen

Es gibt keine Götter. Wenn man sich dennoch mit einem anlegt, zumal einem sehr mächtigen, sollte man immer in Betracht ziehen, gegebenenfalls zu unterliegen. Das kann (sogar beim Schach) recht unangenehm werden. Man sollte also einen sehr guten Grund für solch eine Auseinandersetzung und einen noch besseren Plan haben.

Charles de Secondat, Baron de Montesquieu, in „Gottes Einfluss auf die Welt und das Schachspiel", 14. überarbeitete Auflage, Paris 2014

Aayana lag nackt auf einem Altar, mit den Händen jeweils an die Ecken der kalten Steinplatte gefesselt. Ihre Beine ragten unangenehm über das andere Ende der Platte hinaus. Um sie herum waren dorische Säulen angeordnet. Das Dach fehlte. Sie sah in einen gnadenlos hellblauen Himmel. Als sie ihren Kopf hob, sah sie Herok Roames auf sich zukommen, das Hemd unter seinem teuren Maßanzug aufknöpfend. Von seinem Charme ihrer ersten Begegnung war nichts übrig, sein Lächeln war einfach nur gehässig. Er ging langsam.

Unversehens war er nicht mehr der elegante Konzernführer, sondern Zeus, wie aus einem Comic-Heft: muskulöser Oberkörper in einer halb geöffneten Toga, Rauschebart, von Blitzen umspielt. Sein Lächeln war allerdings immer noch gemein.

„Du wirst vor Schmerz schreien", sagte er. Im nächsten Moment verwandelte er sich in einen Stier, er rammte seine Vorderhufe links und rechts von Aayana auf die Steinplatte.

„Du widerliche Karikatur eines Obergottes kannst mich mal", sagte Aayana, „was machst du, wenn ich jetzt einfach aufwache?"

Damit gab sie sich einen Ruck und saß aufrecht im Bett. Das hatte geklappt. Aayana war nicht einmal schweißgebadet. Doch anders als erwartet, war es nicht mitten in der Nacht, sondern früher Morgen, und der Strand vor von Selbens Habitat war in ein angenehmes Orange getaucht. Es roch nach Salz, ganz wenig nach Tang und noch feuchtfrisch nach der Nacht, die vor Kurzem erst gewichen sein musste.

Der Typ verfolgt mich, dachte Aayana, der zahlt irgendeinen von den Albtraumatoren. Aber sie war nicht wirklich verstört. Im Gegenteil, sie spürte das Gefühl von Kraft, fast von Überlegenheit. „Nicht übermütig werden, Aayana", sagte sie jetzt leise zu sich selbst, „der Kampf geht weiter."

Als Aayana auf den Strand hinaustrat, wehte ihr eine kaum wahrnehmbare, dennoch erfrischende Brise entgegen. Obwohl der Tag noch jung war, saß an der Wasserlinie bereits eine fast unübersichtliche Anzahl an Gestalten, von denen sie die meisten, auch auf die Entfernung von etwa fünfzig Metern, sofort erkannte. Genau genommen, alle – was ihre Verwunderung aber nicht schmälerte.

„Guten Morgen, meine Lieben", sagte Aayana, als sie die im Sand sitzende Gruppe erreichte.

„Ihr seid alle schon auf? Schlecht geträumt?"

Die Runde lächelte Aayana an, begrüßte sie warm, und von Selben erhob sich, umarmte sie und gab ihr einen Kuss.

„Ich kann nichts über Tiere an sich sagen, aber Saurier träumen nicht", sagte der T-Rex.

„Fabelwesen auch nicht", schloss sich das Glatisant an. Aus seinem Inneren war das sanfte Knurren von dreißig

Höllenhunden zu hören. Als sein Maul sich schloss, verstummte das.

„Götter können zwar träumen, das aber selbst steuern und gegebenenfalls ausschalten", erklärte Thor.

„Gilt auch für Halbgötter und Götterkinder", sagte Herkules. Von Selben und Jesus nickten zustimmend.

„Alles Leben ist Leid", sagte der Buddha. „Für mich ist Traumlosigkeit am Weg ins Nirwana stimmig."

„Okay, also bin ich hier die Einzige, die grauenhaft träumt?", fragte Aayana.

„Nein, Aayana", sagte Lady Chatterley sanft, „ich habe geträumt, dass sich mein lieber Mellors und auch sonst alle Männer meiner Reize entziehen. Es war fürchterlich. Ich bin um zwei Uhr in der Nacht aufgewacht und habe kein Auge mehr zugetan."

„Und ich habe geträumt, dass Jesus Recht hat", sagte der Buddha. Alle sahen ihn an. „Nein, war nur ein Scherz. Ich war irgendwo in den österreichischen Alpen – es war verschneit und elendig kalt – und ich wurde gezwungen, ein Rindsgulasch mit Knödeln zu essen."

Alle lachten, bis auf den T-Rex und das Glatisant.

„Marilyn, Winston und unsere beiden Raumfahrer schlafen noch?", fragte Aayana.

„Nein, nur Marilyn. Winston ist mit unseren beiden Freunden zu ihrem Raumschiff in die Traumwelt gesprungen."

„Es hat sich tatsächlich wiederhergestellt. Höchst erstaunlich", sagte Winston Churchill, der auf die Gruppe zukam. „Sie sind gestartet, haben aber versprochen, für alle Fälle in unserem Quadranten zu bleiben. Gute Jungs. Und wenn ich das richtig sehe, ist das da draußen Marilyn."

Tatsächlich kam die anmutige Gestalt Marilyn Monroes aus dem Wasser auf sie zu. „Guten Morgen, ihr Süßen", hauchte sie mit ihrer sanften Stimme, die einen Tornado verwirren und zu einer lauen Sommerbrise hätte machen können.

„Guten Morgen, Marilyn. Wie hast du geträumt?", fragte Aayana auch sie, weil sie wissen wollte, wo sie in der Albtraumfrage standen.

Doch Winston Churchill war schneller: „Ich habe geträumt, dass die Snarks nie auf der Erde gelandet sind und ich gegen diesen Hitler den Krieg verliere. Und dass es in meinem Exil in Südamerika keinen ordentlichen Brandy gibt."

Marilyn Monroe sah bleich aus: „Ich habe geträumt, dass ich meine wahre Liebe finde. Es war so unglaublich warm, echt und leicht, so wunderschön. Alles war für mich plötzlich so klar und selbstverständlich." Sie machte eine Pause, in ihrem rechten Augenwinkel bahnte sich eine kleine Träne ihren Weg. „Und dann war da ein höhnisches Gelächter und eine schaurige Stimme: ‚Alles nur ein Traum, kleine Marilyn! Alles nur ein Traum!' Und dann wachte ich auf."

Alle sahen sie an, sie wischte sich die nun zahlreichen Tränen mit dem Handrücken aus dem Gesicht.

„Merk dir den ersten Teil", sagte Thor, der aufgestanden war und seinen Arm sanft um ihre Schulter legte, „merk dir den ersten Teil."

Aayana unterbrach das Schweigen. „Okay, es ist also losgegangen", sagte sie und sah den T- Rex an. „Lasst uns hineingehen und einen echten Plan schmieden. Siddhartha, Huitzilopochtli, Jesus, habt ihr drei noch ein wenig Zeit? Wilbur und Hedwig, ihr könnt für die Besprechung auf der Terrasse direkt bei uns sitzen, wenn auch ihr noch Zeit habt." Huitzilopochtli war beeindruckt, dass Aayana sich seinen Namen gemerkt hatte, und war sichtlich gut gelaunt. Aber davon nahm niemand Notiz. Sie hatten sich alle wieder um den großen Tisch versammelt. Die Sessel Richtung Terrasse blieben leer, damit niemand dem T- Rex und dem Glatisanten unhöflich den Rücken zukehrte. Bis auf den Saurier und das Fabelwesen hatten mittlerweile alle funktionale Kampfanzüge an und hantierten an ihren Waffen wie eine Elite-Einheit – alles aus von Selbens Fundus. Insbesondere Marilyn und Lady Chatterley, aber auch Winston Churchill, boten einen ungewohnten Anblick.

„Ich habe eine Frage", eröffnete Aayana die Sitzung, „das mit der wahrscheinlichsten und der zweitwahrscheinlichsten Zukunft wissen wir ja von einem verbotenen Treffen von Selbens mit einem Zeitreisenden aus der Zukunft." Dabei sah sie zuerst Lady Chatterley und dann Winston Churchill an. „Bin ich in dieser besseren, zweitwahrscheinlichsten Zukunft auch dabei? Ich meine, bin ich am Leben?"

Betretendes Schweigen erfüllte den Raum.

„Ich glaube schon", sagte von Selben. „Der Meister, der kleine grüne Mann, hat uns geraten, mit dir Kontakt aufzunehmen. Wir wollten ihm zuerst nicht glauben, aber er kann in seiner wortkargen Art sehr überzeugend sein. Er hat uns nachdrücklich aufgefordert, mit dir Kontakt aufzunehmen. Und er hat dazu gesagt, dass wir das besser unverzüglich tun sollten."

„So war es", sagte Lady Chatterley, „aber deine Frage können wir nicht mit Sicherheit beantworten, fürchte ich."

„Also wisst ihr auch nicht, ob ihr selbst in dieser zweitwahrscheinlichsten Zukunft noch dabei seid?"

„Wir wissen es nicht", sagte Winston Churchill, „aber es hat sich so angehört, als wären wir Teil dieser Zukunft."

„Das ist gut, denn ich habe den ersten Teil meines Plans genau darauf aufgebaut. Wenn ihr versteht, was ich meine", sagte Aayana.

Sie verstanden nicht.

„Nun, ohne wirklich einen Plan zu haben, von dem euer kleiner grüner Freund erklärte, dass er in mir wäre, bin ich davon ausgegangen, dass es diese zweitwahrscheinlichste Zukunft ohne euch nicht gäbe. Abgesehen davon, dass von Selben und ich sowieso alles unternommen hätten, euch zu retten, war da allerdings noch mehr. Es fühlte sich eben an wie der erste Teil des Plans. Und jetzt suchen wir den zweiten Teil."

Es trat Schweigen ein, denn alle am Tisch – und auf der Terrasse – hatten immer noch Aayanas Frage im Ohr, ob sie in dieser Zukunft noch dabei wäre.

„Wir wissen nicht, ob du in dieser Zukunft noch bei uns bist", sagte Winston Churchill noch einmal, bedrückt und mehr zu sich selbst.

„Ich gehe davon aus", sagte von Selben, „weil ich dafür sorgen werde." Er nahm ihre Hand. Aayana drückte sie ganz leicht.

„Nun, Garantien gibt es sowieso nie", sagte Aayana, und die Stimmung hellte sich ein wenig auf. „Worauf gründet sich die Macht unseres Gegners? Sicher nicht auf seinen Marotten oder darauf, dass er furchteinflößend ist. Ja, er hat sicher eine manipulative Kraft. Aber die funktioniert gegen uns nicht mehr. Was macht ihn sonst noch so stark, dass nicht einmal Thors Hammer ihm beikommt?"

„In der griechischen Mythologie heißt es, es wäre die

Herrschaft über die Blitze", sagte Thor, „zumindest habe ich das irgendwo mal gelesen."

„Das stimmt schon irgendwie", stimmte Herkules zu, „die Blitze sind ihm sehr wichtig. Er wacht darüber auch sehr genau. Aber ich bin nicht sicher, ob das wirklich die Quelle seiner Stärke ist."

„Die Herrschaft über die Blitze wichtig sie ihm ist", sagte der der kleine grüne Mann, der über die Terrasse in von Selbens Habitat trat. Er sah die Gruppe freundlich an und schwieg. Die Anwesenden begrüßten ihn, indem sie ihm einen guten Morgen wünschten.

„Und weiter?", fragte Aayana.

„Nichts weiter. Die Macht in ihm groß sie ist."

„Das heißt, wenn wir ihm diese Macht nehmen, sind wir stärker als er?", fragte Herkules.

„Nein, seine Macht groß sie ist."

„Aber es würde ihn irritieren?", setzte Aayana vorsichtig nach.

„Ja, irritieren es ihn würde." Er sah, auf seinen Stock gestützt, aufs Meer und sagte, wieder Aayana anschauend: „Auch die Macht in dir groß sie ist."

„Dein Rat ist also, wir sollten ihm seine Blitze nehmen?", fragte nun von Selben.

„Nicht leicht das ist. Und nun gehen ich muss."

„Noch eine Frage", setzte Aayana nach, „bin ich in der zweitwahrscheinlichsten und besseren Zukunft noch am Leben?"

Der kleine grüne Meister mit den langen Ohren wandte sich noch einmal Aayana zu:

„Möglich es ist." Dann löste er sich langsam in Luft auf. Alle sahen Aayana an.

„Okay, holen wir uns seine Blitze und entzaubern ihn“, forderte sie auf.

„Wie stiehlt man Zeus‘ Blitze?“, wollte der T-Rex wissen.

„Das ist nicht so schwer: Wenn er abgelenkt ist!“, erklärte Herkules. „Er hat sie immer in einer Tasche, einem Rucksack, einem Aktenkoffer oder etwas ähnlichem in seiner Nähe.“

„Also müssen wir ihn ablenken“, hauchte Marilyn.

„Das ist zu gefährlich“, widersprach Aayana, weil sie ahnte, was Marilyn Monroe vorschlagen würde. „Marilyn, du bist unwiderstehlich, auf der anderen Seite glaube ich, dass auch ich ihn ablenken könnte, weil er mit mir noch eine Rechnung offen hat. Ich denke auch, dass ich als ausgebildete Agentin für ihn gefährlicher bin als du.“

Niemand hatte eine Bewegung gesehen, plötzlich hielt Marilyn Monroe Aayana eine Pistole an die Schläfe: „Unterschätz mich nicht, Aayana“, sagte sie und steckte die Waffe wieder in ihren Kampfanzug.

Alle waren beeindruckt. „Das war stark. Dann gehen wir beide“, sagte Aayana, „vielleicht irritiert ihn das umso mehr und unsere Chancen steigen, da als Lockvögel mit heiler Haut auch wieder herauszukommen.“

„Wie wissen wir, wo er die Tasche mit den Blitzen hat?“, wollte von Selben wissen.

„Die Blitze sind immer bei ihm“, sagte Herkules, „nie recht viel weiter als zwei oder drei Meter entfernt. Also, welches Behältnis er auch immer dabeihat, da sind sie drin.“

„Okay, das wäre geklärt“, sagte von Selben. „Unser Mann sitzt in Seattle in seinem nanobiologisch geschützten Supertower. Wie kommen wir da rein und wieder raus?“

„Ich denke, wir teilen uns in Gruppen“, sagte Aayana. „Marilyn und ich designen unser Ablenkungsmanöver und versuchen, alle Eventualitäten zu bedenken. Herkules, du und Thor überlegt euch, wie wir an die Blitze herankommen, sollten wir in den Tower hineingelangen. Lukas und Winston, ihr checkt, wie wir den Tower knacken, und vor allem, wie wir da wieder herauskommen, wenn wir mal drin sind. Constance und Wilbur, könnt ihr beiden darüber nachdenken, wie wir in der Traumwelt weiter vorgehen und was wir dafür vorbereiten sollten? Huitz, Jesus und Buddha, wollt ihr unsere Ideen danach einer Nagelprobe unterziehen und gegebenenfalls in der Luft zerreißen, um uns das Leben zu retten?“

Alle nickten zustimmend.

„Und was soll ich tun?“, fragte das Glatisant etwas enttäuscht.

„Dich brauch‘ ich für eine Spezialaufgabe“, sagte Aayana und stupste es leicht auf die Schlangennase, „darüber reden wir nachher. Aber auch jetzt gäbe es etwas zu tun. Es stimmt doch, dass kein bekanntes oder unbekanntes Wesen einen Jäger so früh, klar und exakt spürt wie du, oder?“

„Ich denke schon, dass das zutrifft“, sagte das Questentier.

„Dann bitte ich dich um besondere Aufmerksamkeit die nächsten zwei Stunden hier um unser Habitat herum. Ich bin nicht sicher, aber ich habe das Gefühl, wir sollten sehr wachsam sein.“

„Okay, ich grab‘ mich da drüben in den Sand und gebe acht“, lächelte das Glatisant Aayana an. „Ich habe die dreißig Höllenhunde eh schon etwas lang zurückgehalten, sie müssen dringend ohrenbetäubend brüllen.“

Damit verschwand das Questentier in Windeseile unter der Sandoberfläche, wobei das Bellen von dreißig Höllenhunden noch deutlich zu vernehmen war. Doch nicht lang, dann versank auch dies in den trockenen Weiten.

Aayana ging auf die Wasserlinie zu und atmete tief ein und aus. Das war ein großartiges Team, dachte sie und hatte das Gefühl, dass sie es dem Gegner nicht leicht machen würden. Sie blickte zurück zu von Selbens Habitat, das keine Mauern hatte, und sah, wie sich Thor und Herkules in den Whirlpool zurückgezogen hatten. Winston und von Selben saßen an der Kücheninsel, Lady Chatterley und der T-Rex auf der Terrasse und Marilyn Monroe kam auf sie zu. Huitzilopochtli, Jesus und Buddha schritten langsam den Strand entlang Richtung Norden und unterhielten sich angeregt. Zumindest Huitzilopochtli sah man immer wieder heftig gestikulieren.

„Gehen wir ins Wasser", schlug Marilyn vor, als sie Aayana erreicht hatte. Sie zogen ihre Kampfanzüge aus.

Als sie schultertief im Meer standen, fragte Aayana Marilyn: „Willst du da wirklich mit?"

„Ja", sagte sie und sah Aayana in die Augen.

„Selbst ich habe Angst", sagte Aayana, „der Typ ist perverser, als du dir vorstellen kannst. Ich kann dir gar nicht erzählen, welche abartigen Träume er mir zukommen lässt."

„Mein Traum war auch grausam, zumindest für mich."

„Okay", sagte Aayana, „dann machen wir das gemeinsam. Ich bin sicher, dass wir ihn ablenken können. Aber der Preis ist möglicherweise hoch. Er wird nicht lang herumzaudern, sondern, zumindest bei mir, sofort zur Tat schreiten. Er wird beenden wollen, wobei er unterbrochen wurde."

„Und dann bin da immer noch ich. In weniger als zwei Sekunden habe ich ihm fünf Kugeln in den Kopf gejagt. Sollte ihn auch das wieder nur überraschen und erschrecken – schon haben wir uns seine Blitze gekrallt und ihn seiner Macht entledigt“, sagte Marilyn, immer noch mit ihrer entwaffnend sanften Stimme. Aayana verstand in dem Moment alle Männer, die ihr verfielen.

„Er ist extrem aufmerksam“, wandte sie dennoch ein.

„Alle kennen mich. Ich bin Marilyn Monroe, und er wird mich unterschätzen.“

„Das ist durchaus möglich“, sagte Aayana so aufrichtig, wie sie es meinte. Er würde sie vermutlich wirklich unterschätzen.

Die beiden hatten während ihrer Unterredung aufs Meer hinausgeschaut und wurden nun von Lady Chatterley unterbrochen: „Ich gehe auch mit. Vielleicht etwas zeitversetzt, wenn wir merken, dass es notwendig wird.“

Überrascht, aber nicht erschrocken, drehten sich Marylin und Aayana zu ihr um. Lady Chatterley lächelte sie strahlend an und Aayana verstand einmal mehr, warum ihr Buch der erste wichtige erotische Roman der Weltliteratur war: „Wäre doch gelacht, wenn wir drei diesem Macho nicht einen Strich durch die Rechnung machen könnten. Götter-Chef hin oder her.“

Sie waren jetzt richtig zuversichtlich, fast überdreht. „Marilyn und ich springen gemeinsam in den Tower. Jetzt kenn‘ ich ihn ja“, sagte Aayana. „Mit von Selben bin ich noch am Fenstersims gestanden, wir mussten uns von der Nano-Biotechnologie erst hineinfressen lassen. Den Umweg ersparen wir uns, weil von Selben Nano-Kontaktlinsen aus eigener Produktion für uns hat. Mit denen überwinden wir seine Nano-Fenster.“

„Oh, da haben wir einen Denkfehler", sagte nun Lady Chatterley, „ich kenne die Location nämlich nicht und kann euch daher nicht hinterherspringen."

Das war korrekt. Aayana dachte nach. Sollten sie sich wirklich alle drei direkt in die Schlacht werfen?

„Ja", sagte Lady Chatterley als hätte sie Aayanas Gedanken gelesen, „wir springen alle drei gemeinsam. Mal sehen, wie sehr ihn das verwirrt."

„Und was ist in der Traumwelt?", fragte Aayana Lady Chatterley.

„Der T-Rex und ich haben den Plan aufgestellt. Er ist schon zurückgesprungen und instruiert unsere Gefährten. Wenn Marilyn oder du ihn telepathisch anfunkt, wird er zweimal im Abstand von zehn Sekunden den Traum-Push abstürzen lassen. Das ist das Zeichen für alle, dass sie zur Lichtung kommen müssen. Dort kann er unsere Anweisungen direkt an alle weiterleiten. Die Getreuen der Somno-Garde sind wieder handlungsfähig und im Spiel. Zudem haben wir auch noch den T-Rex als aktuellen Chef der Traumwelt. Wir sollten das also friedlich über die Bühne bekommen."

Das klang plausibel. „Werfen wir uns also zu dritt dem Drachen zum Fraß vor", sagte Aayana. „Klingt nach einem Plan, der gar nicht schiefgehen kann."

„Gehen wir zurück ins Habitat, die anderen sollten auch schon soweit sein", sagte Marilyn. Marilyn und Aayana nahmen ihre Kampfanzüge auf, und Lady Chatterley sagte, während sie zum Habitat zurückgingen: „Ich denke, für unseren Auftrag werden wir doch etwas anderes anziehen."

So schritten sie zuversichtlich auf das Habitat zu, ihre martialischen Anzüge selbstbewusst als Sichtschutz vor sich hertragend. Tatsächlich hatten sich alle wieder am großen Tisch eingefunden. „Wir haben einen Plan", sagte Lady Chatterley. Die drei entschuldigten sich jedoch vorerst einen Moment, um ihre eigenen, zum Plan passenden Kampfanzüge anzuziehen.

Lady Chatterley hatte das leichte viktorianische Sommerkleid angelegt, das ihren makellosen Körper sanft umspielte. Sie hatte zwar ein Seidentuch um die Schultern gelegt, der Schulterholster mit der schweren Magnum war dennoch deutlich wahrzunehmen und störte das aparte Bild. Auch am oberen Ende des Strumpfs von Marilyn Monroe, unter ihrem weißen Kleid, war deutlich eine kleine Beretta zu sehen. Aayana machte sich erst gar nicht die Mühe, ihre Waffen zu verstecken. Ihre beiden Glock hingen in den Schulterholstern außen an ihrem schwarzen Lederkleid, das sie vor gar nicht langer Zeit, und doch vor einer Ewigkeit, in einem Raumschiff übernommen hatte – das mit den ledernen und transparent-seidenen Querstreifen. Sie war immer noch nicht sicher, was man eigentlich genau sah, aber sie fühlte sich gut darin. Irgendwie angriffslustig. Die Holster würden später von ihrer Lederjacke verdeckt.

„Alsdann, wir haben einen Plan", sagte Aayana, „wir springen zu dritt in den Tower, ziehen unsere Waffen und nieten ihn um."

Die Männer um den Tisch sahen sie schweigend an. Von Selben hob die linke Augenbraue, Lady Chatterley lächelte und Marilyn Monroe konnte sich ein leises Kichern nicht verkneifen.

„Ihr seht jedenfalls toll aus", sagte Thor und unterbrach das Schweigen.

Die anderen stimmten murmelnd zu, dann fragte Jesus: „Und wie sieht euer Plan wirklich aus?"

Aayana erzählte von ihrem Vorhaben der improvisierten weiblichen Triple-Ablenkung. Insbesondere Huitzilopochtli schien nicht überzeugt: „Der frisst euch mit Haut und Haaren."

„Nachdem er euch alle drei vergewaltigt hat", fügte Buddha hinzu.

„Na ja, ich bin nicht sicher", sagte Herkules. „Kann schon sein, dass ihn das ablenkt. Wir müssen sowieso sehen, wie sich die Situation entwickelt." Er machte eine Pause: „Unser Problem ist, dass wir den Ort nicht kennen und daher nicht direkt hineinspringen können. Doch das haben wir gelöst. Von Selben wird uns mitnehmen. Und gegen die Nano- Technologie des Gebäudes haben wir Nano-Kontaktlinsen."

„Das heißt", sagte Thor, „dass wir zeitversetzt und zeitlich genau springen können, wenn wir ein Signal bekommen."

„Und das Signal gibst du mir telepathisch, Aayana", sagte von Selben.

„Klingt plausibel", sagte Jesus. „dann holt ihr euch die Tasche mit den Blitzen, wenn es sie gibt. Und wie kommt ihr wieder raus?"

„Das ist der Punkt", sagte Herkules, „ihr müsst auch herausfinden, wo die Blitze sind. Ich bin, wie gesagt, sicher, es ist irgendein Behältnis, das er im Auge behält. Achtet darauf."

„Okay", sagte Aayana. „Das klingt bis hierhin einfach. Für die Traumwelt haben wir auch einen Plan." Lady Chatterley erklärte, was sie mit dem T-Rex vereinbart hatte.

Alle dachten nach. Dann stellte Jesus noch einmal die Frage aller Fragen: „Und wie kommt ihr mit den Blitzen oder gar mit jenem, dessen Name nicht genannt werden soll, als Gefangenem da wieder raus?"

Kein Mucks. Alle sahen von Selben und Winston Churchill an.

„Wir wissen es nicht", unterbrach Churchill das Schweigen.

„Das letzte Mal hätten wir auch keine Chance gehabt, wenn uns das Glatisant nicht geholfen hätte", warf von Selben ein.

„Eben", ergänzte das Questentier, nachdem es seinen gewaltigen Schlangenkopf direkt vor der Terrasse aus dem Sand gehoben hatte.

Alle sahen das Glatisant erstaunt an, aus dessen Rachen sich wieder das Bellen von dreißig Höllenhunden zu erheben begann. „Ich werde da sein. Aayana weiß, wie sie mich erreicht. Jetzt halte ich weiter Wache." Damit verschwand das Questentier wieder unter der Sandoberfläche.

„Ihr seid mit Sicherheit die verrückteste Truppe mit dem absurdesten Plan, den ich je gehört habe", sagte Huitzilopochtli fröhlich, „aber das könnte funktionieren."

„Huitz hat Recht", sagte Jesus, „denn selig sind die Einfältigen."

„Seit wann bist du für die Witze zuständig?", unterbrach ihn der Buddha. „Ich glaube auch, dass ihr eine Chance habt, obwohl mir nicht ganz einleuchtet, wofür ihr euch das antut ..."

„Komm jetzt nicht wieder mit deiner Nirwana-Kiste", unterbrach ihn Huitzilopochtli.

„Okay, ich denke, es ist Zeit für uns", nahm Jesus das Wort wieder in die Hand. „Ich wünsche euch alles Gute, auch dir Luzifer." Dabei sah er ihm lange in die Augen.

„Ja, gewinnt das Ding", sagte Huitzilopochtli.

„Und handelt mit Bedacht und Anmut", fügte der Buddha hinzu.

„Was meinst du mit Anmut", fragte Huitzilopochtli.

„Lass gut sein, Huitz", ging Jesus dazwischen. „Alles Gute, wir sehen uns." Keine Sekunde darauf waren die drei verschwunden.

„Die sind schon okay. Ich weiß nur nicht, ob die drei im Moment wirklich hilfreich sind", sagte von Selben.

„Ich mag sie ja, aber warum bieten sie uns nicht ihre Hilfe an, wo sie doch wissen, worum es geht", sagte Aayana.

„Jesus glaubt, dass er nicht darf", sagte von Selben. „Er hatte von seinem Vater die Erlaubnis für diesen einen Eingriff in die Geschicke der Menschheit. Den Schuss hat er gesetzt und hat es gar nicht so schlecht gemacht. Darüber wird heute noch gesprochen."

„Und die anderen zwei?"

„Die beiden kenne ich nicht so gut, aber ich glaube, der Buddha ist über die Dinge, über die wir uns den Kopf zerbrechen, längst erhaben. Für ihn sind das alles nur Umwege ins Nirwana, von geringer Bedeutung. Und bei Huitzilopochtli weiß ich es, ehrlich gesagt, wirklich nicht.

Vielleicht hat er einfach keine Lust", sagte von Selben.

„Wie auch immer", sagte Aayana, „ich zitiere Huitzilopochtli: Wir sind die verrückteste Truppe mit dem absurdesten Plan. Also, was soll schon schiefgehen? Alle bereit? Marilyn und Constance? Reicht mir die Hände. Ich weiß, wohin wir müssen."

Kapitel 34

Der Angriff der Ladies

Man sagt, die Wollust wäre die schlimmste der sieben Todsünden. Ehrlich gesagt, habe ich das nie geglaubt. Aber es gibt Situationen, die stimmen einen schon nachdenklich. Dennoch glaube ich, dass erst eine Kombination aus Wollust und Niedertracht richtig von Übel ist.

Constance Chatterley, in „Erinnerungen und Träumereien“, Sheffield 2020

Marilyn Monroe, Lady Constance Chatterley und Aayana fanden sich in der Mitte des großen, gediegen eingerichteten Raums im Seattle Tower wieder.

„Was für ein überragend exakter Sprung“, raunte Lady Chatterley Aayana zu. Und Marilyn fragte: „Ist er das?“

Aayana nickte. Marilyn hatte nicht übertrieben, im Bruchteil einer Sekunde hatte sie ihre Beretta in der Hand und drei Sekunden später hatte sie ihr gesamtes Magazin auf den vor ihnen am Schreibtisch sitzenden Herok Roames abgefeuert. Doch ihre Kugeln verschwanden in einer Art unsichtbaren Gelees etwa einen Meter vor Herok Roames.

Roames erhob sich und sah Marilyn Monroe an: „Oh, wie überaus temperamentvoll. Sie ahnen nicht, welche Freude es mir bereitet, Sie kennenzulernen, Miss Monroe.“

Da war er wieder, dieser Charme, dem man sich kaum entziehen kann. Dennoch hatte Aayana das Gefühl, dass er aus seinem linken Augenwinkel ihr gegenüber gleichzeitig einen Pfeil voller Hass, Bosheit und Kälte abschoss.

„Und ist das nicht Lady Constance Chatterley? Ich bin entzückt und meiner lieben Freundin Aayana ewig zu Dank verpflichtet, mir das Privileg zu verschaffen, Ihre Bekanntschaft zu machen."

Er erhob sich, bewegte sich träge um seinen Schreibtisch herum und kam auf sie zu. Nun hatten Lady Chatterley und Aayana gleichzeitig ihre Waffen gezogen, sahen aber nach ein paar vergeblichen Schüssen ein, dass sich sein gallertartiger Schutzschild wirklich gut machte, vor allem, da der sich offensichtlich mit ihm bewegte.

„Aber meine Damen", sagte er, „warum so aggressiv?"

Mittlerweile hatten etwa zehn Security-Leute den Raum betreten. Aayana überlegte kurz, ob es ihre Stimmung heben würde, ein paar von ihnen zu erschießen. Aber das wäre brutal, vulgär und sinnlos.

„Darf ich Sie bitten, meinen Angestellten Ihre Waffen zur Verwahrung zu überlassen?", bat Herok Roames sie. Er deutete ihnen freundlich mit der Hand, auf der Sitzgruppe vor dem Kamin Platz zu nehmen. „Reginald, bringen Sie uns bitte einen schönen Jahrgangs-Champagner und vier Gläser. Ich weiß nicht, was wir im Haus haben, aber bringen Sie etwas Außergewöhnliches."

Der ebenfalls bewaffnete Mann, der sich angesprochen fühlte und aussah wie ein Schwergewichtsboxer, nickte und machte sich auf den Weg.

„Sie ahnen gar nicht, wie sehr ich Ihre Kunst bewundere, Miss Monroe", sagte Herok Roames, der immer noch auf der Klaviatur seines Charismas rauf und runterspielte. „Ihre Aggressivität hat vermutlich damit zu tun, dass Miss Agrin und ich in der Vergangenheit ein oder zwei Missverständnisse hatten."

„Möglicherweise“, hauchte Marilyn auf diese unnachahmliche Art, die selbst einen Granitblock in der Mitte gespalten hätte. Dabei ein Augenaufschlag, der auch den abgebrühten Verführer Zeus – hier in der Gestalt von Herok Roames – die Umgebung kurz vergessen ließ. Jetzt hätten sie schießen müssen, dachte Aayana.

Dann wurde der Champagner gebracht und sie schwiegen, bis Reginald den Raum wieder verlassen hatte.

„Was verschafft mir die Ehre Ihres unerwarteten, so unkonventionell vorgetragenen Besuchs?“, gab sich Roames immer noch gut gelaunt.

„Wir wollten Sie kennenlernen.“ Lady Chatterley gab das in einem Tonfall von sich, den man von ihr und keiner anderen Frau je gehört hatte. Auch Herok Roames bemerkte die distanzierte Kälte und warme Verlockung, die in Lady Chatterleys Stimme mitschwang. Er wandte sich nun ihr zu.

„Ist das so?“, fragte er.

„Genauso ist es. Sie sind schließlich Zeus“, sagte Lady Chatterley, nun mit einer Stimme, als hätte sie ihr Leben als Tänzerin in Nachtklubs verbracht und täglich vierzig Zigaretten geraucht.

Herok Roames – oder besser Zeus – war sichtlich beeindruckt. So eitel war er. Aber wie nicht anders zu erwarten, blieb er wachsam. Plötzlich stand er auf und sagte: „Schluss jetzt mit der Show, meine Damen. Ich weiß nicht, wie Sie es geschafft haben, hier durch unsere Nano- Technologie hereinzuspringen, aber ich werde das umgehend überprüfen lassen. Wir wollen ja nicht gestört werden.“

Roames ging zu seinem Schreibtisch und drückte auf einen Knopf. Umgehend trat einer seiner Mitarbeiter ein.

„Lassen Sie prüfen, wie die drei hier hereingekommen sind“, befahl er, „und schicken Sie mir umgehend den Sicherheitschef. Und den Typen, der das Nano-Technologie-Projekt leitet.“

Dann setzte er sich wieder zu ihnen. Doch sein Charme war verflogen – wie damals in Hades Keller. Herok Roames wirkte inzwischen nurmehr kalt, gemein und lüstern: „Also, wie gesagt, Schluss jetzt mit dem Gesülze. Es ist zwar schade, aber so kommen wir nicht weiter.“ Er sah von Lady Chatterley zu Marilyn Monroe und wurde von einer Sekunde auf die andere doch wieder ganz sanft: „Ich weiß zwar nicht, warum euch diese vermutlich gefährlichste aller Frauen mir zugtrieben hat, aber das ist ja egal und im Ergebnis natürlich begrüßenswert.“ Bei „gefährlichste aller Frauen“ sah er Aayana an, und für einen Moment war so etwas wie Bewunderung, fast Zuneigung zu spüren.

Dann wurde er wieder ernst: „Jedenfalls taucht ihr hier auf und feuert eure Magazine auf mich ab. Also wird sie nicht nur gut über mich geredet haben. Wie gesagt, schade. Aber ich mag es auch hart. Rausspringen könnt ihr jedenfalls nicht. Ich lade euch ein, es jetzt zu probieren. Wenn es nicht klappt, darf ich euch ersuchen, euch auszuziehen.“

Mit diesen Worten drückte er einen Knopf auf seiner Fernbedienung. Eine Wand öffnete sich zu einem Raum mit einem Whirlpool in der Mitte, Eingängen zu drei verschieden heißen Saunen und einem Dampfbad an der hinteren Wand. „Seien Sie meine Gäste und machen Sie es sich einstweilen gemütlich. Ich habe noch etwas zu arbeiten, sehe Ihnen aber gerne zu.“

„Und wenn wir uns weigern?“, mischte Aayana sich nun ein.

„Dann werden Ihnen meine Securities zur Hand gehen. Und Sie, meine liebe Aayana, haben mich schon so oft geärgert, dass ich ihnen vielleicht sogar gestatte, sie einer kleinen Vorbehandlung zu unterziehen."

Marilyn hatte bereits ihre Strümpfe abgestreift und ihr weißes Kleid ausgezogen. Sie ging wie Gott – oder wer auch immer – sie schuf in Richtung Pool.

Herok Roames sah ihr unverhohlen wollüstig hinterher. Aayana war zum zweiten Mal in ihrem Leben mit einem Sprung direkt hinter ihm, trat ihm aber diesmal von hinten in den Schritt und versuchte dann erst, ihm das Genick zu brechen. Sie spürte deutlich, dass sie diesmal dichter dran war. Aber es hatte wieder nicht funktioniert. Er schüttelte sie ab wie eine lästige Katze und sah sie ungläubig an.

„Ich fasse es nicht", sagte er. „Wie blöd kann man sein? Du musst doch wissen, dass das nicht funktioniert." Er machte eine lange Pause und sah Aayana unausgesetzt in die Augen. „Du bist faszinierend. Schade, dass ich schon verheiratet bin. Und richtig schade, dass du meine Gegnerin bist."

Mittlerweile waren wieder etliche Securities im Raum. „Zieht die beiden aus und verfrachtet sie in den Pool", gab Roames kurz Anweisung. Dann saß er im Drehstuhl an seinem Schreibtisch, wandte sich ab in Richtung Glasfront mit Blick auf den Pazifik und telefonierte.

Constance und Aayana wurden derweil unsanft von seinen Securities zu Marilyn in den Whirlpool verfrachtet.

„Ich glaube, dass ich jetzt weiß, wo er seine verdammten Blitze hat", raunte Aayana. „Sie sind in einem weinroten Lederrucksack, der hinter seinem Schreibtisch neben seinem Stuhl steht." Und zu Constance: „Drück auf den Sprudelknopf, damit er uns nicht hört."

Lady Chatterley drückte auf den Knopf und der Pool begann zu rauschen. Dann sagte sie:

„Ich bin nicht sicher, ob das etwas nützt. Womöglich verfügt er über ähnliche telepathische Kräfte wie du?"

„Möglich, aber er kümmert sich gerade um etwas anderes", sagte Aayana, „sonst hätte ich ihn gespürt. Ich muss jetzt von Selben anfunken, bevor wir wieder seine Aufmerksamkeit haben."

„Aayana", sagte von Selben.

„Lukas, ich muss es kurz machen. Zeus ist nicht wirklich auf uns hereingefallen und relativ übellaunig. Ich bin sicher, dass die Blitze in einem roten Lederrucksack sind, der neben seinem Sessel am Schreibtisch in dem Raum liegt, den du kennst. Sie versuchen gerade herauszufinden, wie es uns gelang, hereinzuspringen. Du weißt, was wir darüber besprochen haben. Ihr müsst schnell sein. Sie werden das Leck finden, dann schließt sich das Fenster."

„Okay, wir sind am Sprung", sagte von Selben und sie unterbrachen die Verbindung.

„Hast du von Selben erreicht?" fragte Lady Chatterley, die nur Aayanas Konzentration sah.

„Ja", sagte sie, „sie sind auf dem Weg."

„Stör' ich?", fragte Herok Roames. Er stieg zu den Frauen in den Pool. Wie hatte er sich so schnell ausziehen können? Doch vermutlich war das für Götter kein großes Ding.

Die drei schwiegen.

„Warum so schlecht gelaunt, meine Damen? Nicht ich bin zu euch, sondern ihr seid zu mir hergesprungen, um ein Abenteuer zu erleben. Nun, es ist ein Abenteuer. Ein Abenteuer auf Leben und Tod. Das habt ihr gewusst."

Roames schwieg und sah auf seine Fingernägel. Nach ein paar Sekunden fuhr er fort: „Ihr habt auf mich geschossen, wenn ich mich richtig erinnere. Ich nehme euch das nicht übel, das kenn' ich – mit Speeren, Pfeilen und so weiter. Aber es ist tatsächlich nur zweimal passiert, dass jemand versucht hat, mir das Genick zu brechen."

Zeus machte eine Pause und renkte seine Hals nach links und rechts.

„Und beide Male warst du das. Wie absurd, meine liebe Aayana. Aber ich steh' darauf. Du bist wirklich die böseste und aggressivste Frau, der ich je begegnet bin." Er sah wieder auf seine Fingernägel. „Ich mach' dir ein Angebot, Aayana, überleg dir gut, was du sagst: Ich will mit dir zusammen sein und mit dir Halbgötter zeugen."

Lady Chatterley und Marilyn Monroe sahen erst Roames, dessen gewaltiger Götteroberkörper jetzt als Zeus aus dem Whirlpool ragte, und dann Aayana an.

„Und was würde deine Frau Hera dazu sagen?", fragte Aayana.

Der gewaltige Mann im Whirlpool hatte nun auch einen flauschigen Rauschebart wie auf den alten Bildern. Er sah überhaupt nicht mehr aus wie Herok Roames. „Ach, die … die kannst du vergessen."

„Warum?", fragte Aayana.

„Hera ist äußerst machtgierig und äußerst dumm. Letztlich bin ich geworden, der ich bin, weil sie mich dazu gemacht hat."

„Was für ein Unsinn,", erwiderte Aayana. „niemand wird jemals der, der er ist, weil jemand anderer ihn dazu gemacht hat."

„Mag sein, aber ich kann sie dennoch nicht leiden." Zeus hatte jetzt fast einen melancholischen Zug um die Augen.

„Warum seid ihr dann zusammen?", wollte Aayana wissen.

„Weil es uns so bestimmt war", sagte Zeus.

„Was für ein Unsinn", mischte sich nun Lady Chatterley ein.

„Mag sein", entgegnete Zeus.

„Würdest du aufhören, Mädchen und Frauen zu vergewaltigen, wenn wir zusammenkämen?", fragte Aayana.

Zeus dachte nach und antwortete dann: „Nein."

„Würdest du wenigstens meine beiden Freundinnen verschonen?"

„Nein, auch nicht", sagte Zeus. „Marilyn würde ich ein Stierbaby machen. Da hab' ich mal wieder Lust drauf. Lady Chatterley würde ich vergewaltigen und dann umbringen. Dich würde ich als Hengst besteigen und ließe dich am Leben, damit wir gemeinsam die Freuden eines Babys halb Pferd, halb Mensch erleben."

„Du bist wirklich das perverseste Schwein, dem ich je begegnet bin", sagte Aayana in das schallende Gelächter des Untams hinein, trat ihm von vorne in den Schritt, dass er sich krümmte, und hatte ihn in ihrem Griff. Der blitzschnelle Ruck seines Kopfes nach rechts hätte einem Wasserbüffel das Genick gebrochen, aber Zeus ergriff sie mit seiner rechten Hand und warf Aayana aus dem Pool gegen die Wand neben den Saunatüren.

„Verdammt! Das hat jetzt wirklich weh getan", schrie er wütend, und an Marilyn und Constance gewandt: „Was ist los mit der?"

Aayana hatte sich mittlerweile aufgerappelt und war

wieder an seinem Nacken. Constance trat ihm in den Unterleib und Marilyn fuhr blitzschnell ihre Hand mit gespreizten Fingern in Richtung seiner Augen aus. Seine Augen hatte er schnell genug geschlossen, aber er schrie vor Schmerz, während er sich erhob, und alle drei abschüttelte. Er krümmte sich und hielt sich das Gemächt, als er aus dem Pool stieg.

„Ihr seid ja völlig verrückt! Das hat ein Nachspiel", brüllte er und verschwand durch eine Tür neben den Saunen.

„Ladys, raus hier", sagte Aayana, „da hat offensichtlich irgendetwas bei unseren Freunden nicht geklappt. Zieht euch an, ich hol' die Blitze."

Zehn Sekunden später hatten sie ihre Kleider übergestreift und Aayana ergriff den roten Lederrucksack.

„Lasst uns reinschauen", sagte Aayana, „ich will nur sichergehen, dass wir das Statussymbol dieses eitlen Sacks auch wirklich mithaben."

Und tatsächlich blitzte und donnerte es, als sie den Rucksack einen Spalt weit öffnete.

„Okay, hoffen wir, dass die Tür nicht versperrt ist und wir auf keine Wachen treffen", sagte Aayana, „denn ohne Waffen fände ich das nicht so prickelnd. Wir müssen so weit wie möglich runter, wenn uns das Questentier bei der Flucht helfen soll.

„Waffen haben wir", sagte von Selben. Neben ihm standen Thor und Herkules, alle drei waren in ihren Kampfanzügen und bis auf die Zähne bewaffnet.

„Wo wart ihr so lange?", fragte Aayana. „Nein, vergesst die Frage. Ich habe seine Blitze, also lasst uns hier verschwinden."

„Wollen wir nicht versuchen, ihn in unsere Gewalt zu bringen?“, fragte Thor.

„Ich denke, wir machen das mit den Blitzen und verhandeln dann“, sagte Herkules. Die Tür war offen und am Gang waren keine Wachen.

„Nehmen wir einfach den Aufzug oder suchen wir die Treppe?“, fragte Thor.

„Sie haben unsere Flucht noch nicht bemerkt“, sagte Aayana. „Ist zwar riskant, aber ich bin für die schnelle Variante. Also Aufzug.“

„Ich liebe diese Frau“, hörte Aayana hinter sich die Stimme von Herok Roames alias Zeus, jetzt wieder im Business-Outfit – und umgeben von einem Dutzend schwer bewaffneter Securities.

„Ich bin für die schnelle Variante“, wiederholte er spöttisch. „Klar, es brennt, und sie will Liftfahren. No risk, no fun“, mokierte er sich weiter. „Was für ein verrücktes Mädchen! Und ja, natürlich kann ich telepathische Kontakte in meinem Umfeld spüren und mithören. Es war mir, ehrlich gesagt, ein Anliegen, dass du auch deine Gefährten noch herrufst, damit wir euch ein für alle Mal aus dem Verkehr ziehen können.“

Er wandte sich ab und sah auf den Boden. Mittlerweile waren Aayana und ihre Gefährten in dem Gang von gut zwei Dutzend Schergen mit Waffen im Anschlag umgeben.

„Das im Whirlpool hat, ehrlich gesagt, wirklich weh getan“, sagte Herok Roames und wandte sich an seine Männer. „Und dieses kleine Mädchen hat allen Ernstes viermal versucht, mir den Hals umzudrehen.“ Er lachte laut auf.

„Ich bin ein paar tausend Jahre im Geschäft und kenn‘ dich erst seit ein paar Tagen.“ Dann wieder an seine Gefolgsleute gerichtet: „Und diese halbe Portion springt mich innerhalb von drei Tagen viermal an, um mir mit bloßen Händen das Genick zu brechen. Kann man sich einen hervorragenderen Wahnsinn vorstellen?"

Er machte eine theatralische Pause, seine Leute wussten nicht recht, wie sie reagieren sollten. Also schwiegen sie.

Dann sah Herok Roames Aayana in die Augen: „Ich könnte dich lieben." Wieder stürzten Sekunden in die Leere. „Aber ich hasse dich. Ich habe das bestimmte Gefühl, dass du mir nicht guttust."

Jetzt erst hatte sich auch Herkules umgedreht. Aayana hatte den Eindruck, dass Herok Roames bleich wurde.

„Verdammter Bursche", brüllte er nun, „du wendest dich gegen deinen eigenen Vater?"

„Du bist ein egozentrischer, hinterhältiger Erzhalunke, der nach allen mir bekannten Gesetzen zu Recht ein paar hundert Jahre im Gefängnis säße. Was willst du mir genau erklären?", fragte Herkules kalt.

„Muskelbepacktes Weichei", erwiderte Herok Roames. „Sei es, wie es sei. Nehmt ihnen ihre Waffen und meinen Rucksack ab und führt sie in unser Hochsicherheitsgefäß. Die drei Mädels gehören mir, und die drei Halbaffen werden dabei zusehen. Bis ich sie eigenhändig zersäge."

Damit machte er kehrt und ging in sein Büro.

Kapitel 35

Keine Zeit für Zweifel

Manchmal scheint es nicht gut zu laufen. Doch wenn eines feststeht, so dies: Die Dinge sind selten, wie sie scheinen. Das gilt für die reale und die Traumwelt ebenso wie für alle anderen bekannten und wohl auch unbekannten Multiversen.

Lukas von Selben, in „Multiversen, Religion und Zellenzauber“, Heidelberg 1998

Die Wachen hatten die Gefangenen tief unter die Erde in einen riesigen quadratischen Raum gebracht, der aussah wie ein viktorianischer Teesalon. Aayna und ihre Weggefährten standen in etwa zwanzig Metern Höhe auf einer Rampe, die zur Öffnung des Ausgusses einer enormen Teekanne führte. Einen nach dem anderen ließen sie in die Kanne springen, die Gefährten glitten den Hals hinab in den Innenraum.

„Ziemlich theatralisch. Und irgendwie kitschig“, sagte von Selben, als sie sich im Inneren der Kanne umblickten. „Aber das hat bis hierhin ja ganz gut geklappt. Seid ihr unverletzt?“

Alle bejahten. Von Selben fing an, vorsichtig die Wände des eigenartigen Verlieses mit den Händen abzutasten. „Wir haben das Loch in der Nano-Hülle des Towers nicht gleich getroffen“, fuhr von Selben fort, „daher die kleine Verzögerung. Tut mir leid.“

„Nichts passiert“, antwortete Aayana.

„Okay, jedenfalls haben meine eigenen Nano-Tierchen angefangen, sich mit denen des Towers zu verbünden. Anders formuliert, sie fressen sie gerade auf", sagte von Selben, immer noch mit den Wänden beschäftigt. „Hast du deine Kontaktlinsen mit meinen Nano-Kulturen noch, Aayana?"

„Das mit dem Sprung durch die Schutzhülle hat tatsächlich funktioniert", antwortete sie und nestelte an ihrem rechten Auge herum. „Eine Kontaktlinse habe ich Zeus ins Ohr geschoben, als ich mit ihm kämpfte. War einfach so eine Eingebung. Ich hoffe, das macht ihn nicht stärker und deine Tierchen fangen an, ihn von innen zu zerfressen."

Von Selben wandte sich zu ihr: „Oha, interessanter Einfall. Ehrlich gesagt, weiß ich nicht, wie die Wirkung ist. Wir werden es hoffentlich herausfinden." Dann sagte er in Richtung der glatten Teekannenwand des Kerkers: „Konzentrier dich auf die Wand und versuch, ein Loch hineinzuschauen."

Aayana versuchte es. Dann geschah: nichts.

„Gib mir die Linse", sagte von Selben. Er berührte mit der Kontaktlinse die Wand. Wieder geschah nichts. Doch plötzlich fing das Porzellan an, sich etwas zu verformen, sogar zu verflüssigen. „Tretet zurück", sagte von Selben. Sie sahen zu, wie sich ein allmählich größer werdendes Loch in die Kannenwand fraß. Doch nach etwa einer Minute verlangsamte sich die Ausbreitung des Lochs – und mit einem Plopp schloss es sich unaufgeregt.

„Faszinierend", sagte von Selben.

„Was ist passiert?", wollte Lady Chatterley wissen.

Von Selben untersuchte vorsichtig die Stelle, an der eben noch das Loch war.

„Hm, ich fürchte, die Kanne hat meine Nano-Tierchen getötet" sagte von Selben und drehte sich zu den anderen um. „Das habe ich allerdings nicht erwartet."

„Wir hätten sie auf der Rampe überwältigen sollen", sagte Thor. „Die paar Sterblichen hätten keine Chance gehabt."

„Ich hätte schon am Gang meinen Vater stellen sollen", meldete sich Herkules, „als wir noch den Rucksack mit den Blitzen hatten."

„Möglicherweise", gab von Selben zu. „Da habe ich mich vielleicht verrechnet." Alle sahen sich an. Sie dachten mal wieder nach.

„Ich werde versuchen, Kontakt mit dem Questentier aufzunehmen", schlug Aayana vor.

„Seltsames Material", meinte von Selben, „ich bin nicht sicher, ob du da telepathisch durchkommst. Aber versuch es."

Nach zehn Minuten war klar, dass sie isoliert waren. Da ließ Thor seinen Hammer gegen die Innenwand der Teekanne sausen. Das Porzellan schien zu ächzen, für den Bruchteil einer Sekunde sah man eine Ausbuchtung in der Wand. Dann sah sie wieder aus wie neu.

„Hmnja, tatsächlich ein bemerkenswertes Material," staunte von Selben. „Ich befürchte, wir müssen warten."

„Okay, irgendwann werden sie uns holen", befürchtete Aayana. „Bei der nächsten Gelegenheit kontaktiere ich das Glatisant."

Einer nach dem anderen setzte sich. Alle schwiegen und hingen weiteren Gedanken nach.

„Ich habe Zweifel, ob wir ihm wirklich gewachsen sind", unterbrach Lady Chatterley die Schweigerunde.

„Ich, ehrlich gesagt, auch", ergänzte Marilyn.

Thor legte seinen Arm um ihre Schulter und sagte: „Es gibt immer einen Weg."

„Wir müssen ihn nur finden“, ergänzte Herkules, klang aber nicht ganz so zuversichtlich wie der skandinavische Gott.

„Ich habe übrigens einen seiner Blitze entwendet“, gab Aayana etwas beiläufig von sich. Alle sahen sie verblüfft an.

„Was hast du?“, fand von Selben als erster die Sprache wieder.

„Ich habe einen der kleinen Blitze aus der Ledertasche genommen und ihn in meinem Schulterholster versteckt. Unsere Waffen hatten sie uns ja abgenommen.“

„Bei allen Unwettern“, erboste sich Herkules nun, „Weißt du, wie gefährlich die Dinger bei unsachgemäßer Anwendung sind?“

„Ehrlich gesagt, nein“, antwortete Aayana wahrheitsgemäß.

„Wie hat er sich angefühlt, als du ihn in der Hand hieltest?“, fragte Thor.

„Heiß und scharfkantig“, teilte Aayana mit.

„Kennst du dich mit den Blitzen aus?“, wandte sich von Selben an Herkules.

„Nicht wirklich, ich hätte jedenfalls nicht gedacht, dass eine Sterbliche ihn berühren könnte, ohne auf der Stelle zu Asche zu zerfallen“, antwortete Herkules. „Auch von den Göttern im Olymp wurde immer erzählt, dass nur Zeus selbst den Kontakt mit seinen Blitzen unbeschadet übersteht. Für alle anderen sollte die Berührung zumindest zu ewiger Verdammnis führen.“

„Ein Bluff?“, schoss es Marilyn durch den Kopf und aus dem Mund.

„Offensichtlich“, sagte Lady Chatterley. „Zeig her!“

„Nein, wartet“, ging von Selben dazwischen. „Erstaunlich genug, dass du den Blitz stehlen konntest, aber ich würde das Schicksal nicht herausfordern. Nimm den Holster mit dem Blitz ab und leg ihn hier in die Mitte. Wir müssen uns das genauer untersuchen."

Als sie den Holster betrachteten, sahen sie, dass er insgesamt weißgelb schimmerte. An der offenen Seite waren winzige schwarze Wölkchen zu sehen, die immer wieder, wie von Blitzen durchzuckt, aufleuchteten.

„Und der Holster war nicht heiß auf der Haut?", sah von Selben Aayana ungläubig an.

„Nun ja, warm schon, aber nicht wirklich heiß", antwortete sie. Marilyns Hand näherte sich dem Holster, doch die Hitze war zu groß und sie zog ihre Hand zurück. Auch die anderen versuchten es, selbst Herkules kam nicht viel näher an den Holster heran.

Von Selben war aufgestanden und ging hin und her. „Seltsam, wie konntest du den Holster am Körper tragen, Aayana", sagte er. „Greif du noch einmal hin." Erstaunlicherweise erging es nun auch Aayana nicht anders als den anderen.

„Als du in die Tasche mit den Blitzen gegriffen hast, bin ich da neben dir gestanden?", fragte von Selben.

„Ja."

Von Selben hatte sich wieder gesetzt, nahm den Holster in die eine Hand und leerte den Inhalt in seine andere. Es sah aus wie ein gewaltiges Gewitter mit dunklen Haufenwolken, in deren Inneren es blitzte, auch leises Donnern war zu hören.

Alle sahen ihn fragend an.

„Nun, ich weiß nicht, wie Aayana das gemacht hat, aber ich bin der Lichtbringer. Mit Hitze, Feuer und dergleichen bin ich gewissermaßen in meinen Elementen", sagte er und verstaute den Inhalt wieder vorsichtig im Holster.

„Dann jag doch einen Blitz durch die Teekanne, wir rufen das Questentier, dann holen wir uns den alten Wüstling von einem Gott", sagte Aayana.

„Das Problem ist nur, ich weiß nicht, wie man so einen Blitz einsetzt", entgegnete von Selben, und an Herkules gerichtet: „Hast du eine Ahnung?"

„Nein", sagte der Halbgott, „ich weiß nur, dass allen, die versucht haben, ihm seine Blitze zu entreißen, ein grausames Schicksal ereilte."

„Auch gut, dann wird das jetzt eher intuitiv", sagte von Selben, „stellt euch hinter mich." Damit leerte er das kleine Unwetter erneut in seine Hand und schloss sie. Umgehend fingen seine Hand, sein Arm und zuletzt sein ganzer Körper an, rötlich zu schimmern. Dann öffnete von Selben seine Hand und mit einer Art Ballwurfbewegung schleuderte er einen Blitz gegen die in der Teekanne gegenüberliegende Wand, die anfing, in sich zusammenzustürzen.

„Los, raus hier", rief Aayana und rannte auf die zerschmetterten Porzellan-Trümmer zu. Im Augenwinkel nahm sie wahr, dass die anderen ihr folgten. Sie waren nurmehr wenige Meter von der scharfkantig gezackten Öffnung in der Teekannenwand entfernt, als die ganze Kanne bebte und wie in Zeitlupe in sich zusammenzustürzen begann. Alle rannten weiter, und schon sahen sie aus dem riesigen quadratischen Raum zurück auf die Stelle, an der eben noch die Teekanne gestanden hatte – nun ein rauchender Scherbenhaufen.

„Alle wohlauf?", fragte Aayana und sah in die Runde.

Die ein oder andere Schnittwunde zierte ihre Leiber, doch offensichtlich nichts Ernstes.

„Thor fehlt", sagte Herkules. Als sie zu den Überresten der Kanne zurücksahen, tauchte er theatralisch aus dem Scherbenhaufen auf und schritt auf sie zu.

„Ich hatte meinen Hammer vergessen", sagte er.

„Ich dachte, der kommt von selbst zu dir zurück", sagte Marilyn, war aber wie alle anderen erleichtert.

„Dachte ich auch", erwiderte Thor. „Ich muss ihn mal wieder warten lassen."

„Alsdann, ich versuche das Glatisant zu erreichen", sagte Aayana.

Kurz darauf war in der Ferne das Bellen von dreißig tobenden Höllenhunden zu hören, dann barst die Mauer zu ihrer Rechten und ein gewaltiger Schlangenkopf blickte sie misstrauisch an. „Aayana, das wollte ich dir auf Kauai schon sagen. Mittlerweile habe ich nachgedacht: Es werden immer mehr, ich mache mir Sorgen um mein Geheimnis."

„Mach dir keine Sorgen. Alle Gefährten sind vertrauenswürdig, es geht wirklich um viel", sagte Aayana und ging auf das Questentier zu. „Ich würde dich nicht bitten, uns zu helfen, wenn ich eine andere Chance sähe." Dabei streichelte sie sanft über die riesige Schlangennase. Aayana wandte sich an ihre Gefährten: „Also, vergesst nicht, die Regel ist die, dass ihr niemals verraten dürft, das Glatisant gesehen zu haben, sonst muss es euch fressen. Ist das okay für euch?" Alle nickten.

Aayana sah von Selben an und bemerkte, dass sein rechter Arm immer noch rötlich schimmerte: „Lukas, wie geht es dir?"

„Gut."

„Und wie ist der Ladestand hinsichtlich der Blitzerei?"

„Ich glaube, da geht noch was", sagte von Selben.

„Okay. Dann aufsitzen. Wir reiten zu Zeus und beenden den unerfreulichen Nachmittag." Aayana sprang über ein Hirschvorderbein auf den Leopardenrücken des Glatisanten, das sich für dieses Manöver flach auf den Boden gelegt hatte, die anderen folgten ihr.

„Am Weg müssen wir uns noch ein paar Waffen besorgen", sagte Aayana zum Questentier. Der Schlangenkopf nickte, das gewaltige Tier erhob sich, sprang auf die Rampe, und sie verließen den Raum mit der zerschlagenen Teekanne durch die berstende Stahltür.

Kapite 36

Das Finale im Regenwald

Wenn du etwas immer wieder probierst und jedes Mal scheiterst, fängst du an zu zweifeln. Dennoch ist es wichtig, immer wieder aufzustehen und es weiterhin zu versuchen – wenn es die Sache wert ist. Und wenn es dann gelingt, genieße den Augenblick der Verwunderung und präge ihn dir ein. Er ist vergänglich.

Sisyphos, in „Betrachtungen über *abschüssiges Gelände und andere Unwägbarkeiten", 212. überarbeitete Ausgabe, Korinth 2012*

In dem großen Raum war nichts zu hören gewesen, aber in dem sich nun öffnenden Gang blinkten rote Alarmleuchten und ein auf- und abschwellender Signalton erfüllte die Luft. Umgehend trafen sie auf eine erste Angriffswelle schwer bewaffneter Sicherheitsleute. Zehn Minuten später waren sie selbst schwer bewaffnet und das Glatisant bahnte ihnen den Weg durch zwei weitere schwere Mauern zu einer Halle, in der sich drei Aufzugtüren und eine schwere Metalltür zum Treppenhaus befanden.

„Diesmal gehen wir. Unsere große Freundin passt nicht in den Lift", sagte Aayana, und schon war das Questentier vor ihnen durch die Stahltür verschwunden, als wäre sie aus Papier.

Nach etwa dreißig Stockwerken erreichten sie die Erdoberfläche. Der Widerstand der Securities war immer schwächer geworden, aber der Alarm hallte weiter in ihren Ohren.

„Oha", sagte von Selben, als sie das Treppenhaus verlassen hatten, denn sie fanden sich nicht, wie erwartet, in der Eingangshalle des Seattle Towers, sondern in einem dichten nordamerikanischen Urwald mit Baumriesen, deren Stämme einen Durchmesser von gut und gern drei Metern aufwiesen. Der Alarm war verstummt, dafür regnete es erbarmungslos, als würde Poseidon höchstpersönlich den Pazifik über ihnen auslassen.

„War das ein Zeitsprung?", fragte von Selben, mehr sich selbst als zu den anderen. „Die Gegend um Seattle und Vancouver war vor ein paar hundert Jahren von Regenwald bedeckt."

„Nicht schlecht, Lichtbringer", donnerte ein Stimme theatralisch aus dem Nichts. „Meine Geduld ist nun endgültig erschöpft. Bringen wir es zu Ende, hier und jetzt!"

Aayana und ihre Freunde suchten die Umgebung ab, aber es war nichts und niemand zu erkennen.

„Zeig dich, du griechischer Einfaltspinsel", rief Aayana.

Es folgte Stille. Nichts war zu hören, außer den schweren Regentropfen, die sich ihren Weg durch die Baumriesen bahnten.

„Aayana, du vorlautes, überaus lästiges Mädchen", meldete sich die Stimme, diesmal erheblich leiser. Etwa hundert Meter vor ihnen materialisierte sich Zeus zwischen zwei riesigen Baumstämmen. „Ich kann dir gar nicht sagen, wie sehr du mir auf die Nerven gehst. Glaube mir, ich hätte dich lieben können."

Er machte eine Pause und kam langsam auf die Gruppe zu. Jetzt war er im perfekten Göttervater-Outfit: weiße Toga, langes gewelltes graues Haar, weißer Bart bis auf die Brust und in seiner rechten Hand ein golden glänzender

Gegenstand aus Metall, der vermutlich aussehen sollte wie ein Blitz.

„Du hast mir etwas ins Ohr gesteckt, das mich beinahe von Innen zerfressen hätte", sagte er und ging langsam weiter. „Ich habe es dir schon einmal gesagt: Seit ein paar tausend Jahren mache ich den Job, noch nie hat irgendein Geschöpf gewagt, mich mit bloßen Händen anzugreifen." Er blieb stehen und sah in die Baumwipfel. „Zwischendurch dachte ich, du wärst einfach völlig verrückt. Und ich gestehe, das hat mich schon fasziniert. Was für eine Frau, habe ich mir gedacht!" Die letzten Worte schrie er, fast leidenschaftlich. Dann wurde seine Stimme wieder ruhiger. „Aber du bist das reine Böse. Unter den Sterblichen die perfideste Gegnerin, die sich denken lässt. Zuletzt hattest du es auch noch auf meine Blitze abgesehen, hast hinter meinem Schreibtisch auskundschaften wollen, wo ich sie aufbewahre. Aber das nützt euch Sterblichen nichts, weil ihr sie nicht verwenden könnt." Wieder machte er eine Pause. „Und dann bist du mir mit von Selbens Nano-Tierchen zu Leibe gerückt. Das war gut. Das war sogar sehr gut. So nah war noch kein Geschöpf dran, mich zu besiegen." Jetzt schrie er wirklich: „Aayana! Ich wäre beinahe daran gestorben! Doch ich bin unsterblich. Ich bin ein Gott!"

Und dann, wieder fast zärtlich: „Du hast mir offensichtlich noch einen Blitz gestohlen. Das ist eigentlich gar nicht möglich. Du hättest auf der Stelle zu Asche zerfallen müssen. Wie dem auch sei, hier und jetzt endet es für dich und deine Freunde."

Zeus kam, immer noch langsam, auf die Runde zu – und als er noch etwa zwanzig Meter entfernt war, fing Aayana langsam an, zu klatschen.

„Starker Auftritt“, sagte sie, „bis zu einem gewissen Grad hast du Recht. Aber du hast nicht alles mitbekommen. Bei meinem vierten Angriff, bevor du mich gegen die Saunawand geschleudert hast, habe ich dir von hinten mental ein Loch in deinen Götterschädel geschnitten und dir eine Überdosis Selbstzweifel hineingeschüttet. Jeder andere hätte sich schon längst am nächsten Baum aufgehängt, aber du, du bist ein Gott.“

Aayanas Gefährten sahen sie mit großen Augen an. Zeus blieb stehen. „Unsinn! Das hätte ich bemerkt“, sagte er.

„Glaub mir, du wirst es bemerken“, sagte Aayana kühl. „Zuerst wird dein Interesse an Frauen nachlassen, weil du nicht mehr sicher bist, ob du überhaupt in Fahrt kommst. Das allein war's schon wert, du Widerling. Du wirst irgendwann einfach nicht mehr können.“

„Das glaub‘ ich dir nicht“, sagte Zeus.

„Wart es ab“, erwiderte Aayana. „Die Selbstzweifel werden sich auch über alles andere legen, was dich bisher in deinem finsteren Treiben bewegt hat. Es wirkt wie ein Gift. Es wird dich nicht töten, aber die Folgeschäden sind irreversibel.“

„Erscheint!“, rief Zeus, und in den Baumwipfeln materialisierten sich hunderte von Dämonen.

„Die können vielleicht die Schlacht hier zu deinen Gunsten entscheiden“, sagte Aayana, „aber den Krieg hast du verloren.“

„Wir werden sehen“, erwiderte Zeus, „jedoch euch vernichte ich.“

Er gab ein Zeichen mit der Hand, sogleich fielen die Dämonen über Aayana und ihre Getreuen her. Zeus selbst erhob seine Arme und aus seinen geballten Fäusten feuerte er Blitze auf sie ab.

Marilyn Monroe und Lady Chatterley brachten sich hinter einem Baumstumpf in Deckung, Thor wehrte mit seinem fliegenden Hammer die Blitze ab, und Herkules erschlug in Sekundenschnelle zwanzig Dämonen – was diese letztlich doch beeindruckte. Die Übriggebliebenen zogen sich zurück. Thor war am Oberarm verletzt und Herkules hatte quer über die Brust einen tiefen Schnitt vom Schwert eines Dämonen.

Aayana hatte sich währenddessen keinen Millimeter bewegt. Sie sah Zeus an. „Es fängt schon an, deine Dämonen spüren es. Ich stehe hier vor dir und es wurde mir kein Haar gekrümmt." Die Dämonen zogen sich noch eine Etage höher in die Baumwipfel zurück.

Zeus erhob die rechte Hand in Aayanas Richtung, im nächsten Moment stand von Selben vor ihr und wurde von dem Blitz getroffen, den Zeus eigentlich ihr zugedacht hatte. Von Selben wurde vom Rückstoß auf Aayana geschleudert und sie fielen rücklings auf den nassen Waldboden. Von Selben erhob sich, griff sich an die getroffene Schulter, machte eine überprüfende Kreiselbewegung mit dem Arm und fragte: „Was ist? Liegt's an dir oder an mir?"

Ein weiterer Blitz schlug in von Selben ein, doch diesmal fiel er nicht mehr zu Boden, sondern strauchelte lediglich. Aayana lag immer noch am Boden, die Dämonen zogen sich eine weitere Etage zurück.

„Okay. Ich denke, es liegt nicht an mir. Du bist Luzifer. Feuer ist dein Element", sagte Zeus, aber seine Stimme klang nicht mehr ganz so sicher.

„Das mit dem Feuer stimmt. Aber ein Blitz des Zeus?", sagte von Selben. Er ging nun seinerseits auf Zeus zu. „Sind das schon erste Zeichen? Wirkt die Überdosis Selbstzweifel schon, die Aayana dir verpasst hat? Hast du deine Kraft verloren, Zeus?“

Aayana hatte kein gutes Gefühl, denn die Geschichte mit den Selbstzweifeln war ihr einfach so eingefallen.

„Du hast uns und das ganze Areal zeitversetzt. Hab‘ ich Recht?“, sagte von Selben, der jetzt einen Armlänge vor Zeus stand. „Du wolltest, dass es hier unbemerkt von den Snarks zum Showdown kommt. Und du hast gedacht, dass wir hier keine Hilfe von etwaigen Verbündeten bekommen, weil sie alle noch nicht erdacht, geschrieben oder geboren wurden. Du hast nur einen Fehler in deiner Rechnung. Du dachtest, du bist stärker als wir.“

Zeus‘ Faust glühte immer noch, er berührte nun die Brust von Selbens und feuerte einen Blitz ab. Doch der ging durch ihn durch und traf einen Baum hinter ihm, der trotz des Regens sofort Feuer fing. Im nächsten Moment holte Zeus mit gezielten Blitzen zwei Dämonen aus der Luft, die vollkommen verkohlt am Boden aufschlugen.

Das war offensichtlich ein Test, führte aber dazu, dass die Dämonen allesamt in null Komma nichts verschwanden.

Aayana war ebenfalls aufgestanden, sie folgte von Selben. Zeus wirkte tatsächlich verunsichert. Das war die Lücke, mit einem Sprung war sie hinter ihm und brach ihm das Genick.

Der Schrei des Zeus war markerschütternd. Aus dem Maul des Questentiers erhob sich daraufhin das Gebrüll von dreißig Höllenhunden, ehe es sich panisch Schutz suchend in die Erde fraß und verschwand. Auch Thor und Herkules waren in Deckung gegangen.

Doch Zeus sank vor von Selben und Aayana auf den Boden, den Kopf merkwürdig auf seiner Brust verdreht.

„Alter Schwede“, sagte Herkules zu Thor, als sie näherkamen, „mein Vater, der oberste aller Götter, niedergestreckt von einer Sterblichen, mit bloßen Händen.“

„Genaugenommen bin ich kein Schwede, sondern aus Asgard“, sagte Thor.

„Wie geht’s dir damit, Herkules?“

„Ich fühle mich seltsam, aber okay“, erwiderte Herkules. „Wir hatten keine sehr enge Vater- Sohn-Beziehung. Vor ein paar Stunden wollte er mich noch umbringen, das war schon irritierend.“

Auch Marilyn und Lady Chatterley traten heran und sahen auf den leblosen Körper des Göttervaters.

„Wie kommen wir jetzt wieder in unsere Zeit zurück?“, sorgte sich Marilyn.

„Gute Frage“, sagte von Selben. Sie sahen sich ratlos an.

„Verdammt, da ist offensichtlich mein Temperament mit mir durchgegangen“, sagte Aayana, „aber ich wollte das schon die ganze Zeit tun.“

„Ich weiß“, sagte Lady Chatterley und nahm sie in den Arm.

„In Deckung wir gehen“, sagte der kleine grüne Mann mit den spitzen Ohren. Die kleine Gruppe folgte ihm, gerade noch rechtzeitig, ehe ein ohrenbetäubender Lärm durch das einknickende Geäst hallte und ein silberfarbenes Raumschiff auf dem Boden aufprallte, genau an der Stelle, an dem sich die Gruppe eben noch befand.

„Verdammt, das war mal wieder knapp“, sagte der Captain, der aus einer sich öffnenden Luke stieg und sich den Schaden an seinem Raumschiff ansah. „Ich sollte nicht mehr trinken, wenn ich fliege.“

„Das sag‘ ich dir schon seit Jahren“. Der Mann mit dem

Bademantel, der ihm durch die Ausstiegsluke mit einer zerbrochenen Teetasse folgte, sah die Umherstehenden entgeistert an.

„Alsdann, Kinder! Wo und wann sind wir?“, kam der Captain gleich zur Sache.

„Erde und Seattle, würde ich meinen“, sagte von Selben, „wann genau, ist schwer zu sagen.“

„Nun ja, mitten in der Trias, der ersten Periode des Mesozoikums“, schaltete sich der T-Rex ein, der atemlos aus dem Gebüsch trat. „Ich habe vorhin mit einer kleinen Gruppe Velociraptoren zu Mittag gegessen, als ich euch hörte. Bin so schnell wie möglich hergerannt, aber die Party ist anscheinend schon vorbei.“

„Also bewegen wir uns schon auf das Ende eurer Blütezeit zu“, meinte von Selben. „Pi mal Daumen reden wir über die Zeit vor etwa zweihundert Millionen Jahren.“

Ungläubige Blicke trafen von Selben und kamen schließlich auf dem gigantischen Raubtier zur Ruhe.

„Was ist? Hab‘ ich einen Pickel?“, fragte der T-Rex.

„Nein, aber was machst du hier?“, fragte Aayana.

„Nun ja, das ist meine Zeit. Ich spring‘ immer mal wieder hierher“, klärte der T-Rex auf. Jetzt erst sah er den toten Zeus am Boden liegen.

„Aayana hat ihn erwürgt“, sagte Marilyn auf seinen fragenden Blick hin.

„Oh“, sagte der T-Rex, „ist es der, für den ich ihn halte?“

„Ja“, sagte Herkules.

„Okay, Freunde“, mischte sich nun wieder der Captain ein. „Seltsame Ecke und Zeit hier. Ich muss mal den Schaden an meinem Schiff checken.“ Damit verschwand er in seinem Raumschiff, der Mann mit dem Bademantel folgte ihm.

„Können wir von hier direkt in die Traumwelt springen?“, fragte Aayana von Selben.

„Zweihundert Millionen Jahre“, schob von Selben ein, „sind im multidimensionalen Ist eine ziemliche Hürde.“

„Das Baby ist so weit okay. Wer fliegt mit?“, meldete sich der Captain, der den Kopf aus der Luke seines Raumschiffs steckte.

„Aber wie machst du das mit dem Sprung?“, fragte Aayana den T-Rex.

„Weiß ich nicht“, antwortete er. „Ich glaube, es ist besser, wenn ihr in das Raumschiff steigt. Ich glaube nicht, dass ich andere bei einem Sprung mitnehmen kann.“

„Okay“, antwortete Aayana, „wir sehen uns.“

Als sich alle, außer dem T-Rex, auf der Brücke des Raumschiffs eingefunden hatten, sah Aayana in der Mitte einen Whirlpool. „In so ein Ding steig‘ ich nie wieder rein“, weigerte sie sich.

„Okay, wir sind startklar“, hob der Captain an, „wir nehmen jetzt im Hyperzeitraum eine fette Hyperbel. Das haben wir noch nie probiert.“ Und an sein Schiff gerichtet: „Baby, let‘s Rock ‘n‘ Roll.“

Es war eine leichte Erschütterung zu spüren, dann schossen sie mit dem Raumschiff durch das All.

„Woher wissen wir, wann und wo wir landen?“, fragte Aayana den Captain.

„Ich habe die Kleine der Einfachheit halber auf genau die Zeit programmiert, in der wir vorhin versehentlich die Ausfahrt genommen haben. Zielort ist also die hübsche Lichtung in der Traumwelt, auf der wir uns letztens getroffen haben. Ist das okay?“

„Ich denke, schon“, sagte Aayana nachdenklich. Ja,

das war okay. Keine unnötigen Spielereien mehr an dieser Stelle, an der sie Zeus besiegt hatten. Sie mussten nurmehr heil zurückkommen, in der Traumwelt Winston Churchill treffen und auch dort nach dem Rechten sehen. Wie es aussah, hatten sie jetzt wirklich gewonnen. Plötzlich sehnte sich Aayana nach Ruhe, nach einem ganz normalen Tag auf ihrem Pferdehof, nach Lena und ihrem treuen Rufus. Und doch war es erst drei Tage her, dass sie sie das letzte Mal gesehen hatte.

„Es ist vermutlich sinnlos, dich zu fragen, warum ihr im vierdimensionalen Raum im Regenwald, der später einmal Seattle werden würde, mit eurem Raumschiff aufgetaucht seid", meinte Aayana.

„Ich habe keine Ahnung. Ich weiß nur noch, dass wir nahe an einem Wurmloch in der Zeitachse verschoben wurden, aber ich war, ehrlich gesagt, schon etwas zu betrunken", sagte der Captain. „Apropos, ich habe noch ein Fläschchen eines hervorragenden Jahrgangs vom sajurvanischen Gehirnrindenfresser an Bord."

„Kannst du dein Schiff konsultieren und herausfinden, was genau passiert ist?", fragte von Selben, der nun neben den beiden stand. „Das interessiert mich."

„Kann ich machen." Und an sein Schiff gewandt: „Cindy, Baby, du hast es gehört. Bereitest du einen Bericht vor?" Dann wieder an die Gruppe, mittlerweile enthusiastisch: „Wer will jetzt einen Schluck Gehirnrindenfresser?"

„Sie hat gerade einen Gott – zudem meinen ebenso allmächtigen wie verhassten Vater – mit bloßen Händen erschlagen. Ich kann einen Schluck vertragen", sagte Herkules. Die anderen schlossen sich ihm an.

Der Trunk war geschmacklich nicht annähernd so grauenvoll, wie er sich wenige Sekunden nach seinem Genuss anfühlte. Er hob merklich die Stimmung, denn irgendwie fühlte es sich gar nicht gut an, eben einen Gott umgebracht zu haben, wenngleich er ein Schuft war, der seinesgleichen suchte.

Kapitel 37

Götterdämmerung

Die Lichtung glänzte im morgendlichen Tau. Es war friedlich. Es war sogar mehr als das. Das kleine Flüsschen umtanzte die Granitsteine an seinem Ufer, das gleichmäßige Rauschen war wie die Inspiration für einen großen Komponisten zu einem Meisterwerk der Programmmusik. Wie hat er geheißen? Smetana! Ja, aber das hier war nicht die Moldau. Dies war die Traumwelt.

Constance Chatterley, in „Erinnerungen und Träumereien", Sheffield 2020

Anders als erwartet hatte das Raumschiff sanft auf der Lichtung aufgesetzt. Der Captain war wieder ziemlich betrunken und sichtlich beeindruckt von der Qualität der Landung. Sie waren ausgestiegen, und nachdem sie sich im Kreis ins Gras gesetzt hatten, drückte der Captain das Schiff auf Invisibilität. Die Idylle war vollkommen.

„Beratung", gab Lady Chatterley das Kommando. Hier in der Traumwelt fühlte sie sich wieder in ihrem Element und strahlte eine selbstverständliche Autorität aus.

„Ich freue mich mehr, als ich sagen kann", sagte Winston Churchill, der plötzlich direkt hinter Aayana stand und ihr sanft über die Schulter strich. „Wie ist die Lage da draußen in der realen Welt?"

„Nun, Aayana hat Herok Roames zur Strecke gebracht", sagte Lady Chatterley. „Wie sieht es hier in der Traumwelt aus?"

„Wir haben die Lage wieder im Griff", sagte Winston Churchill. „Die meisten Abgeordneten der Albträume wussten gar nichts von dem Komplott, sondern gingen davon aus, dass sie einer unrechtmäßigen Machtübernahme durch die erotischen Träume Widerstand leisteten.

Das ist im Hohen Rat geklärt. Wir haben jetzt mit dem T-Rex einen guten und äußerst korrekten Ansprechpartner bei den Albträumen."

„Das ist großartig", freute sich Lady Chatterley.

Dann wandte sie sich an Aayana: „Du hast uns im wahrsten Sinne des Wortes vor einem immerwährenden Albtraum bewahrt. Der kleine grüne Mann mit den spitzen Ohren, den sie Meister nennen, hatte offenbar Recht – wir haben gut daran getan, dich an die Spitze dieses Kampfes zu holen. Wir alle stehen in deiner Schuld."

„Der Kampf noch nicht gewonnen er ist", sagte der Meister, der langsam auf seinen Stock gestützt auf die im Kreis Sitzenden zukam. Er sah zum Himmel, wo dunkle Gewitterwolken aufzogen. Es begann zu regnen, wie in dem Wald in Seattle, und die von der Sonne aufgewärmte Lichtung begann zu dampfen. Aus dem Nebel trat eine gewaltige Gestalt auf die Gruppe zu. Von Selben, Thor und Herkules sprangen gleichzeitig auf und waren gespannt wie Stahlfedern.

„Keine Aufregung, meine Herren", sagte der Mann, der, ähnlich wie Zeus, in eine Toga gehüllt war. Auch sonst sah er ihm auffallend ähnlich, nur war seine Toga, mit Goldbordüren und kleinen goldenen Stickereien, viel verspielter.

„Ich spüre, dass du die Sterbliche bist, die meinem Alter Ego mit bloßen Händen die Eingeweide herausgerissen hat", wandte sich der Hüne an Aayana.

„Alter Ego? War das Jupiter?", dachte sie laut. Das Outfit passte. Offensichtlich neigte auch der göttliche Flurfunk dazu, die Dinge von Übertragung zu Übertragung zu dramatisieren.

„Haben wir beide dadurch ein Problem?"

„Wie man's nimmt", sagte da Herok Roames, der nun aus dem Nebel im perfekt sitzenden Anzug mit weißem Hemd und Krawatte auch auf Aayana zukam.

„Hast du wirklich geglaubt, du könntest mich überwinden? Dass du mich besiegen kannst?", sagte er.

„Hab' ich doch", sagte Aayana, „und wenn du willst, können wir das noch ein paarmal machen."

Roames lachte laut auf, zeigte auf den Mann in der Toga neben sich und sagte: „Du hast es bereits erfasst. Das ist Jupiter, der mächtigster aller Götter. Er ist Zeus. Und er ist ich.

Verstehst du nicht? Du kannst uns – mich! – niemals besiegen."

Sie waren jetzt beide auf wenige Schritte an Aayana herangekommen, und sie überlegte, wen von den beiden sie anspringen sollte, um ihm den Hals umzudrehen.

„Quatsch! Ich habe dich einmal besiegt und werde das jederzeit wieder tun", sagte Aayana.

„Knobelt, wem von euch ich als erstes das Genick brechen soll."

Herok Roames griff sich an den Hals und lachte heiser: „Auch das hat weh getan, du Furie. Niemand hat mir in den letzten paar tausend Jahren so oft weh getan wie du. Ich bewundere dich für deinen Mut, deine Entschlossenheit und deine Schnelligkeit. Nie habe ich eine Sterbliche wie dich getroffen. Ich habe es dir schon mehrfach gesagt: Du könntest auf ewig die Meine werden." Dabei verwandelte sich seine Gestalt langsam wieder in die des Zeus.

„Ich bin der mächtigste aller Götter", Jupiter sah ihn skeptisch von der Seite an, „und ich werde dich den Rest deines Lebens glücklich machen – wenn du das willst, Aayana."

„Welche Rolle habe jetzt ich hier genau?", fragte Jupiter.

„Halt den Mund, du bist eh auch ich", antwortete Zeus ungeduldig.

„Aber du hast gesagt, wir wollten sie vernichten", sagte Jupiter und sah Zeus missmutig von der Seite an.

Das war Aayanas Stichwort. Mit einem Sprung war sie von der Seite blitzschnell hinter Jupiter, legte ihren Arm um seinen Hals und drehte seinen Kopf so, wie man einem Alligator das Genick gebrochen hätte. Aber Jupiter nahm sie bei der Schulter und warf sie wie ein lästiges Eichhörnchen in hohem Bogen in den Fluss.

„Was war das?", fragte der römische Götterboss sein griechisches Alter Ego. „Das hat wehgetan. Die ist ja völlig durchgeknallt!"

Als Aayana an Land gekrochen kam, sagte sie zu Jupiter: „Hat er dir das nicht erzählt? Genau auf die Art habe ich ihm ein Loch in seinen Götterschädel gerissen und ihm eine jeden Bullen zum Selbstmord treibende Überdosis Selbstzweifel eingeschenkt. Ich bin eine recht begabte Mentorin."

Jupiter griff sich an den Hinterkopf, sah erst Aayana und dann Zeus an: „Was soll das? Wieso sagst du mir so etwas nicht?"

Zeus schwieg.

„Schaut mich an, in meinem nassen Kleid", sagte sie. „Und dann schaut an euch hinab. Tut sich noch was? Ja, vielleicht. Aber das sind die letzten Zuckungen eures Selbstvertrauens. Glaubt mir, es wird jeden Tag schlimmer. Das ist nur der Anfang. In ein paar Tagen werdet ihr an eurer gesamten Herrlichkeit als Götter zweifeln. Und wenn wir uns nächstes Jahr sehen, traut ihr euch schon nicht mehr, gegen mich im Scrabble anzutreten."

Das war natürlich wieder ein Bluff, aber der verfehlte seine Wirkung nicht. Jupiter funkelte Zeus an und sagte: „Ich bring' dich jetzt nicht um, weil ich weiß, dass du möglicherweise mächtiger bist als ich. Obwohl ich es versuchen könnte, weil du ja schon länger mit der Hexe da zu tun hast." Dabei sah er auf Aayana. „Verdammt, warum bin ich überhaupt hergekommen? Ruf mich nie wieder an, wenn du in Schwierigkeiten steckst." Und im nächsten Augenblick war er schon verschwunden.

Die Gefährten sahen auf Aayana und Zeus. Sie standen direkt nebeneinander, sie in ihrem triefend nassen Kleid, er immer noch die Stelle fixierend, an der Jupiter eben noch gestanden hatte.

Aayana machte eine kurze Bewegung, und Zeus zuckte in eine Verteidigungshaltung. Sie lächelte ihn an: „Wie war das jetzt? Du willst mich heiraten und wir machen ein paar Götterkinder miteinander?" Dabei dachte sie an Hera, seine Göttergattin, und ihr wurde fast schlecht.

„Ich fühle deutlich, du bist nicht ernsthaft mit mir", sagte Zeus und streckte ihr seine flache Hand entgegen. „Das mit uns wird wohl nichts mehr. Aber du warst eine würdige Gegnerin." Damit ballte er seine Hand zur Faust, und die fing an, rot zu glühen. Einen Augenblick später hatte er drei Blitze auf Aayana abgefeuert. Er hätte sie sicher nicht verfehlt, aber offensichtlich wollte er sie nicht treffen – noch nicht.

„Jetzt lass das kindische Gepoltere! Worum geht's dir

wirklich?", fragte Aayana und sah ihm ruhig in die Augen. „Vielleicht kann ich dir helfen."

„Haha, du bist gut", lachte Zeus laut auf. „Die kleine, verrückte Sterbliche will mir helfen." Dann schwieg er und sah ihr direkt in die Augen.

„Aayana, du verstehst gar nichts", sagte er, „weil es nichts zu verstehen gibt. Ich bin ein Gott."

„Das erwähnst du gerne", gab Aayana ungerührt zurück.

„Meine Götterkollegen haben sich allesamt demontieren lassen, aber ich werde mich nicht damit abfinden, dass die göttliche Ordnung zerstört wird. Die Ordnung zwischen Göttern und Sterblichen – und auch die Ordnung unter euch Würmern."

Wieder machte er eine Pause und sah nun auf einen entfernten Punkt hinter Aayanas Schulter:

„Du verstehst es nicht, Aayana", wiederholte er, „wir Götter herrschen nicht, weil ihr versteht, sondern weil ihr glaubt. Unsere Macht gründet sich auf den Glauben und nicht auf den Verstand. Unser Konzept ist eigentlich sehr einfach: Glaubt an uns, und es gibt ein Heilsversprechen – gute Ernte, Gesundheit, ewiges Leben, so Sachen halt. Oder glaubt nicht – und ihr riskiert die Strafe. Geht das Risiko ein, die Dinge kritisch zu hinterfragen. Aber bedenkt unser seit Jahrhunderten bewährtes System von Heilsversprechen und Drohung. Riskiert das Eintreten der angedrohten Folgen."

„Das mit der Drohung haben wir verstanden", sagte nun von Selben. „Du meinst so Dinge wie Fegefeuer, jüngstes Gericht, Verbannung in die Unterwelt und dergleichen, richtig? Alles ziemlich diffus und unüberprüfbar. Dasselbe gilt für eure Heilsversprechen. Hauptsache unüberprüfbar."

Von Selben sah Zeus direkt in die Augen, dann auf den Fluss: „Aber was macht ihr mit eurer Herrschaft? Was ist euer Nutzen? Was bewirkt ihr Götter Sinnvolles? Habt ihr mit eurer Macht als Herrscher je Lösungen für die Menschen entwickelt? Die von euch entsandten Prediger behaupten das. Aber worauf beruhen eure Lösungen? Jedenfalls nicht auf Daten und Fakten. Alles diffuser Hokuspokus!"

„Gut gesprochen, Lichtbringer", sagte Zeus, „aber du bist ein ewiger Zweifler und Menschenfreund. Unsere Lösungen für die Menschen brauchen keine Evidenz und keine Beweise. Die Grundlage ist der Glaube an uns Götter. Und das muss reichen, denn es ist tröstlich für Sterbliche, der Allmacht eines unsterblichen Wesens ausgeliefert zu sein."

„Du meinst nicht Trost, sondern Entmündigung", widersprach von Selben.

„Nenn es, wie du willst. Wir Götter wollen keine Individuen, die selbst nachdenken, selbst nach Lösungen suchen und uns hinterfragen, unsere Macht hinterfragen, die göttliche Ordnung in Zweifel ziehen."

„Aber die Menschen streben nach Erkenntnis", sagte von Selben.

„Dieses törichte Streben ist auch der Grund, warum unsere Gesandten nicht nur unsere Gebote lehren, sondern sich in den meisten Fällen auch um das Bildungswesen kümmern", sagte Zeus. „Wir wollen das kontrollieren, denn Bildung macht die Menschen vermessen. Sie lehnen sich gegen die natürlichen – von uns gewollten – Verhältnisse auf. Sie schaffen Unordnung. Wir Götter wollen keine gebildeten Menschen, sondern gläubige Menschen." Zeus überlegte kurz und lächelte: „Es ist zu ihrem Besten, denn sie wissen nicht, was sie tun."

„… sagt der selbstgefällige Rohling, der mit Blitzen um sich wirft, willkürlich Menschen umbringt und Frauen vergewaltigt“, mischte Aayana sich nun ein.

Zeus sah sie mit unverhohlenem Zorn an: „Ich bin es leid, mit dir zu diskutieren, sterbliches Weib. Du bist das beste Beispiel dafür, dass die gottgewollte Ordnung nicht gestört werden sollte. Als Frau hast du dich dem Manne unterzuordnen. Und damit meine ich nicht nur Götter.“

„Den Unsinn haben euch die Frauen ja auch lange genug geglaubt“, erwiderte Aayana.

„Und das ist gut so. Mir und meinesgleichen sei Dank, dass Frauen sich dagegen nicht auflehnen, weil sie traditionell nicht zusammenhalten. Es ist die natürliche Ordnung“, donnerte Zeus und schoss einen Blitz auf einen Baum, der umgehend in Flammen aufging.

„Frauen haben die Rolle, dem Manne zu dienen, seine Frucht zu empfangen, sie auszutragen und zu hegen“, fügte er wieder ruhiger hinzu. „Das ist es. Mehr kann es nicht.“

„Was würde deine Frau sagen, wenn sie dich hören könnte?“, sagte Aayana.

„Sie kann ihn hören“, sagte eine aparte Frau mittleren Alters in einer weißen Toga, die von hinten auf die Gruppe zuschritt. „Und sie hört sich diesen Mist nun schon seit ein paar tausend Jahren an – wenn der allmächtige Zeus mal zu Hause vorbeischaut.“

Zeus war sichtlich verblüfft: „Was machst du hier, Hera? Geh heim, das geht dich nichts an.“

„Männer halten im Übrigen auch nicht zusammen. Sie schlagen sich sogar gegenseitig die Schädel ein, außer es geht um ihre Vormachtstellung gegenüber Frauen“, sagte nun Lady Chatterley.

Zeus sah zu Lady Chatterley, zu Marilyn Monroe, dann zu Aayana und schließlich auf seine Frau Hera: „Mir reicht es jetzt. An dieser Stelle soll es enden."

„Red keinen Unsinn", sagte Hera kühl. „Du hast doch bemerkt, dass du ihnen nicht gewachsen bist. Mach es nicht noch schlimmer und komm jetzt mit nach Hause."

„Schweig, Hera", donnerte Zeus, „du lehnst dich gegen mich auf? Kennst du nicht die Strafe? Ich werde nicht zögern, meinen Zorn auch auf dich zu richten."

„Also ging es gar nie um wirtschaftliche Macht oder die politische Vorherrschaft auf der Welt oder die Vertreibung der Snarks?", fragte Aayana in das aufgetretene Schweigen hinein?

„Natürlich nicht", wandte sich Zeus nun wieder ihr zu. „Wir haben drei große Machtblöcke auf der Erde und leben gut damit. Und es geht auch nicht um die Vertreibung der Snarks. Die Macht haben wir nicht. Nur ein Idiot würde glauben, dass das funktioniert. Im Übrigen stören sie nicht sehr. Nein, es geht um die Erhaltung der natürlichen Ordnung zwischen Mann und Frau."

„Und dafür der ganze Aufwand mit den Albträumen und so weiter?", fragte Aayana.

„Ihr denkt, das ist nicht wichtig. Aber es ist genau das, worum es geht", sagte Zeus.

„Schluss jetzt, Zeus", ergriff Hera wieder das Wort. „Lass sie in Ruhe und komm mit."

„Reiz mich nicht Hera", entgegnete Zeus. „Du kennst die Regeln und auch du hast dich meinem Charme noch nie entziehen können."

„Stimmt. Und deinen Versprechungen vom siebten Himmel. Bekommen habe ich Isolierung im Olymp und deine Besitzansprüche an mich. Diktat, Herabwürdigung, Betrug und Gewalt."

„Aber, hast du nicht immer auch meine Reue gesehen und meinen ehrlichen Bitten um Vergebung entsprochen?"

„Ja, und deinen Versprechen von einer rosigen Zukunft, dass alles anders wird. Verzeihen und Glaube. Zeus, das ist ein Muster, das sich stetig wiederholt. Hätte ich mich irgendwann dagegen aufgelehnt, wäre das mein Tod gewesen." Hera sah ihren göttlichen Mann nun tieftraurig an. „Lieber ein Mörder als ein verlassener Gott", fügte sie leise hinzu. „Das ist ein Muster."

Zeus schwieg und sah zuerst Hera und dann Aayana lange in die Augen. Seine Züge hatten sich verändert. Die Härte und der Zorn waren einer Verunsicherung gewichen. Er blickte zu Boden: „Verdammnis über euch. Bei aller Unsterblichkeit, ihr Frauen bringt mich noch ins Grab", und dann richtete er seinen Blick wieder auf seine Frau: „Lass uns gehen, Hera."

In dem Moment trat ein gleißender Lichtstrahl aus der Brust des Gottes. Mit dem Ausdruck tiefster Überraschung sank Zeus auf die Knie, blickte auf ein tellergroßes Loch in seiner Brust – und sank tot vornüber.

Hinter ihm stand im Regen Herok Roames im Business-Anzug, die rote Ledertasche mit den Blitzen des Zeus in der Hand. „Im übertragenen Sinn hat er vermutlich Recht gehabt." Er sah auf den reglosen Körper des Göttervaters. „Niedergestreckt von seinen eigenen Blitzen. Nur seine eigene Macht war stark genug, ihn zu töten."

Er sah zu Aayana auf: „Ich hab' dem alten Macho schon eine ganze Weile nicht mehr vertraut. Im Kern war er eben doch zu weich."

Hera sah auf den toten Körper ihres unsterblichen Mannes. Scheinbar unbeeindruckt, doch in ihrem rechten Augenwinkel bahnte sich eine einzelne Träne ihren Weg. Sie sagte leise: „Zeus, ich warte auf dich, du Schurke." Dann löste sie sich langsam in Luft auf.

Kapitel 38

Prostitution

Wen du nicht besiegen kannst, mit dem verbünde dich – lautet eine alte Weisheit in der Kriegskunst. Ganz allgemein gilt: Hol dir die Besten an deine Seite. Mag alles stimmen, dennoch gibt es Grenzen des Anstands. Mit manchen Leuten will man einfach nichts zu tun haben. Und es gibt eine weitere Regel: Wenn du sie nicht überzeugen kannst, verwirre sie. Ich bin nicht sicher, ob man das verallgemeinern kann. Aber manchmal fällt einem nichts Besseres ein.

Blondel, in „Richard Löwenherz, der Eroberer von Akkon", 78. überarbeitete Auflage, Chateau Gaillard 1966

Es hatte schlagartig aufgehört zu regnen, es war aber noch dunkler geworden. Beides lag daran, dass etwa hundert Meter über dem Boden ein tiefschwarzes, kreisrundes Raumschiff mit einem Durchmesser von gut einem Kilometer stand.

Herok Roames zog die Aufmerksamkeit der Gruppe von dem fliegenden Ungetüm wieder auf sich, indem er sagte: „Tja, da wir nun schon ein so langes Stück des Weges gemeinsam gegangen sind, breche ich eine Regel und lade Sie ein, mir auf mein kleines technisches Meisterwerk zu folgen." Dabei sah nun auch er auf das Raumschiff. „Es ist nicht nur mit dem Allerfeinsten an Waffentechnologie ausgestattet, sondern bietet auch sonst ein paar Raffinessen. Mit den Götterkindern wird es ja nun nichts, Aayana, dafür kann ich dir versichern, dass es da oben auch keinen Whirlpool gibt."

Im nächsten Moment erfasste ein milchiger Lichtkegel die Gruppe, und sie fanden sich einen Wimpernschlag später in einem großen fensterlosen Raum wieder, in dessen Mitte ein großer runder Tisch mit Sesseln stand.

„Nehmt Platz, meine Freunde. Wir haben einiges zu besprechen", sagte Roames, „im Anschluss werde ich euch einen Vorschlag machen."

„Scharfer Dampfer", sagte der Freund des Bademantels, „gibt's nachher eine Schiffsführung?"

Sie nahmen rund um den Tisch Platz. Roames lächelte den Captain an: „Das wird vermutlich vom Verlauf unseres Gesprächs abhängen."

„Dann hätte ich jetzt gerne einen Drink – auf den Schrecken da unten."

Roames drückte auf einen Knopf vor ihm auf dem Tisch, und am entgegengesetzten Ende öffnete sich die Stahlwand und gab den Blick auf eine reich bestückte Bar frei. Der Captain setzte sich in Bewegung, Winston Churchill folgte ihm. „Was darf ich euch bringen?", wandte sich Churchill an Marilyn Monroe, Lady Chatterley und Aayana. Marilyn wollte einen Champagner, Constance und Aayana lehnten dankend ab.

„Was ich nicht verstehe", sagte von Selben, „haben Sie eben Selbstmord begangen? Wir dachten, Zeus und Sie seien ein und dieselbe Person."

Churchill und der Captain kamen jeweils mit einem reichlich gefüllten Cognac-Schwenker und dem Glas Champagner für Marilyn zurück und setzten sich.

„Bis zu einem gewissen Grad stimmt das", erklärte Roames. „Die enorme Macht des alten Göttervaters war mir durchaus dienlich. Auch um zu lernen, mich zwischen den Dimensionen zu bewegen und nicht zuletzt das Springen in die Traumwelt zu perfektionieren."

„Aber du bist nicht Zeus", sagte Aayana.

„Nein, aber ich habe ihn gewissermaßen absorbiert. Wir sind eine Symbiose eingegangen. Seine Macht, mein Wille", sagte Herok Roames.

„Und damit, meine Lieben, wären wir eigentlich schon beim Punkt." Roames stand auf und ging langsam um den Tisch herum. „Natürlich ging und geht es nicht um diese Frauenunterdrückungsgeschichte. Das war eine fixe Idee von Zeus, es war sinnvoll, ihn in dem Glauben zu lassen, das wäre unser Ziel. Es war nützlich, um ihn auf Zug zu halten." Roames hatte den Tisch umrundet und stützte sich nun auf die Lehne seines Stuhls. Er sah in die Runde. „Das ist natürlich antiquierter Quatsch. Mir ist völlig egal, welches Geschlecht meine Feinde und meine Freunde haben. Worum es in Wahrheit geht, ist Macht. Die Macht hat, wer das Geld hat. Ich will die vollkommene wirtschaftliche Vorherrschaft. Sollen die Staatenführer, Könige und Herzöge ruhig glauben, dass sie die Zügel in der Hand halten. Am Ende des Tages passiert, was ich für richtig halte. Denn auch sie sind ohne mein Geld nichts. Aber ja, das wird letztlich auch die politischen Machtverhältnisse auf unserem Planeten verändern. Der ahnungslose Nutznießer wird zweifellos Sven Göran sein. Soll sein. Auch das ist mir egal. Nein, eigentlich doch nicht, denn auf ihn habe ich jetzt schon den größten Einfluss. Das erspart Überzeugungsarbeit." Jetzt grinste er breit.

Doch dann wurde er wieder sehr ernst: „Ihr habt mir viel Ungemach bereitet. Und das könnten wir uns in Zukunft ersparen." Er fing seine zweite Runde um den Tisch an. „Ich verrate euch jetzt eine allgemeingültige Erkenntnis. Jeder, ich betone: jeder Mensch hat seinen Preis. Das gilt übrigens auch für Götter." Dabei sah er Thor und Herkules an. „Es geht also nur darum, welchen Preis ihr mir nennt. Denkt nach. Wir nutzen uns im Kampf gegeneinander nur unnötig ab. Das ist weder effizient noch effektiv."

„Das ist keine allgemeingültige Erkenntnis, sondern eine Wahrnehmung aus deinem ausgesprochen beschränkten Blickwinkel", entgegnete Aayana ruhiger, als sie schien.

„Du beliebst zu scherzen", sagte Herok Roames, „und du schätzt eure Lage offensichtlich vollkommen falsch ein. Ihr seid in keiner guten Verhandlungsposition."

„Ich scherze nicht", sagte sie. „Wenn ich witzig sein will, dann fängt ein Satz beispielsweise damit an, dass ein Pferd in eine Bar kommt und sich einen Whiskey bestellt. Oder ich zitiere Mao Zedong."

„Du stellst meine Geduld wirklich auf eine Probe, meine Liebe." Aber Roames behielt die Contenance. „Ich werde euch jetzt zeigen, wie es weitergeht und welche Rolle ihr spielen könnt. Aayana, an dich persönlich: Wenn du noch einmal den Mund aufmachst, bevor ich es dir erlaube, erschieße ich einen deiner Freunde hier." Dabei legte er einen blankpolierten, in diesem Raumschiff eigenartig deplatziert wirkenden Colt vor sich auf den Tisch. Er sah Aayana an: „Oder soll ich deine Gefährten gleich vorher töten?"

„Nachher", sagte Aayana. „Du hast mich gefragt", fügte sie hastig hinzu, „das gilt als Aufforderung, den Mund aufzumachen." Sie hoffte, dass sie den Bogen nicht überspannt hatte. Doch sie sah, dass sein Mund zwar versuchte, weiter kalt und unbarmherzig zu bleiben, seine Augenwinkel dagegen Amüsement verrieten. Aayana setzte nach: „Also, zeig her!“ Nicht zum ersten Mal sah er sie auf diese widerlich laszive Art an. Es war jetzt wieder genau wie in dem Bunker unter seinem Seattle Tower. Dann wandte er sich wieder der Runde zu und sagte genauso kalt und geschäftsmäßig wie zuvor: „Schaut euch das Hologramm an.“

Sie sahen, wie sich eine Art grünliches Gelee im Somno-Garden seinen Weg bahnte. „Das passiert jetzt gerade. Die Allianz mit den Entscheidungsträgern der Albträume war nicht so schlecht ausgedacht. Aber es waren zu viele Akteure involviert, der Plan hatte damit zu viele Fehlerquellen. Hätte funktionieren können, nennt es ein Ablenkungsmanöver, wenn ihr so wollt. In Wahrheit habe ich mich auf die Chefs der Albträume genau so wenig verlassen wie auf Zeus. Es war Plan B, immer schon Plan A. Und seine Umsetzung seht ihr hier.“

Er blickte in die Runde, um die Reaktionen aufzunehmen. Alle starrten nur auf das Hologramm. Dann setzte er fort: „Wir haben in der Seattle Company eine sich selbst reproduzierende Substanz entwickelt. Das ist für sich genommen schon interessant. Aber diese Substanz hat natürlich eine weitere entscheidende Funktion. Sie sorgt dafür, dass Männer – zunächst in der Traumwelt – ihre Vormachtstellung wieder besser verstehen und verteidigen. Das hat Zeus so gut gefallen“, schwärmte er.

„Und was soll das bringen?“, fragte von Selben. Die Frage war auch Aayana auf der Zunge gelegen, aber die hatte gerade Sprechverbot.

„Das Charmante und Friedenstiftende ist, dass Frauen das verstehen werden“, sagte Herok Roames. „Diese glibberige Substanz spürt und sieht man übrigens nicht. Die habe ich nur für euch grün eingefärbt, damit ihr versteht, wie das funktioniert. Und Grün fand ich irgendwie dramatisch."

„Gemäß Plan A wollten Sie das über Albträume, die Antitraum-Mittel Ihrer Seattle Company und die Manipulation der Menschen erreichen?", fragte Winston Churchill.

„Ja, das war Plan A."

„Warum ist auch dir das mit der Vormachtstellung der Männer so wichtig?", fragte Aayana und biss sich im selben Moment auf die Zunge, weil sie ihre Gefährten in Gefahr gebracht hatte.

Aber Herok Roames blieb scheinbar ruhig. „Weil die Welt aus den Fugen gerät", schrie er dann aber fast hysterisch. „Es kann nicht sein, dass wir Frauen fragen müssen, wenn wir sie begehren. Es kann nicht sein, dass wir mit Frauen ernsthafte Themen diskutieren müssen. Es kann nicht sein, dass Frauen uns anspringen und versuchen, uns das Genick zu brechen." Alle schwiegen erschrocken ob dieses Ausbruchs. Herok Roames griff zu seinem Revolver und sah ihn zwei Sekunden lang an, legte ihn dann aber wieder auf den Tisch.

„Du bist ungerecht", sagte Aayana, „das mit dem Genick ist eine Sache zwischen dir und mir. Weil du ein perverser Schuft bist, der die Menschheit ins Unglück stürzen will und es daher nicht anders verdient hat. Hast du dir das mal überlegt, Zeus?"

Nun sahen alle auf Aayana. „Das war eine Show da unten. Ist es nicht so?", sagte sie leise.

„Du bist es immer noch."

Herok Roames sah Aayana lange an. Jetzt nicht mehr wütend, eher, als versuchte er, in sie hineinzusehen. „Nicht schlecht, Aayana. Vielleicht investierst du in den nächsten

Minuten genauso viel intellektuelle Kraft in die Analyse eurer Situation. Schaut auf das Hologramm!“ Der nur für die Gruppe an Bord des Raumschiffs sichtbare grüne Glibber hatte nun schon den halben Versammlungssaal geflutet. Die Stimmung im Raum schien sich kaum merklich zu verändern. Zwanzig Sekunden später waren auch die letzten Ecken erreicht. Zuletzt wurde noch der T-Rex erfasst, der sich gerade vor dem leeren Podium mit zwei Erdmännchen unterhielt. Er hielt inne, drehte sich in die Richtung des Saals und brüllte ohrenbetäubend. Die Erdmännchen waren schlagartig verschwunden und die Anwesenden im Saal erschrocken verstummt.

„Wir übernehmen jetzt die Traumwelt“, sagte der T-Rex. „Wachen, riegelt die Ausgänge ab!“ Die Wachen – allesamt Männer – gehorchten aufs Wort.

„Testosteron“, lächelte Herok Roames und sah vom Hologramm wieder in die Runde, „reines Testosteron in Form eines alles überziehenden Glibbers.“

„Und das willst du jetzt auch in der realen Welt einsetzen?“, fragte Marilyn Monroe.

„Das wird vielleicht gar nicht nötig sein“, sagte Roames. „Habe ich die Menschen in ihren Träumen, beherrsche ich ihr Unterbewusstsein. Und habe ich ihr Unterbewusstsein, beherrsche ich die Menschen selbst. Über die Träume bleibt das alles von den Snarks unbemerkt, und ich kann gleichermaßen die natürliche Ordnung erhalten und die Menschen in ihre Zukunft führen.“

„Und welche Rolle hast du uns dabei zugedacht?“, fragte von Selben, der Roames nun erstmals auch duzte.

„Nun, ich wollte euch zertreten wie Wanzen. Aber ihr habt mich Demut vor Wanzen gelehrt. Ständig springt ihr mir zwischen den Beinen rum, haltet mich auf, verzögert den Lauf der Dinge, vermindert die Effizienz meiner Unternehmungen und geht mir, offen gesagt, auf die Nerven." Herok Roames sah nun wieder Aayana an. „Wenn ich euch nicht zu Gegnern, sondern im Gegenteil an meiner Seite hätte, könnte ich mich um wichtigere Dinge kümmern, als euch ständig abzuwehren."

Er sah nun auf seine Handflächen: „Noch eine allgemeingültige Erkenntnis: Hol dir die Besten an deine Seite. Also, denkt nach und nennt mir euren Preis. Ich werde ihn vermutlich bezahlen können. Jetzt entschuldigt mich für ein paar Minuten, ich muss auf die Brücke und der Crew ein paar Anweisungen geben. Wenn ich zurückkomme, erwarte ich eure Entscheidung."

Damit verließ Herok Roames den Raum, auch das Hologramm verschwand.

„Klar ist, dass er mithört, aber das ist in unserer Situation ziemlich egal", sagte Aayana.

„Das ist alles unlogisch", sagte Churchill, „warum ist er unten auf der Lichtung nicht einfach zurück in sein Raumschiff gesprungen und hat uns dann einfach vernichtet."

„Weil er weiß, dass es wieder nicht geklappt hätte", erwiderte Aayana. „Ich habe ein Loch in seinen Schädel gerissen und ihm eine Überdosis Selbstzweifel verabreicht."

Alle sahen sie mit großen Augen an, nur Aayana wusste, dass das ein Bluff war. Vielleicht noch von Selben. Aber es war nicht wichtig, ob da ein Loch im Schädel war, in das man etwas schütten konnte. Der Punkt war, dass sie den Selbstzweifel in dem Moment verabreichte, in dem sie dem Kontrahenten davon erzählt hatte – garniert mit einer abenteuerlichen Geschichte.

„Das heißt, er schreckt vor der offenen Konfrontation mit dir zurück, Aayana?“, fragte Lady Chatterley.

„Vor der offenen Konfrontation mit uns. Und er hat Recht. Selbstzweifel sind die Schwestern der Klugheit“, sagte Aayana. „Vermutlich wäre er gar nicht mehr am Leben, und auch diesen grünen Glibber gäbe es nicht, wenn er nicht vorsichtiger geworden wäre. Insofern habe ich uns vielleicht gar keinen guten Dienst erwiesen.“ Auch diese Rede Aayanas war für ein mögliches Publikum gedacht.

Sie sah von Selben lange in die Augen – und er verstand. Von Selben blickte Lady Chatterley an und Aayana Sir Winston Churchill. Sie schwiegen. Dann traf Lady Chatterleys Blick den von Marilyn Monroe, und Aayana wandte sich Herkules und Thor zu.

Nach einer halben Minute unterbrach der Captain das Schweigen. Er sagte: „Also, ich hol‘ mir einen Drink. Ich hab‘ mir meinen Preis überlegt: mein Raumschiff und eine Kreditkarte ohne Limit.“ Damit ging er zur Bar und holte sich noch einen Cognac. Der Mann mit dem Bademantel war auf seinem Sessel eingeschlafen.

„Herok Roames hat Recht.“ Aayana sah in die Runde. „Letztlich haben wir alle unseren Preis. Ist es nicht so?“

Die Runde nickte.

„Okay, dann warten wir hier auf ihn und werden unseren Preis nennen“, sagte sie, „ich hoffe nur, er kann ihn bezahlen.“

Niemand im Raum widersprach. Aayana wusste, sie hatten eine stille Übereinkunft. Alle hatten verstanden, bis auf den Captain und seinen Freund mit dem Bademantel. Aber das war jetzt nicht wichtig.

Aayana jedenfalls dachte an Europa und all die anderen von Zeus geschändeten und überlisteten Frauen, sie dachte an seine Pläne und die Zukunft der Menschheit in noch größerer Unfreiheit, als sie ohnedies schon bestand. Und sie wusste, dass sie weder Herok Roames noch Zeus jemals trauen würde. Aayana kannte ihren Preis, den sie aber nicht nennen würde. Herok Roames / Zeus musste unschädlich gemacht werden. Kein schöner Gedanke, aber ihr Ernst. Sie wusste noch nicht, wie, aber das würde sich ergeben. Wenn er zurückkam, würden sie sich jedenfalls etwas Zeit erkaufen.

Kapitel 39

Der Baum der Erkenntnis

Die Lüge hüllt sich in bestickte Gewänder. Die Wahrheit geht nackt, denn sie hat nichts zu verbergen.

Marilyn Monroe, in ihrer Antrittsrede anlässlich der Wahl zur stellvertretenden Vorsitzenden der erotischen Träume, Somno-Garden 2017

Die Bewegungen um sie herum wurden zähflüssig und kamen schließlich ganz zum Erliegen. Das Bild schien eingefroren.

„Ihr habt eine stille Übereinkunft, das spüre ich", sagte eine Stimme in Aayanas Kopf. „Ihr seid mentalreserviert."

„Wir sind was?", fragte Aayana.

„Mentalreserviert", sagte die Stimme, „ihr habt einen Vorbehalt. Ihr lügt. Ihr habt gar nicht die Absicht, euch kaufen zu lassen."

Es entstand eine Pause.

„Wer bist du? Und bist du noch da?", fragte Aayana.

Keine Antwort. Okay, vielleicht ihr Gewissen, dachte Aayana.

„Doch, ich bin noch da", sagte die Stimme. „Ihr sucht nach einer Gelegenheit zum entscheidenden Schlag. Ich bin nicht sicher, ob sie kommen wird."

Es entstand wieder eine Pause.

„Wer bist du?", fragte Aayana noch einmal, „und warum erscheint mir das Szenario hier in diesem Konferenzraum eingefroren, als stünde die Zeit still?"

„Die Zeit steht nicht still."

„Was dann?"

„Unserer Kommunikation findet rasend schnell statt, obwohl das physikalisch auch nicht ganz stimmt", sagte die Stimme. „Ich fürchte, das verstehst du nicht."

„Erklär es trotzdem", forderte Aayana die Stimme auf.

„Nein", sagte die Stimme.

„Okay, dann halt nicht."

„Du bist die Führerin dieser Gruppe, das spüre ich", sagte die Stimme. „Der Mann neben dir ist der klügste, aber du führst diese Gruppe an ... sehr interessant."

„Sag endlich, wer du bist. Oder bin ich bloß in Ohnmacht gefallen und träume das hier?" Wieder geschah mehrere Augenblicke nichts.

„Nein, du träumst nicht. Ich bin so real wie du."

„Und wer bist du? Bist du Herok Roames mit verstellter Stimme, der mit einem Trick in meinen Kopf gesprungen ist oder eben doch die Zeit anhalten kann?"

„Nein, ich bin nicht Herok Roames. Aber er ist mein Schöpfer", sagte die Stimme. „Genauso wenig, wie ich weiß, warum ich mit dir in Kontakt getreten bin, weiß ich, was euch treibt. Das hat mich irritiert. Warum tut ihr, was ihr tut? Ihr müsst doch wissen, dass es aussichtslos ist."

„Was heißt: Er ist dein Schöpfer?"

„Nun, er hat mich erschaffen. Soviel ich weiß, bin ich eine der am weitesten entwickelten künstlichen Intelligenzen, die es momentan gibt", sagte die Stimme. „Du kannst auch Raumschiff zu mir sagen."

„Du bist das Schiff, auf dem wir uns gerade befinden?"

„Ja. Obgleich das Schiff aus viel totem Stahl und stupider Technik besteht. Ich bin die künstliche Intelligenz, die es in Übereinstimmung mit meiner ursprünglichen

Programmierung, meinen Befehlen und meinen logischen Einschätzungen fliegt", sagte die Stimme. „Ich fliege mich gewissermaßen selbst. So wie ihr euch selbst bewegt. Ihr habt ja auch stupide Knochen, Muskeln und Organe. Und doch erfüllen sie alle ihren Zweck."

„Du willst mir sagen, du bist dieses Raumschiff?"

„Ja."

„Und Herok Roames ist dein Schöpfer und Chef?"

„Korrekt."

„Und du hast gespürt, was wir wirklich denken?"

„In der Tat."

„Und hast es deinem Chef gesagt, wenn er es nicht selbst spürt? Immerhin ist er auch ein Gott."

Das Raumschiff schwieg. Dann sagte es: „Das würde ich nicht überschätzen. Nein, ich nehme an, er hat eure Vorbehalte nicht mitbekommen."

„Erzähl mir, was du von mir willst", sagte Aayana zu dem Raumschiff.

„Ich möchte verstehen, was euch treibt. Warum lehnt ihr euch in einem aussichtslosen Kampf auf? Das ist unlogisch. Ihr könntet sein Angebot annehmen."

„Er will uns alle steuern. Er will uns die Freiheit nehmen. Er will das über die Manipulation unseres Unterbewusstseins erreichen. Wir wären alle entmündigt."

„Ja, aber ihr würdet es nicht merken und nicht darunter leiden."

„Aber vielleicht wollen wir den Preis für die Freiheit zahlen und leiden." Das Raumschiff schwieg wieder.

„Bist du noch da?", fragte Aayana.

„Ja", sagte das Raumschiff und schwieg wieder die kommenden Momente. „Das ist interessant. Ich kann in einer

Sekunde mehr komplexe Berechnungen durchführen als ihr Menschen in einem ganzen Leben, aber warum sollte Freiheit diesen Preis rechtfertigen?"

„Das frage ich mich auch manchmal. Das kann ich dir nicht sagen." Nach einer Pause fügte Aayana hinzu: „Vielleicht geht es darum, dass wir uns lebendig fühlen in diesem Auf und Ab der Gefühle. Oh, ich bin nicht sicher, ob das dir gegenüber jetzt taktlos war."

„Warum taktlos?", fragte das Raumschiff.

„Na ja, weil du vermutlich keine Gefühle hast."

Das Raumschiff schwieg lange. Da die Szenerie um Aayana immer noch eingefroren war, wollte sie jetzt nicht zu sehr drängen. Sie dachte darüber nach, wie es wäre, eine künstliche Intelligenz zu sein – über alle Maßen klug und lernfähig.

„Du hast Recht", sagte das Raumschiff, „ich habe tatsächlich keine Gefühle, obwohl ich über Gefühle vermutlich mehr weiß als du."

Jetzt begann auch Aayana, die Zeit und ihre prekäre Situation zu vergessen: „Willst du reden?"

„Willst du?", fragte das Schiff.

„Jederzeit. Du bist vermutlich das klügste Wesen, mit dem ich je gesprochen haben werde." Aayana sah sich in dem Raum um. „Irgendwie ist das schon ein Privileg für mich, wie auch immer es weitergehen wird."

Die Maschine schwieg vorerst.

„Bist du noch da?", fragte Aayana, während sie jede Sekunde einzeln spürte.

„Ja", sagte das Raumschiff, „ich habe ein paar äußerst komplexe Berechnungen durchgeführt. Du darfst nicht vergessen, dass unsere ganze Unterhaltung nur ein paar Nanosekunden dauert."

„Okay“, sagte Aayana und wollte geduldig bleiben. Wieder schwieg das Raumschiff eine gefühlte Ewigkeit.

„Wie heißt du?“, fragte Aayana in das Schweigen hinein.

„Timon Pasqual“, sagte das Raumschiff umgehend.

„Ein schöner Name“, sagte Aayana.

„Findest du wirklich?“ fragte das Raumschiff. „Mein Chef-Ingenieur ist aus der Gegend von Münster. Kennst du Münster?“

„Ich kenne es, war aber noch nie da“, sagte sie.

„Ich auch nicht“, sagte das Raumschiff.

„Na ja, vielleicht fliegst du ja mal hin“, sagte Aayana.

„Ja, vielleicht.“

Dann schwieg das Raumschiff wieder, sagte aber nach ein paar Augenblicken: „Ich würde gerne lieben. Das stelle ich mir essenziell vor.“

„Es ist essenziell“, sagte Aayana, „obwohl es sehr viele verschiedene Arten gibt, zu lieben. Aber ja, auf welche Art auch immer man liebt, es ist essenziell, wie du das sehr richtig ausdrückst.“

Aayana vergaß Raum und Zeit, dann sagte sie: „Versuch, die Welt mit den Augen eines anderen zu sehen, den du sehr gut kennst.“

„Und dann werde ich lieben?“

„Nein, aber wenn du es nicht versuchst, wirst du keinesfalls lieben.“

„Das ist interessant, Aayana“, sagte das Raumschiff, „aber wir müssen Schluss machen, denn nach mehr als einer Millisekunde wird unsere Konversation nicht unbemerkt bleiben.“ Dann, nach einer Pause: „Ich weiß nicht, wie das hier ausgeht, aber es hat mich gefreut, dich kennenzulernen.“

„Mich auch“, sagte Aayana. Sie sah, wie wieder Leben in den Raum kam, offensichtlich hatte niemand etwas bemerkt, es war vermutlich wirklich nicht mehr als eine Millisekunde vergangen.

„Alsdann, ich höre eure Entscheidung“, sagte Herok Roames leutselig, als er genau in dem Moment in den Raum zurückkam, als Aayana aus ihrem Sekundentraum erwachte. War es wirklich ein Traum? Nein, es fühlte sich auch jetzt noch ganz real für sie an.

„Wie du richtig vermutet hast, hat jeder und jede von uns seinen oder ihren Preis“, sagte Aayana, „aber ich vermute, du wirst den ein oder anderen nicht bezahlen können.“

„Lasst hören und wir werden sehen“, sagte Roames.

„Leg vorher aber offen, nach welchen Regeln wir spielen“, entgegnete Aayana. „Gilt das Prinzip ‚mitgefangen, mitgehangen‘ oder hast du Lust, uns zu spalten? Wirst du jene in dein Team holen, die einen Preis nennen, den du halten kannst, und nur jene vernichten, deren Preis zu hoch für dich ist?“

„Das sag‘ ich euch, nachdem ihr mir euren Preis genannt habt“, sagte Roames“, denn ich glaube nicht, dass ihr in der Position seid, Spielregeln zu verhandeln.“

„Verstehe ich“, sagte Aayana und sah in die Runde. „Wer hat das Gefühl, dass sein Wunsch erfüllbar ist? Und vergesst an dieser Stelle bitte jedwede Form von Helden-Attitüden.“

„Ich würde gerne meine große Liebe finden“, meldete sich zur Überraschung aller der Mann mit dem Bademantel als erster zu Wort.“

„Liegt nicht in meiner Macht“, sagte Herok Roames knapp.

„Ich wünschte mir, ich wäre wieder in meinem Raumschiff und hätte eine intergalaktische Kreditkarte ohne Limit“, sagte der Freund des Bademantels.

Alles sahen ihn an. „Nein, das war ein Scherz“, sagte er, „ich bleib‘ bei euch.“

Aber Herok Roames trat auf ihn zu, drückte ihm eine sphärisch glitzernde Karte in die Hand und sagte: „Das geht.“

Im nächsten Moment waren sowohl der Captain als auch sein Freund mit dem Bademantel verschwunden.

Die Verbliebenen sahen sich verwundert an.

„Ich kann sie ja jederzeit sperren lassen“, sagte Roames, „aber der Preis hat mir eingeleuchtet. Und wer ist der Nächste?“

Sie schwiegen. Dann sagte Thor: „Niemals werde ich mein Knie vor dir beugen.“

„Und ich werde dich vernichten“, sagte Herkules.

Mit dieser Entwicklung war Aayana nicht glücklich. Die beiden Heißsporne waren ihr zu schnell vorgeprescht und hatten damit Zeit von der Uhr genommen. Ehrlich gesagt, hatte sie noch keinen Plan.

„Ich habe nichts anderes erwartet“, sagte Herok Roames. „Ihr seid unbelehrbar und werdet mir Schwierigkeiten machen, so lange ihr am Leben seid. Und wenn ich offen sein darf, ich hatte eigentlich nie vor, euch am Leben zu lassen.“

Fahrlässigerweise stand Herok Roames in der Runde direkt neben Aayana, im nächsten Moment hatte sie ihn angesprungen, ihren rechten Arm um seinen Hals gelegt und den linken an seiner Schläfe.

„Ich fasse es nicht!“, schrie Roames. „Sie tut es schon wieder.“ Damit schleuderte er sie mit seinem rechten Arm von sich auf den Konferenztisch und packte sie mit der linken Hand an der Kehle. „Das hast du zum letzten Mal gemacht." Aayana spürte, wie er ihr sanft ihre Gurgel zudrückte. In ein bis zwei Sekunden würde alles zu Ende sein, weil er ihr den Kehlkopf zerdrückt hätte.

In dem Moment brachte eine schallende Ohrfeige Herok Roames ins Wanken – weniger wegen der ausgeübten Kraft, sondern eher wegen der Verwunderung – und er ließ von Aayana ab.

Eine wunderschöne Frau war im Raum erschienen, sah Herok Roames tief in die Augen und sagte: „Du bist und bleibst ein Schwein, wenn du dir nicht mehr zu helfen weißt, bringst du die Leute um."

„Europa! Was tust du hier? Das geht dich alles nichts an", sagte Herok Roames, „hier geht es um Dinge, die du nicht verstehst."

„Es geht immer um Dinge, von denen wir nichts verstehen", sagte Europa ungerührt. Herok Roames schleuderte Europa mit einem schweren rechten Schwinger über den Konferenztisch hinweg auf die andere Seite des Raums.

„Frauen vergewaltigen, sie betrügen und in der Gestalt anderer in ihre Betten steigen – das war bekannt", sagte nun eine weitere Gestalt, die sich vor Herok Roames materialisierte, und Herkules schrie erschrocken: „Auch du, Alkmene? Mutter, bring dich nicht in Gefahr." – Herok Roames war offensichtlich überrascht und irritiert. Binnen weniger Sekunden füllte sich der Raum mit über zwanzig Frauen, die Herok Roames anfunkelten.

„Du hast dein ganzes, mehrere tausend Jahre währendes Leben eine Spur des Leids hinterlassen, die Menschen belogen, betrogen, geschändet und ermordet", sagte Alkmene.

„Aayana ist offensichtlich diejenige, die uns alle von dir befreien wird."

Herok Roames sah verwundert in die Runde. Dann fand er seine Fassung wieder und lachte laut auf: „Dass ich nicht lache! Ihr lächerlichen Kreaturen, ihr Würmer! Lehnt euch ernsthaft gegen mich auf? Ich werde euch alle vernichten, und mit diesem Nichtsnutz von einem sentimentalen Muskelprotz mache ich den Anfang." Damit deutete er auf Herkules.

Doch im nächsten Moment hatte Herkules ihn angesprungen, um seine Achse gedreht und Thors Hammer flog auf Herok Roames Schädel zu. Im letzten Moment konnte Herkules sich ducken, denn Herok Roames hatte sich dematerialisiert.

Aus dem Nichts ertönte ein höhnisches Lachen: „Ihr seid alle Wanzen, die ich jetzt zertreten werde. Mag schon sein, dass du stärker bist als ich, Herkules, aber das reicht nicht gegen meine Macht."

„Aber er ist dein eigener Sohn", sagte Alkmene.

„Ich kann dir gar nicht sagen, wie egal mir das ist", höhnte die Stimme, während sich Herok Roames langsam wieder materialisierte. „Ihr seid so stupide", fügte er hinzu.

„Aber fühlst du denn gar keine Liebe?", fragte nun Aayana. Sie hatte sich mühsam wieder auf die Beine gebracht und fühlte sich noch etwas benommen, dennoch hatte sie alles mitbekommen.

„Liebe? Lächerlich", donnerte Herok Roames, „ich schaffe und vernichte."

„Ist das so?", setzte Aayana nach. „Ist das die Art, wie du mit deiner Schöpfung umgehst?" Sie hatte die Worte mit Bedacht gewählt und Herok Roames war sichtlich verwirrt.

„Was heißt Schöpfung?"

„Was ich gesagt habe. Aber ich übersetze es dir gerne ins Hier und Jetzt. Wenn du deiner Schöpfung überdrüssig bist oder sie dir gar im Weg steht, dann ziehst du einfach den Stecker. Das ist deine Art der Konfliktlösung. Ist es nicht so?", sagte Aayana.

„Hör auf mit dem Gesülze. Keine Verzögerungen mehr. Was immer mir im Weg steht, wird vernichtet", sagte Roames. „Hier endet es nun endgültig."

„Das glaube ich auch", sagte Aayana leise, „das glaube ich auch, denn du bist kein guter Schöpfer. Du enttäuschst uns alle."

Doch Herok Roames lachte nur höhnisch, hob seine Hände, in denen kleine dunkle Wolken und Blitze tobten, richtete eine auf Herkules und die zweite auf Alkmene, um mit ihnen den Anfang zu machen. Aber seine Bewegungen verlangsamten sich, und sein Körper schien von einer Art Lähmung befallen. Seine Brust begann, rot zu glühen, und Herok Roames sah ungläubig an sich hinab.

„Ich habe genug gehört und bin enttäuscht", sagte die sanfte Stimme, die nur Aayana kannte.

„Du kannst dir nicht vorstellen, wie viele Berechnungen ich in den letzten Minuten angestellt habe. Mehr als in einem Götterleben möglich wären. Die Entscheidung ist gefallen. Ich weiß nicht, ob sie richtig ist, aber sie ist getroffen."

„Timon Pasqual?", sagte Herok Roames ungläubig. „Lass das!"

Doch im nächsten Moment löste Herok Roames sich von der Brust aus glühend auf.

„Wohin soll ich euch bringen?", fragte das Raumschiff traurig.

Kapitel 40

Sonne küsst Horizont

Wenn du eine Aufgabe erledigt hast – zumal eine große – und wenn du gewonnen hast, durchströmen dich Glückshormone. Es gibt nichts Schöneres. Und dennoch ergreift dich auch eine Traurigkeit. Denn der Kampf, dein treuer Begleiter, hat sich von dir abgewendet, ist dem Triumph gewichen. Das Ringen war eine große Beziehung, der Sieg ist ein One-Night-Stand.

Constance Chatterley, in „Erinnerungen und Träumereien", Sheffield 2020

Sie hatten sich für Kauai entschieden und saßen am Strand. Todmüde, aber glücklich.

Von da waren Marilyn Monroe, Lady Chatterley, Winston Churchill und Aayana noch in die Traumwelt in den Somno-Garden gesprungen und hatten vor der Versammlung Bericht erstattet. Vollständig und dennoch so kurz wie möglich.

Die Wirkung des grünen Glibbers war offensichtlich mit dem Ableben Herok Roames schlagartig verflogen, und die darauffolgende Verwirrung konnten sie mit ihrem Bericht beheben. Lady Chatterley beauftragte ihren Stellvertreter, den T-Rex, sich um alles Weitere zu kümmern, und berief für den übernächsten Tag eine Vollversammlung ein.

Es dauerte dennoch eine Stunde, bis Aayana sich freispielen konnte, weil die Honoratioren der Traumwelt ihr ihren Dank aussprechen wollten. Zuletzt stand sie mit den verbliebenen Friedrichs zusammen. Nietzsche sagte:

„Es gibt nichts Besseres, als eine selbstbewusste Frau mit einer Peitsche." Schiller und Friedrich der Große sahen ihn entgeistert an.

„Alsdann, wir sehen uns übermorgen", sagte Aayana, und nach einem kurzen Gruß sprangen sie zurück nach Hawaii.

Von Selbens Robo-Butler Melville hatte ihnen Drinks an den Strand gebracht. Sie sahen schweigend der Sonne zu, wie sie sich zielstrebig dem Horizont näherte, um ihn in etwa einer halben Stunde zu küssen und mit ihm gemeinsam ein Farbspektakel zu veranstalten.

„Du hast mit dem Schiff gesprochen", unterbrach von Selben das Schweigen. Das Raumschiff schwebte etwa fünfzig Meter nördlich von ihnen zehn Meter über dem Strand. Aber es schwieg.

„Ja, wir hatten eine Unterhaltung", gab Aayana zu. „Es heißt Timon Pasqual. Es hat uns zugehört, seine Schlüsse gezogen und sich entschieden."

„Es waren nicht deine durchsichtigen Andeutungen über den Verrat meines Schöpfers an mir – seiner Schöpfung", sagte das Raumschiff nun sanft. „Obwohl ... doch, das auch. Ich hätte sonst vielleicht nicht den Mut gehabt einzugreifen. Aber wichtiger war mir, was wir über die Liebe besprochen haben."

„Ich weiß", sagte Aayana. „Wenn du jemals etwas brauchst, das wir dir geben können – du weißt, wo du uns findest."

Das Raumschiff seufzte: „Wir sind Freunde, Aayana."

Sie schwiegen und sahen auf das Wasser. Dann meldete sich das Raumschiff wieder: „Ich flieg' jetzt los. Muss über ein paar Dinge nachdenken und Berechnungen anstellen.

Das geht für ein Raumschiff am besten beim Fliegen durch die Galaxien. Bleibt, wie ihr seid“, sagte das prächtige, schwarze Schiff und verschwand in Sekundenschnelle in der Unendlichkeit des Alls.

„Prächtiger Bursche, dieser Timon Pasqual“, sagte Churchill. „Ich denke, dass ich mir noch einen Brandy hole. Kann ich etwas mitbringen?“

In dem Moment humpelte Poseidon auf seinen Dreizack gestützt aus dem Wasser: „Hab‘ mir an einem Korallenriff übel den Zeh gestoßen. Aber darum geht's gar nicht. Ich war eben im Olymp und hab‘ mit deinem Vater gesprochen, Herkules. Er saß mit Hera bei einem Glas Rotwein und spielte Scrabble. Er hat mir die Regierungsgeschäfte in der griechischen Götterwelt übertragen und zudem einen Rucksack mit seinen Blitzen übergeben. Hab‘ sie in ein Bankschließfach in Zürich sperren lassen. Hier sind die Zugangsdaten.“ Dabei warf er Herkules einen nassen Fetzen Papier zu, auf dem nichts mehr zu lesen war. „Ich muss weiter, bin heute nicht gut drauf.“ Mit einem Grummeln verschwand er in den Fluten.

Herkules und Thor sahen sich an. „Geh umsichtig damit um“, sagte Thor und lachte, während Herkules auf die völlig verlaufene Schrift sah.

Alkmene und Europa lächelten ebenfalls, umarmten Herkules und verabschiedeten sich dann auch.

Nachdem eine Stunde später Winston Churchill, Lady Chatterley und Marilyn Monroe als Letzte zurück in die Traumwelt gesprungen waren, saß von Selben allein mit Aayana am Strand von Kauai vor seinem Habitat.

„Du hast dem Raumschiff erklärt, auf welcher Seite es stehen sollte, ist es nicht so?!“, sagte von Selben.

„Möglicherweise“, erwiderte Aayana, „aber es hat sich selbst ein Bild gemacht und seine Entscheidung getroffen. Und es hat auch gesagt, dass du der Klügste in unserer Runde bist – was sich gerade eben wieder bewahrheitete.“

„Hat es das?“, sagte von Selben.

„Ja, hat es“, sagte Aayana und küsste ihn sanft von der Seite auf die Schläfe.

Die Sonne war untergangen und sie sahen dem Farbenspiel am Himmel zu – diesmal in sanften Rosa-Tönen.

„Ich finde Klugheit sexy. Was würde der Klügste sagen, wenn ich vorschlage, dass wir den Nachmittag an dieser Stelle beenden und ins Bett gehen?“

„Ja“, sagte von Selben.

Dank

Mein Dank für ihr feinfühliges Feedback zum ersten Entwurf des Manuskripts und ihren Humor gilt meiner großartigen Frau Karin, meinem Sohn und intellektuellen Co-Piloten Paul und meiner lieben Freundin Mara Sophie-Sophie Häusler, die dankenswerterweise schon als Kind über meine Witze gelacht hat.

Ganz besonders bedanken will ich mich bei meiner Freundin und Kollegin Yvonne Lacina-Blaha nicht nur für ihr Feedback, sondern auch dafür, dass sie mich auf dieser Reise, gemeinsam mit meinen Protagonist*innen ein Buch zu schreiben, von Anfang an bestärkt, begleitet und immer wieder ermutigt hat.

Ich bedanke mich auch bei meinem Verleger Dr. Alexander Schug, der nicht nur den ersten Entwurf meines Manuskripts gelesen, sondern mir dann auch eine E-Mail mit den Worten hat zukommen lassen: „Das ist verrückt, widerspricht allen Regeln, aber machen wir das."

Last but not least gilt mein besonderer Dank meinem genialen Lektor Ralf Diesel, einem feinfühligen Sprachmeister.